Aus Freude am Lesen

Einst war sie auf Ärger aus und klaute am liebsten Boote. In der tosenden Brandung vor der Küste von Massachusetts konnte sie ihrer einsamen Kindheit entfliehen. Eine Kindheit geprägt von den Lügengeschichten des Vaters und dem rätselhaften Tod der Mutter. Doch nun hat Zee mit den schmerzhaften Erinnerungen abgeschlossen. Als Therapeutin ist sie in der renommiertesten Praxis Neuenglands angestellt, und auch privat hat sie ihr Glück gefunden. Doch der plötzliche Selbstmord ihrer Patientin Lilly wirft Zee in ein emotionales Chaos – und führt sie zurück an jenen Ort, den sie längst hinter sich gelassen glaubte. Was als kurze Heimkehr nach Salem geplant war, wird zu einer aufwühlenden Reise in die Vergangenheit…

BRUNONIA BARRY, geboren und aufgewachsen in Massachusetts, studierte Literatur am Green Mountain College in Vermont und an der University of New Hampshire. Sie war Mitbegründerin der Portland Stage Company und arbeitete jahrelang als Drehbuchautorin in Kalifornien. Inzwischen lebt Brunonia Barry mit ihrem Mann in Salem, Massachusetts. Ihr Romandebüt »Die Mondschwimmerin«, das sie zunächst im Selbstverlag publizierte, wurde dank Mundpropaganda ein sensationeller internationaler Erfolg. Es wurde in über zwanzig Länder verkauft und stand wochenlang auf den ersten Plätzen der New York Times Bestsellerliste.

BRUNONIA BARRY BEI BTB
Die Mondschwimmerin. Roman (75215)

Brunonia Barry

Die Widmung

Roman

Deutsch von Elke Link

btb

Die amerikanische Originalausgabe erschien 2010 unter dem
Titel »The Map of True Places« bei HarperCollins, New York.

Verlagsgruppe Random House FSC-DEU-0100
Das für dieses Buch verwendete
FSC®-zertifizierte Papier *Lux Cream*
liefert Stora Enso, Finnland.

1. Auflage
Deutsche Erstausgabe Juli 2012
Copyright © 2010 by Brunonia Barry
Published by arrangement with Sandra Barry and HarperCollins
Dieses Werk wurde vermittelt durch die Literarische Agentur
Thomas Schlück GmbH, 30827 Garbsen.
Copyright © der deutschsprachigen Ausgabe 2012 by btb Verlag
in der Verlagsgruppe Random House GmbH, München
Umschlaggestaltung: semper smile, München
Umschlagmotiv: Sam Diephnis/Getty Images
Satz: Uhl + Massopust, Aalen
Druck und Einband: CPI – Clausen & Bosse, Leck
UB · Herstellung: BB
Printed in Germany
ISBN 978-3-442-73985-1

www.btb-verlag.de

*Für meine Eltern, June und Jack.
Ihr fehlt mir jeden Tag aufs Neue.*

Und, wie immer, für Gary.

*Sie ist auf keiner Karte verzeichnet;
die wahren Orte sind das nie.*

HERMAN MELVILLE

Prolog

Als sie mit zweitem Vornamen noch Turbostress hieß, stahl Zee notorisch Boote. Ihr Vater kam nie auf die Idee, dass sie irgendetwas anstellen könnte. Nach dem Tod ihrer Mutter ließ er ihr zunächst viel Freiraum. Er hatte als Piratendarsteller genug zu tun – eine ungewöhnliche berufliche Veränderung für einen Mann, der sein Leben lang Literaturwissenschaftler gewesen war. Aber sie hatten es schwer zu dieser Zeit und waren beide müde davon, beständig ihren Verlust zu tragen, ohne ihn je ablegen zu können, außer in den kurzen Momenten, wenn es ihnen gelang, sich ganz auf etwas einzulassen, das außerhalb der Reichweite ihrer Erinnerungen lag.

In ihrer Fantasiewelt, der Welt, in der Zee sich verzeihen konnte, was in diesem Jahr passierte, malte sie sich gerne aus, Finch, ihr Vater, wäre stolz auf ihre Meisterschaft als Diebin gewesen. In ihren wildesten Träumen war er Teil ihres Abenteuers, kaum vorstellbar für den Professor, durchaus aber für den Piraten, in den er sich gerade so rasch verwandelte.

Rennboote stahl sie am liebsten. Alles, was über dreißig Knoten machte, wurde Teil ihres Spiels. Damals gab es kaum Sicherheitsvorkehrungen. Die Schlüssel (so überhaupt vorhanden) waren meistens irgendwo auf den Booten versteckt, und für gewöhnlich auch noch an den nächstliegenden Stellen.

Das Spiel ging ganz einfach. Sie wählte sich ein Boot aus, das schnell und schnittig aussah. Innerhalb von genau fünf Minuten musste sie sich Zugang verschafft und den Motor angelassen haben, um sofort aus dem Hafen hinaus aufs Meer zu fahren. Sobald sie die Grenzen von Salem verlassen hatte, gab sie

Gas und richtete den Bug direkt auf Baker's Island. Später in der Nacht brachte sie das Boot zurück.

Es galt nur eine Regel: Sie durfte das Boot nie an den Liegeplatz zurückbringen, von dem sie es gestohlen hatte. Das war eine gute Regel, nicht nur, weil sie eine zusätzliche Herausforderung darstellte, sondern aus ganz praktischen Gründen. Wenn sie das Boot zum selben Liegeplatz zurückbrachte, war es viel wahrscheinlicher, dass sie erwischt wurde. Ein guter Dieb sollte nie wieder den Ort des Verbrechens aufsuchen, das wusste schließlich jeder.

Normalerweise machte Zee das Boot an einem der zahlreichen öffentlichen Piers im Hafen von Salem fest. Oft war es der Pier vor dem Vergnügungspark Salem Willows, der erste bei der Einfahrt in den Hafen. Doch als die Polizei irgendwann doch nach ihr zu fahnden begann, ließ sie die Boote zunehmend an weniger augenfälligen Stellen zurück. Manchmal benutzte sie einfach einen fremden Liegeplatz. Oder sie vertäute das Boot am Derby Wharf. Von dort aus konnte sie leicht verschwinden, denn sie wohnte ganz in der Nähe.

Nur ein einziges Mal verpatzte sie um ein Haar das Spiel, weil sie den Benzinstand falsch eingeschätzt hatte. Sie war schon bis zum Singing Beach in Manchester gefahren, da starb der Motor ab. Zuerst konnte sie es gar nicht glauben, dass ihr das Benzin ausgegangen sein sollte. Aber als sie den Benzinstand noch einmal überprüfte, stand fest, dass ihr ein Fehler unterlaufen war. Sie bekämpfte die aufsteigende Panik und versuchte, sich etwas einfallen zu lassen. Sie konnte leicht zum Ufer schwimmen, doch dann würde das Boot entweder aufs Meer hinaustreiben oder an den Felsen zerschellen. Zum allerersten Mal hatte sie Angst, erwischt zu werden. Irgendwie war sie seltsam froh, dass keine anderen Boote in der Nähe waren, niemand, den sie um Hilfe rufen konnte. Da sie keine Ahnung hatte, was sie sonst machen sollte, ließ sie das Boot einfach treiben.

Sie blickte hinauf in den mondlosen Himmel. Die Sterne strahlten heller denn je, und ihre Spiegelung im Wasser um das Boot herum löste sich auf wie eine Brausetablette, die auch Zees Panik aufzulösen schien. Und während sie so mit der Strömung dahintrieb und in den Himmel hinaufsah, wusste sie, dass alles gut werden würde.

Als sie wieder nach unten zum Horizont schaute, um sich zu orientieren, stellte sie fest, dass sie aufs Ufer zugetrieben worden war. Seitlich nahm sie einen dunklen Umriss wahr, und als sie sich in diese Richtung wandte, zeichnete sich ein Pier ab und auf dem Hügel dahinter ein abgedunkeltes Haus. Sie schnappte sich ein Ruder und steuerte damit das Boot Richtung Ufer. Mit Hilfe der einsetzenden Flut wurde es breitseits an den Pier getrieben. Sie nahm die Bugleine und sprang, rutschte aber aus und verknackste sich ein wenig den Knöchel, doch es gelang ihr zu verhindern, dass das Boot gegen den Pier krachte. Sie machte es fest, vertäute Bug und Heck und kletterte über die Felsen an den Strand. Dann schlug sie sich zur Straße durch und lief Richtung Bahnhof, ein wenig humpelnd, weil ihr der Knöchel wehtat, aber in Anbetracht der Umstände war es gar nicht so schlimm.

Zee wollte mit dem Zug zurück nach Salem, nur fuhren um diese Uhrzeit keine Züge mehr. Sie überlegte, ob sie am Strand schlafen sollte. Es war eine warme Nacht. Es wäre ungefährlich gewesen. Aber sie wollte ihren Vater nicht beunruhigen, Sorgen hatte er derzeit schon genug. Und sie wollte auf keinen Fall in der Nähe von Manchester sein, wenn das gestohlene Boot gefunden wurde.

Also beschloss sie, per Anhalter nach Salem zurückzukehren. Nicht sonderlich schlau, dachte sie, als sie auf den Chevy Nova zuging, der knapp zwanzig Meter vor ihr angehalten hatte und nun energisch rückwärtsfuhr.

Eine Frau nahm sie mit, schätzungsweise Mitte vierzig,

ein wenig übergewichtig, mit langen Haaren und blauen Augen, die im Licht der vorbeifahrenden Autos leuchteten. Zuerst erklärte die Frau, sie würde nur bis Beverly fahren. Aber dann überlegte sie es sich anders und beschloss, Zee ganz nach Hause zu bringen, damit Zee nicht auch die restliche Strecke per Anhalter fahren und womöglich von einem Mörder oder Vergewaltiger aufgegabelt würde.

Während der Fahrt über die Route 127 erzählte die Frau Zee jede Horrorgeschichte, die sie jemals über Anhalter gehört hatte, und wollte Zee das Versprechen abnehmen, nie mehr zu trampen. Zee versprach es, nur damit die Frau Ruhe gab.

»Das sagen sie alle, und dann machen sie es trotzdem wieder«, sagte die Frau.

Zee wollte ihr erklären, dass sie sonst nie per Anhalter fuhr, dass sie kein typisches Opfer war und dass sie das in dieser Nacht nur getan hatte, um eine von ihr begangene Straftat zu vertuschen – Grand Theft Boato. Aber sie wusste nicht, welche abschreckenden Geschichten ein solches Geständnis womöglich noch zusätzlich auslösen könnte, also hielt sie lieber den Mund.

Beim Aussteigen drehte sich Zee noch einmal zu der Frau um. Statt sich zu bedanken, sagte sie mit einer Stimme aus einer Zeichentrickserie, die sie als kleines Mädchen immer am Sonntagvormittag gesehen hatte: »Willst du meine Mami sein?«

Das sollte nur ein Spaß sein. Aber die Frau verkraftete das nicht. Sie brach in Tränen aus und weinte hemmungslos.

Zee beteuerte, sie habe das nicht ernst gemeint. Sie habe eine eigene Mutter, sagte sie, auch wenn das nicht stimmte, nicht mehr.

Keines ihrer Worte konnte die Tränen der Frau stoppen, und so sagte sie schließlich, was sie die ganze Zeit schon hätte sagen sollen: »Danke fürs Mitnehmen.«

Zee hatte der Frau natürlich eine falsche Adresse genannt – sie wollte nicht, dass sie auf dumme Gedanken kam und womöglich auf ein Wort mit Finch ins Haus ging. Sie hatte sich im Schatten verstecken wollen, bis die Frau weggefahren war, um dann durch die angrenzenden Gärten nach Hause zu gelangen. Aber am Ende lief sie einfach auf der Straße weiter. Die Frau weinte zu heftig, um zu bemerken, wo Zee hinging oder wie sie dort hinkam.

Zehn Jahre später, als Zee eine Ausbildung zur Psychotherapeutin machte (ihren zweiten Vornamen Turbostress hatte sie mittlerweile abgelegt), sah sie diese Frau in einer der Panik-Gruppen wieder, die ihre Mentorin Dr. Liz Mattei leitete. Die Frau erinnerte sich nicht an sie, aber Zee hätte sie überall erkannt – es waren dieselben durchscheinenden blauen Augen, immer noch feucht. Die Frau hatte ein Kind verloren, eine Ausreißerin im Teenageralter. Bei der Tochter war eine bipolare Störung diagnostiziert worden, genau wie bei Zees Mutter Maureen, aber sie hatte sich geweigert, Lithium zu nehmen, weil es dick mache. Zuletzt war sie beim Trampen auf der Route 95 gesehen worden, Richtung Süden, mit einem selbstgemalten Schild mit der Aufschrift NEW YORK in der Hand.

Es war Ende 2001 gewesen, und das Verschwinden der Tochter der Frau lag zehn Jahre zurück. Vor kurzem waren die Twin Towers eingestürzt. Die Panik-Gruppe hatte sich vergrößert, aber die ursprünglichen Mitglieder waren seltsamerweise ruhiger und hilfsbereiter den anderen gegenüber geworden, als hätte ihre unbestimmte, vage Angst endlich Gestalt angenommen und der Rest des Landes würde nun auch das Entsetzen empfinden, das sie schon jahrelang Tag für Tag verspürt hatten. Zum ersten Mal seit Zee denken konnte, sahen die Leute in der Gruppe einander an. Und als die Frau von ihrer Tochter erzählte, wie in jeder Woche, seit sie sich trafen, hörte ihr die Gruppe endlich zu.

Die ganze Welt kann sich drehen, einfach so!, sagte die Frau.

Von einem Augenblick zum anderen, antwortete jemand.
Taschentücher wurden herumgereicht. Und zum ersten Mal weinte die Gruppe gemeinsam, sie weinten um die Tochter und um ihren unvermeidlichen Verlust der Unschuld und natürlich um ihren eigenen.

Bipolare Störung, das war in letzter Zeit zu einer Allerweltsdiagnose geworden. Während man früher annahm, die Krankheit setze nach Beginn der Pubertät ein (wie bei der Tochter dieser Frau), wurde heute die Diagnose schon bei dreijährigen Kindern gestellt. Zee wusste nicht so recht, was sie davon halten sollte, sie war zwiegespalten. Sie hatte den Witz dabei überhaupt nicht kapiert, bis Mattei sie darauf hinwies, die dachte, Zee hätte das mit Absicht gesagt. Nein, hatte Zee ihr erklärt. Sie meinte das wirklich ernst. Auf jeden Fall handelte es sich um eine Krankheit, die behandelt werden musste. Eine unbehandelte bipolare Störung führte selten zu etwas anderem als einer Katastrophe. Aber eine zu frühe medizinische Behandlung schien auch nicht richtig zu sein, denn davon profitierten nur Versicherungen und Pharmahersteller. Dafür war Zee nicht jahrelang ausgebildet worden.

Die weltberühmte Dr. Mattei hatte schon längst die eigentliche Führung der Panik-Gruppe Zee und den anderen Psychologen überlassen. Mattei selbst widmete sich mittlerweile ihrer neuesten Bestseller-Idee. In dem Buch wollte sie die Theorie entfalten, dass eine Tochter immer die unerfüllten Träume ihrer Mutter auslebt. Selbst wenn sie diese Träume gar nicht kennt, selbst wenn diese Träume nie geäußert wurden, kommt es mit alarmierender Regelmäßigkeit dazu, so Mattei. Die Idee war nicht neu. Aber Mattei stellte die Theorie auf, dass es umso wahrscheinlicher passierte, wenn diese Träume nie geäußert wurden, etwa im Sinne von: *Wer die Vergangenheit nicht kennt, ist dazu verurteilt, sie zu wiederholen.*

Zee hatte sich oft Gedanken über die Frau mit den durchscheinenden Augen gemacht, die nach diesem Abend nur noch einmal in die Panik-Gruppe gekommen war. Sie dachte über ihre unerfüllten Träume nach, ob ausgesprochen oder unausgesprochen, und sie fragte sich, ob es etwas gab, das die Tochter für ihre Mutter ausgelebt hatte, als sie an der Route 95 stand und mit einem Fremden in Richtung Süden mitfuhr.

Zee war froh, dass die Frau die Gruppe verlassen hatte, bevor Mattei ihre neueste Theorie vorbrachte. Die Mutter machte sich schon genügend Vorwürfe wegen des Verschwindens ihrer Tochter. Jeden Tag fragte sie sich aufs Neue, ob sie den Lauf der Dinge hätte ändern können, wenn sie ihrer Tochter nur die eine unbestimmte Sache gegeben hätte, die sie ihr nicht zugestanden hatte – etwas Greifbares und vielleicht ganz Gewöhnliches, so etwas wie das rote Kleid bei Filene's im Schaufenster. Oder die eine Woche im Pfadfinderinnenlager, um die ihre Tochter sie vor Jahren angebettelt hatte.

Niemand verstand besser als Zee, wie dieses »Wenn nur« funktionierte. Sie lebte es jeden Tag, auch wenn sie nicht nach dem unbestimmten Etwas suchen musste. Sie glaubte zu wissen, was ihre Mutter an dem Tag vor so vielen Jahren haben wollte und was ihr aus ihrer Depression hätte heraushelfen können. Es war ein Gedichtband von Yeats, den Finch Maureen zur Hochzeit geschenkt hatte und den ihre Mutter wie einen Schatz hütete. Zees »Wenn nur« hatte umgekehrt funktioniert: Wenn sie ihrer Mutter an dem Tag nur nicht das geholt hätte, was sie haben wollte, wenn sie ihre Mutter nur nicht allein gelassen hätte, dann hätte Zee sie vielleicht retten können.

1. TEIL

Mai 2008

Über die Navigation ...

Unter Navigation versteht man die Bestimmung der jeweiligen Position des Schiffes und des Kurses, den es einschlagen muss, um den Zielhafen zu erreichen.

Nathaniel Bowditch: *The American Practical Navigator*

1

Lilly Braedon verspätete sich.

Mattei steckte den Kopf durch die Tür von Zees Zimmer. »Wahnsinn, ist das heiß draußen«, sagte sie. »Oh, du steckst aber eigentlich gerade in einer Sitzung, oder?«

»Ich sollte, normalerweise.« Zee sah auf die Uhr. Es war Viertel nach drei.

Mattei zog sich währenddessen um. Sie kickte die Laufschuhe weg und schlüpfte in ihre Kostümjacke. Jeden Nachmittag lief sie fünf Meilen am Charles River entlang, bei jedem Wetter. War sie überbucht, was ziemlich häufig vorkam, ließ sie ihre Sitzungen auch schon mal bei einem Spaziergang am Fluss stattfinden. Sie bezeichnete das dann als Laufmeditation und erzählte den Patienten, sie könnten sich leichter öffnen, wenn sie nicht Matteis bohrenden Blick auf sich ruhen spürten. Eine Woche nachdem sie angefangen hatte, ihre Sitzungen auf diese Weise abzuhalten, ging jeder Seelenklempner in Boston mit Patienten spazieren.

»Oh Gott, nicht schon wieder akute Agoraphobie.« Auch das war ein typischer Witz von Mattei. Fünfzig Prozent ihrer Patienten litten zu einem gewissen Grad an der Angst vor freien Plätzen, ein Phänomen, das die Chancen auf ein persönliches Erscheinen der Patienten deutlich minderte und das Mattei nun veranlasst hatte, die anderthalbfache Gebühr für ausgefallene Termine zu berechnen. Zee verlangte allerdings nur selten von ihren Patienten, sich nach dieser neuen Regel zu richten.

Mattei bemühte sich heute mehr als sonst, sie zum Lachen zu bringen, Zee runzelte also wahrscheinlich wieder die Stirn. Zees angeborener Gesichtsausdruck schien in einem Stirnrunzeln zu bestehen, das andere Leute zum Witzeerzählen anregte, häufig sogar völlig Fremde, die alle naselang den Drang verspürten, sie irgendwie aufzumuntern. Erst diesen Morgen war ein älterer Herr, der es versäumt hatte, die Hinterlassenschaft seines Hundes am Louisburg Square zu entsorgen, auf sie zugekommen und hatte sie aufgefordert zu lächeln.

Sie starrte ihn an.

»So schlimm kann es doch nicht sein«, meinte er.

Wäre er nicht älter als ihr Vater gewesen, hätte Zee ihm geantwortet, er solle sich verziehen, das sei nun einmal ihr normaler Gesichtsausdruck, und einen Mann, der die Exkremente seines Hundes nicht aufhob, sollte man sowieso nicht frei herumlaufen lassen. Stattdessen gelang ihr die Andeutung eines gezwungenen Lächelns.

»Aber im Ernst mal, welchen Patienten hättest du jetzt?« Mattei wartete auf eine Antwort.

»Lilly Braedon.«

»Mrs. Perfect also«, sagte sie. »Ach, Unsinn, hatte ich ganz vergessen, das bist ja du.«

»Noch nicht«, sagte Zee ein wenig zu rasch.

»Aha!«, sagte Mattei. »Klare Sache. Der Fall ist abgeschlossen. Das macht dann dreihundertfünfzig Dollar.«

»Sehr witzig«, meinte Zee, während Mattei ihre Laufschuhe aufhob und aus dem Zimmer ging.

Ursprünglich war es Lilly Braedons Ehemann gewesen, der sich hilfesuchend an Dr. Mattei gewandt hatte. Die Leute kamen aus der ganzen Welt, um sich von ihr behandeln zu lassen. Mattei, Harvard-Absolventin mit einem kurzen Aufenthalt an der John Hopkins, hatte als Psychiaterin die besten Referenzen. Sie hatte den maßgeblichen Artikel über Bipolare Störungen in Verbindung mit Panikzuständen für das *American Journal of Psychiatry* geschrieben. Sie hatte auch eng mit einem Team von Genforschern zusammengearbeitet, die eine Verbindung zwischen der Krankheit und dem achtzehnten Chromosom festgestellt hatten, eine bahnbrechende Entdeckung.

Doch dann nahm Matteis Karriere einen anderen Lauf. Sie begann sich für eine populärere Herangehensweise an die Psychiatrie zu interessieren. Das Buch, das sie in ihrem zehnten Jahr der Berufspraxis schrieb, der populärwissenschaftliche Ratgeber *Sicher zu Hause*, machte sie berühmt. Das Buch war inspiriert von einem Ersatzspieler der Red Sox, den sie erfolgreich wegen seiner Panikattacken behandelt hatte. Ihre praktischen Lösungen für seine Ängste basierten auf der Biofeedback-Methode, Desensibilisierung und Sense Memory.

»Die Welt ist ein beängstigender Ort«, erklärte Mattei erst einem Lokalsender und später Oprah. »Ich zeige Ihnen, was sie tun können, damit Sie keine Angst mehr haben.« In dem Buch wurden lauter Sinnesspiele empfohlen, Tipps, die manchmal zu simpel waren, um sonderlich glaubwürdig zu wirken: einen Handschmeichler mitnehmen, an Lavendel riechen, tief einatmen. Auf der Begleit-CD gab es geführte Meditationen, mal mit Musik, mal mit Naturklängen oder Gedichten. Sogar eine alte irische Weisheit wurde darauf zitiert (die sinngemäß aussagt, man brauche sich über gar nichts Sorgen zu machen, denn schlimmstenfalls würde man in die Hölle kommen, dort seien aber sowieso schon sämtliche Freunde, also müsse man sich gar nicht aufregen). Mattei war zwar eine lockere Mischung aus französischen, italienischen und japanischen Vorfahren und hatte keinen Tropfen irischen Bluts in sich, aber aus unerfindlichen Gründen schätzte sie alles Irische. Vielleicht war das irgendwie typisch Boston. Sie liebte James Joyce und schwor sogar, sie habe *Finnegan's Wake* gelesen und verstanden, was Zee ernsthaft bezweifelte. Dass Mattei Guinness und U2 liebte, bezweifelte Zee hingegen nicht. Zee und ihr Verlobter Michael hatten den letzten St. Paddy's Day mit Mattei und ihrer Lebensgefährtin Rhonda in einer Bar in Southie verbracht, und Mattei hatte wacker mit den gestandenen Bostoner Iren mitgetrunken. Und erst vor einem Monat war Mattei von einem ihrer Therapiespaziergänge mit einer pinkfarbenen Armani-Sonnenbrille zurückgekommen, die dem Modell sehr ähnelte, das Zee einmal bei Bono gesehen hatte.

Mattei hatte die übliche Lesereise absolviert. Aber der Wahnsinn ging erst richtig los, nachdem sie bei *Oprah* aufgetreten war. In diesem Land gebe es eine zunehmende Panik, erklärte Mattei Oprah. Auf jeden Fall seit 9/11. Und die Wirtschaft? Furchterregend. »Wissen Sie, wovor Frauen die größte Angst haben? Vor der Obdachlosigkeit.« Sie fuhr fort zu erklären, dass die Allgemeinbevölkerung die größte Angst davor habe, in der Öffentlichkeit zu sprechen. Viele Leute sagen, sie würden lieber sterben, als vor einer Gruppe aufzustehen und einen Vortrag zu halten. Nachdem sie solche Statistiken heruntergespult hatte, wandte sich Mattei zur Seite und sprach direkt in die Kamera. »Wovor haben Sie wirklich Angst?«, fragte sie Amerika. Diese Herausforderung fand ihren Niederschlag in der Populärkultur. Mattei beendete ihren Auftritt mit einem sinngemäßen Zitat von Albert Einstein. *Die wichtigste Frage, die ein Mensch sich stellen kann, lautet: Ist das Universum ein freundlicher Ort?*, erklärte sie und übersetzte das Ganze dann in Begriffe, die jeder verstand. *Sobald man das für sich entschieden hat, kann man quasi bestimmen, was die Zukunft für einen bereithält.*

Ihr Buch landete an der Spitze der Bestsellerliste der *New York Times* und hielt sich dort zweiundsechzig Wochen. Mit Matteis wachsendem Ruhm stieg auch die Zahl ihrer Patienten exponentiell an, und sie stellte Assistenzärzte ein, aber ihre eigentliche Arbeit bestand immer noch in der Beschäftigung mit bipolaren Störungen.

»Wusstest du, dass achtzig Prozent aller Dichter an einer bipolaren Störung leiden?«, fragte Mattei Zee eines Morgens.

»Meine Mutter hat nicht gedichtet. Sie hat Kinderbücher geschrieben«, sagte Zee.

»Wie dem auch sei …«, antwortete Mattei.

»Wie dem auch sei« war wahrscheinlich das Beste, was Zee je von Mattei gelernt hatte. Schon, es war ein Ausdruck, aber es war auch viel mehr als ein Ausdruck, es war ein Konzept. »Wie dem auch sei«, das sagte man, wenn man nicht nachgeben wollte, ob man nun eine Meinung oder eine Absicht verkündete. Es war eine Aussage, keine Frage, und der einzige Ausdruck, auf den eine Antwort keinen Sinn hatte. Wollte man ein Gespräch oder einen Streit beenden, dann war »Wie dem auch sei« genau das Richtige.

Zee dachte häufig, was mit ihrer Mutter passiert war, habe mit dazu beigetragen, dass Mattei sie angestellt hatte. Maureens Fallgeschichte könnte durchaus gutes Material für ein Buch liefern. Aber Mattei war nie deswegen auf sie zugekommen. Als Zee eines Tages ihre Theorie vorbrachte, sagte Mattei nur, das sei ein Irrtum, sie habe Zee vielmehr wegen ihrer roten Haare eingestellt.

Theorie und Forschung blieben Matteis Leidenschaft, und obwohl sie eine gut gehende Praxis hatte, musste sie das immer noch ausstehende zweite Buch schreiben und ihre neue Mutter-Tochter-Theorie dokumentieren. Die meisten Patienten, die Zee betreute, waren daher Matteis Überschuss. Michael bezeichnete sie als »Wanderpokal«, ohne sich allerdings der zweideutigen Bedeutung bewusst zu sein. Er hatte das lustig gemeint und nicht negativ. Michael fand nämlich alles gut, was Mattei machte. Sie waren seit dem Medizinstudium miteinander befreundet. Als Mattei ihm vorschlug, er sollte Zee kennenlernen, denn sie hätte wahrscheinlich das perfekte Mädchen für ihn gefunden, da tat er ihr den Gefallen nur zu gerne.

Bald darauf traf sich Zee mit Michael zu einem Blind Date. Auf Matteis Empfehlung hin hatte er sie ins Radius ausgeführt. Er hatte für sie beide bestellt, Kurobuta-Schwein und einen Zweihundert-Dollar-Barolo. Nachdem sie die Flasche ausgetrunken hatten, willigte Zee ein, mit ihm ein Wochenende auf Martha's Vineyard zu verbringen. Nicht viel später waren sie zusammengezogen. Ähnlich wie ihre Anstellung in Matteis Praxis war die Beziehung einfach so passiert.

Was dann folgte, schien Zee immer noch eine posthypnotische Suggestion zu sein. Michael war nicht nur ebenfalls der Meinung, Zee sei das perfekte Mädchen für ihn, er schien es sogar nie hinterfragt zu haben. Und genau ein Jahr nach ihrem ersten Rendezvous, eine Zeitspanne, die Mattei wahrscheinlich angemessen fand, hatte Michael ihr einen Heiratsantrag gemacht.

Zee war sehr froh gewesen, als Mattei sich entschieden hatte, sie einzustellen. Sie hatte eben ihren Master unter Dach und Fach und arbeitete an ihrer Doktorarbeit, da bekam sie von Mattei das Angebot, in ihre Praxis einzusteigen. Mattei überließ ihr die Moderation von ein paar Gruppensitzungen, bei denen sie Zee betreute. Als Zee schließlich den Doktortitel führen durfte, hatte sie bereits ein Eckbüro mit Blick auf die Charles Street und eine Patientenkartei, für die sie selbst Jahre gebraucht hätte.

Der Ausdruck »Fall abgeschlossen« gehörte zu Matteis größten Späßen. Obwohl sich die Patienten unter ihrer Behandlung fast immer besser fühlten, wurden sie niemals *geheilt*. Es gab keine abgeschlossenen Fälle, zumal nicht in der modernen amerikanischen Gesellschaft, wie Mattei beteuerte. Nicht in einem Land, das allen möglichen Manien und den nachfolgenden depressiven Phasen einen besonders fruchtbaren Boden bereitete, das Land, das die Werbe- und Marketing-Maschinerie erfunden hatte, bei der man sich erst gut genug fühlte, wenn man seine Konten überzog, um das nächste tolle Ding zu kaufen. Nicht, dass Mattei etwas gegen die Werbe- und Marketing-Maschinerie gehabt hätte. Diese Maschinerie hatte sie reich gemacht. Aber es gab keine abgeschlossenen Fälle. Ein abgeschlossener Fall, das war ausgesprochen unamerikanisch.

Als Lilly Braedon auftauchte, reichte Mattei sie schnell an Zee weiter.

Im Jahr zuvor hatte Lilly eine schlimme Angststörung bekommen. Ortsansässige Ärzte hatten bereits alle denkbaren körperlichen Ursachen ausgeschlossen: die Schilddrüse, Anämie, Lupus usw. Nachdem ihr Ehemann (zum ersten Mal in seinem Leben, wie er versicherte) eine Folge der Talkshow *The View* gesehen hatte, ging er, der mit eigenen Worten »Lilly mehr liebte als das Leben« (eine Aussage, die bei Zee und auch bei Mattei die Alarmglocken schrillen ließ), in den Buchladen Spirit of `76 in Marblehead, um Matteis Buch zu besorgen, aber es war ausverkauft. Sofort bestellte er zwei Exemplare, eines für sich und eines für seine kranke Frau.

Doch Lilly war zu geplagt, um zu lesen. Damals verließ sie das Haus nur am späten Nachmittag, wenn die Schatten länger waren und das grelle Sommerlicht (eine weitere irrationale Angst) gedämpfter. Am späten Nachmittag, erzählte ihr Mann, unternahm Lilly oft lange Spaziergänge durch die verwinkelten Straßen von Marblehead und hinauf durch die Gräber am Old Burial Hill zu einem Felshang über Marblehead Harbor, wo sie manchmal bis nach Sonnenuntergang blieb.

»Eigentlich leidet sie dann gar nicht an Agoraphobie«, sagte Mattei zu dem Ehemann, als sie ihre erste Patientenanalyse von Lilly vorgenommen hatte. »Schließlich geht sie aus dem Haus.«

»Aber nur, um spazieren zu gehen«, sagte der Ehemann. »Angeblich, um sich zu beruhigen.«

»Interessant«, sagte Mattei.

Zee merkte, dass sie das nicht ehrlich meinte. Zee war bei Lillys Sitzung anwesend, weil Mattei bereits beschlossen hatte, sie weiterzugeben. Lilly Braedon interessierte Mattei nicht.

Aber Zee interessierte sie sehr. Seit sie ihre neue Patientin zum ersten Mal getroffen hatte, hatte Zee den Verdacht, an der Geschichte sei mehr dran, als Lilly erzählte.

Jeden Dienstag fand Zees eigene Therapiesitzung bei Mattei statt. Meistens unterhielten sie sich über ihre Patienten, zumindest über diejenigen, die Medikamente nehmen mussten, und das war die Mehrzahl. Wenn Patienten mit Panikattacken heutzutage keine Medikamente nahmen, gab es ziemlich sicher einen Grund dafür. Entweder steckten sie in einem Zwölf-Punkte-Programm, meistens wegen Alkohol oder Drogen, oder sie litten an der Art von Paranoia, die einem verbietet, überhaupt irgendwelche Medikamente zu nehmen.

An diesem Vormittag war Zee »die üblichen Verdächtigen« durchgegangen, wie Mattei ihre Patientenliste nannte. Einem ging es besser, ein anderer hatte sich selbst Bourbon und Schlaftabletten verordnet. Eine Frau hatte sämtliche Medikamente abgesetzt und zeigte langsam Anzeichen einer manischen Phase. Als sie auf Lilly zu sprechen kamen, teilte Zee Mattei mit, dass es nichts zu berichten gäbe.

»Unbefriedigend«, sagte Mattei. Normalerweise schien sich Mattei nicht das Geringste um Lilly Braedon zu scheren. Aber Zee hatte bei ihrer letzten Besprechung etwas gesagt, das ausnahmsweise einmal ihr Interesse geweckt und sie zu einer Frage veranlasst hatte. Als Zee nun sagte, nichts habe sich verändert, wollte Mattei das nicht gelten lassen.

»Heißt das, Lilly ist in einer normalen Phase?« Mattei bezog sich auf Lillys bipolare Störung. Mit bipolaren Störungen kannte sich Zee nur zu gut aus. Genau diese Diagnose hatte ihre Mutter vor Jahren bekommen, nur nannte man damals jemanden, der unter einer solchen Störung litt, manisch-depressiv, was Zee immer für eine bessere Beschreibung gehalten hatte. In den meisten Fällen war die Störung gekennzeichnet durch starke Stimmungsschwankungen, gefolgt von relativ normalen Phasen.

»Normal würde ich nicht sagen«, meinte Zee.
»Gibt es wieder Probleme mit der Polizei von Marblehead?«
»In letzter Zeit nicht«, sagte Zee.
»Na, das ist doch schon mal was.«

Um 3:35 Uhr war Lilly immer noch nicht da. Zee ging ans Fenster. Auf der anderen Seite des Storrow Drive saß eine Obdachlose auf einer Bank, aber am Charles River war niemand unterwegs. Es war zu heiß und feucht, um sich zu bewegen. Der Verkehr floss zäh, die Fahrer hupten und waren genervt, sie wollten auf die Straßen nach Norden kommen. Die »Pappbrücke«, wie Zee die Craigie Bridge nannte, sah aus wie eine schlechte Arbeit aus dem Kunstunterricht für die vierte Klasse. Jahrelang hatte sich Ruß an den falschen Stellen gesammelt, und der Dunst heute ließ die Brücke noch platter, eindimensionaler und unechter wirken als je zuvor.

Um 3:45 Uhr rief Zee bei Lilly an. Marblehead hatte die Amtsvorwahl 631. Früher war es NE1, hatte Lilly ihr erzählt, als sie ihre Telefonnummer für die Kartei aufschrieb. »NE für Neptun – Sie wissen schon, Neptun, der römische Meeresgott?«

Zee dachte an ihre Schulzeit zurück. Neptun beziehungsweise Poseidon, Gott des Meeres und Gemahl der Amphitrite – der zweite Vorname von Zees Mutter. Maureen Doherty war zwar ein ausgesprochen irischer Name, aber Zees Großmutter hatte all ihren drei Kindern als zweiten Vornamen die Namen griechischer Götter und Göttinnen gegeben. Daher hieß Zees Mutter Maureen Amphitrite Doherty. Onkel Mickeys zweiter Vorname lautete Zeus, und Onkel Liam, der noch vor Zees Geburt in Irland gestorben war, hieß Antäus, ein eindeutiger Vorbote der mythenbildenden Gewalt in seiner Zukunft. Zee wusste noch, wie Maureen Onkel Mickey wegen seines zweiten Vornamens gehänselt hatte. »Na hör mal, welche Mutter hält ihren Sohn nicht für einen Gott?«, hatte Mickey geantwortet. *Stimmt*, dachte Zee.

Zee zwang sich zurück in die Gegenwart. In letzter Zeit schweifte sie gedanklich ständig ab. Nicht nur mit Lilly ging es ihr so, sondern mit all ihren Patienten. Es kam ihr vor, als würden sie dieselben Geschichten immer wieder erzählen, bis Zee eher die Arbeit eines Detektivs zu leisten hatte. Der Schlüssel lag nicht in den Geschichten selbst, zumindest nicht in denen, die sie erzählten und andauernd noch mal erzählten. Eher waren es die Variationen ihrer Geschichten, die kleinen Details, die sich bei jedem Erzähldurchgang änderten. Diese Details waren häufig der Schlüssel zu den Problemen, die tief unter der Oberfläche lagen. An welcher Stelle erzählte der Patient nicht die Wahrheit?

»Jeder lügt«, lautete ein weiterer von Matteis Lieblingssprüchen.

Und so lauschte Zee, während die Wochen verstrichen, Lilly und den Variationen ihrer Geschichten, die sie wieder und wieder erzählte. Aber an dem Tag, an dem Lilly Neptun erwähnte, da berichtete sie etwas, das Zee noch nie zuvor gehört hatte.

»Früher, bevor die Telefone in Marblehead Wählscheiben hatten, als die Vermittler immer die vier Silben ›Welche Nummer‹ näselten, da musste man ›Neptun 1‹ für eine Amtsleitung nach Marblehead sagen.« Lilly selbst war viel zu jung, um sich an Telefone ohne Wählscheiben und an Telefonvermittlungen zu erinnern, aber aus irgendeinem Grund schien sie diese Bagatelle wichtig zu finden.

»Hat Neptun eine besondere Bedeutung für Sie?«, fragte Zee.

Lilly verzog das Gesicht. »Ich hatte immer Angst vor Neptun«, sagte sie. »Neptun ist ein rachgieriger Gott.«

Um 5:20 Uhr wählte Zee die Nummer ihrer Hochzeitsplanerin. »Es tut mir wirklich sehr leid, aber ich muss wieder absagen, mein Fünf-Uhr-Termin hat sich verspätet«, sagte sie und war froh, dass sie nur auf den Anrufbeantworter zu sprechen brauchte statt mit der Frau persönlich – die ihr zugegebenermaßen eine Heidenangst einjagte.

Zee war ein bisschen aufgeregt, so wie als Kind, wenn sie schneefrei hatten. Michael würde erst mit dem letzten Flug aus Washington kommen. Nachdem ihr nun ein Winterbild eingefallen war, beschloss Zee, diese unerwartete Freiheit wie einen Schneefrei-Schultag zu nützen. Auch wenn jetzt draußen fünfunddreißig Grad herrschten. Der Abend lag vor ihr. Sie konnte damit anfangen, was sie wollte. Zee wusste nicht, wann sie das letzte Mal einen freien Abend gehabt hatte. Schon seit längerem war nur wenig Zeit für anderes geblieben als Arbeit und Hochzeitsplanung. Sie hatte in den letzten Monaten nicht einmal ihren Vater besucht und ein schlechtes Gewissen deswegen, obwohl sie wusste, dass er sie verstehen würde.

Der Hochzeitstermin war erst im Spätherbst, aber sie hatte den Eindruck, als gäbe es jeden Tag mindestens eine wichtige Sache für die Hochzeit zu erledigen. Zee hasste das. Heute Abend sollten sie eigentlich Sushi bei O Ya probieren, und drei Sorten Sake. Kein schlechter Plan für den Abend, wenn man es recht überlegte. Aber Michael würde es nicht rechtzeitig schaffen, und alleine konnte sie mit der Hochzeitsplanerin nicht verhandeln. Das Problem war nicht die Hochzeitsplanerin, die wahrscheinlich die beste von ganz Boston war. Das Problem lag darin, dass Zee keine Entscheidungen treffen konnte, dass sie nichts aus der Unmenge von Optionen auswählen konnte, die die Hochzeitsplanerin anbot.

Ihre Entschuldigung war eine Lüge gewesen – eigentlich eher eine kleine Verdrehung der Tatsachen. Lilly hätte um drei Uhr bei ihr sein sollen und nicht um fünf, und ob sie noch erschien oder nicht, würde wenig an den Plänen für den Abend ändern.

2

Obwohl es zu ihrem Haus am Beacon Hill nicht weit zu laufen war, winkte Zee einem Taxi. Sie war nicht Mattei. Sie schwitzte nicht gerne. Draußen vermischten sich Abgase und Dunst und schufen in der Hitze ein Trugbild, das die Gebäude auf der anderen Seite des Flusses aussehen ließ, als würden sie gleich schmelzen. Stadteinwärts wie stadtauswärts stockte der Verkehr. Ein Lastwagen, der irgendwie auf den Storrow Drive gelangt war, hatte eine Fußgängerüberführung gerammt und abgerissen, und nun ging in beide Richtungen gar nichts mehr. Zee lotste den Taxifahrer weg von dem Stau und den Hügel hinauf.

In dem Taxi war es kühl. Auf einem Sender mit schlechtem Empfang lief Mahler, unterbrochen von den Störgeräuschen durch das iPhone des Fahrers, das immer wieder E-Mails abzurufen versuchte. Auf dem Beifahrersitz war eine Großflasche Händedesinfektionsmittel ausgelaufen, und es roch nach Alkohol, ohne dass es der Fahrer gemerkt hatte. Zee dachte unwillkürlich an alte Spionagefilme: ein Taschentuch mit Chloroform, eine Hand auf dem Mund, Aufwachen an einem dunklen Ort. Sie öffnete das Fenster einen Spalt und versuchte nicht zu atmen, zumindest nicht zu tief.

Sie dachte an Matteis Sinnesübungen. *Schalte deine Sinne ab und tausche sie aus.* Riechen und was? Hören? Nein, tasten war besser. Zee fuhr mit den Fingern über den Türgriff und den Kunstledersitz. *Schalte die Sinne ab, die dich stören, wähle diejenigen aus, mit denen du zurechtkommst.*

Als sie endlich zu Hause angelangt war, gab Zee dem Taxifahrer Trinkgeld, lief zur Rückseite des Hauses, stieg die Außentreppe zur Veranda hinauf und ging durch die Küchentür hinein. Innen war es eiskalt, was gut zu ihrem Schneefrei-Vergleich passte.

Vor ein paar Augenblicken war sie noch froh um die Hitze gewesen, und nun war sie wieder froh um die Kälte. In letzter Zeit schien Zee diese Extreme immer mehr zu brauchen. Darüber wollte sie gar nicht weiter nachdenken, denn es erinnerte sie zu sehr an ihre Mutter. Sie zog sich die Schuhe aus, ohne sich welche von den Pantoffeln für Gäste zu nehmen, die Michael in einem Eimer bereitgestellt hatte. Ihre heißen Füße verursachten feuchte Abdrücke auf dem kühlen, dunklen Holzboden. Mit jedem Schritt nach vorn verschwanden langsam die Fußabdrücke, die sie hinter sich ließ.

Sie war ein wenig hungrig und öffnete den Kühlschrank. Es gab noch ein paar Reste von der Party, zu der sie am letzten Wochenende eingeladen hatten, ein bisschen Schinken aus Italien und eine Menge Käse. Sie hatten mehrere Gäste gehabt. Zum Großteil waren das Leute, mit denen Michael zusammenarbeitete, und ein paar Freunde von Mattei, auch Rhonda, die Zee sehr mochte. Mattei und Rhonda hatten ebenfalls vor zu heiraten, jetzt, wo das in Massachusetts legal war. Rhonda wollte sämtliche Details besprechen: ihr Brautstrauß (nur aus Pfingstrosen, eng zu einem Biedermeiersträußchen gebunden, aber die Stiele sollten spiralförmig gedreht und sichtbar sein), ihre Musik (Jazz-Pop-Fusion). Die Hochzeit der beiden sollte Ende August stattfinden, am Tag vor dem Labor Day, der dieses Jahr auf den 1. September fiel. Dass Rhonda so genau wusste, was sie wollte, bereitete Zee nicht viel Kopfzerbrechen. Rhonda hatte wahrscheinlich schon immer gewusst, was sie wollte, dachte Zee, wie die meisten Mädchen, ob sie nun hetero sind oder lesbisch. Als sie Rhonda zuhörte, wünschte sich Zee zum ersten Mal, zu den Mädchen zu gehören, die wussten, was sie wollten. Früher war sie auch eines dieser Mädchen gewesen, aber das war so lange her, dass sie sich kaum mehr an dieses Gefühl erinnern konnte.

Der Juli näherte sich, und damit der offizielle Start der Sommerfeste. Sie dachte an den letzten 4. Juli, den Unabhängigkeitstag, zurück. Während Michael und Mattei herumgingen, Häppchen weiterreichten und Smalltalk machten, saßen Zee und Rhonda auf der Veranda und sahen sich das Feuerwerk an. Die Wohnung, in der Zee mit Michael wohnte, hatte mit den besten Ausblick in Boston, es war der perfekte Ort für die Lightshow, allerdings konnte man von hier aus das Pops Orchestra nicht hören – dafür musste man zur Esplanade. Deshalb hatte Michael das Radio eingeschaltet. Der Ton kam mit einer Sekunde Verzögerung, jeder Takt war erst nach dem Lichtblitz zu hören.

Damals hatte Michael so glücklich gewirkt, wie er herumgegangen war und allen von seinem guten Barolo nachgeschenkt hatte, den er auf einer Auktion entdeckt hatte. Letztes Wochenende hatte er nur französische Weine ausgeschenkt, darunter einige Deuxième-Crus. Michael hatte eine gute Sammlung, die nur aus Rotweinen bestand.

Zee zog eine halbe Flasche Kendall-Jackson Chardonnay aus dem Gemüsefach. Sie hatte sie am Abend der Party versteckt, und zwar nicht im Weinkühlschrank, sondern beim Salat, denn dort würde Michael niemals suchen. Er hasste Salat, das Einzige, was sie je als Hauptgericht zubereitete. Sie zauberte kunstvolle Salate mit hausgemachten Dressings, Vinaigrettes und Saucen. Sie machte auch Müsli für das Frühstück im Winter, Hafergrütze, die man vierzig Minuten lang kochen musste, und Cowboykaffee mit einem Ei darin, der Michael sogar schmeckte, auch wenn ihm ihre Methode, die Kanne auf dem Herd überkochen zu lassen, bevor sie die Tasse kaltes Wasser zum Ablöschen hineingab, nicht so gefiel. Michael meinte, das mit dem Überkochen funktioniere wahrscheinlich auf einem Lagerfeuer besser, und ob sie nicht einfach die Kanne hochnehmen könne, bevor es sprudelte und überlief? Die Antwort lautete Nein, irgendwie ging das nicht, aber sie machte nachher immer alles sauber.

Zee goss sich Chardonnay in einen Kaffeebecher und wollte die Flasche wieder zukorken. Als sie sah, wie wenig noch darin war, schüttete sie auch den Rest des Weins nach. Sorgfältig legte sie die Flasche in die Müllpresse, betätigte den Schalter und wartete auf das Krachen und Knirschen. Die Tüte war fast voll, deshalb nahm sie sie heraus und trug sie auf die Veranda, ging barfuß die Treppe wieder hinunter, legte die gepresste Flasche unten in die Mülltonne – nicht zum Recyclingmüll, wie es ihr lieber gewesen wäre, sondern in den Restmüll, damit die Flasche gänzlich verschwand. Nicht, dass Michael etwas dagegen gehabt hätte, dass sie Wein trank, aber er hätte auf jeden Fall etwas dagegen, wenn sie einen eichig schmeckenden Chardonnay aus Kalifornien trank.

Sie lief die Treppe wieder hinauf und ließ sich ein Bad ein, das Wasser so heiß, wie sie es gerade noch aushielt. Aus dem Schrank holte sie ihren Winterbademantel, ein abgetragenes Frottee-Teil, das sie aus einem Spa gestohlen hatte, in das Michael sie mitgenommen hatte, kurz nachdem sie sich kennengelernt hatten. Später bekam sie ein schlechtes Gewissen und schickte dem Hotel einen Scheck über den Betrag. Wenn es schon ein Schneefrei-Tag werden sollte, dann richtig, dachte sie. Im Haus war es zumindest kalt genug, um sich Schnee auf dem Dach vorstellen zu können.

Sie ließ die Wanne so voll wie möglich laufen und glitt ins Wasser. Sie nahm einen Schluck Wein, dann noch einen, dann trank sie den Becher aus. Als sie das Gefühl hatte zu fallen, spürte, wie die Muskeln sich entspannten, ein kurzes Loslassen, das schnell kam und wieder verschwand, rutschte sie unter das

Wasser, ließ es in Ohren und Mund eindringen. Sie stemmte die Beine weit auseinander und ließ sich von der Hitze erfüllen. Dann wurde es in ihrem Kopf endlich ruhig, und sie vergaß Lilly und die furchteinflößende Hochzeitsplanerin und Finch und schließlich auch Michael und die Gewissensbisse, die derzeit meistens an ihr nagten, wenn sie an die Hochzeit dachte und an alles, was sie eigentlich erledigen sollte.

Zee merkte erst, dass sie eingeschlafen war, als sie Michael über ihr im Bad stehen sah. Wie lange wohl schon? Das Wasser war mittlerweile kalt, der Himmel draußen dunkel.

Sie kletterte aus der Wanne und nahm sich ein Handtuch.

»Ich hab dich gar nicht reinkommen hört«, sagte sie und wickelte sich in den Frotteemantel.

Er stand einfach da und schaute sie an, sein Gesichtsausdruck war schwer zu ergründen. Sie merkte, dass er etwas zu sagen hatte, etwas Wichtiges, wie es aussah, aber sie war noch nicht bereit für ein Gespräch.

»Einen Moment, ja?«, sagte Zee, und Michael drehte sich um und verließ das Bad.

Sie ging ins Schlafzimmer und holte sich ein Paar Socken, damit sie nicht noch mehr Fußabdrücke auf dem Holzboden hinterließ. Dann zog sie ein Sweatshirt und Jeans an.

Er war in der Küche und aß ein Stück Lachs. Sie erkannte die O-Ya-Schachtel.

»Was soll das alles?«, fragte sie ihn.

»Ich habe dich angerufen. Du bist an kein Telefon gegangen.«

»Tut mir leid«, sagte sie. Damit fing sie momentan die meisten ihrer Sätze an.

»Die Hochzeitsplanerin hat gekündigt«, sagte Michael. »Aber sie berechnet uns sechstausend Dollar für ihren Zeitaufwand.« Er hielt ihr die Platte hin. »Ich schätze mal, die Dinger hier sind einen halben Tausender pro Stück wert.«

Sie schüttelte den Kopf. Sie hatte keinen Hunger. Ihr war ein wenig schlecht.

»Für den Preis hätte sie auch den Sake mitschicken können«, meinte er.

Sie ging zu ihm und umarmte ihn, länger als sie wollte. Er erwiderte die Umarmung nicht. »Tut mir leid«, sagte sie. »Ich übernehme die Rechnung.«

»Es geht nicht um das Geld«, sagte er. Er zögerte, bevor er fortfuhr. »Ich muss dir eine wichtige Frage stellen.«

»Was für eine Frage?«

»Willst du NICHT heiraten?«

Das traf sie unvorbereitet. »Wie kommst du denn auf die Idee?«

»Ach, Zee.«

Ein langes Schweigen folgte. Die Wahrheit war, sie wusste es nicht. Sie wusste nicht, ob sie grundsätzlich heiraten wollte oder ob ihr nur das gesamte Prozedere zuwider war. Die große Hochzeit, das war ganz klar sein Wunsch. Sie kam nur auf etwa fünf Leute, die sie überhaupt einladen wollte.

»Vielleicht mag ich einfach die Hochzeitsplanerin nicht.« Das wusste sie zumindest sicher, auch wenn sie sonst nicht viel wusste. Sie kam sich plötzlich albern vor wegen des Schneefrei-Tags und hatte ein schlechtes Gewissen, weil sie ihn verstimmt hatte.

»Na, das Problem hast du ja wohl gelöst.«

»Ach, komm«, sagte sie. Sie langte in die Schachtel, die man ihnen geschickt hatte, und holte ein Sushi heraus. Sie würde abbeißen, Michael sagen, wie lecker es schmeckte und dass sie glaubte, sie hätten das perfekte Essen für die Hochzeit gefunden. »Das ist wirklich gut«, sagte sie. »Sehr gut sogar.« Sie musste gar nicht lügen.

Das Telefon klingelte. Zee machte keine Anstalten ranzugehen.

Sie folgte seinem Gedankengang. Michael war Spieltheoretiker und auf seinem Gebiet ebenso berühmt wie Mattei. Er wurde dafür bezahlt vorherzusagen, wie sich Gruppen von Menschen verhalten würden. Daher schien Michael immer vorab zu wissen, was sie tun würde, selbst wenn sie selbst (wie es derzeit häufig der Fall war) gar keine Ahnung hatte.

Geh nicht ans Telefon, dachte sie.

Sie sprach es nicht aus. Es wäre albern gewesen. Und es hätte nichts genützt. Als sie so neben ihm stand, hatte sie das Gefühl, sie wäre die Spezialistin für Spieltheorie, denn sie wusste genau, wie er sich verhalten würde.

Beim fünften Klingeln ging Michael ans Telefon. »Ja?«, sagte er in den Hörer. Zee merkte, dass es Mattei war. Damit sie seinen Tadel von vorhin weiter zu spüren bekam, führte er aus: »Nein, Zee geht offensichtlich *nicht* an ihr Handy.« Er hörte Mattei einen Augenblick zu, dann ging er auf ihre Anweisung zum Fernseher und schaltete ihn an. »Welches Programm?«, fragte er noch und reichte das Telefon an Zee weiter.

Zee hielt den Blick auf den Fernseher gerichtet, während Michael umschaltete, bis schließlich Channel Five kam, der lokale Nachrichtensender.

»Was ist los?«, fragte Zee Mattei.

Man sah mehrere Autos auf der oberen Ebene der Tobin Bridge an der Seite parken. Ein Geländewagen mit offener Fahrertür stand neben dem Geländer ganz links. Die Polizei versuchte, all die Menschen zurückzuhalten, die sich über die Brüstung lehnten und nach unten zeigten. Die Fernsehkamera schwenkte über das dunkle Wasser, aber abgesehen von ein paar Vergnügungsbooten gab es nichts Ungewöhnliches zu sehen. Dann kam wieder die Reporterin ins Bild, eine Blondine mit blauem Top. Sie hielt der Kassiererin der Brückenmaut das Mikrofon hin und fragte: »Wussten Sie, dass sie springen würde, als sie angehalten hat?«

Die Kassiererin schüttelte den Kopf. »Ich dachte, sie macht die Tür auf, weil ihr das Geld runtergefallen ist.«

Ein anderer Augenzeuge, der unbedingt ins Bild wollte, beugte sich über das Mikrofon. »Sie ist nicht nur einfach gesprungen, das war der reinste Hecht.«

Die Reporterin hielt einem Mann das Mikrofon hin, der an der Seite stand und über das Geländer starrte. »Sie sollen alles mit angesehen haben«, sagte sie zu ihm.

Er sagte nichts, sondern schaute die Reporterin nur an.

Zee erkannte sofort, dass er unter Schock stand, und hoffte, er würde medizinisch betreut.

Die Frau streckte ihm das Mikrofon näher hin. »Was haben Sie gesehen?«

Als würde er plötzlich begreifen, wo er war, riss sich der Mann zusammen. Mit angewidertem und verärgertem Gesichtsausdruck schob er das Mikrofon weg. »Aufhören«, sagte er.

Zee war schwindelig. Sie hielt sich an der Sofalehne fest, um nicht umzufallen. Aus der Fahrertür des Geländewagens drang immer noch ein schwaches Piepsen, vom Zündschloss her, in dem noch der Schlüssel steckte. Es war schwach und ließ nach, aber niemand hatte daran gedacht, es auszuschalten.

Zee erkannte den Wagen.

»Ihr Mann hat eine Nachricht hinterlassen«, sagte Mattei zu Zee.

Michael starrte Zee an. Er verstand immer noch nicht, was da vor sich ging.

»Wer war das?«, fragte er schließlich.

»Mein Drei-Uhr-Termin«, sagte Zee.

3

Zee nahm den Tunnel zum North Shore und nicht die Brücke. Der alte Volvo, den sie sich während des Studiums gekauft hatte, schaffte es jedes Jahr ganz knapp durch die Inspektion, aber sie konnte sich irgendwie nicht davon trennen, obwohl sie in der Stadt nur selten das Auto nahm. Die Spur war so schlecht eingestellt, dass sie das Lenkrad fest mit beiden Händen greifen musste, um geradeaus zu fahren.

Zee hasste Tunnel – die Dunkelheit, die Feuchtigkeit, das Tröpfeln von oben. Sie stellte sich immer vor, das Wasser würde sich mit all seinem Gewicht durch die Spalten drücken, schwache Stellen finden und sich hindurcharbeiten. Sie war nicht allein. Seit dem Einsturz der Deckenplatten eines Big-Dig-Tunnels vor ein paar Jahren waren die meisten Bostoner ein wenig ängstlich, was Tunnel anging.

»Wasser findet immer seinen Weg«, sagte Zee laut, obwohl außer ihr niemand im Auto saß und es irgendwie komisch war, die eigene Stimme zu hören. Auch der Gedanke war komisch. Sie wurde nur noch verkrampfter dadurch. *Denk an etwas anderes*, sagte sie sich. Sie hätte doch besser über die Brücke fahren sollen. Gleichzeitig fragte sie sich, ob sie es überhaupt jemals wieder schaffen würde, über die Brücke zu fahren.

Mattei und Michael hatten Zee beide davon abgeraten, auf Lillys Beerdigung zu gehen.

»Weshalb solltest du dorthin?«, fragte Mattei.

»Weil sie meine Patientin war«, sagte Zee. »Weil ich ein menschliches Wesen bin.«

»Du machst dir hoffentlich keine falschen Illusionen darüber, dass die Familie dich willkommen heißen wird«, meinte Mattei.

»Ich gehe hin«, sagte Zee.

Zee hatte eigentlich vorgehabt, vor der Beerdigung noch bei ihrem Vater vorbeizufahren, aber jetzt war sie spät dran. Sie fuhr derzeit nicht oft genug mit dem Auto, um zu wissen, wie schlimm der Verkehr um diese Tageszeit war. Der Big Dig galt offiziell als abgeschlossen, aber das Verkehrschaos war geblieben. Sie hatte direkt nach Salem fahren wollen, um Finch mit ihrem Besuch zu überraschen. Sie machte sich Sorgen um ihn. In letzter Zeit hatte sie ihn nur in Boston gesehen, wenn er wegen eines Arzttermins gekommen war. Er wirkte gebrechlich und schwach. Und sie wurde das Gefühl nicht los, dass er irgendetwas vor ihr verbarg. Deshalb wollte sie heute unangemeldet hereinschneien, um selbst einmal nach dem Rechten zu schauen. Aber jetzt war es zu spät, um zuerst nach Salem zu fahren. Sie musste nach Lillys Beerdigung zu Finch.

Sie änderte ihre Strecke und fuhr nun über die kurvige Küstenstraße entlang der goldenen Strandsichel, die sich von Lynn durch Swampscott bis zur Stadtgrenze erstreckte, direkt nach Marblehead. In der letzten Minute beschloss sie, eine Abkürzung mitten durch Lynn zu nehmen, Baustellen hin oder her. Es war Sommer. Überall arbeiteten Bautrupps, und die Straßenpolizisten, die deshalb zusätzlich eingesetzt werden mussten, regelten schläfrig den Verkehr.

Zee war hier schon lange nicht mehr gefahren. Die Straßen sahen zum größten Teil noch so aus, wie sie sie in Erinnerung hatte. Jeder Block wurde gesäumt von Imbissstuben, in denen es Roastbeef oder Pizza gab, daneben lagen Minisupermärkte, Nagelstudios und hin und wieder auch ein Spirituosengeschäft. Es waren im Grunde immer die gleichen Läden. Nur die Volkszugehörigkeit hatte sich geändert. Kleine Lebensmittelläden reihten sich aneinander, die Schilder waren spanisch, koreanisch, arabisch, russisch. Die Bevölkerung von Lynn war schon immer bunt gemischt gewesen. Momentan wurden in den Schulen dort mehr als vierzig Sprachen gesprochen. Zee hatte vergessen, wer ihr das erzählt hatte. Wahrscheinlich war es ihr Onkel Mickey gewesen.

Die Familie ihrer Mutter, und dazu gehörte auch Onkel Mickey, kam aus Lynn, ursprünglich stammten sie allerdings aus der irischen Grafschaft Derry. Sie waren aus Irland eingewandert, um in einer Fabrik an der Eastern Avenue zu arbeiten, die Schuhkartons herstellte.

Sie hatten alle der IRA angehört, zumindest die beiden Brüder, Onkel Mickey und sein Bruder Liam, der in Irland bei einer Explosion zu Tode gekommen war. Zee erinnerte sich, wie ihre Mutter ihr erzählt hatte, sie seien ganz plötzlich emigriert. In Anbetracht von Maureens Widerwillen, mehr darüber zu verraten, fragte sich Zee doch nach den genauen Gegebenheiten. Es passte gar nicht zu Maureens Charakter, mit irgendetwas hinter dem Berg zu halten, wenn sie eine Geschichte erzählte. Wie auch immer es sich ereignet hatte, in Irland war die Familie nicht mehr sicher gewesen. Sie hatten das Land über Nacht verlassen müssen und nahmen nur mit, was sie bei sich tragen konnten.

Maureen hatte ihr das alles in einem so nüchternen Tonfall erzählt, dass Zee ihr die Geschichte nie ganz abgenommen hatte.

»Täusche dich nicht«, hatte ihre Mutter oft gesagt. »Jeder einzelne von uns ist dazu fähig, einen Mord zu begehen. Unter bestimmten Umständen liegt es in jedem von uns, ein Leben zu nehmen.«

Zee rätselte, ob ihre Mutter mit »jeder von uns« die ganze Menschheit oder lediglich den ganzen Doherty-Clan gemeint hatte. Oft war sie versucht gewesen, diese Frage zu stellen, aber sie hatte es nie getan. Irgendwann beschloss sie, dass sie es eigentlich gar nicht wissen wollte.

Sie hatten an der Eastern Avenue gewohnt, in der Nähe der Fabrik, aber weiter die Straße hinunter, mehr zum Strand hin. Zee bezweifelte, dass sie das Haus jetzt noch wiederfinden würde. Der Tod ihrer Großmutter lag schon so lange zurück. Ihre Mutter starb nur ein paar Jahre danach, kurz nachdem Zee dreizehn geworden war. Bis auf Zee war Mickey der einzige Doherty, der noch übrig war.

Die Fabrik, in der sie einst gearbeitet hatten, hatte längst dichtgemacht. Vorne auf dem Gebäude war ein Schild mit der Aufschrift KING'S BEACH APARTMENTS angebracht. Genau gegenüber lag Monte's Restaurant, wo sie früher immer mit ihrem Vater und Onkel Mickey in ihrer Piratenzeit Pizza gegessen hatte.

Nachdem ihre Großmutter gestorben war, war Onkel Mickey nach Salem gezogen. Er wollte näher bei seiner Schwester sein, sagte er. Mickey konnte ein Boot steuern wie der beste aller Skipper, aber Autofahren hatte er nie gelernt. Obwohl Lynn gleich der nächste Ort war, fand er, dass es zu weit von dem Rest seiner Familie entfernt lag. Und mit dem Bus fuhr er nicht gerne. Maureen hatte sich nur wenige Jahre nach seinem Umzug nach Salem umgebracht, aber Mickey blieb trotzdem. Er liebte die Hexenstadt mittlerweile. Er war der geborene Unternehmer und Geschäftsmann. Auch Süßholz raspeln konnte er hervorragend. Als Salem sich ein neues Image gab, sprang Mickey gleich auf den Zug auf. Heute betrieb er einen Hexenladen am Pickering Wharf, mehrere Spukhäuser und ein Piratenmuseum. Es war gut gelaufen. In Salem nannte man Mickey Doherty freundlich den »Piratenkönig«.

Lynn, Lynn, Sünde im Sinn. Zee sagte im Geiste das alte Gedicht auf. Am Haus der Heilsarmee hing ein Schild mit den

Worten: GOTT IM SINN. Ständig wurde versucht, ein neues Bild von Lynn zu vermitteln. Zee mochte es so, wie es war. Für sie war es ein echter Ort, in dem echte Menschen ein echtes Leben führten.

Sie konnte den Lynn Beach von hier aus riechen, faulig und schwül. An der Stadtgrenze von Swampscott fiel ihr ein kleines Geschäft auf, in dem eine Frau an einer Nähmaschine im Fenster saß. Vor dem Laden hing ein handgeschriebenes Schild, in schräg abfallender Schrift stand darauf: ÄNDERUNGEN MÄNNLICH/WEIBLICH.

Sünde im Sinn. Es gab schon einen Grund, weshalb sie sich hier zugehörig fühlte, dachte Zee. Wie es bei Sünden so ist, hatte auch Zee ihren Anteil daran. Sie hatte wegen vieler Dinge ein schlechtes Gewissen, nicht zuletzt wegen der Frage, die Lilly ihr kurz vor ihrem Tod gestellt hatte. Lillys Frage hatte Zee dermaßen an Maureen denken lassen, dass sie Mattei nichts davon erzählt hatte. Im Rückblick hätte ihr das ein Warnhinweis sein sollen über Lilly, aber stattdessen traf die Frage sie viel persönlicher, wie ein Fausthieb in den Magen.

Als sie Lilly Braedon zum letzten Mal gesehen hatte, hatte sich Zee so bemüht, Lillys riskantes Verhalten zu rationalisieren, dass die Frage sie völlig unvorbereitet erwischte. Gerade als die Sitzung vorüber war und Lilly zur Tür hinausging, wandte sie sich noch einmal zu Zee um und fragte: »Glauben Sie gar nicht an die wahre Liebe?«

4

Als Lillys Mann sie Mattei übergab, bekam sie Klonopin in hoher Dosierung. Ihre Angstzustände schwächten sie mittlerweile so sehr, dass der Internist, zu dem ihr Mann sie zunächst gebracht hatte, ihr Xanax verschrieben hatte und dann, als das nicht wirkte, immer höhere Dosen Clonazepam. Lilly konnte kaum sprechen. Sie konnte nicht Auto fahren. Ihre Pupillen sahen aus wie Nadelspitzen. Aber Angst hatte sie keine mehr. Sie zeigte die Ruhe eines Zombies.

Es stellte sich heraus, dass Lilly seit einem Jahr praktisch gar nicht mehr das Auto benutzt hatte, was gelinde gesagt umständlich war mit einem Ehemann und zwei kleinen Kindern, die versorgt werden mussten. Statt die Kinder zum Schwimmen in den Yachtclub zu fahren, lief Lilly mit ihnen zu Fuß zum Gashouse Beach, der ihr lieber war, wie sie behauptete. Aber die Kinder vermissten ihre Freunde und den Schwimmkurs, den sie belegt hatten. Lilly hatte ein so ungutes Gefühl wegen des Meers – eine entsetzliche Angst davor, dass es ihr die Kinder nehmen, dass die Brandung eine Monsterwelle schicken oder dass Überreste einer Roten Algenflut durch ihre Haut dringen und sie infizieren würde – und so ließ sie sie am Strand noch nicht einmal mit den Füßen ins Wasser. Sie durften nur am felsigen Ufer sitzen, mit dem bisschen Sand spielen, den sie dort fanden, und Burgen bauen, und dabei waren sie mit so viel Sonnenmilch mit Lichtschutzfaktor 45 eingerieben, dass der wehende Sand ihre bleichen Körper überzog und sie bald aussahen wie Zuckerkekse.

Im August bekam Lillys Mann Mitleid mit ihr und stellte ein Kindermädchen ein. Damit nahm das Unheil seinen Lauf.

Lilly überließ dem Kindermädchen nur zu gerne ihren Geländewagen. Sie freute sich, ihn los zu sein, denn es war ihr lieber, in der Stadt herumzulaufen. Die Lebensmittel ließ sie sich von Peapod liefern. Und dann fing sie an, auf und ab zu gehen.

Zuerst beschränkte sie ihre Gänge auf das Haus. Sie wanderte die Treppen hinauf und hinunter. Sie zog Kreise vom Eingang zur Küche, durch die Glasveranda in das Esszimmer und die Bibliothek. Sie stieg alle drei Treppen hinauf, mied den Keller, schritt aber den rauen, unbehandelten Boden des Speichers ab, Ferse und Zehen tappten im Rhythmus. Sie schlief wenig und lief auch nachts durch das Haus, bis das Kindermädchen klagte, es spuke womöglich in dem alten Gebäude, weil über der Zimmerdecke Schritte zu hören waren.

Als das Kindermädchen die Kinder am nächsten Tag zum Unterricht fuhr, trugen Lillys Füße sie nach draußen, durch das Labyrinth der Straßen von Marblehead, vorbei an den welkenden Blumenkästen, in denen Immergrün und blaue Fächerblumen sich gegen die Augustdürre wehrten. An dem Tag, an dem es mit der Dürre endlich ein Ende hatte, verschwand sie rasch in der Buchhandlung Spirit of `76, um vor dem Regen geschützt zu sein. Doch dort war es zu still für sie, und sie stellte sich vor, dass jeder das Schmatzen ihrer Turnschuhe hörte, wenn sie über den Teppich lief, darum ging sie wieder nach draußen. Aber es goss in Strömen, es donnerte, es wehte ein starker Wind. Sie stellte sich unter die Markise und sah zu, wie ein schwarzer Mülleimer aus Plastik umgeweht wurde und die zweispurige Straße entlangrollte, bis er wie eine Bowlingkugel eine Gruppe Blumenkübel traf und bis auf einen ganz links und einen ganz rechts alle abräumte. Sie blieb unter der Markise stehen, da fiel ihr auf, dass sie angestarrt wurde, und so ging sie über die Straße ins Rip Tide, das sie in ihrem Leben noch nie betreten hatte.

Es war halb vier. Die Bauarbeiter, die ihren Arbeitstag noch nicht beendet hatten, wurden wegen des Regens nun endgültig nach Hause geschickt, und die Bar füllte sich. Lilly ging bis ans andere Ende und setzte sich auf einen Barhocker, einen, um den sie die Füße wickeln konnte, damit sie sich nicht mehr bewegten.

»Was hätten Sie gerne?«, fragte der Barkeeper.

Lilly trank keinen Alkohol. Sie hatte keine Ahnung.

»Haben Sie irgendwas zu essen?«, fragte sie den Mann. Ihr wurde bewusst, dass sie die einzige Frau in der Bar war. Sie spürte sämtliche Blicke auf sich ruhen.

»Die Steaks hier sind wirklich gut«, half ein Mann zwei Barhocker weiter.

»Mittagessen ist vorbei. Die Küche öffnet erst wieder um fünf«, sagte der Barkeeper.

»Ach, komm schon, die Dame hier sieht aus, als könnte sie ein ordentliches Steak gebrauchen.«

Ihr war klar, dass alle sie beobachteten, aber sie hatte keine Vorstellung davon, wie sie wohl aussah. Zuerst dachte sie nur an einen Wet-T-Shirt-Contest, doch sie war zu dünn, als dass ihr nasses T-Shirt viel Eindruck gemacht hätte. Ihre Schlüsselbeine ragten spitz hervor.

Der Barkeeper murmelte etwas und ging nach hinten zum Koch. »Jetzt hab ich aber was gut«, sagte er, nicht zu Lilly, sondern zu dem Mann, der ihr das Steak beschafft hatte.

Der Mann zog seinen Barhocker zu ihrem hinüber.

Er hieß Adam, stellte er sich vor. Er wohnte über einem der Läden an der Pleasant Street, nur ein paar Häuser weiter links. Er arbeitete als Zimmerer für einen örtlichen Bauunternehmer, genau den, den ihr Mann neulich mit Arbeiten an ihrem Haus beauftragt hatte.

Lilly aß das Steak. Sie aß auch die Salatbeilage. Sie aß sogar die Garnierung, etwas Eingelegtes, Saures, obwohl sie nicht hätte sagen können, was es war.

Sie war mit ihm in die Wohnung gegangen, erzählte sie Zee später, weil er ihr ein trockenes T-Shirt angeboten hatte und sie nach Hause fahren wollte.

An diesem ersten Nachmittag hatten sie es gemacht, sagte sie, nicht im Schlafzimmer, sondern gleich auf dem grünen Sofa in der Ecke, der Wind peitschte das Aluminiumschild des Geschäfts darunter an die Häuserwand, Hagelkörner groß wie Golfbälle schlugen gegen die Fenster und hinterließen Beulen in den Autos auf dem Parkplatz der Bank gegenüber.

»Zum ersten Mal seit Jahren habe ich mich sicher gefühlt«, erklärte Lilly Zee.

Zee fand, was Lilly da beschrieb, klang nach allem anderen als »sicher«, aber sie wusste, dass diese Aussage wichtig war.

»Was genau hat Ihnen dieses Sicherheitsgefühl vermittelt?«

»Zum einen das Sofa. Es war so eines mit tiefen Polstern, aus dunkelgrünem Samt. Wie ein Wald oder so.«

»Waldgrün?«

»Ja, und das Licht vom Fenster her.«

»Sie sagten, es herrschte ein Unwetter.«

»Ja. Vielleicht war es nicht das Licht – es war das Krachen des Hagels gegen das Fenster. Auch die Geräusche von draußen. Die Autos und die Läden. Die Buchhandlung und eine Ballettschule. Man hat die Musik von der Schule gehört, und ich stellte mir vor, wie die kleinen Mädchen ihre Übungen an der Stange machten.«

»Bei dem Unwetter konnten Sie alles so gut hören?«, fragte Zee.

»Ja«, antwortete Lilly. »Ich habe die Musik gehört. Es war, als würde das wirkliche Leben direkt vor dem Fenster stattfinden – um uns herum, eigentlich – und wir wären irgendwie Teil davon. So hatte ich mich noch nie gefühlt. Sicher und warm«, sagte sie.

Er hatte sie in seinem roten Pick-up nach Hause gefahren.

Sie ließ sich unten an dem Hügel, wo sie wohnten, absetzen, beim Grace Oliver Beach, neben dem kleinen Haus, in dem früher immer Süßigkeiten verkauft wurden. »Darf ich dich wiedersehen?«, fragte er und nahm ihre Hand. Er war so freundlich, dass ihr fast die Tränen kamen. Sie verneinte. Er sagte ihr, er glaube, dass er sie liebe.

Den ganzen Sommer über liebten sie sich jeden Nachmittag, manchmal bei ihm zu Hause, manchmal in dem Pick-up, wenn sie irgendwo einen abgelegenen Parkplatz fanden. Um fünf war sie immer zu Hause. Lilly hielt es für wichtig, dass Zee das wusste.

»Ich bin immer rechtzeitig zu Hause, um das Abendessen zu machen«, erklärte sie.

Lilly kochte mit üppigen Festmahlen gegen ihre Schuldgefühle an. Je mehr sie sich herumtrieb, umso besser kochte sie. Sie pürierte Gemüse, gab ungewöhnliche Aromen wie Erdbeer oder Erdnussbutter dazu, alles, was die Kinder auch wirklich aßen. Sie kaufte Bioprodukte auf dem Bauernmarkt. Sie grub sogar um Mitternacht den Garten um, um ein Gemüsebeet anzulegen. Sie wurde nie fertig damit, was zu einer großen Diskussion mit ihrem Landschaftsgärtner führte. Die Gartenarbeiter aus Guatemala schienen damit allerdings kein Problem zu haben. Sie mähten einfach um das Loch herum, als glaubten sie daran, dass es eines Tages wirklich zu etwas Schönem werden würde, und sie füllten es nie auf, wie es ihr Chef vorgeschlagen hatte. Einer von ihnen fand sogar ein Päckchen Samen im Schuppen und pflanzte ein paar Reihen von etwas, das zuerst wie Karotten aussah, sich dann aber als Schafgarbe entpuppte.

Mit dem Beginn des Herbstes versank Lilly in einer Depression, die der der großen Dichter Konkurrenz machte. Sie hörte auf herumzulaufen. Sie kündigte dem Kindermädchen. Schmutziges Geschirr häufte sich in der Spüle. Eines der Kinder bekam Läuse, und sie merkte das nicht einmal, bis sie von der Schule einen Brief und eine Flasche Pronto-Shampoo bekam.

Wie fühlten Sie sich da? Zee musste die Standard-Seelenklempnerfrage gar nicht stellen. Sie kannte die Antwort bereits. Lilly verspürte sämtliche destruktiven Emotionen, die es gab – Angst, Schuld, Unzulänglichkeit –, als wären es bislang ungelüftete Geheimnisse bei der Kindererziehung.

»Also, es ist so«, hatte Mattei Lillys Mann erklärt, der in der berühmten Ärztin die letzte Hoffnung für seine Frau sah. »Meistens bekommen die Patienten eine Tablette und werden wieder losgeschickt. Ich mache das nicht.« Zee registrierte die Erleichterung in seinen Augen, als Mattei die Vorgehensweise erklärte. Zuerst wollten sie Lilly von sämtlichen Medikamenten entwöhnen, dann konnten sie genau erkennen, womit sie es zu tun hatten. In der Zwischenzeit sollte Lilly einen kompletten Check-up machen sowie sämtliche Standarduntersuchungen über sich ergehen lassen, Schilddrüse und Östrogenspiegel und sogar einen Dexamethason-Suppressionstest, um das Cushing-Syndrom auszuschließen, obwohl Mattei und Zee beide ziemlich sicher waren, wie die Diagnose letztlich ausfallen würde.

»Einen solchen Check-up haben wir schon hinter uns«, sagte der Ehemann, den einige Begriffe, die Mattei benutzte, verwirrten, dieser hier aber war ihm geläufig. Er deutete auf die Akte, die er ihr vorher gezeigt hatte.

»Ich möchte, dass Sie noch einen im Mass General durchführen«, sagte Mattei.

Sie waren einverstanden. Dann stellte Mattei Lilly eine Frage, die sie allen ihren Patienten stellte.

»Wo waren Sie, als Sie Ihre erste Panikattacke hatten?«

Eine lange Stille folgte. Der Ehemann, der normalerweise jede Frage für seine Frau beantwortete, wirkte ratlos.

Alle warteten auf Lillys Reaktion. Nachdem das Schweigen so peinlich geworden war, dass der Ehemann nervös wurde, machte er Lilly Vorschläge. *Vielleicht in der Kirche? Auf dem Markt? Vielleicht mit den Kindern am Strand?*

»Lassen Sie Ihre Frau die Frage beantworten«, sagte Mattei.

»Ich weiß nicht, wo ich war«, sagte Lilly. Ihre Stimme klang flach.

»Blödsinn«, sagte Mattei nach der Sitzung zu Zee, als sie wieder allein waren. »Das weiß jeder.«

5

Der Parkplatz gegenüber der Old North Church in Marblehead war bereits voll, deshalb wurde Zee von einem Mitarbeiter des Bestattungsunternehmens in eine Seitenstraße dirigiert, wo es noch freie Plätze gab. Als sie um die Ecke bog, hatte sie einen kurzen Blick auf den Ozean, der ihr grell entgegenleuchtete, so dass es ihr in den Augen pochte.

Die Träger luden gerade den Sarg aus, als Zee die steilen Granitstufen hinaufstieg. Sie eilte in das geräumige Kircheninnere voraus und setzte sich in die letzte Reihe. Eine alte Frau rutschte zur Seite, um ihr Platz zu machen, ihr Gehstock schleifte dabei kratzend über die Holzbank.

Überall waren Fotos von Lilly aufgestellt.

Zee musste fest schlucken, um nicht zu weinen. Bisher hatte sie nicht geweint, sie stand einfach nur unter Schock. Und sie fühlte sich schuldig. Sie erkannte Lillys Kinder von Fotos. Sie saßen in der ersten Bank, das Mädchen plapperte arglos dahin, der Junge, der sonst so lebhaft sein sollte, saß abseits von Vater und Schwester und starrte geradeaus auf die weiße Wand. Zee konnte den Blick nicht von dem Jungen abwenden. Sein Gleichmut brach ihr das Herz. Beinahe rechnete sie damit, dass er vor dem Sarg salutieren würde wie John-John Kennedy auf den berühmten Fotos.

* * *

Mattei hatte Lilly bei ihrer dritten Sitzung Lithium verschrieben. Sie diagnostizierte eine Bipolar-II-Störung, wahrscheinlich zum Teil genetisch bedingt, auf jeden Fall verbunden mit

Panikzuständen. Mattei begleitete Zee die ersten zwei Monate bei Lillys Behandlung, bis sie sicher war, dass Lilly medikamentös richtig eingestellt war. Während manischer Phasen tendierten Patienten häufig dazu, die Medikation zu unterbrechen. Es war sehr wichtig, sowohl die Medikamente wie auch die Dosierung zu überwachen. Als Mattei sicher war, dass die Dosierung stimmte und die Medikamente wirklich eingenommen wurden, übergab sie den Fall an Zee.

Lilly hatte mehrere Monate gebraucht, bis sie begann zu reden. Aber als sie es schließlich tat, war es, als würde man nach einem Nor'easter im Hafen von Salem die Schleusentore öffnen. Sie hörte nicht mehr auf. Sie habe eine perfekte Kindheit gehabt, antwortete sie auf Zees Frage. Es habe keinerlei Form von Missbrauch gegeben, ebenso wenig Fälle von Alkoholismus in der Familie. Ihre Mutter und ihr Vater hatten eine wunderbare Beziehung. Und Lilly liebte ihren Ehemann. Vielleicht nicht unbedingt »mehr als das Leben«, so wie er sie laut seinen Worten liebte, aber sie liebte ihn. Die nächsten drei Sitzungen verbrachte sie damit, darüber zu sprechen, wie und warum das so war.

»Es geschah beim Sex.« Lilly beantwortete Matteis Frage erst, als sie bereits im sechsten Monat bei Zee in Behandlung war. Daher dauerte es einen Augenblick, bis Zee verstand, was sie meinte. »Meine erste Panikattacke ... das geschah beim Sex mit Adam.«

Das war, bevor Lilly ihr die Geschichte von Adam erzählt hatte. Zuerst glaubte Zee, sie meine ihren Ehemann, aber ihr Ehemann hieß William. Lilly beobachtete Zees Reaktion. Sie rechnete damit, abgeurteilt zu werden. Doch Zee zuckte nicht mit der Wimper.

»Erzählen Sie mir von Adam.« Mehr sagte sie nicht.

Etwa um diese Zeit hörte Zee auf, Mattei sämtliche Geschichten von Lilly weiterzuerzählen. Bei ihren Fallbesprechungen, die bislang immer sehr detailliert gewesen waren, wurden die Ecken und Kanten zunehmend abgerundet, so dass sie sich leichter ins große Ganze einfügten. Es gab mehr Diskussionen über die Symptome, die Phasen und das Fortschreiten der Krankheit als über die Einzelheiten jedes Falls. Mattei ihrerseits hielt es für einen guten Schritt, dass Zee als Therapeutin an Sicherheit gewann. Sie hatte das Gefühl, Zee würde die Fallbelastung bewältigen, und schickte weitere Patienten zu ihr.

Im Juni war es offensichtlich, dass Lilly entweder aufgehört hatte, ihre Medikamente zu nehmen, oder dass die von Mattei verschriebene Dosis zu gering war. Lilly befand sich inmitten einer der manischsten Phasen, die Zee je mit angesehen hatte.

Lillys Füße bewegten sich wieder. Sie schlief nie. Sie gab Unsummen von Geld aus. Allein die Lebensmittelrechnungen für die aufwändigen Festmahle, die sie ihrer Familie aufgrund ihres schlechten Gewissens zubereitete, beliefen sich auf etwa 750 Dollar wöchentlich – für zwei Erwachsene und zwei Kinder, die noch dazu beide sehr pingelig waren, was Essen anging. Lilly verstand nicht, warum sie überhaupt jemals ein Kindermädchen gebraucht hatte. Mit zwei kleinen Kindern kam sie leicht zurecht. Und ihre Rendezvous mit Adam wurden immer gewagter. Da jetzt kein Kindermädchen mehr herumlief, war Lilly dazu übergegangen, Adam am späten Nachmittag in ihr Haus zu schmuggeln, indem sie behauptete, es wären Reparaturen nötig, zuerst an den Fensterläden im Spielzimmer und später an einer schiefen Kranzprofilleiste im Wohnzimmer, die sie schon seit Jahren störte.

Lilly und Adam schliefen auf jeder waagerechten Fläche im Haus miteinander. Eines Nachmittags hörte ein Nachbar ihre leidenschaftlichen Lustschreie und rief die Polizei, weil er glaubte, den Kindern würde etwas angetan. Als der Streifenwagen vor dem Haus hielt, machte sich Adam durch die Kellertür auf der Rückseite des Hauses davon und lief durch den Garten an Black Joe's Pond vorbei und den Gingerbread Hill hinunter. Seine Sachen zog er sich im Laufen wieder an. Die Polizisten erwarteten ihn unten am Hügel, wo sein roter Pick-up derzeit fast immer parkte. Er kannte sie, mit einem von ihnen war er auf der Highschool gewesen.

»Jeder weiß, was du so treibst«, klärte ihn einer der Polizisten auf. »Wieso hältst du es nicht ein bisschen unauffälliger?«

Sie verkniffen sich ein Lächeln, und der Polizist, den er kannte, klopfte ihm sogar auf den Rücken.

»Eigentlich haben die gar nichts dagegen«, hatte Adam zu Lilly gesagt, als sie wegen der Polizisten die Nerven verlor. »Einer von uns? Der mit der Frau eines Reichen herummacht?«

In diesem Moment hatte sich Lilly zum ersten Mal wegen dieser Geschichte unbehaglich gefühlt, und zum ersten Mal tat ihr ihr Mann leid. Der liebe William, der das gar nicht verdient hatte. Zum ersten Mal während ihrer langen Affäre mit Adam schämte sich Lilly. Und in dem Augenblick, in dem sich die Wolke der Scham herabsenkte, begann alles auseinanderzubrechen.

Auf Zees Anraten schrieb Mattei ein Rezept aus und fügte ein Beruhigungsmittel hinzu, um dem Ganzen etwas die Brisanz zu nehmen, und eine leichte Schlaftablette, damit Lillys Füße sie nicht mehr dauernd herumführten. Als Lilly über die Gewichtszunahme, eine Nebenwirkung des Lithiums, klagte, wechselten sie zu einem Antiepileptikum.

Irgendwann wurde Mattei misstrauisch. »Sag mir, was los ist«, forderte sie Zee direkt auf. »Ich meine nicht die Symptome, sondern ihr Leben.«

»Sie hat ein Verhältnis«, gestand Zee und spürte, wie sie rot anlief.

»Und du hast mir das warum noch mal nicht gesagt?«

»Ärztliche Schweigepflicht.« Zee wusste, dass das für Mattei ein sehr wichtiger Punkt war, sie betonte immer wieder, wie sehr sie die ärztliche Schweigepflicht achtete.

»Was ist der wahre Grund?«, fragte Mattei.

»Das ist der wahre Grund.« Zee beharrte darauf.

»Läuft das Verhältnis noch?«

»Ja«, sagte Zee.

»Was macht sie außerdem?«

»Wie meinst du das, außerdem?«

»Trinkt sie, nimmt sie Drogen? Was legt unsere Mrs. Perfect noch für Risikoverhalten an den Tag?«

Bei der Frage schwang ein wenig Triumph in Matteis Stimme mit. Sie nannte Lilly »Mrs. Perfect« seit Williams anfänglicher göttinnengleicher Beschreibung von ihr. Jemanden, der so perfekt war, gab es nicht, hatte Mattei ihm in Lillys Anwesenheit gesagt. Als perfekt zu gelten, bedeutete für jede Frau eine gewaltige Last.

»Nur die Affäre.« Zees Magen rebellierte. Sie bereute es, etwas gesagt zu haben. Ihr Gesicht fühlte sich heiß und rot an. Am liebsten hätte sie sich übergeben. Bei allen Fällen, die sie bisher behandelt hatte, war ihr so etwas wie das noch nie passiert. Es war beinahe, als hätte sie selbst eingestanden, untreu gewesen zu sein.

»Vielleicht solltest du den Fall wieder zurücknehmen«, schlug sie vor.

Mattei schien kurz darüber nachzudenken, bevor sie ihre Entscheidung traf. »Nein«, sagte sie. »Ich habe keine Zeit für eine weitere Patientin. Und du kommst nicht so leicht raus aus dem Fall.«

Zee saß schweigend da, während sie darauf wartete, dass Mattei sich die weitere Vorgehensweise überlegte. Sie stellte sich vor, einfach aufzustehen, die Praxis zu verlassen und keinen Blick zurückzuwerfen. In letzter Zeit hatte sie diese Fantasie öfter. Sie übte ihren Beruf noch keine fünf Jahre aus und hatte bereits typische Burn-out-Fluchtfantasien. Kein gutes Zeichen.

»Wir erhöhen die Dosis.« Mattei langte nach ihrem Rezeptblock. Sie schob ein Rezept über den Tisch.

Als das Antiepileptikum in der neuen Dosierung zu wirken begann, schien sich Lilly irgendwo in der Mitte einzupendeln. Während der nächsten paar Sitzungen und im frühen Herbst fuhr sie selbst mit dem Auto nach Boston und unterhielt sich in den Sitzungen mit Zee, wie es eine normalere Patientin vielleicht getan hätte. Sie redete davon, wieder ans College zu gehen, zumindest ein, zwei Kurse zu besuchen. Sie erzählte, dass sie ihren Sohn auf eine Privatschule schicken wolle und wie groß die Konkurrenz dabei war.

Sie treffe sich nicht mehr mit Adam, beteuerte sie Zee gegenüber. Das sei sehr schwer für sie gewesen. Die Medikamente hätten nichts daran geändert, dass sie glaube, in ihn verliebt zu sein. Sie halte Adam für die große Liebe ihres Lebens, ihren Seelengefährten. Aber sie bemühe sich so, das Richtige zu tun. Für ihre Kinder. Und für den Mann, den sie bislang einfach »mein Ehemann« genannt hatte und der jetzt nur noch »der liebe William« hieß.

Es schien zu funktionieren. Bis zum Halloween-Wochenende, als (wie sie es später selbst ausdrückte) »die Hölle losbrach«.

Zuerst war Lillys Katze verschwunden. Sie hatte überall gesucht, hatte in der ganzen Stadt Zettel aufgehängt, die Nachbarn angerufen. Die Kinder waren außer sich, besonders ihre Tochter, die den schwarzen Kater, dem sie den Namen Reynaldo gegeben hatte, als Teil ihrer Verkleidung hatte mitnehmen wollen. Aber am Halloweenabend war die Katze immer noch nicht aufgetaucht, deshalb weigerte sich ihre Tochter, das

Kostüm zu tragen, das Lilly für sie gemacht hatte, und wollte überhaupt nicht mehr zum Süßigkeiten-Betteln gehen, bis Lilly mit ihr in die Stadt fuhr und ein anderes kaufte.

An Halloween hatte es unablässig geregnet, daher gab Lilly den Kindern statt Papiertüten Kissenhüllen für ihre Süßigkeiten mit. Aber ihre Tochter war immer noch klein, so dass ihre Kissenhülle zu tief hing und über den Gehsteig schleifte, während sie von Haus zu Haus gingen. Die Kinder wollten alleine um Süßigkeiten bitten, ohne ihre Mutter, denn sie würden sowieso nur zu den Nachbarn gehen und Gingerbread Hill nicht verlassen. Lilly verbot ihnen das. Ständig passierten schreckliche Dinge mit Kindern: Rasierklingen in Äpfeln, Entführungen. Keine Stadt war immun dagegen, nicht einmal Marblehead. Sie hatte sie immer an Halloween begleitet, und sie wollte mitkommen. Sie hatte sogar ein Kostüm für sich ausgesucht – zumindest ein halbes. Sie trug zwar normale Jeans, aber von der Hüfte an aufwärts war sie Schneewittchen, beziehungsweise die Disney-Version der berühmten Schönheit. Ihre Verkleidung bestand aus einer schwarzen Perücke mit einer roten Schleife, einem halblangen pinkfarbenen Cape und einer blauen Bluse mit Puffärmeln. In der Hand hielt sie einen Apfel.

Sie war sogar ganz aufgeregt. Aber als die Kinder Lilly in ihrer Verkleidung sahen, bereit, sie zu begleiten, weinten sie. »Wir sind doch keine Babys mehr!«, protestierten sie. Und so lief Lilly nur hinter ihnen her, hielt sich im Schatten, sah zu, wie sie bei den Nachbarn anklopften, und aß schließlich ihren Apfel, den sie von Haus zu Haus trug. Das Kerngehäuse warf sie bei einem Nachbarn auf den Kompost.

Als sie nach Hause zurückkehrten, war es längst über die übliche Bettzeit hinaus, doch William war immer noch auf der Arbeit. Sie hatte gehofft, die Kinder so lange wachhalten zu können, dass er sie noch in den Kostümen sehen würde, aber am nächsten Tag war Schule. Sie nahmen ein Bad. Lilly brachte sie zu Bett. Als sie die Treppe hinunterging, hörte sie ein Geräusch aus dem Keller. Sie glaubte, es sei der Wind, der an den Doppelfenstern rüttelte, die sie kürzlich eingebaut hatten. Es wäre nicht das erste Mal. Das Haus hatte ein Souterrain, das sie vor ein paar Jahren renoviert hatten. Leider schlossen die neuen Fenster oft nicht richtig. Zwei hatte sie schon von Adam reparieren lassen. Sie hatte vorgehabt, ihn wegen dieses letzten Fensters anzusprechen, doch sie war vor der Trennung nicht dazu gekommen.

Als William später an diesem Abend nach Hause kam, war Lilly nicht da. Die Kinder schliefen. Um Mitternacht rief er die Polizei und meldete sie vermisst. Es hieß, er müsse achtundvierzig Stunden warten, bevor sie sich einschalten dürften. Sie ließen ihn an ihren Informationen nicht teilhaben, aber die Polizisten konnten sich gut vorstellen, wo sie wohl steckte.

Lilly kam erst zwei Tage später wieder nach Hause. Sie war missmutig und niedergeschlagen. Sie wollte nichts essen. Sie hatte mehrere blaue Flecke. So oft man sie auch fragte, sie verriet partout nicht, wo sie gewesen oder was geschehen war.

Nachdem man in der Notaufnahme ihre Verletzungen versorgt hatte, ließ Zee Lilly für zweiundsiebzig Stunden in ein psychiatrisches Krankenhaus in Boston zwangseinweisen.

Aus Lillys Dreitagesaufenthalt wurden drei Wochen. Zee besuchte sie jeden zweiten Tag. Einmal tauchte Zee an einem Wochenende auf, als Lilly nicht mit ihr rechnete. Lilly war im Aufenthaltsraum, vor sich ein Buch. Statt zu lesen, starrte sie aus dem Fenster.

Zee blieb stehen und betrachtete sie. Lilly schaute auf einen roten Bauarbeiter-Pick-up, der draußen auf dem Parkplatz stand, den Motor im Leerlauf. Zee erkannte ihn sofort. Einmal hatte sie nach einer Sitzung mit Lilly die Praxis verlassen und gerade noch gesehen, wie Lilly genau in diesen Pick-up gestiegen war. Adam wusste eindeutig, wer Zee war, und der Blick, mit dem er sie an jenem Tag bedachte, ließ ihr einen Schauer über den Rücken laufen.

»Sie müssen sich von ihm lösen«, sagte Zee zu Lilly.

Lilly gab keine Antwort.

Indem sie Lilly einen Rat gegeben hatte, hatte Zee eine Grenze überschritten. Ein Therapeut soll einem Patienten nie sagen, was er zu tun habe. Aber Zee glaubte, dass sie in diesem Fall diese Grenze überschreiten musste.

Zee ließ Lilly sitzen und rief den Sicherheitsdienst.

William wusste nicht, was während Lillys Abwesenheit geschehen war. An der Reaktion der Polizei merkte er, dass sie weniger besorgt waren als er. »Es passiert ständig, dass jemand seinen Ehepartner verlässt«, sagten sie.

Er hatte sich eingeredet, das Ganze sei eine Entführung gewesen, und seine Frau habe mit knapper Not entkommen können. Nachdem Zee Lilly beinahe zwei Wochen lang im Krankenhaus besucht hatte, hielt er es nicht mehr aus und ging in die Praxis.

Er verlangte zu wissen, was Lilly zugestoßen war. »Ich weiß, dass sie es Ihnen erzählt hat«, sagte er.

»Das hat sie nicht«, sagte Zee. »Aber selbst wenn, dann dürfte ich Ihnen das nicht sagen.«

»Ich bin derjenige, der sie zu Ihnen gebracht hat. Ich bin derjenige, der die Rechnungen bezahlt«, sagte er.

»Lilly muss mir vertrauen können«, erklärte Zee ruhig. »Ärztliche Schweigepflicht.«

Es war das einzige Mal, dass sie William wütend erlebt hatte. »Wofür bezahle ich Sie eigentlich, verdammt noch mal?«, fragte er.

Als er die Stimme erhob, stand Zee auf. Mattei kam gerade rechtzeitig an die Tür, um zu sehen, wie er einen gläsernen Briefbeschwerer quer durch das Zimmer warf, der an der gegenüberliegenden Wand zersplitterte.

»Brauchst du Hilfe da drin?«, fragte Mattei Zee.

William wirkte durcheinander und verlegen. »Ich wollte gerade gehen«, sagte er.

»Ich bringe Sie hinaus«, sagte Mattei.

»Tut mir leid«, entschuldigte er sich murmelnd bei Zee.

Mattei hielt ihm die Tür auf und warf Zee einen vielsagenden Blick zu.

Zwei Tage bevor Lilly entlassen werden sollte, wurden Zee und Mattei gemeinsam ins Krankenhaus bestellt. Die für Lilly zuständige Psychiaterin aus dem Krankenhaus saß gegenüber einer Sozialpädagogin namens Emily, die Zee vom Sozialamt her kannte.

»Was gibt es?«, fragte Zee.

»Es geht um Lillys körperliche Verletzungen«, sagte Emily.

»Welche Verletzungen?«

»Die sie aufwies, als sie hierherkam«, erklärte die Sozialpädagogin.

»Lilly weigert sich, darüber zu sprechen«, sagte die Krankenhauspsychiaterin.

»Mir gegenüber hat sie behauptet, sie sei hingefallen«, meinte Zee. »An Halloween.«

»Das wurde bei ihrer Aufnahme auch so festgehalten«, sagte die Psychiaterin. »›An Halloween auf einem glitschigen Stein ausgerutscht und gestürzt.‹« Sie sah die anderen an. »An Halloween hat es ja auch ziemlich geregnet.«

»Nur passen die Prellungen nicht zu einem Sturz«, sagte Emily. »Es sieht eher danach aus, als sei sie verprügelt worden.«

»Sie glauben, jemand hat sie geschlagen?«, fragte Zee.

»Das ist eine Routineüberprüfung«, sagte Emily. »Besonders wenn die Frau keine Erklärung abgibt, die zu ihren Verletzungen passt.«

»Lilly soll in zwei Tagen entlassen werden«, sagte die Psychiaterin. »Sie ist stabil, die Medikamente sind richtig dosiert, und sie zeigt keine Anzeichen einer Depression.«

»Was den letzten Punkt betrifft, da möchte ich bei aller Hochachtung widersprechen«, sagte Zee. »Auf mich wirkt sie depressiv. Normalerweise ist sie viel gesprächiger.«

Die Psychiaterin überlegte. »Es gibt einen einzigen Punkt, der mich veranlasst, Ihnen zuzustimmen, Dr. Finch.«

»Nur einen?« Zee wurde langsam ungehalten. »Und welchen?«

»Lilly will nicht nach Hause.«

»Was wiederum unseren Verdacht auf eheliche Gewalt erhärtet«, sagte die Sozialpädagogin.

»William ist das nicht«, sagte Zee.

»Aber wenn sie Angst davor hat, nach Hause zu gehen...«, widersprach die Sozialpädagogin.

»Sie fühlt sich zu Hause nicht sicher.« Zee wandte sich an Mattei. »Falls sie irgendwie misshandelt wurde, dann von Adam.«

»Wer ist Adam?«, fragte Emily.

»Lilly hatte vor ein paar Monaten eine Affäre mit ihm. Er war neulich hier.«

»Vielleicht hat der Ehemann von der Affäre erfahren?«, schlug Emily vor. »Und wurde deshalb gewalttätig.«

»Es ist nicht William«, wiederholte Zee. »Er ist nicht der Typ dafür.«

Emily sah Mattei fragend an.

»Ich glaube zwar schon, dass Zee recht hat«, sagte Mattei. »Aber mit Sicherheit kann ich nicht behaupten, dass William es nicht war.«

Zee warf ihr einen Blick zu.

»Bis vor kurzem hätte ich dir noch zugestimmt«, sagte Mattei. »Bis zu diesem Vorfall. Wir mussten ihn aus der Praxis hinausbegleiten.«

»Ich denke mal, wir sollten sämtliche Möglichkeiten in Betracht ziehen«, sagte die Psychiaterin.

»Wir brauchen jedenfalls unbedingt eine formelle Beschwerde seitens der Patientin«, sagte Emily. »Völlig egal, was für eine.«

»Sie können es ja versuchen«, sagte Zee. »Aber ich sage Ihnen gleich, die kriegen Sie nie. Lilly möchte nicht, dass William von ihrer Affäre erfährt. Und sie hat Angst vor Adam.«

Lilly weigerte sich nicht nur, eine formelle Beschwerde einzureichen. Als sie aus dem Krankenhaus entlassen wurde, beschloss sie außerdem, einen anderen Therapeuten zu konsultieren. »Einen, der näher an zu Hause ist«, erklärte William Zee.

Der Internist, der ihr ursprünglich das Klonopin verschrieben hatte, machte für sie einen Termin bei einem Freudianer der alten Schule aus, der seine Praxis im Salem Hospital hatte. Sie erklärte sich einverstanden, fünf Tage die Woche zu ihm zu gehen und eine Analyse zu beginnen.

»Das soll wohl ein Witz sein«, sagte Mattei.

Aber Zee war ernsthaft wütend. »Wir müssen das verhindern«, sagte sie zu Mattei. »Sie sollte nicht schon wieder von vorne anfangen. Das ist nicht die richtige Therapie für sie. Und dem neuen Therapeuten wird sie erst viel zu spät die Wahrheit sagen ... Wir müssen etwas unternehmen.«

»Du kannst da nichts machen«, sagte Mattei. »Sie ist nicht mehr deine Patientin.«

Es war ein harter Winter für Zee gewesen. Sie hatte angefangen, von Lilly zu träumen, und in ihren Träumen hatten sich Lilly und Zees Mutter Maureen bildlich vermischt. Es waren zwar noch getrennte Personen, aber in dem Traum konnte Zee sie nicht mehr unterscheiden und musste immer fragen, mit wem sie gerade sprach.

»Das ist gut«, sagte Mattei, als Zee ihr den Traum in der nächsten Sitzung nacherzählte.

»Ach ja? Und wieso?«, fragte Zee.

»Sprechen wir darüber, weshalb du wirklich Therapeutin geworden bist.«

»Das war jedenfalls nicht der unerfüllte Wunsch meiner Mutter, so viel kann ich dir verraten.«

»Nein?«

»Ach, bitte«, sagte Zee.

»Was war denn dann der unerfüllte Traum deiner Mutter?«

»Das wissen wir doch beide.«

»Sag es mir noch einmal«, bat Mattei.

»›Die große Liebe‹. Die wollte sie von meinem Vater – und sie hat sie nie bekommen.«

»Es gibt also eine Ähnlichkeit zu Lilly.«

»Und zu ungefähr jeder zweiten Frau in Amerika«, sagte Zee.

»Stimmt. Deine Mutter war an etwas dran, als sie angefangen hat, Märchen über ›Die große Liebe‹ zu schreiben.«

»An etwas, das sie offensichtlich umgebracht hat«, sagte Zee.

»Und was?«, fragte Mattei. »War es das Märchen, das sie umgebracht hat? Oder ›Die große Liebe‹?«

»Ist das nicht so ziemlich das Gleiche?«

»Sag du's mir«, meinte Mattei.

Da Zee den Köder nicht schluckte, stellte ihr Mattei eine andere Frage. »Enthält das Märchen noch einen zweiten Traum?«

»Außer der wahren Liebe?«

»Wonach suchen sowohl deine Mutter als auch Lilly?«, fragte Mattei.

»Meine Mutter sucht gar nichts. Meine Mutter ist tot.« Zee wurde diese Art der Fragerei langsam leid.

»Hab noch kurz Geduld mit mir«, sagte Mattei.

Zee verschränkte die Arme über der Brust.

»Was also wollte deine Mutter von dir, und was will Lilly jetzt?«

»Ich weiß es nicht«, sagte Zee.

»Denk darüber nach.«

Zee dachte über Matteis Frage nach, und sie dachte während der nächsten Monate auch häufig über Lilly Braedon nach.

William war es, der sich schließlich bei Zee meldete. »Es geht ihr nicht gut«, schluchzte er ins Telefon. »Ich weiß nicht, was ich tun soll.« Lilly hatte die Therapie bereits während des ersten Monats abgebrochen. Sie war überzeugt davon, dass der Arzt sich an sich heranmachte, und weigerte sich, die Praxis noch einmal zu betreten. »Sie ist eine so schöne Frau«, sagte William. »Männer können nicht anders, als ihr nachzulaufen. Ich tendiere dazu, ihr zu glauben.« Er rang um Fassung, bevor er fortfuhr. »Sie mag nicht einmal mehr aus dem Bett.«

Aus wessen Bett?, hätte Zee am liebsten gefragt. Das tat sie aber nicht. Stattdessen erklärte sie sich bereit, zu ihnen nach Hause zu kommen und sich mit Lilly zu treffen. Damit überschritt Zee eine weitere Grenze.

Im Haus herrschte Chaos. Seit Wochen war nicht mehr saubergemacht worden, wie William ihr erklärte. Irgendwann hatte er dann frustriert eine Putzmannschaft engagiert, drei Frauen aus Brasilien, die kaum Englisch sprachen. Das fand er sogar gut, denn er hatte Angst davor, was Lilly zu ihnen sagen könnte, wenn sie zu reden begann. Doch statt sie auch nur mit einem Wort zu begrüßen, hatte Lilly sich in ihr Schlafzimmer eingeschlossen und die ganze Zeit, in der sie versuchten zu putzen, geweint. Das heftige und ausgiebige Schluchzen irritierte die Zugehfrauen schließlich so sehr, dass sie kündigten. »Warum hat sie denn geweint?«, hatte er die Frauen gefragt, aber die wussten es nicht. Allerdings gestikulierten sie herum, bis er begriff, dass Lilly Telefongespräche geführt hatte.

William meinte, sie hätte vielleicht Zee angerufen.

Zee sagte ihm nicht, was sie bereits wusste, nämlich dass Lilly mit Adam telefoniert hatte.

»Sie haben überhaupt nie mit Adam Schluss gemacht, nicht wahr?«, fragte Zee Lilly bei ihrer ersten neuen Sitzung.

»Es ging einfach nicht«, sagte Lilly. Dann fing sie an zu weinen.

Lilly wurde wieder Zees Patientin. Und wieder wurden die Medikamente neu dosiert. Bald fuhr sie selbst regelmäßig mit dem Auto nach Boston. Es schien ihr besser zu gehen. Aus dem Frühling wurde wieder Sommer, und Lillys Stimmung hellte sich auf.

Sie sprachen nicht mehr über Adam. Lilly weigerte sich, und Zee hatte eindeutige Grenzverletzungen begangen; sie wollte nicht riskieren, alles noch schlimmer zu machen. Im Moment war es wichtig, Lilly nicht wieder zu vertreiben. Es genügte, dass sie hier war und ein wenig aus ihrem Tal fand. Lilly kam dann schließlich selbst auf Adam zu sprechen.

Es war etwa sechs Monate später, in einer ihrer Sitzungen. »Wir halten uns gerne für frei«, sagte sie, »aber wir sind es nicht. Wir sind das Produkt jeder Verbindung, die wir jemals eingegangen sind, und manchmal auch derer, die wir von Menschen geerbt haben, die wir noch nicht einmal kannten.«

»Das erscheint mir sehr tiefgründig«, meinte Zee.

»Sie stimmen mir also zu?«

»Es ist egal, ob ich zustimme oder nicht. Es kommt alleine darauf an, was Sie denken.«

»Ich habe Ihnen gerade gesagt, was ich denke.«

»Stimmt«, sagte Zee.

Lilly zog eine Grimasse.

»Was?«, sagte Zee.

»Wollten Sie jemals aus etwas herauskommen, wussten aber nicht wie?«

»Woraus wollen Sie denn herauskommen?«

»Im Moment aus so ungefähr allem«, sagte Lilly.

»Erzählen Sie mir das doch genauer, und dann sehe ich, ob ich Ihnen dabei helfen kann«, schlug Zee vor.

»Zum einen aus meiner Ehe«, sagte Lilly.

»Warum wollen Sie aus Ihrer Ehe heraus?«

»Ich habe das Gefühl, als hätte William eine kunstvolle Falle für mich gebaut und sie sehr hübsch verziert, so dass ich einfach hineingetappt bin«, sagte Lilly.

»Und jetzt möchten Sie sich aus der Falle befreien?«

»Ja.« Lilly sah Zee an. »Sie finden das nicht gut.«

»Es spielt keine Rolle, ob ich das gut finde.«

»Aber Sie finden es nicht gut.«

»Das habe ich nicht gesagt. Es gibt ständig Scheidungen. Völlig wertfrei«, sagte Zee.

»Sie sagen also, es ist in Ordnung?«

»Finden Sie denn, es ist in Ordnung?«

»Ich habe zwei Kinder«, sagte Lilly.

»Stimmt.«

»Ich habe das Gefühl zu sterben«, sagte Lilly.

»Das sollten wir uns genauer ansehen«, sagte Zee.

Lilly sagte nichts.

»Inwiefern haben Sie das Gefühl zu sterben?«, fragte Zee.

»Zu sterben ... Zumindest in der Falle zu sitzen. Ich kann nicht weg wegen der Kinder. Und zugleich kann ich nicht bleiben.«

»Ich verstehe, dass Sie das Gefühl haben, nicht wegzukönnen. Aber warum haben Sie das Gefühl, Sie können nicht bleiben?«, sagte Zee.

»Es ist nicht sicher«, sagte sie.

»Reden wir von Adam?«

»Es geht nicht um Adam. Adam ist wunderbar«, sagte Lilly.

»Wollen Sie mir sagen, dass Sie mit Adam zusammen sein wollen?«, fragte Zee.

Lilly wirkte einen Augenblick lang verwirrt. »Nein, das habe ich nie behauptet.«

»Warum fühlen Sie sich nicht sicher?«

»Ich möchte nicht mehr darüber sprechen«, sagte Lilly. »Es tut mir leid, dass ich überhaupt davon angefangen habe.«

»Ich bin froh, dass Sie davon angefangen haben. Wenn Sie sich in irgendeiner Hinsicht nicht sicher fühlen, dann muss ich das wissen«, sagte Zee.

»Ich habe ihm erzählt, was Sie gesagt haben. Dass ich mich von ihm lösen sollte.«

»Wir sprechen jetzt von Adam«, sagte Zee.

Lilly zögerte eine Sekunde. »Ja. Von Adam.«

»Adam, den Sie gerade als wunderbar bezeichnet haben.«

»Ich bin so durcheinander.« Lilly fing an zu weinen.

»Das macht nichts«, sagte Zee.

Lilly sah eindeutig verängstigt aus.

»Und was hat Adam geantwortet?«, fragte Zee.

»Er hat gesagt, Sie wären ein Miststück, und jemand sollte Ihnen beibringen, sich um Ihre eigenen Angelegenheiten zu kümmern«, sagte Lilly. »Genau so hat er es ausgedrückt.«

Zee überraschte das. Sie saß kurz da und suchte nach den richtigen nächsten Worten. Schließlich beugte sie sich vor. »Sie müssen keine Angst vor diesem Mann haben«, sagte Zee. »Es gibt Maßnahmen, die Sie ergreifen können.«

»Zum Beispiel?«

»Zum Beispiel eine einstweilige Verfügung«, sagte Zee. »Wenn er Sie belästigt, sorgen wir dafür, dass ein Gericht ihm vorschreibt, sich von Ihnen fernzuhalten.«

»Aber dann würde William alles herausfinden«, sagte Lilly.

»Wahrscheinlich«, sagte Zee.

»Unter keiner Bedingung«, sagte Lilly. Es hielt sie nicht mehr auf dem Stuhl. Sie stand auf und stellte sich nervös daneben.

»Hat Adam Sie in irgendeiner Weise bedroht?«

»Ich möchte nicht mehr darüber reden.«

»Hat er Ihre Kinder bedroht?«, fragte Zee.

»Nein. Ich habe nicht behauptet, dass er irgendjemanden bedroht hätte. Sie legen mir Sachen in den Mund.«

»Also hat er Sie *nicht* bedroht«, sagte Zee.

»Nein.«

Zee merkte genau, dass sie log.

»Sind Ihre Sicherheit und die Sicherheit Ihrer Kinder nicht wichtiger, als dieses Geheimnis zu bewahren?«

»Ich bin so dumm.« Lilly weinte jetzt ernsthaft. »Ich kann es nicht fassen, dass ich mich jemals mit ihm eingelassen habe.«

»Sie sind alles andere als dumm«, sagte Zee. »Sie haben einen Fehler begangen.«

»Einen, den ich nicht wiedergutmachen kann«, sagte Lilly.

»Ich glaube schon«, sagte Zee.

»Mit einer einstweiligen Verfügung?«, fragte Lilly.

»Für den Anfang«, sagte Zee.

»Wissen Sie, wie viele Frauen jedes Jahr umgebracht werden, die eine einstweilige Verfügung erwirkt haben?«

Zee musste zugeben, dass sie keine Ahnung hatte. Aber es war interessant, dass Lilly sich offenbar näher informiert hatte.

»Eine Menge«, sagte Lilly.

* * *

Sofort nach der Sitzung ging Zee zu Mattei.

Mattei rief eine Polizistin in Marblehead an, die sie kannte, weil sie vor ein paar Jahren mit ihr in irgendeinem Ausschuss gesessen hatte. Sie wollte sich die Sache näher ansehen.

»Könnten Sie das diskret erledigen?«, bat Mattei. »Wir haben bereits Vertraulichkeitsprobleme wegen des Ehemanns.«

»Hast du Adams Nachnamen?«, fragte Mattei und wandte sich zu Zee.

Sie schüttelte den Kopf. »Aber er fährt einen roten Pick-up. Einen Ford. Mit dem Namen einer Baufirma auf der Seite. Ich glaube, es ist ein italienischer Name.« Zee dachte einen Augenblick nach. »Er könnte mit C anfangen.«

Ein paar Stunden später betrat Mattei Zees Büro.

»Womöglich haben wir Glück«, sagte sie. »Dieser Adam scheint die Stadt verlassen zu haben.«

»Echt?«

»Der Pick-up gehört einer örtlichen Firma, Cassella Construction. Sie sagen, Adam hätte gelegentlich den Pick-up gefahren. In letzter Zeit hat er sich nicht mehr blicken lassen. Er war in irgendeinen Streit mit dem Vorarbeiter verwickelt und hat sich aus dem Staub gemacht. Sie halten ihn für einen guten Arbeiter. Sie hoffen sogar, dass er zurückkommt und wieder bei ihnen arbeitet«, sagte Mattei.

»Das heißt nicht, dass er die Stadt verlassen hat.«

»Die Polizei ist bei ihm zu Hause vorbeigefahren. Seit mehreren Wochen hat ihn keiner der Nachbarn mehr gesehen.«

»Bist du sicher, dass Lilly dir die Wahrheit gesagt hat?«, fragte Mattei. »Ich frage nur deshalb, weil die Polizistin erzählte, es habe schon mal Schwierigkeiten gegeben, die mit Lilly Braedon zu tun hatten.«

»Was soll das denn heißen?«

»Offenbar wurde die Polizei von Marblehead schon zuvor wegen ihr angerufen. Nicht nur wegen dieses Adam, sondern auch wegen anderer Männer.«

Zee starrte geradeaus. »Noch andere Männer?«

»Klassisch bipolar, wenn man es sich genau überlegt. Sex

mit mehreren Partnern geht durchaus als Risikoverhalten durch.«

Zee dachte darüber nach. »Trotzdem könnte einer von ihnen ein Stalker sein.«

»Das ist richtig.«

Zee wirkte bestürzt.

»Die Polizei hat ein Auge auf Adam«, sagte Mattei.

»Was kein bisschen helfen wird, wenn sie sich wieder mit ihm einlässt«, entgegnete Zee.

»Zumindest wissen wir, dass es nicht William war«, sagte Mattei.

Zee warf ihr einen Blick zu, sagte aber nichts.

6

Der Trauergottesdienst dauerte viel zu lange. Zee bekam mit, dass eine Menge Leute Reden hielten, aber sie konnte sich nicht auf die Texte konzentrieren. Sie ließ den Blick über die Menge schweifen.

Der liebe William saß schweigend und offenbar durch Medikamente beruhigt in der ersten Kirchenbank.

Zee wurde klar, dass Mattei und Michael beide mit ihrer Meinung über Zees Besuch der Beerdigung recht gehabt hatten, wenn auch aus unterschiedlichen Gründen. Mattei hielt es für unprofessionell und riet ihr stark davon ab. Michael hatte ihr gar nichts geraten, sondern sie nur gefragt: *Wozu soll das gut sein?*

Genau diese Frage stellte sie sich nun, als sie hier saß. Die Familie würde sie ganz sicher nicht sehen wollen. Vielleicht wären sie Jahre später, wenn sie an diesen Tag zurückdachten, sogar froh, dass Zee die letzte Ehre erwiesen hatte. Aber heute erinnerte sie alle nur daran, dass sie es nicht geschafft hatte, Lilly zu retten.

Es gab noch einen zweiten Grund dafür, weshalb Zee gekommen war, wobei sie das weder Michael noch Mattei gegenüber zugegeben hatte. Sie wollte selbst überprüfen, ob Adam auftauchte oder nicht. Wenn ja, schön und gut. Wenn er wegblieb, würde es etwas völlig anderes heißen. Keinesfalls sollte er sich heute in die Nähe der Familie wagen. Aber wenn er Lilly aufgelauert und nachgestellt hatte, wie Zee immer noch glaubte, dann würde er sich wahrscheinlich nicht fernhalten können.

Doch selbst wenn sie recht hatte, konnte sie nicht viel unternehmen. Lilly war von der Tobin Bridge in den Mystic River gesprungen. Es war Selbstmord, kein Mord.

Adam kam nicht zur Beerdigung. Doch zu Zees Überraschung tauchten zwei Augenzeugen auf. Nicht die Frau, die unbedingt vor die Kamera wollte, mit der Zee vielleicht noch gerechnet hätte, sondern die andere Frau, von der Mautkasse auf der Brücke. Und der Mann in dem blauen Transporter, der der Moderatorin nur so widerwillig Auskunft gegeben hatte, war ebenfalls da.

Als die Orgel das Ende der Messe einleitete, gab der Bestatter den Trägern das Zeichen, den Sarg zu heben, und die Gemeinde reihte sich nach und nach dahinter auf, erst die Familie, dann Bank um Bank die anderen Trauergäste.

Als die Familie an ihr vorüberging, achtete Zee darauf, nur nicht Williams Aufmerksamkeit zu erregen. Was er auch empfinden mochte, wenn er sie sah, sie wollte es nicht noch schlimmer machen.

Die Menge bewegte sich hinaus ins gleißende Sonnenlicht. Zee folgt ihr bis zu ihrem Auto. Sie sah den roten Pick-up erst, als er direkt vor ihr stand. Er parkte ordnungswidrig und blockierte die halbe Straße. Adam beobachtete die Sargträger und die Familie. Als Zee aufschaute, trafen sich ihre Blicke. Er sah sie kalt an. Dann trat er das Gaspedal durch und fuhr mit quietschenden Reifen los, so dass er eine meterlange Gummispur hinterließ.

Zitternd sperrte Zee ihr Auto auf und setzte sich hinein. Sie steckte mitten in der Trauerprozession, bewegte sich mit ihr durch die Altstadt und um Peach's Point zum West Shore Drive und zum Waterside Cemetery.

Sie wollte am liebsten aus der Prozession ausscheren, direkt auf die Polizeiwache gehen und berichten, was sie gesehen hatte. Aber sie hatte das bereits mit Mattei durchdiskutiert.

Lillys Tod war ein Selbstmord. Es war äußerst unwahrscheinlich, dass die Polizei irgendwelche Untersuchungen anstrengte. Und falls sie es taten und dann die Geschichte von Lillys Affäre mit Adam herauskam, würde es der Familie nur noch mehr wehtun, als es ihr bisher schon wehgetan hatte.

»Lass es sein«, hatte Mattei ihr geraten.

Als die anderen Autos rechts in den Friedhof abbogen, fuhr Zee geradeaus weiter und folgte den Schildern am West Shore Drive, die sie nach Salem dirigierten. Sie hatte schon zu lange gewartet. Sie musste zu Finch.

Beide Knie des alten Mannes waren so versteift, dass jegliche Bewegung praktisch unmöglich schien. Auch die Arme wollten sich nicht bewegen, und so stand er am Fenster und blickte hinaus auf Maules Brunnen, beziehungsweise auf dessen Nachbau, der jetzt auf dem Anwesen seiner Cousine stand. Nachdem *Das Haus mit den sieben Giebeln* den Rang eines berühmten Romans erlangt hatte, war seine Cousine geradezu besessen davon gewesen, das Gebäude so herzurichten, wie es im Buch beschrieben wurde. Nein, nicht seine Cousine – wieder spielte ihm sein Kopf Streiche. Es war nicht seine Cousine, sondern eine ganz andere Person. Die Stränge seiner Erinnerung rissen ab. Es passierte nun häufig, dass er sich von einem Zimmer in das nächste mühte, um dann, am Ziel angelangt, festzustellen, dass er keine Ahnung mehr hatte, weshalb er hereingekommen war. Namen verflüchtigten sich. Selbst ganz einfache Sätze blieben ihm versagt, als hätte die Salzluft seine noch ungebildeten Worte gestohlen und ins Meer geblasen.

Er blickte über die Turner Street hinaus auf das alte Haus. Es hatte sich im Laufe der Jahre so sehr verändert, dass man sich die Rekonstruktion nur schwer vorstellen konnte. Zuerst war es ganz simpel gewesen, bloß ein paar Zimmer mit niedriger Decke. Mit zunehmendem Wohlstand gab es Anbauten, so dass am Ende alle sieben Giebel aus seinem berühmten Buch vorhanden waren. Doch der modische föderalistische Stil hatte Schlichtheit diktiert, daher waren die Giebel entfernt, jedoch später wieder angebaut worden, als sein Buch das Haus so bekannt gemacht hatte. Es war wahrlich amüsant, dass diese Frau, an deren Namen er sich nicht einmal erinnerte, die Aufgabe übernommen hatte, dieses Haus der Öffentlichkeit zu präsentieren, und noch amüsanter war es, dass die Öffentlichkeit es auch sehen wollte, sogar gewillt zu sein schien, dafür Geld zu bezahlen, um nicht nur das Haus mit seinem Geheimzimmer zu besichtigen, sondern auch andere Dinge, die in und an dem Haus vor seinem Eingang in die Dichtung nie vorhanden gewesen waren, Hepzibahs Kramladen zum Beispiel oder Maules Brunnen.

Er wusste nicht recht, was er von alldem halten sollte. Er war schüchtern veranlagt und legte keinen Wert auf die Huldigungen, die ihm zuteilwurden. Dennoch liebte er das Haus mehr als jede Wohnstatt, in der er zuvor oder seither gelebt hatte, und er hielt es für seine ureigenste Verantwortung, ein Auge auf das Anwesen zu haben. Das schien seine einzige verbliebene Aufgabe zu sein. Seine Hände konnten den Stift nicht mehr halten. Und die Wörter waren ihm abhandengekommen. Aber er wusste genau (denn durch sein Schreiben war es so geworden), dass das Haus mit den Giebeln, mochte es auch verflucht sein, auf immer und ewig nicht der Familie gehörte, die es ursprünglich errichtet hatte, auch nicht seiner Cousine oder der Frau, an deren Namen er sich nicht erinnerte, sondern den Figuren, die er in seiner Geschichte geschaffen hatte, Hepzibah und Clifford und Phoebe.

Irgendwo in der Ferne klingelte ein Telefon. Es ging ihm schlecht heute. Das lag nicht allein an den Knien. Er fühlte sich benommen, mehr als sonst. Und seine Hände waren von einer Steifheit, die er nicht lockern konnte. Er hatte etwas dagegen eingenommen. Eine Besucherin, eine, die er im ersten Moment für seine geliebte Hepzibah gehalten hatte, hatte ihm das gegeben. Er würde bald sterben. Das spürte er. Langsam, aber stetig schien der Tod über ihn zu kriechen. Die Totenstarre spürte er bereits, in den Knien. Er lehnte an der Wand, blickte hinaus über die Straße auf sein berühmtes Haus und konnte sich nicht rühren. Er war zu Stein erstarrt, und es blieb ihm nur zu warten, bis ihn die Medizin oder irgendeine Naturgewalt erlöste.

Wo waren all die, die er in seinem Leben so sehr geliebt hatte? Wo war Sophia? Tot, dachte er, doch wie sie gestorben war, daran erinnerte er sich nicht mehr. Dann dachte er an Melville, und Tränen rannen ihm übers Gesicht. Melville war nicht tot. Das konnte nicht sein. Dann stieg Wut in ihm auf, ein beinahe mörderischer Zorn.

Da stand er nun, eine Statue, ein Gebilde aus kaltem Granit, das in seiner Kälte einen Rest von Leben gefangen hielt. Die Statue konnte sehen, fühlen und wollen. Was er jetzt wollte – und er wünschte es sich verzweifelt –, das war, die Gärten auf der anderen Straßenseite zu sehen, wo in seiner berühmten Geschichte der alte Hahn, dem er den Namen Chanticleer gegeben hatte, und seine beiden alternden Hennenfrauen es geschafft hatten, ein einziges letztes winziges Ei hervorzubringen, dem jedoch nicht bestimmt war, den Fortbestand des aristokratischen Geschlechts des Hahns zu sichern, sondern das stattdessen zum Frühstück serviert worden war. Er hatte den Text zunächst amüsant gefunden, als er ihn geschrieben hatte. Aber heute trauerte er um Chanticleer und die Hennen und den Verlust ihres Geschlechts. Natürlich war das nicht wirklich, es war nur in seiner Fantasie wirklich gewesen und auf dem Papier. Und nun war da eine Mauer zwischen ihnen, eine sehr wirkliche Mauer, die sein Blick nicht durchdrang. Als er heute so dastand, konnte er nicht seinen geliebten Garten sehen, auch wenn es ihm noch gelang, das Meer dahinter zu erkennen.

Er wollte nach Hepzibah rufen, obwohl er wusste, dass sie nicht wirklich war, und sie kam ihm jetzt vor wie zwei unterschiedliche Menschen: die runzlige Alte, die er geschaffen hatte, der der echte Laden nachgebildet war, und eine Frau, so jung und schön, wie er sie sich einst hätte vorstellen können. Und er war erfüllt von Liebe für seine letzte Hepzibah, die in seinem Geiste eher seiner Figur Phoebe glich, Phoebe, die in ihrer aller Leben getreten war und alles geändert und wieder Licht und auch Liebe in das alte Haus gebracht hatte. Er fing an zu weinen und wusste, dass er beweinte, was einst war und was vergangen war.

Jetzt wollte er mehr als alles andere seine Hepzibah sehen, und er wünschte sie sich mit einer solchen Kraft herbei, dass seine Knie ihren Griff freigaben und seine Kehle nicht mehr zugeschnürt war. Langsam, zuerst beinahe unmerklich, spürte er den Stein aufbrechen. Zuerst bewegte er eine Hand, dann einen Arm. Dann trat er vorsichtig einen Schritt weg von der Wand und auf das Fenster zu.

Als er dazu fähig war, machte er sich an sein Tagwerk. Mit wachsender Kraft zog er die Jalousie hoch und öffnete den Kramladen. Es war nicht Hepzibahs Laden, den er im Buch geschaffen hatte; es war nicht einmal eine schlechte Kopie davon. Aber es war das Beste, was ein alter Mann leisten konnte.

Die Kunden kauften, was er hinausstellte. Einer nach dem anderen kamen sie, schüchtern zuerst, wie der kleine Junge in seiner Geschichte, dann immer mutiger.

Zee fand keinen Parkplatz in der Turner Street. Der Platz vor dem Haus mit den sieben Giebeln war voll mit Touristenbussen, und die Touristen, die mit dem eigenen Auto kamen, parkten auf dem Gehsteig und ignorierten die NUR FÜR ANWOHNER-Schilder, weil sie den Zehn-Dollar-Strafzettel sowieso nicht bezahlen würden.

Sie parkte schließlich auf dem kleinen Rasenstück, wo Finchs Vogelhäuschen hingen. Beim Aussteigen sah sie einen Touristen mit einem antiken Schiffsmodell davongehen, das ihm aus Finchs Erdgeschossfenster in die Hände geflogen zu sein schien.

Ihr erster Gedanke war, dass Finch gerade beraubt wurde. Dann bemerkte sie die Souvenirtüten, die der Mann am Arm hängen hatte, und das Kind neben ihm. Als sie näher kam, sah sie das handgeschriebene Schild über dem Fenster: HEPZIBAHS KRAMLADEN. Darunter ein kleineres Schild, ebenfalls handgeschrieben: ALLES MUSS RAUS.

Finch standen die Haare in weißen Büscheln nach oben. Seine Stimme klang heiser. Er erkannte sie erst, als sie direkt vor ihm stand, und in diesem Moment fing er sofort zu weinen an.

Die Touristen wichen zurück, machten Platz.

»Papa«, sagte sie. »Was ist denn hier los?«

»Hepzibah«, sagte er. »Meine Zee.« Er streckte ihr die Arme entgegen und drückte ihr die Hand so fest er konnte. »Ich hab es mir gewünscht«, sagte er und wandte sich dann an sein Publikum, mit einem ganz neuen Glauben an das Leben. »Ich hab es mir gewünscht!«, rief er.

2. TEIL
Juni 2008

Die alte Methode der Koppelnavigation oder Koppelung ist häufig unzuverlässig. Wind, Gezeiten und Stürme können das Schiff leicht vom Kurs abbringen. Jeder Fehler zieht andere nach sich und verändert den Kurs in entscheidender Weise, oft mit tragischen Folgen. Aus diesem Grund gingen die Seefahrer allmählich zur Astronomischen Navigation über. Die Gestirne sind konstant. Die Erde dreht sich, aber die Gestirne haben ihre festen Orte am Himmel. Auch bei schlechtestem Wetter klart der Himmel irgendwann auf, so dass man ihre Positionen bestimmen kann.

7

Finch bemühte sich, so schnell und präzise wie möglich den Mittelfinger mit dem Daumen zu berühren. Mit der rechten Hand stellte er sich recht gut an, aber mit der linken war er langsamer und ungeschickter.

»Es ist normal, dass eine Seite schwächer ist als die andere«, sagte der Arzt, der sich Notizen machte.

»Das kennen wir«, sagte Zee. Sie hatten das schon mindestens ein Dutzend Mal mitgemacht. »Wir sind wegen des Medikaments hier.«

»Bedauerlich«, meinte er. »Aber wir wussten, dass wir damit vielleicht kein Glück haben würden. Gerade dieses Präparat soll starke Nebenwirkungen auslösen. Bei manchen Leuten ruft es Halluzinationen hervor.«

»Und er gehört eindeutig dazu. Er hat sich für Nathaniel Hawthorne gehalten.«

Der Arzt hob die Augenbrauen. »Kreativ. Na ja, in Anbetracht seiner Vergangenheit...«

Zee warf ihm einen finsteren Blick zu.

»Männer glauben oft, sie arbeiteten für die CIA, bei einer verdeckten Operation oder so. Bei Frauen sind solche Halluzinationen häufig eher sexueller Natur.« Er grinste sie an.

Zee ignorierte seine Bemerkung.

Neurologen haben einen etwas schrägen Sinn für Humor, hatte ihr Mattei schon mehrmals gesagt.

»Wir setzen es ab.«

»Das habe ich schon«, sagte sie. Nachdem sie den Arzt telefonisch nicht hatte erreichen können, suchte sie im Ärzteverzeichnis und rief einen Freund von Michael an, einen Neurologen. Es war nicht gefährlich, das Medikament plötzlich abzusetzen, man musste den Patienten nicht entwöhnen.

»Redet nicht über mich, als wäre ich nicht da«, sagte Finch. Seine Stimme, die einst kräftig genug gewesen war, um ohne Mikrofon einen Hörsaal mit hundert oder mehr Studenten auszufüllen, war jetzt kaum noch vernehmbar.

»Entschuldige, Dad«, sagte sie.

»Die Halluzinationen sind selten unangenehm. Für die Familie ist das meistens beunruhigender als für den Patienten.«

»Wie dem auch sei«, sagte sie und schloss damit jede Möglichkeit aus, das Medikament weiter zu verabreichen. Zee wunderte sich sehr, wenn sie daran dachte, welche Nebenwirkungen manche Ärzte ihren Patienten zumuteten. Bei jeder Fernsehwerbung für pharmazeutische Produkte wurde heute gleich eine Liste von Kontraindikationen mitgesendet, die so lang war, dass es Zee manchmal erstaunte, dass die Leute auch nur Aspirin nahmen.

Der Arzt stand auf. »Würden Sie ein Stück für mich laufen, Professor Finch?«

Finch stand zittrig auf. Ihr erster Impuls war es, ihm zu helfen, aber sie zwang ihre Hände ruhig zu bleiben.

Unter großen Mühen schlurfte Finch fünf Meter quer durch die Arztpraxis. Allein an seiner Atmung merkte Zee, wie schwer ihm das fiel. Sein Gesicht war zu einer Maske erstarrt, ein klassisches Anzeichen für Parkinson.

Finch, früher ein reservierter Neuengland-Yankee, war mit dem Fortschreiten der Krankheit zunehmend emotional geworden. Doch diese Emotionen zeigten sich weder in seinem Gesicht noch in der Stimme oder im Tonfall. Es war eine subtilere Energie, die Zee verriet, wie frustrierend und beinahe unmöglich dieser kurze Gang für ihren Vater geworden war.

Sie hatte sich oft darüber gewundert, dass bei Finch nicht

das Zittern auftrat, das bei den meisten Parkinson-Patienten zu beobachten war. Er hatte erst vor kurzem, zehn Jahre nach Ausbruch der Krankheit, eine Art Ruhezittern entwickelt, und selbst das war so schwach ausgeprägt, dass man es nie bemerken würde, wenn man nicht danach Ausschau hielt.

Seltsamerweise war keines dieser Symptome das erste Anzeichen für Finchs Krankheit gewesen. Den allerersten Anlass zur Sorge hatte ein Abend in einem Restaurant in Boston gegeben. Finch hatte sie zum Essen eingeladen, um gemeinsam das Erscheinen seines neuen Buchs zu feiern, das Melvilles Briefe an Hawthorne zur Grundlage hatte. Das Buch trug den treffenden Titel *Eine dazwischenliegende Hecke* – ein Zitat aus einer Kritik, die Melville einmal über ein Buch von Hawthorne geschrieben hatte.

Das Buch hatte Finch fast zehn Jahre lang in Anspruch genommen. Allein die Tatsache, dass er es nun fertiggestellt hatte, war Grund genug, um zu feiern; und die Tatsache, dass es einen Verleger gefunden hatte, bedeutete berufliche Sicherheit. Finch musste gar nicht arbeiten. Seine Familie hatte ihm Geld hinterlassen. Aber er liebte die Lehre, und über Hawthorne und die amerikanischen Romantiker zu lehren, war die größte Freude seines Lebens.

Finch überreichte ein Exemplar Zee und eines Melville, so hieß der Mann, dessentwegen Finch Zees Mutter verlassen hatte. Das erzählte Zee häufig, wenn jemand danach fragte, wobei das nicht ganz korrekt war. Denn Finch hatte Maureen eigentlich nie verlassen, obwohl er Melville bereits zum ersten Mal begegnet war, als Maureen wieder einmal längere Zeit im Krankenhaus verbringen musste. Und Melville hieß eigentlich Charles Thompson. Melville war ein Spitzname, den Finch ihm gegeben hatte, einer, der bleiben sollte.

Zee schlug die Titelseite auf, mit einer handschriftlichen Widmung an sie. *Meiner lieben Hepzibah*, hatte er in einer

Handschrift geschrieben, die viel kümmerlicher war, als Zee sie in Erinnerung hatte. *Tausend Dank.* Zee überlegte, wofür er sich da wohl bedanken wollte – dann sah sie die gedruckte Widmung auf der nächsten Seite: VON HAWTHORNE FÜR MELVILLE, IN UNENDLICHER ZUNEIGUNG.

Zee war dem Buch schon immer mit gemischten Gefühlen begegnet, denn es deutete eine unvermutet intime Beziehung zwischen Hawthorne und Melville an. Zwar gab auch Finch zu, dass die Männer zur damaligen Zeit viel mehr Intimität gewohnt waren als heute, sie bekundeten einander in Briefen wortreich ihre Zuneigung und teilten sogar die Betten, doch dass Finch versucht hatte zu beweisen, dass es etwas Tiefergehendes gab, machte Zee mehr zu schaffen, als sie sich eingestehen wollte. Zee hatte den Eindruck, Finch wollte mit dieser Theorie auf eine seltsame Weise seine eigenen Lebensentscheidungen rechtfertigen, was in Zees Augen so weit hergeholt wie unnötig war.

Dass Finch und Melville ein ideales Paar bildeten, daran hatte Zee nie gezweifelt. Sie waren nicht nur spürbar verliebt; dadurch, dass sie so glücklich und einander so zugetan waren, hatten sie Zee eine Stabilität geboten, die ihr Finch und Maureen nie hatten geben können. Für diese Stabilität würde Zee immer dankbar sein, mochte ihre Liebe der Familie auch geschadet haben.

Doch die Liebesgeschichte zwischen Hawthorne und Sophia war legendär, und Maureen hatte sich eine solche Beziehung für sich selbst gewünscht. Weil es eine wahre Geschichte war und weil ihre Mutter sie so geliebt hatte, war sie heilig für Zee. Dass ihr Vater zu den Koryphäen der Hawthorne-Forschung in diesem Lande zählte und dadurch ein genaueres Wissen über Hawthorne besaß, als Zee es je erlangen würde, machte es für Zee nicht leichter. Seit sie klein war, hatte Finchs Liebe zu Hawthorne das Leben des Schriftstellers für sie beinahe so real erscheinen lassen wie ihr eigenes, aber bis vor kurzem hatte sie nie von Finchs Theorie über Hawthorne und Melville gehört. Vielleicht war es eine unmäßige Loyalität ihrer Mutter gegenüber oder die verzweifelte Hoffnung, dass es »die große Liebe« doch auch in Wirklichkeit gab – jedenfalls gefiel es Zee gar nicht, dass Finch an der Geschichte von Hawthorne und Sophia herumbastelte.

Ihr wurde heiß im Gesicht. Melville sah sie an. Sie wollte den Abend nicht verderben und entschuldigte sich kurz. »Ich habe vergessen, Geld in die Parkuhr zu werfen.« Sie stand zu rasch auf und hätte beinahe ihr Weinglas umgeworfen. »Ich bin gleich wieder da.«

Sie ging hinaus aus dem Restaurant. In Wahrheit stand ihr Auto auf dem Parkplatz und nicht vor einer Parkuhr. Sie lief den halben Block entlang, bevor sie stehen blieb.

Melville holte sie schließlich ein, und nicht Finch. An der Straßenecke merkte sie, wie er hinter ihr stand. Er sagte nichts, aber sie spürte seine Anwesenheit. Sie drehte sich um.

»Es tut mir leid«, sagte er.

Sie starrte ihn nur an.

»Ich hatte keine Ahnung, dass er diese Widmung schreiben würde.«

»Ja«, sagte sie. Bei seinem Anblick war ihr klar geworden, dass das wahrscheinlich stimmte. Sie hatte seinen Gesichtsausdruck bemerkt, als er das Buch aufschlug, der kurze Blick, den sie austauschten. Finch liebte ihn. Das war die ganze Wahrheit. Sie liebten einander.

»Hawthorne hat seine Frau verehrt«, sagte sie zu ihm. »Ganze Bücher widmen sich dieser Tatsache.«

»Das bestreitet ja wohl niemand«, sagte Melville.

»Sein Buch bestreitet das von vorne bis hinten.«

»Ich habe es gelesen«, sagte Melville. »Das stimmt nicht.«

Die beiden standen mitten auf dem Gehsteig. Die Leute gingen um sie herum.

»Es ist möglich, mehr als einen Menschen in diesem Leben wirklich zu lieben«, sagte Melville. »Glaub mir, ich weiß das.«

Sie sah ihn eigenartig an. Zum ersten Mal hatte Melville so viel über seine Vergangenheit preisgegeben.

Ihr fiel keine Antwort ein.

»Dieser Abend bedeutet ihm sehr viel«, erklärte Melville.

Er sagte ihr nicht, was sie empfinden sollte; er sagte ihr nur die Wahrheit.

Sie stand da und kam sich dumm vor, wie ein Kind nach einem Trotzanfall. Das überraschte sie. »Ich weiß nicht, warum mir das so nahegegangen ist.«

»Das liegt doch auf der Hand«, sagte Melville.

»Du weißt, dass ich wirklich finde, dass ihr beide zusammengehört.«

»Natürlich«, sagte Melville.

»Es ist nur … wie er manches anstellt. Es hat alles wieder zurückgebracht.«

»Ich weiß«, sagte Melville und legte ihr die Hand auf die Schulter. »Komm mit mir rein.«

Sie gingen zusammen zurück. Finch saß allein am Tisch und wirkte ratlos. Sie küsste ihn auf die Wange.

»Entschuldige«, sagte sie. »Fast hätte ich einen Strafzettel kassiert. Zum Glück hatte Melville passendes Kleingeld.«

Finch wirkte so erleichtert, dass Zee beinahe geweint hätte. Das Buch lag noch auf dem Tisch, wo sie es hingelegt hatte. Sie nahm es in die Hand und drehte es um, wollte die Texte auf der Rückseite lesen. Vom Umschlag blickte ihr ein jünger aussehender Finch entgegen. Er stand vor dem Haus mit den sieben Giebeln. »Auf diese Hecken«, sagte sie und hob ihr Glas.

Melville war seine Belustigung über ihren Trinkspruch anzusehen. So sehr sie sich manchmal über ihn ärgerte, Melville gehörte doch zu den wenigen Menschen auf der Welt, die sie wirklich verstanden.

Sie bestellten das Essen und tranken mehrere Gläser Wein.

Da sie zu Ehren Finchs feierten, hatte Melville vorgehabt, alle einzuladen. Doch Finch ließ es sich nicht nehmen und bestand darauf zu bezahlen. Die Rechnung betrug 150 Dollar, aber Finch legte 240 Dollar in bar auf den Tisch, was für ihn, den sparsamen Yankee, ungewöhnlich war. Melville zog drei Zwanzig-Dollar-Scheine wieder heraus. »Ich glaube, die klebten zusammen.« Er gab sie Finch zurück. »Verdammte Geldautomaten.«

Finch guckte zuerst überrascht, dann ein wenig beschämt. Er steckte sich die Scheine wieder in die Tasche.

Zee merkte, dass er ernstlich verwirrt war.

»Was ist los mit meinem Vater?«, fragte sie Melville, als sie ihn am nächsten Vormittag anrief. Sie wechselte gerade den Seminarraum, und der Empfang ihres Handys setzte immer wieder aus.

»Er hat viel Wein getrunken«, sagte Melville.

»Er trinkt immer viel Wein.«

»Vielleicht klebten die Scheine wirklich zusammen.«

»Sicher«, sagte Zee.

Auf Melvilles Drängen hin hatte Finch bereits einen Termin bei seinem Hausarzt vereinbart. Zee fand, er sollte lieber zu einem Neurologen in Boston gehen.

Ungefähr sechzig Sekunden lang gehörte ihr das Gefühl der Erleichterung, als der Neurologe gesagt hatte, es sei nicht Alzheimer. Dann eröffnete er ihnen: »Es ist Parkinson.«

Fast zehn Jahre später brauchte Finch nun über eine Minute, um quer durch die Arztpraxis zu schlurfen.

»Gut«, sagte der Neurologe. »Aber eigentlich sollten Sie ja den Rollator benutzen. Sind Sie seit Ihrem letzten Besuch gestürzt?«

»Nein«, sagte Finch.

»Und wie sieht es mit Freezing aus?«

»Nein«, sagte Finch. »Gar nicht.«

Der Arzt nahm ein Blatt Millimeterpapier und zeichnete wieder die Wellenlinien, die er bei jedem Termin in den letzten zehn Jahren aufgemalt hatte. Er zog eine gerade Linie durch die Mitte: der ideale Wert, der einen normalen Dopaminhaushalt anzeigte und bedeutete, dass die Medikamente wirkten. Auf diesem neuen Bild waren die Wellen höher und weiter auseinander, die normalen Phasen viel kürzer.

»Das Ziel ist es, ihn in der Mitte zu stabilisieren«, sagte der Arzt.

Sie wusste sehr gut, was das Ziel war. Auf dem Höhepunkt der Welle war zu viel Dopamin vorhanden, und Finchs Gliedmaßen und der Kopf bewegten sich von selbst, eine langsame, komische Bewegung, bei der er aussah, als würde er schwimmen. Auf dem niedrigsten Punkt der Welle war Finch starr und unsicher. Dann wollte er nur noch hin- und hergehen, aber die Steifheit machte jede Bewegung unmöglich, so dass er zu stürzen drohte.

»Es ist schade, dass das Retard-Präparat nicht gewirkt hat«, sagte der Arzt. »Und Agonisten funktionieren bei ihm eben auch nicht. Wie Sie wissen, rufen sie bei manchen Patienten Halluzinationen hervor.« Er wandte sich an Finch. »Wir können Sie ja nicht für immer als Nathaniel Hawthorne leben lassen, oder, Professor?«

Finch sah Zee hilflos an.

»Was ist denn jetzt der nächste Schritt?«, fragte sie.

»Es gibt eigentlich keinen nächsten Schritt, außer dass wir den Dopaminwert erhöhen.«

Er nahm Finchs Hand und sah sie sich an, dann legte er sie sanft in Finchs Schoss und wartete auf Tremoranzeichen. »Eine Operation hilft nur gegen den Tremor, wie es aussieht, und der ist bei ihm glücklicherweise nicht ausgeprägt.«

Zee fand es schwer, im Zusammenhang mit der Krankheit,

die ihren Vater langsam umbrachte, überhaupt von Glück zu reden.

»Wir verabreichen das Sinemet weiter zu den bisherigen Zeiten. Nur hier« – er deutete auf die Zeichnung – »und hier geben wir eine halbe Tablette dazu.«

»Er bekommt es also im Prinzip weiterhin alle drei Stunden«, wiederholte Zee, um sicherzugehen, dass sie ihn nicht missverstanden hatte. »Und die Dosis wird zweimal erhöht.«

»Genau«, sagte der Arzt. »Alle drei Stunden, außer er schläft. Nachts muss er keine Tablette nehmen.«

»Er nickt ständig ein. Wenn ich ihn nicht wecke, um ihm die Tabletten zu geben, bekommt er sie nur alle sechs Stunden.«

»Wecken Sie ihn tagsüber, aber geben Sie ihm nachts nichts«, erklärte er. »Haben Sie nachts Schlafprobleme, Professor Finch?«

»Ein bisschen«, sagte Finch.

Der Arzt langte nach seinem Rezeptblock und schrieb Tradozone auf. »Damit können Sie besser durchschlafen«, sagte er zu Finch, dann wandte er sich an Zee: »Das sollte auch gegen das Sundowning-Syndrom helfen, damit er nicht mehr dauernd umherläuft. Und geben Sie ihm die erste Dosis Sinemet ungefähr eine Stunde, bevor er aufsteht. Er wird sich bewegen wollen, aber zu steif sein. Da kommt es morgens leicht zu bösen Stürzen.«

Zee sah Finch an.

»Ihre Tochter wird Sie morgens gut im Auge behalten müssen«, scherzte der Doktor.

Sie wollte dem Arzt sagen, dass sie nicht bei ihrem Vater wohnte, dass er das alles lieber Melville erzählen sollte, aber Melville war am vergangenen Abend nicht nach Hause gekommen, und sie hatte keine Ahnung, wo er steckte. Als sie Finch gefragt hatte, hatte er nicht mehr sagen wollen, außer dass Melville weg war.

Der Arzt ging Richtung Tür und wandte sich um. »Haben Sie Rampen und Haltegriffe?«

»Einen Haltegriff hat er«, sagte sie. »In der Dusche.«

»Ich schicke Ihnen eine Ergotherapeutin, die soll sich das Haus einmal anschauen. Sie kann Ihnen dann aufzeigen, was fehlt.«

Der Arzt streckte Finch die Hand entgegen. »Es hat mich gefreut, Sie wiederzusehen, Professor«, sagte er zu laut, als würde er mit einem Schwerhörigen sprechen und nicht mit jemandem, der an Parkinson im fortgeschrittenen Stadium litt, was Zee erst jetzt klar wurde. Sie verstand nicht, wie Finch und Melville das vor ihr hatten verheimlichen können.

»Es tut mir leid, dass es mit dem Medikament nicht geklappt hat«, sagte der Arzt. »Aber ein, zwei Tage Hawthorne zu sein, ist alles in allem gar nicht so schlimm.«

Finch erwiderte das Lächeln nicht. Er nahm Zees Arm, als sie gemeinsam die Praxis verließen.

»Du hast den Arzt angelogen bei der Frage nach dem Freezing«, sagte Zee. »Ich hab das gesehen.« Sie erinnerte sich an das letzte Mal, als Finch zu einem Check-up nach Boston gekommen war. Als sie das Restaurant verlassen hatten, war er auf dem Weg durch die Eingangstür erstarrt. Sie hatten alle hilflos dagestanden und gewartet, bis die Starre nachließ und Finch endlich durch die Tür gehen konnte.

»Schon länger nicht mehr«, log er. »Kein einziges Mal ist mir das passiert, seit er mir diese verdammte Frage zuletzt gestellt hat.«

8

Am Freitagnachmittag schleppte sich der Verkehr von Boston in Richtung Norden quälend träge dahin. Zee wählte vom Handy aus wieder Finchs Nummer, in der Hoffnung, Melville würde abnehmen. Langsam machte sie sich ernsthaft Sorgen um ihn.

»Wollte er vielleicht seine Familie besuchen?«, fragte sie. Melville hatte irgendwo in Maine Verwandte, eine Schwester und zwei Nichten. Sie standen sich nicht sehr nahe, aber er hatte ihnen schon gelegentlich einen Besuch abgestattet.

»Nein«, sagte Finch.

»Wo zum Teufel ist er denn dann?« Zee war frustriert. Sie hatte Finch mindestens zehn Mal gefragt, wo Melville steckte, und hatte seine einsilbigen Antworten langsam satt.

Melville war Finch fast zwanzig Jahre lang nicht von der Seite gewichen, eine Tatsache, die Zee in einer Zeit der Ehen auf Probe und steigenden Scheidungsraten nur schwer nachvollziehen konnte. Die beiden waren lange vor dem Selbstmord ihrer Mutter ein Paar geworden; Zee war allerdings damals zu jung gewesen, um das zu begreifen. Als sie zusammenkamen, hatte Zee ihrem Vater geglaubt, der ihr erzählt hatte, sie würden deshalb so viel Zeit miteinander verbringen, weil Melville sein bester Freund sei. Das war keine Lüge, es war nur nicht die ganze Wahrheit.

Zees Mutter hatte sie dann über Finchs Vorliebe für Männer aufgeklärt. Wie viele der unangemessenen Offenbarungen, die Maureen ihr während ihrer manischen Phasen erzählt hatte, sollte Zee die ganze Tragweite dieser Aussage erst im Nachhinein begreifen. Damals hatte der Professor gerade angefangen, sich an den Wochenenden und in den Semesterferien mit Onkel Mickey und seinen Piratenschauspielerfreunden herumzutreiben, und Zee glaubte, das meinte ihre Mutter mit dem Wort Vorliebe. Zee wusste sehr genau, was für Gelage sie alle feierten. Die Piraten tranken und sangen, und Finch, normalerweise eher steif in seiner neuenglischen Zurückhaltung, trank und sang mit ihnen. Manchmal hörte sie ihn singen, wenn er spätnachts nach Hause kam, die klischeehaften Lieder des torkelnden Betrunkenen, die sie aus den alten Filmen kannte, die sie mit ihrer Mutter angeschaut hatte. Finch war hier ganz der singende, schwankende, glückliche Trunkenbold der Komödien der 30er Jahre. Zee sah die Freude, die er dabei hatte, besonders im Kontrast zu Maureens zunehmender Depression, und so glaubte sie zu verstehen, weshalb ihr Vater die Gesellschaft von Männern bevorzugte. Männer tranken und sangen und amüsierten sich eben. Ihr einziger Wunsch war es dann, selbst dazugehören zu können.

In der ihr typischen Art erzählte Maureen Zee dann irgendwann intime Details über Finchs Neigung zu Männern. Viel später, erst als Zee alt genug war, um einen Bezugspunkt für solche Dinge zu haben, wurde ihr klar, was ihre Mutter gemeint hatte und warum sie diese Geschichten so wütend erzählt hatte. Dass sich Finch gegenüber Maureen falsch dargestellt hatte, war zum größten Verrat im Leben ihrer Mutter geworden.

Für Zee hatte Maureens unerfüllter Traum immer darin bestanden, das zu erfahren, was sie »Die große Liebe« nannte. Das wünschte sie sich am meisten im Leben, und sie hatte sich geschworen, es von Finch zu bekommen, als sie sich kennengelernt und die erste Zeit ihrer Ehe auf Baker's Island verbracht hatten. Maureen erzählte oft sehnsüchtig von der Nacht, in der er ihr laut ein Gedicht vorgetragen hatte – Yeats, nicht Hawthornes düstere Zeilen. In ihrer Hochzeitsnacht hatte er ihr das Buch mit dem Gedicht darin geschenkt, und dieses Buch hütete sie ihr ganzes Leben lang wie einen Schatz. Sie schloss es in dem Zimmer auf Baker's Island ein, in dem sie ihre Hochzeitsnacht verbracht hatte und das sie seither zum Schreiben nutzte. Dass sie in ihrem Alltag mit Finch keine solche Leidenschaft mehr fand, war das Kreuz, das sie zu tragen hatte. Als Irin und Katholikin dazu kannte Maureen den Begriff der Bürde nur allzu gut, und die ihre bestand in einer zunehmend lieblosen Ehe innerhalb der Schranken einer Religion, die ihr Ausbrechen energisch zu verhindern suchte.

Nachdem ihr klar geworden war, dass Finch sich Männern zugewandt hatte, eine Zeit, die Maureen als »Der Verrat« bezeichnete, verkroch sich Maureen in ihrem Häuschen auf Baker's Island und begann die Geschichte zu schreiben, die sie nie fertigstellen konnte und der sie den Titel »Einmal« gab. Finch betrachtete das als das erste Anzeichen ihrer bevorstehenden Geisteskrankheit, doch Zee hielt das heute eher für eine schwere Wochenbettdepression, von der sich Maureen nie ganz erholt hatte.

Die Schwangerschaft war problemlos verlaufen, aber die Wehen und die Entbindung waren schwierig. Die Tatsache, dass Maureen keine Bindung zu dem Kind entwickelte, das sie ihm geboren hatte, bereitete Finch keine großen Sorgen – seine Bindung zu dem Kind reichte für sie beide. Die Geburt seiner geliebten Hepzibah war der einzige Grund, weshalb er seine Ehe nicht aufgab, denn da er selbst kein Katholik war, fiel es ihm leichter zu glauben, dass der Fehler, den er mit einer so übereilten Heirat begangen hatte, zu beheben sein könnte.

Die letzten Tage vor Maureens Tod waren so entsetzlich gewesen, dass Zee und ihr Vater nie darüber gesprochen hatten. Zee hatte zwar oft mit Mattei in ihren Sitzungen darüber gesprochen, niemals jedoch mit Finch. Im Rückblick fragte sie sich, an wie viele Tage sich Finch eigentlich noch erinnerte, nachdem er häufig bis zur Bewusstlosigkeit getrunken hatte.

Nur allzu gut erinnerte sich Zee wiederum an einen bestimmten Abend, nicht lange vor Maureens Tod. Es war schon spät, als Finch betrunken und in seinem Piratengewand in der Küche stand und Hawthorne rezitierte, und zwar mit so lauter Stimme, dass er einen Hörsaal hätte füllen können: »Kein Mensch kann längere Zeit gegen sich ein anderes Gesicht tragen als gegen die Menge, ohne endlich irre zu werden, welches das wahre sei.« Damals hatte Zee geglaubt, er spreche über sein Piratendasein. Jetzt war sie natürlich schlauer.

Ob Finch sich nun an den Tag des Selbstmords erinnerte oder nicht, seinen damaligen Gesichtsausdruck würde Zee nie mehr vergessen. Nach einem seiner Gelage zog er singend durch die Gassen nach Hause. Als er Maureens Schreie hörte, wurde er sofort nüchtern. Er lief ins Haus und die Treppe hinauf. Dort fand er Maureen: Sie war rückwärts gekrümmt, das Rückgrat war nach hinten durchgebogen, bis der Kopf beinahe den Boden berührte. Die Arme hatte sie parallel zum Boden gerade ausgestreckt, als würde sie eine schwierige gymnastische Übung vorführen. Er blieb in der Tür stehen und sah zu, wie seine Frau zusammenbrach. Der Anblick war so bizarr und beängstigend, dass Zee unwillkürlich an Dämonen und sogar an die Hexenprozesse von Salem im Jahr 1692 dachte.

Zee stand hilflos daneben und betete inständig, dass der Rettungswagen, den sie gerufen hatte, noch rechtzeitig käme. Sie wagte es nicht, ihre Mutter zu berühren. Kurz zuvor hatte ihre Berührung bei ihrer Mutter den dritten Krampfanfall ausgelöst – dessen war sie sich sicher. Zee und Finch hielten Abstand und sahen Maureen entsetzt und ohnmächtig beim Sterben zu.

Paradoxerweise war es die Sirene des herannahenden Rettungswagens, die Maureens letzten Anfall auslöste.

Während der nächsten zwei Jahre, bis zu dem Tag, an dem Melville endgültig zurückkehrte, widmete sich Finch der Selbstbetäubung und überließ es Zee, Boote zu stehlen und sich ansonsten alleine durchzuschlagen.

Sie sprachen nicht über Maureens Tod, zumindest nicht direkt. Fast ein Jahr später wandte sich Finch eines Abends an Zee und zitierte wieder Hawthorne, diesmal mit den Worten: »Dieser Abgrund war ja nur eine von den Türen der höllischen Finsternis, die allenthalben unter unseren Füßen liegt. Selbst der festeste Boden menschlichen Glücks ist weiter nichts als eine dünne Schicht, die sich darüberbreitet und gerade so viel Realität besitzt, um die trügerische Kulissenwelt zu tragen, zwischen der wir uns bewegen. Es ist durchaus kein Erdbeben nötig, um den Abgrund aufzureißen.«

Finch war völlig verstört. So seltsam das Familienleben mit Maureen auch gewesen sein mochte, jetzt existierte es gar nicht mehr. Als Melville dann zurückkam und bei ihnen einzog, brachte er einen gewissen Frieden, den Zee zuvor nicht gekannt hatte. Finch hörte auf, seine gesamte Freizeit mit Mickey und den Piraten zu verbringen. Und er reduzierte das Trinken auf ein Maß, das für einen Küstenort in Neuengland ganz respektabel war – also mehr als gemäßigt, aber nicht zu extrem. Er sang nicht mehr, doch Zee merkte ihm an, dass er wirklich glücklich war.

In Zees erstem Highschool-Jahr kam sie eines Tages nach Hause und verkündete: »Meine Freundin Sarah Anne sagt, bei uns zu Hause geht es nicht normal zu.«

Finch dachte lange darüber nach, bevor er antwortete. Statt Hawthorne zitierte er diesmal Herman Melville: »Sie ist auf keiner Karte verzeichnet; die wahren Orte sind das nie.«

Zee erkannte das Zitat sofort. Finch zitierte zwar normalerweise Hawthorne, aber er hatte seiner Tochter auch alle anderen amerikanischen Romantiker nahegebracht. *Moby Dick* war ihr absolutes Lieblingsbuch.

Zee musste zugeben, dass es in dem alten Haus an der Turner Street zum ersten Mal, seit sie sich erinnern konnte, eine Art Familie gab. Und auch wenn der Außenwelt die Lage der Dinge merkwürdig vorkam, so war es doch viel normaler als alles, was Zee in ihrem jungen Leben bislang erfahren hatte.

Finch für seinen Teil schien es sichtlich zu genießen, die Leute mit seinem neuen Status zu schockieren, was jedoch Mickey ziemlich gegen ihn aufbrachte. Finch steigerte das noch, indem er seinen Partner Leuten vorstellte, die er schon sein ganzes Leben kannte, und ihnen erzählte, Melville sei nicht nur sein Lebensgefährte, sondern auch ein Ökoterrorist. Eigentlich war Melville Journalist. Bevor er Finch kennengelernt hatte, hatte Melville über eine Splittergruppe von Greenpeace recherchiert, die vor der Küste Islands versuchte, den Fang von Zwergwalen zu verhindern. Der Spitzname, den Finch ihm gab, blieb ihm. Jeder in der Stadt nannte ihn jetzt Melville.

Er war kein schlechter Kerl. In mancher Hinsicht war Melville umgänglicher als Finch. Ernsthaft zu beanstanden hatten sie nur, dass sich Finch immer von Melville den Rücken freihalten ließ. Melville kümmerte sich um alles, was Finch im Leben schwierig fand, und das war eine Menge. Und Finch mochte zwar ganz Salem seine Beziehung zu Melville strahlend verkündet haben, mit seiner Tochter hatte er jedoch noch nie richtig darüber gesprochen. Es war schließlich Melville gewesen, der ihr erklärte, welche Art von Liebe er und Finch füreinander empfanden. Allerdings hatte sie sich das meiste schon selbst gedacht, als er es endlich schaffte, mit ihr darüber zu reden.

Finch und Melville waren während des letzten und längsten Krankenhausaufenthalts von Zees Mutter zusammengekommen. Melvilles Erklärung dafür lautete, Finch habe es ihm so dargestellt, dass Maureen das Krankenhaus wahrscheinlich nie mehr verlassen würde. Zee hatte sich darüber immer gewundert. Es war nämlich das Gegenteil dessen, was Finch Zee auf den samstäglichen Fahrten zu ihrer Mutter erzählt hatte. Jeden Samstag versicherte Finch seiner Tochter auf dem Weg ins Krankenhaus, dass Maureen bald heimkommen würde und sie die Hoffnung nicht aufgeben durften.

Trotzdem glaubte sie Melville, als er ihr erzählte, Finch habe ihn getäuscht. Melville schien es wichtig zu sein, äußerst wichtig sogar, dass sie das wusste und dass sie ihn nicht für einen Mann hielt, der absichtlich eine Familie zerstörte. Erstaunlicherweise glaubte sie ihm. Zee wusste alles über »Den Verrat«, auch wenn Finch bestimmt nicht wusste, dass sie es wusste. Maureen war sehr redselig, besonders wenn sie gerade in einer manischen Phase steckte. Während der letzten Jahre hatte sie Zee viel mehr erzählt, als man einer Tochter über ihren Vater erzählen sollte. Zee konnte mit den Informationen ihrer Mutter nichts anfangen. Maureen hatte sie schwören lassen, alles geheim zu halten. Und so wurde Zee bewusst, dass ihr Vater manchmal nicht gerade offen und ehrlich war, wenn es darum ging, dass er bekam, was er wollte – ganz wie ihre Mutter es im Sinne gehabt hatte. Sie machte ihm keine Vorwürfe deswegen. Zee wusste besser als jeder andere, wie schwierig Maureens Krankheit geworden war. Aber sie nahm es zur Kenntnis.

Als Maureen schließlich aus dem Krankenhaus nach Hause kam, verschwand Melville. Ein Reportageauftrag führte ihn zuerst nach Kalifornien und dann sogar bis auf die Aleuten. Nach Salem kehrte er erst zwei Jahre später zurück. Maureen war unterdessen gestorben, Finch verbrachte die Sommerferien damit, mit den Piraten zu trinken, und Zee stahl Boote.

Finch wurde sofort nüchtern, gab das Piratendasein auf und ließ Melville bei sich einziehen.

Als Zee Monate später beim Diebstahl eines kleinen Kajütbootes erwischt wurde, kam nicht Finch, um die Kaution zu hinterlegen, sondern Melville. Es war auch Melville, der sie zur Gerichtsverhandlung begleitete, und es war Melville, der sicherstellte, dass ihre Jugendstrafakte versiegelt wurde.

Schließlich musste sie sich in Boston einer Therapie unterziehen – Melville fuhr sie dorthin. Finch, der keine Ahnung hatte, dass sie Boote gestohlen hatte, um nach Baker's Island und zu dem Haus zu kommen, das ihre Mutter ihr hinterlassen hatte, war nicht nur entsetzt über ihr Verhalten, sondern warf ihr auch vor, genau wie ihre Mutter zu sein.

»Du verstehst das nicht«, hörte sie ihn zu Melville sagen. »Diese Krankheit ist erblich. Zee zeigt die gleichen Anzeichen, stellt genauso gefährliche Sachen an. Sie schwänzt Schule. Sie stiehlt Boote. Ich kann das nicht dulden«, sagte er. »Ich schicke sie ins Internat, bevor ich mich noch einmal damit herumschlage.«

So brachte Melville sie also zu einer Therapeutin und setzte sich während der Sitzung ins Wartezimmer. Die Therapeutin fand keine Anzeichen für eine manisch-depressive Erkrankung. Zees Verhalten war klar destruktiv, aber die Therapeutin hielt es für einen Hilferuf, zumindest für den Ruf nach Aufmerksamkeit von ihrem Vater.

Wenn die Therapeutin recht hatte und es sich wirklich um einen Hilferuf handelte, dann war es Melville gewesen und nicht Finch, der ihn beantwortet hatte.

»Er droht damit, das Haus deiner Mutter auf Baker's Island zu verkaufen«, erzählte ihr Melville auf dem Heimweg von ihrer Sitzung bei der Psychiaterin.

»Das kann er nicht«, sagte Zee.

»Doch. Du bist minderjährig, und Finch zahlt den Unterhalt und die Steuern dafür.«

Zee geriet in Panik. Das Haus war das Letzte, was sie noch von ihrer Mutter hatte. »Ich such mir einen Job«, sagte sie.

»Das würde nicht reichen.«

»Ich hör auf mit der Schule und gehe arbeiten.«

»Wenn du die Schule abbrichst, verkauft er das Haus sofort. Darüber solltest du nicht einmal nachdenken.«

»Was soll ich denn machen? Er kann mein Haus nicht verkaufen.«

»An deiner Stelle«, sagte Melville, »würde ich wohl lernen, mich zu benehmen.«

Es war ein einfacher Ratschlag, und sie hielt sich daran. Zee stahl nie mehr ein Boot. Sie schwänzte nicht mehr Schule. Und sie bemühte sich nach Kräften, ihrem Vater alles recht zu machen und zu tun, was von ihr erwartet wurde.

Die Fahrt zurück von Boston hatte eine Ewigkeit gedauert. Finch war müde, Zee ebenso. Sie bog in die Turner Street ein und ließ noch eine Gruppe Jugendliche, die gerade das Haus mit den sieben Giebeln besichtigt hatten, in ihren gelben Schulbus einsteigen. Nachdem sie vorübergegangen waren, parkte Zee das Auto neben Melvilles Boot in der Zufahrt. Dusty, der Kater von nebenan, der zum Maskottchen des Hauses mit den sieben Siegeln geworden war, sonnte sich auf der Bank im Heck. Er schaute auf, gähnte, dann streckte er sich und machte es sich in einer angenehmeren Schlafposition wieder bequem.

Das alte Hummerboot war in weiße Plastikfolie eingewickelt, die im Lauf der Jahre abblätterte und Risse bekommen hatte. Ein Fliegengitter, das über dem Heck in die Hülle eingesetzt war, gab den Blick auf das innere Gerippe des Bootes frei und zeigte die lebenswichtigen Organe: die Kombüse, die Kojenbetten, die Toilette. Eine gelbe Öljacke, die Zee als die von Melville erkannte, hing noch über der Messinglampe neben dem Kapitänssitz. Das alte Boot wirkte wie ein altmodisches Osterei aus Zucker, das eine ganze Welt in sich birgt.

Beim Anblick des Bootes konnte Zee es nicht lassen, noch einmal nach Melville zu fragen.

»Was meinst du denn mit ›weg‹?«, bohrte sie nach, als Finch dieses Wort wahrscheinlich zum vierzehnten Mal wiederholte.

»Weg, verschwunden, futsch!«, sagte er und unterstrich es mit einer Handbewegung.

In gewisser Weise wünschte sie sich, ja, hoffte sie, dass er immer noch ein bisschen als Hawthorne sprach. Hawthorne hätte ihre Frage wenigstens mit einem Zitat beantwortet, das womöglich aufschlussreicher gewesen wäre.

Dieses Mal änderte sie ihre Frage. Statt sich zu erkundigen, wo Melville war, fragte sie: »Was glaubst du denn, wann er zurückkommt?«

»Nie mehr«, sagte Finch.

Sie hätte ihn vor der Küchentür aus dem Auto aussteigen lassen sollen, dachte sie. Der Weg wäre viel leichter zu bewältigen gewesen. Weil sie die Vordertür nahmen, musste Finch durch den langen und vollgestellten Korridor. Sie nahm ihn am Arm, um ihn durch den Gang in die Küche zu führen, aber er schüttelte sie ab. Er könne das selbst, behauptete er.

Finch brauchte mehrere Minuten, um von der Eingangstür zur Küche des alten Hauses zu gelangen. Sie folgte seinem steifbeinigen Schlurfen durch den ganzen Korridor. Das Haus hatte niedrige Decken. Die Böden aus breiten Kieferndielen fielen schräg ab. Ließe ein Kind im Wohnzimmer eine Murmel fallen, würde sie in die Küche rollen, und schon das erleichterte das Gehen nicht gerade. Aber die Zeitungsstapel, die Finch über die Jahre angesammelt hatte, schienen jeden halben Meter gefährlich aus dem Boden zu wachsen. Manche waren hüfthoch und schwankten ein wenig, als sie an ihnen vorbeiging, wie Steine in Disneyfilmen, die gleich umfallen würden. Und dann waren da noch Finchs Bücher, die sich auf jeder waagerechten Fläche türmten: auf den Kaminsimsen, dem Schreibtisch, dem gestreiften Korbohrensessel in seinem Fernsehzimmer. Sie fühlte sich unwillkürlich an einen Flipper erinnert, als sie zusah, wie Finch wackelig durch den Raum tappte. Sein Rollator stand im Küchenkamin. Er war immer noch in Plastik verpackt, im selben vergilbten Weiß wie Melvilles Boot.

Nachdem sie Finch ins Haus hineingeholfen hatte, ging Zee außen herum und sammelte all das ein, was er vor das Fenster seines Kramladens gelegt hatte: zwei Paar Schuhe, eine Angelausrüstung, mehrere Glühbirnen unterschiedlicher Wattzahl, ein Fernglas. Nach und nach begriff sie, dass die meisten Sachen, die Finch verkaufen wollte, eigentlich Melville gehörten. Das handgeschriebene Schild mit der Aufschrift ALLES MUSS RAUS, das er ins Fenster gehängt hatte, bekam eine neue Bedeutung.

Manche Leute werfen die Habseligkeiten anderer Leute einfach auf die Straße. Finch, der praktisch denkende Yankee, hatte stattdessen Hepzibahs Kramladen eröffnet und versuchte, Gewinn zu machen.

»Bring das Zeug bloß nicht wieder hier rein«, sagte Finch, als er sie mit einem Stapel Hemden von Melville eintreten sah.

»Was ist denn bloß zwischen euch gewesen?«, fragte Zee.

»Geht dich nichts an«, antwortete er.

Sie legte die Hemden und die restlichen Sachen, die sie noch einsammeln konnte, auf Melvilles Boot, vergaß aber, dass Dusty dort döste, und wäre ihm fast auf den Schwanz getreten. »Geh lieber nach Hause«, sagte sie, als der alte Kater zu ihr aufblickte. »Es regnet bald.«

Zum Abendessen war Finch beinahe wieder ganz der Alte. Sie überlegte, wie viel davon wohl den Medikamenten zuzuschreiben war. Ihm ging es zwar deutlich besser als zuvor, aber sie wusste, dass das Mittel noch in seinem Blutkreislauf war. Der Arzt hatte ihr gesagt, es würde erst nach achtundvierzig Stunden restlos verschwunden sein.

»Komm, ich mach dir was zu essen«, bot sie ihm an.

»Nein, schau, ich hab schon was hier«, sagte er.

Er öffnete den Kühlschrank und brachte eine ganze Reihe beschrifteter Sandwiches zum Vorschein. Zee bemerkte die Schrift auf den Etiketten, sie war kursiv und weiblich, eindeutig nicht die von Melville. *Erdnussbutter, Thunfisch, Schinkenaufstrich* – und darunter stand jeweils ein Datum. Finch wählte den Schinkenaufstrich, zeigte auf die anderen Brote und bot Zee an, sich zu bedienen.

Er konnte nicht mehr besonders gut schlucken. Ihr fiel wieder ein, dass Melville ihr das schon einmal gesagt hatte. Melville hatte ihr auch erklärt, dass Finch zunehmende Verdauungsprobleme hatte, denn die Peristaltik wurde mit dem Verlauf der Krankheit langsamer. Er sollte getrocknete Pflaumen essen. Sie suchte danach, in den Küchenschränken und im Kühlschrank. Oder hatte man sie vielleicht durch ein Medikament ersetzt?

Sie musste Melville all diese Fragen stellen. Selbst wenn er weg war, wie Finch immer wieder betonte, sie musste dennoch mit ihm sprechen.

»Was möchtest du trinken?«, fragte sie.

»Milch.«

Er sollte keine Milch trinken, wenn er die Tabletten bekam. Das wusste er. Sie schenkte ihm stattdessen ein Glas Ginger Ale ein. Sich selbst nahm sie ein Thunfischsandwich.

Sie aßen schweigend. Zee sah, dass es ihm schwerfiel, das Essen hinunterzuschlucken. Das machte sie traurig. Aber zumindest aß er. Melville hatte schon vor langer Zeit Finchs Wonder Bread, das helle Weizenbrot, das er am liebsten mochte, durch Vollkornbrot ersetzt. Auf jedem Teller lagen an der Seite zwei Oreo-Kekse, fest in Frischhaltefolie eingewickelt. Finch hatte Oreo-Kekse schon immer geliebt.

Sie schob die beiden Kekse von ihrem Teller über den Tisch hinüber zu ihm. Er lächelte sie an, dann stand er langsam auf und schlurfte zum Kühlschrank.

»Was möchtest du denn?«, fragte Zee. »Ich hol es dir.«

»Das habe ich dir doch schon gesagt«, meinte er. »Milch.«

»Du darfst die Milch nicht zu den Tabletten trinken«, sagte sie. »Milch verhindert die Dopaminabsorption.« Sie war dabei gewesen, als der Arzt ihm das erklärt hatte.

Finch schien es ganz und gar vergessen zu haben. Aber an seinem Schmunzeln erkannte Zee, dass er log. Das war seine Art zu schummeln. Oreo-Kekse mit Milch.

»Ich habe die Tabletten vor einer halben Stunde genommen«, sagte er.

»Vor zwanzig Minuten«, korrigierte ihn Zee.

Er rollte den Kopf vor und zurück, um zu demonstrieren, wie leicht ihm die Bewegung fiel. Er schauspielerte, übertrieb den Bewegungsumfang, spielte den Höhepunkt der Dopaminausschüttung. »Schau, es wirkt schon«, sagte er. Er hatte natürlich recht, denn würde es nicht wenigstens ein bisschen wirken, wäre er zu steif, um jegliche Bewegung vorzutäuschen. Als wolle er das noch unterstreichen, berührte er wieder und wieder den Daumen mit dem Mittelfinger, wie er es in der Arztpraxis immer vormachen sollte.

»Na dann bitte«, sagte Zee. Aber er wusste, dass sie es nicht ernst meinte.

Er aß die Kekse und trank die Milch, obwohl er jetzt keinen Spaß mehr daran hatte. Als er aufstand und sich auf den Weg ins Fernsehzimmer machte, stand noch ein halbes Glas auf dem Tisch.

Um sieben Uhr war er nach einer hohen Dosis Sinemet in seinem Sessel eingeschlafen, der Kopf sank nach vorne. Ein langer Speichelfaden tropfte ihm aus dem offenen Mund und auf sein gebügeltes Hemd. Er würde erst aufwachen, wenn es wieder Zeit für die nächste Tablette war. Dann würde er erregt sein und etwas, irgendetwas suchen, das die Spannung wegnahm, die sein Gehirn erzeugte. Vielleicht öffnete er wieder seinen Kramladen für die Touristen, obwohl sie dann längst verschwunden waren. Am wahrscheinlichsten würde er versuchen umherzulaufen, das Schlimmste, was er tun konnte.

Es stellte sich heraus, dass Finch recht gehabt hatte: Die Medizin wirkte. Der Normalpegel, den der Arzt immer in das Kurvendiagramm einzeichnete, war genau zu dem Zeitpunkt eingetreten, als Finch es gesagt hatte, nämlich während sie in der Küche die Oreo-Kekse gegessen hatten. Das wurde ihr jetzt klar. Sie hätte sich nie wegen der Milch beschweren dürfen.

9

Seltsamerweise war es Michael und nicht ihr Vater, der ihr schließlich mitteilte, wo Melville steckte.

»Er hat dir hier auf Band gesprochen«, sagte Michael.

»Wieso hast du mir das nicht früher gesagt?«

»Du bist schließlich in Salem. Ich dachte, du wusstest Bescheid.«

Sie spürte, dass Michael verärgert war. Sie hatte zwar die ganze Woche ein schlechtes Gewissen gehabt, aber jetzt wurde auch sie wütend. Er war verreist gewesen und hatte sie nicht angerufen. Sie hatte sowohl zu Hause als auch auf seinem Handy Nachrichten hinterlassen. Und sie hatte ihm SMS geschickt.

»Und, wie war die Beerdigung?«

»Ging schon«, sagte sie.

»War es, wie du erwartet hattest?«

»Ich weiß nicht, was ich *erwartet* habe«, sagte sie. »Aber nein.«

Eine lange Pause folgte, dann sagte Zee: »Können wir bitte auf Melville zurückkommen?«

»Ich habe dir alles gesagt, was ich weiß.«

»Sonst hat er nichts gesagt? Nur, dass er ausgezogen ist?«

»Das und die Telefonnummer«, sagte er.

Sie wollte ihn sofort anrufen.

»Wie geht es Finch?«, fragte er.

»Nicht gut.«

Als sie über Zees Vater sprachen, wurde Michaels Tonfall weicher. Die beiden Männer waren immer gut miteinander ausgekommen. In vielerlei Hinsicht ähnelten sie sich sehr.

»Möchtest du, dass ich zu dir rausfahre?«

»Nicht jetzt sofort«, sagte sie ein bisschen zu rasch.

»Herrgott«, sagte er.

»Das hat sich nicht so angehört, wie ich es gemeint habe.«

»Bist du dir da sicher?«

»Lass mich Melville anrufen und sehen, was los ist. Ich melde mich gleich wieder«, sagte sie. »Dann können wir entscheiden, ob du herkommen sollst oder nicht.«

»Du brauchst mir keinen Gefallen zu tun«, sagte er. »Ich hatte schon Pläne fürs Wochenende – na ja, eigentlich hatten wir beide Pläne.«

Noch mehr für die Hochzeit, dachte sie. »Ich kann im Moment gar nicht über so etwas sprechen«, sagte sie.

»Es gibt nichts zu besprechen. Das war nur eine Tatsachenfeststellung.«

»Ich ruf dich zurück.« Sie legte auf.

Sie wählte die Nummer, die Melville für sie hinterlassen hatte.

Er nahm gleich beim ersten Klingeln ab. »Na, Gott sei Dank«, sagte er. »Du bist in Salem.«

»Ja. Und wo zum Teufel steckst du?«

»Finch hat mich rausgeworfen«, sagte er.

»Wie bitte?«

»Er ist sehr böse auf mich.«

»Das sehe ich«, sagte Zee. »Was hast du ihm getan?«

»Ich weiß es nicht.« Er schwieg. »Eigentlich weiß ich es. Aber es ergibt wenig Sinn. Es geht um etwas, das viele Jahre zurückliegt, und ich dachte, wir hätten das längst gelöst.«

»Offenbar nicht«, sagte sie. »Er hat deine ganzen Sachen durch das Fenster verkauft, als ich ankam.«

»Bitte sag mir, dass du Witze machst.«

»Nein«, sagte Zee. »Er hat Hepzibahs Kramladen im vorderen Zimmer nachgebaut. Er hat alles, was dir gehört, verkauft.«

Melville musste einfach lachen.

»Das ist nicht lustig«, sagte sie.

»Aber es ist kreativ«, meinte er. »Entschuldige, es ist das einzige Mal, dass ich diese ganze Woche auch nur gelächelt habe.«

»Ich habe ein paar deiner Hemden gerettet«, sagte sie.

»Dafür bin ich dir ewig dankbar.«

»Der Arzt glaubt, es liegt an den neuen Medikamenten«, erklärte sie. »Sie haben Halluzinationen hervorgerufen. Wir haben sie abgesetzt.«

»Was nimmt er stattdessen?«

»Mehr Sinemet. Eine alle drei Stunden, und zweimal am Tag zwei halbe zusätzlich.«

Melville schwieg.

»Bist du noch da?«, fragte Zee.

»Ja.« Nach einem langen Augenblick des Schweigens wechselte Melville das Thema. »Ich habe eine Pflegerin angestellt«, sagte er. »Sie heißt Jessina. Freitags arbeitet sie nicht, aber morgen kommt sie.«

»Ich verstehe nicht, wie ihr das alles vor mir geheim halten konntet«, sagte Zee. »Oder warum.«

Melville seufzte. »Finch wollte nicht, dass du dir Sorgen machst.«

Es musste sehr anstrengend für die beiden gewesen sein, ihr so vieles zu verheimlichen. »Gibt es noch mehr Geheimnisse?«

»Du solltest herkommen. Wir müssen alles besprechen«, sagte er.

»Wohin?«

»Ich bin Haus-Sitter«, sagte er. »Für den Freund eines Freundes. Gleich neben dem Athenaeum. Komm morgen vorbei, sobald Jessina bei euch ist.«

Sie notierte sich die Adresse. Nachdem sie aufgelegt hatte, ging sie ins Schlafzimmer, um nach Finch zu sehen. Er schlief tief und fest. Sie ging zurück in die Küche und rief Michael an.

Es klingelte dreimal, dann schaltete sich die Box an.

Zee ließ ihre Wut an der Küche aus. Sie putzte. Sie schrubbte den Ofen und die Arbeitsflächen. Sie polierte den Toaster, bis er glänzte. Als sie die Vorratsbehälter von der Wand wegzog und dahinter saubermachte, stieß sie auf mehrere Backzutaten und Kuchendekorationen: roten und grünen Zucker, ein paar Fläschchen Lebensmittelfarbe, ein paar Gewürze, darunter auch ein altes, bernsteinfarbenes Fläschchen – offenbar hatte Melville einmal etwas backen wollen, und das war übrig geblieben. Sie öffnete das bernsteinfarbene Fläschchen und betrachtete die kleinen silbernen Perlen darin. Mit so etwas verzierte man vielleicht einen extravaganten Kuchen oder Weihnachtsplätzchen – Dragées hießen sie wohl. Sie waren wahrscheinlich zu alt, um sie noch zu verwenden, aber Zee wollte nichts wegwerfen, ohne zu fragen, daher stellte sie alle Behälter mit den anderen Backutensilien zurück in den Küchenschrank.

Melville war ein guter Koch, doch im Saubermachen oder Wegräumen lag nicht seine Stärke. Als sie die Kuchendekorationen verstaute, sortierte sie die Küchenschränke um, stellte die Dosen in den einen Schrank, die Gewürze in den anderen. Ihre Wut ließ nach, aber das Adrenalin wirkte noch, und so ging sie von Schrank zu Schrank, wischte die Oberflächen ab, ordnete nach Etiketten. Ihr wurde bewusst, dass sie es ein wenig übertrieb, als sie ernsthaft erwog, alles alphabetisch aufzureihen.

Als sie beim dritten Schrank ankam, war sie überrascht. Hinter den Schachteln mit den Frühstücksflocken versteckt fand sie all den Wein, den Michael Finch in den letzten vier Jahren zu jedem Geburtstag und jedem Weihnachtsfest geschenkt hatte, alles hervorragende Zweitweine aus Michaels eigener Sammlung. Sie lagen nicht horizontal, sondern standen aufrecht – eine sichere Methode, die Korken zu ruinieren. Erschrocken holte sie die Flaschen heraus und stellte sie auf die Theke.

Bevor man bei ihm Parkinson diagnostiziert hatte, war Finchs Alkoholkonsum seit seiner Zeit als Pirat kontinuierlich gestiegen. Er hatte eine echte Vorliebe für Wein entwickelt. Vom medizinischen Standpunkt aus erschien Zee das mittlerweile logisch, auch wenn sie nie selbst das Phänomen beobachtet hatte, das in all den ärztlichen Fachzeitschriften beschrieben wurde, die sie nun regelmäßig las: Alkohol setzt Dopamin frei, und das ist genau die chemische Substanz, die Parkinsonpatienten brauchen.

Jetzt trank Finch kaum mehr, nicht seit er Dopamin bekam, und Melville trank ebenfalls nicht viel. Sie hatte versucht, Michael das begreiflich zu machen, doch Finch bedankte sich immer so überschwänglich, dass Michael nicht auf sie hören wollte.

Dies hier war nun echte Verschwendung. Sie suchte nach dem faltbaren Weinregal, das sie den beiden geschenkt hatte, und entdeckte es unter der Spüle. Zwölf Flaschen konnten darin waagerecht aufbewahrt werden, vor ihr standen aber dreizehn. Sie stellte das Regal auf die Theke und die Vorratsbehälter nach unten, um Platz zu schaffen. Lange Zeit fand sie den Korkenzieher nicht, bis sie schließlich auch den Wäscheraum durchwühlte. Sie öffnete die dreizehnte Flasche und schenkte sich ein Glas davon ein. Auf Michael war sie zwar noch böse, weil er nicht ans Telefon ging, aber heute Abend freute sie sich über seinen einwandfreien Geschmack in Sachen Wein.

10

Zee hatte immer Alpträume bekommen, wenn sie an einem neuen Ort schlafen musste. Nicht dass ihr altes Kinderzimmer ein neuer Ort gewesen wäre. Aber es war auf jeden Fall ein seltsamer Ort.

»Das Museum der perfekten Kindheit«, so nannte Finch den Raum, den Maureen Finch für ihre Tochter geschaffen hatte.

Zees Zimmer erinnerte an die Märchen, die Maureen so gerne schrieb: ein weißes Himmelbett, die Vorderseite mit rosa Rosen handbemalt, auf der Tapete Ballerinas in unterschiedlichen Posen, eine Kommode mit mundgeblasenen Parfümzerstäubern, die Zee, die jegliche Düfte hasste, jedoch nie gefüllt hatte. Das silberne Set aus Bürste und Spiegel, das diagonal zurechtgelegt war, trug ihre Initialen in der klassischen Form H.F.T.

Zee hatte nie etwas über ihren zweiten Vornamen herausgefunden. Als sie ein Teenager war, hatten Finch und Melville immer gescherzt, das T. stehe für »Turbostress«. *Turbostress ist ihr zweiter Vorname*, hatte Finch oft gesagt.

Doch nicht einmal Finch wusste, was das T. bedeuten sollte. Hepzibah war der Name, den er für seine Tochter gewählt hatte, eine naheliegende Anspielung für einen bekannten Hawthorne-Forscher. Maureen wurde die Ehre zuteil, den zweiten Vornamen auszusuchen, und sie hatte sich für T. entschieden. Wann immer Maureen danach gefragt wurde, antwortete sie stets, es stehe einfach für den Buchstaben *T*. »Es ist, was es ist«, sagte sie wiederum gerne.

Zee war immer davon ausgegangen, dass ihr Maureen eines

Tages erzählen würde, wie ihr zweiter Vorname wirklich lautete, aber jetzt war es natürlich zu spät. Als Maureen starb, erstarrte alles, von Zees mittlerer Initiale bis zu dem Kinderzimmer, auf dessen Ausstattung ihre Mutter so viel Zeit verwendet hatte, für das vollkommenste kleine Mädchen von allen, ihre kleine Prinzessin, wie sie hoffte.

Dass Zee weder vollkommen noch eine Prinzessin war, zeigte sich an anderer Stelle im Zimmer. Sie hatte die Ballerinas auf der Tapete großflächig mit ihren Wachsmalkreiden ausgemalt – von Kopf bis Fuß samt Tutu. Damals hatte sie Masern gehabt und konnte deshalb nicht für ihre Untat bestraft werden. Maureen hielt nichts von Impfungen und hatte darauf bestanden, dass Zee tagelang in einem abgedunkelten Zimmer blieb, ohne etwas zu tun. Um sich zu beschäftigen, bewegte sich Zee systematisch im Kreis um ihre kleine Welt herum, bemalte nur, was in Reichweite war, und wählte dafür ihre Lieblingsfarben: Giftgrün und Rotbraun.

Die bunten Ballerinas waren zwar eine recht kreative Angelegenheit, aber endgültig ruiniert, sagte Maureen immer. Wenn Zee allerdings fragte, was das bedeutete, konnte ihre Mutter ihr das nie verständlich beantworten. Maureen ließ stattdessen das Zimmer rundum hüfthoch vertäfeln, um die ruinierten Tänzerinnen zu verdecken. Sie strich die Täfelung weiß an und ließ entlang der Stuhlleiste Rosenknospen schablonieren, passend zur Gestaltung des Bettes. Von Zees Malkunst blieb jetzt nur noch eine Spur, ein wildes Gekritzel an manchen Stellen, das als Schleife über die Täfelung hinauswuchs und dann wieder darunter verschwand.

In den darauffolgenden Jahren stellte sich noch deutlicher heraus, dass Zee nicht der Prinzessinnentyp war. An der Ballettstange hing eine Tauchausrüstung, denn sie verdiente sich ein bisschen Geld, indem sie die Schrauben von Touristenbooten von Schiffs- und Hummerkorbleinen befreite, in denen sie sich oft verfingen. Pro Einsatz bekam sie vierzig Dollar, das war mehr, als sie mit Kellnern verdienen konnte, und normalerweise erledigte sie alles in nicht einmal zwanzig Minuten. Wenn sie dabei einen Bikini trug, bekam sie häufig noch mehr, aber meistens blieben die Männer dann in der Nähe und versuchten zu helfen, was nur bewirkte, dass alles länger dauerte.

In ihrem alten Zimmer kam es ihr jetzt vor, als würde sie an einem fremden Ort schlafen, zumindest im Zimmer einer Fremden. Der Raum hatte heute so wenig Bezug zu ihr, dass sie unwillkürlich rätselte, wie das Mädchen, das hier gewohnt hatte, wohl gewesen sein mochte. Was wollte sie? Welche Träume hatte sie? In irgendeinem entfernten Teil von ihr selbst schien Zee das zu wissen. Zur Antwort gelangte sie jedoch nicht.

Zee hatte den Wein zu zwei Dritteln ausgetrunken, bevor sie ins Bett stieg. Sie war so müde, dass sie sich nicht einmal die Mühe machte, sich umzuziehen. Sie schlüpfte lediglich aus den Jeans und schlief in dem T-Shirt, das sie angehabt hatte. Vieles ging ihr durch den Kopf: Finch, Lilly, Michael. Auf Michael war sie nicht mehr böse; sie fühlte einfach nur Erschöpfung, emotional wie körperlich. In weniger als fünf Minuten war sie eingeschlafen.

Sie erwachte aus einem tiefen Schlaf und spürte, dass noch jemand im Raum war. Sie setzte sich rasch auf, ihr Herz klopfte.

Er stand über ihr, sein Geruch war ihr vertraut. Und dann eine Stimme, eine Stimme, die sie kannte, nur mehr ein Flüstern.

»Bitte hilf mir«, sagte Finch.

Als ihre Augen sich darauf eingestellt hatten, erkannte Zee ihren Vater. Er stand starr da wie aus Marmor, stocksteif, unfähig, sich zu lösen.

11

Finch erfuhr am folgenden Vormittag noch zwei solche Freezing-Blockaden. Jessina und nicht der Neurologe brachte ihnen schließlich das »Übersteigen« bei.

Jessina lebte mit ihrem Sohn Danny in The Point, einem Viertel von Salem, nahe der Lafayette Street, in dem es einen großen dominikanischen Bevölkerungsanteil gab. In der Dominikanischen Republik war sie Krankenschwester gewesen, und nun besuchte sie am Salem State College Abendkurse, um ihre staatliche Prüfung abzulegen. Tagsüber arbeitete sie Teilzeit in einem Pflegeheim und Teilzeit als private Krankenpflegerin, ursprünglich für eine Frau, die sechs Monate zuvor an den Folgen ihrer Parkinson-Erkrankung gestorben war, und jetzt für Finch.

Jessina war süchtig nach dem Frauensender Lifetime Channel und nach »Swedish Fish«-Weingummi, und beides fand Finch aus unerfindlichen Gründen zum Kaputtlachen. Für eine so kleine Frau hatte sie eine enorme Präsenz. Zee staunte, wie sie ein Haus eroberte, einfach indem sie es betrat, und wie sie mit Finch in einem poetischen Bewusstseinsstrom sprach, der aus ihrer Muttersprache Spanisch, Dorchester-Englisch und einer liebevollen Babysprache bestand, mit der sie ihre Patienten beruhigte.

Finch hatte sich an der herablassenden Art des Neurologen gestört, aber Jessinas Babysprache schien ihm nichts auszumachen. Es war deutlich zu spüren, dass er sie wirklich mochte. In den letzten paar Monaten hatten sie eine Routine entwickelt: zuerst Frühstücksflocken, gefüttert, dann eine Dusche, dann

Fernsehen – was Finch selten, wenn überhaupt, Spaß bereitet hatte.

»Wenn Sie einen Schritt hoch und dann hinüber machen, können Sie die Freezing-Blockade auflösen.« Jessina demonstrierte diesen übertriebenen Schritt, als Finch das nächste Mal erstarrte.

Er schaute sie merkwürdig an.

»Na los, Sie können das!«, ermutigte sie ihn. Sie wandte sich an Zee. »Für das Hochsteigen ist nämlich eine andere Gehirnregion zuständig.«

Sie half Finch, das Bein übertrieben zu heben, und Zee hielt ihn, damit er nicht das Gleichgewicht verlor. Es funktionierte. Der Schritt befreite ihn, und Finch schlurfte weiter ins Bad.

»Danke«, sagte Zee zu Jessina.

Sie zuckte die Achseln. »Ich habe ihm den Trick schon vor einer Weile beigebracht. Er hat ihn einfach vergessen. Könnten Sie bitte Depend-Windeln mitbringen, wenn Sie wegfahren?«, bat Jessina sie.

Zee war schockiert. »Er trägt Depends?«

»Wenn Sie die Eigenmarke ohne Gummi nehmen, kommt es billiger. Ich kann sie ihm einfach unter die Unterhose anziehen.«

Finch verzog das Gesicht. Die Babysprache machte ihm nichts aus, aber dieses Thema gefiel ihm gar nicht.

»Tut mir leid, Papi«, sagte Jessina und drückte ihm die Hand.

Zee hörte durch die geschlossene Badezimmertür, wie sie Finch ein Lied sang:

Los pollitos dicen pío, pío, pío
Cuando tienen hambre, cuando tienen frío.
La gallina busca el maíz y el trigo.
Les da la comida y les presta abrigo.
Bajo sus dos alas acurrucaditos
Hasta el otro día duermen los pollitos.

Sie fragte sich, wie Jessina reagiert hätte – oder vielleicht sogar wirklich reagiert hatte –, wenn sie Finch als Hawthorne hörte. Die Vorstellung, dass die Hawthorne-Monologe mit diesem Babygeträller beantwortet wurden, kam ihr surreal vor. Vielleicht war Jessina der Unterschied in Finchs Sprachmuster gar nicht aufgefallen, und sie dachte einfach, er sei gesprächiger als sonst.

Zee fand keinen Koffer, nur eine Leinentasche von L.L. Bean, die noch auf Melvilles Boot war. Sie sah die Sachen durch, die sie von dem Kramladen gerettet hatte, und packte die Dinge ein, die für Melville am wichtigsten sein würden: zwei Paar Jeans, einige Oberhemden, eine Sammlung Schiffsglocken. Es war ein seltsames Gefühl, wieder auf dem Boot zu sein, und noch seltsamer war es, dass es so viele Jahre nicht im Wasser gewesen war. Während ihrer Teenagerzeit hatte Melville ihr erlaubt, das Boot als Zuflucht zu nutzen, wenn sie an Maureen denken musste und nicht schlafen konnte. Melvilles Liegeplatz befand sich direkt hinter dem Haus mit den sieben Giebeln. Viele Nächte war sie barfuß im Nachthemd hinuntergelaufen und hinausgerudert, um sich dann auf dem Deck auszustrecken und zu den Sternen hinaufzuschauen. Die Bewegung des Wassers war das Einzige gewesen, was sie damals in einen traumlosen Schlaf wiegen konnte.

Melville hatte das Boot sogar noch mehr geliebt als sie, daher wunderte sie sich, dass er es so lange nicht ins Wasser gesetzt hatte. Aber Finch hasste Schiffe, und die Pflege von Finch hatte so viel Zeit verschlungen, dass Melville es wahrscheinlich aufgegeben hatte.

Melville wohnte nahe der Federal Street, in einer Wohnung, die er für jemanden vom Athenaeum hütete, der historischen Mitgliederbibliothek, in der er seit einigen Jahren arbeitete. Seine offizielle Stellenbezeichnung lautete »Sexton«, aber Zee hatte ihn jahrelang »Sextant« genannt, nicht um ihn aus Schlaumeierei nach einem Navigationsinstrument zu benennen, sondern weil sie die Wörter immer verwechselte. Trotzdem, die Stellenbezeichnung hatte weder mit einem Sexton noch mit einem Sextanten sonderlich viel zu tun. Ein Sexton war ein Hausmeister, eine Stelle, für die man damals, als Melville angestellt wurde, ein Budget bewilligt hatte. Doch Melvilles Tätigkeit im Athenaeum war eher die eines Archivars als die eines Hausmeisters. Tag um Tag recherchierte und dokumentierte er die gespendeten und erworbenen Sammlungen, die so historisch bedeutsame Dokumente wie die Massachusetts Bay Charta enthielten.

Melvilles neue Wohnung lag im ersten Stock eines der umgewandelten Herrenhäuser im Federal Style im McIntyre-Viertel. Die Treppe wand sich als hängende Spirale über drei Stockwerke nach oben. Die Türen hatten die traditionellen geschnitzten Holzfriese. Zee fand es zwar immer schade, wenn eines dieser alten Häuser in kleinere Wohneinheiten unterteilt wurde, aber dieser Umbau war gut geraten.

Melville machte auf und umarmte sie. »Danke, dass du gekommen bist.«

Sie reichte ihm die Tasche. »Du hast Glück gehabt«, sagte sie. »Er war noch nicht dazu gekommen, diese Sachen zu verkaufen.«

Melville sah fürchterlich aus. Seine sandfarbenen Haare waren ungewaschen, und er hatte sich schon Tage nicht rasiert. Er trug ein schmutziges lindgrünes Salem-T-Shirt mit dem Logo LIFE'S A WITCH AND THEN YOU FLY. Er hatte eine kräftige Statur, war muskulös von der Arbeit auf den Booten und von den Jahren, die er bei der Handelsmarine verbracht hatte, bevor er Schriftsteller und Archivar wurde. »Ich weiß«, sagte er, als er merkte, wie sie ihn ansah. »Ich vermeide jeden Blick in einen Spiegel.«

Die Wohnung im ersten Stock hatte Fenster, war sonnig und historisch perfekt rekonstruiert, in Verdigris, demselben graugrünen Farbton, den man auch für das Wohnzimmer des Hauses mit den sieben Giebeln gewählt hatte. Zee erkannte Antiquitäten aus der Zeit des Chinahandels um 1850. Der eine Koffer, den Melville mitgenommen hatte, lag geöffnet neben der Tür. Die Wäsche, die er rasch hineingestopft hatte, türmte sich in einem unordentlichen Haufen darin auf und quoll teilweise schon auf den Boden über, ein Kontrast zu dem perfekten Zimmer. Die Stühle hatten die leichten, spindeldürren Beine teurer Antiquitäten, und Zee konnte sich nicht vorstellen, dass Melville es wirklich wagte, sich darauf zu setzen.

»Schön hier«, sagte sie. Sie suchte einen Platz, wo sie sich hinsetzen konnte, aber das hier entsprach eher einem Museum als einem Wohnzimmer, zwar mit femininem Touch, insgesamt jedoch einfach zu perfekt in der Ausführung. Es war definitiv das Haus eines Homosexuellen, entschied Zee, wahrscheinlich gehörte es jemandem, der mit Antiquitäten handelte. Sofort spekulierte sie über mögliche Gründe für die Trennung von Finch.

»Ich hüte hier nur die Wohnung«, sagte Melville, der wusste, was sie dachte. Er hatte schon immer ihre Gedanken lesen können.

»Möchtest du einen Kaffee?«, fragte er und zeigte in Richtung Küche.

»Gerne«, sagte sie.

Die Küche war offensichtlich der Ort, in dem Melville die meiste Zeit verbrachte. Er räumte rasch die vielen Ausgaben des *Boston Globe*, die Salemer Zeitungen und die alten *National Geographic*-Hefte weg, die den rustikalen Tisch bedeckten. Mehrere Kaffeetassen in unterschiedlichen Stadien der Verwahrlosung standen auf dem Tisch und auf den Arbeitsflächen, eine davon mit einer pelzigen weiß-grünen Haut, die auf der Oberfläche wuchs.

»Ich muss uns erst welche abspülen«, sagte er und trug die Tassen zum Spülbecken.

»Schönes Licht hier«, sagte sie. Die Küchenfenster führten auf den North River. Es war das perfekte Licht neuenglischer Gemälde. Zee warf einen kurzen Blick nach unten auf den Hundepark am Fluss. Mindestens zehn Hunde liefen frei herum, bellten und jagten einem Tennisball hinterher, den ein Kind geworfen hatte.

Melville spülte die Tassen und die alte Emaillekanne aus. Es war die gleiche, die Zee in Boston besaß. Melville hatte sie ihr in dem Jahr, in dem sie ans College gegangen war, geschenkt, weil er genau wusste, dass sie es keinen Tag ohne seinen Kaffee aushielt.

Die Starbucks-Tüte war leer. Er suchte die Küchenschränke durch und entdeckte etwas Bustelo-Espresso. »Ziemlich starkes Zeug«, sagte er.

»Ich kann das ab, wenn du es kannst«, sagte sie.

Er öffnete den Kühlschrank, nahm ein Ei heraus, hielt es hoch wie ein Zauberer und ließ es dann verschwinden. Diesen Trick hatte er sich angeeignet, um sie aufzuheitern, nachdem ihre Mutter gestorben war. Dann brachte er das Ei wieder zum Vorschein, hinter ihrem Kopf diesmal, und sie nahm es lächelnd entgegen.

Er erwiderte ihr Lächeln, doch gleich überkam ihn erneut das Elend.

»Geht es dir gut?« Sie konnte nicht umhin, ihn das zu fragen.

»Sehe ich so aus?«

Trauriger hatte sie ihn noch nie gesehen.

»Wie geht es Finch heute?«, fragte er.

»Ich weiß es nicht«, sagte sie. »Wahrscheinlich ziemlich unverändert.«

Genau wie Zee hoffte auch Melville, dass die Medikamente

die Ursache für Finchs irrationales Benehmen nach so vielen Jahren waren. »Das ist schlimm«, sagte er.

Er trug die alte Emaillekanne zum Tisch, dazu einen hölzernen Kochlöffel. Zee ließ das Ei in die Kanne plumpsen, mitsamt der Schale. Sie schmiss es möglichst fest auf den Boden der Kanne. Das gehörte zu ihrem Ritual. Er reichte ihr den Kochlöffel, und sie verrührte das Ei, die Schale und das Kaffeepulver zu einer Paste.

Sie lächelte bei der Erinnerung daran, wie oft sie Melvilles Cowboykaffee für andere zubereitet hatte, erst an der Uni, dann für Michaels Freunde. Das Tolle daran, wenn sie den Kaffee zubereitete, war erst der angewiderte Gesichtsausdruck ihrer Freunde, wenn sie ihr dabei zusahen, und dann wiederum das Entzücken, nachdem sie sie dazu gebracht hatte, wirklich von dem Zeug zu kosten. Alle gaben zu, dass es mit der beste Kaffee war, den sie je getrunken hatten.

Als Melville ihn zum ersten Mal für sie gekocht hatte, hatte Zee ihm vorgehalten, er wolle sie nur auf den Arm nehmen. Sie war elf und hatte sich das Kaffeetrinken bereits angewöhnt, nachdem sie schon über Jahre mit Finchs Piratenfreunden welchen getrunken hatte.

»In deinem Alter solltest du keinen Kaffee trinken«, hatte Melville damals zu ihr gesagt. »Aber wenn du darauf bestehst, eine so ungesunde Angewohnheit weiterzuführen, dann sollte wenigstens ein bisschen Protein dabei sein.« Er knallte ein ganzes Ei mitsamt der Schale in das Kaffeepulver, gab Wasser dazu und forderte sie auf, alles zu einer Paste zu verrühren. Sie dachte immer noch, das sei nur ein Spaß, als er den Kaffee auf den Herd stellte, wartete, bis er kochte, und schließlich eine Tasse ganz kaltes Wasser in die Mischung gab. Das Resultat goss er durch ein Sieb in eine Tasse und reichte sie ihr.

»Widerlich«, meinte sie mit einem Blick auf den Rest, der in dem Sieb lag.

»Ganz und gar nicht.«

Er zuckte die Achseln. »Du ahnst nicht, was dir da entgeht.« Er schenkte sich selbst eine Tasse ein und setzte sich gegenüber von ihr an den Tisch, las Zeitung und trank dabei den Kaffee.

Zee sah zu, bis er beinahe eine ganze Tasse ausgetrunken hatte, dann nippte sie.

»Nicht schlecht, was?« Er grinste.

»Nicht soo schlecht.« Es war der beste Kaffee, den sie je getrunken hatte.

»Das Ei nimmt dem Kaffee das Bittere, und die Schalen machen ihn klar.« Er nahm ihre Tasse und schüttete drei Viertel ihres Kaffees in die Spüle. Den Rest füllte er mit Milch auf, bis die Tasse wieder voll war.

»Ich trinke ihn aber schwarz«, sagte sie.

»Nicht mehr. Wenn du sechzehn bist, kannst du wieder damit anfangen, wenn du willst. Jetzt ist erst mal Café au lait angesagt«, sagte er. »Und zwar hauptsächlich lait.«

Heute sah Melville Zee dabei zu, wie sie das Gebräu umrührte. Als wäre sie noch ein Kind, biss sie sich auf die Unterlippe und bemühte sich, es auch ja richtig zu machen. Schließlich blickte sie auf und reichte ihm die Kanne. Sie konnte seinen Blick nicht deuten. »Was ist denn?«, fragte sie.

»Nichts.« Er trug die Kanne zum Spülbecken und füllte sie bis zur Schnauze mit kaltem Wasser. Dann stellte er die Kanne auf den Herd und drehte das Gas auf.

Irgendwie hatte Melville dieses Ende immer vorhergesehen, die Unmöglichkeit der Beziehung mit Finch. Ein schlechter Anfang führt nicht zu einem perfekten Ausgang. Wie auch?

Nachdem er das letzte Mal von einem längeren Aufenthalt auf See zurückgekehrt war, hatte er sich einen Job im Peabody Essex Museum gesucht. Nur Katalogisieren, ein bisschen Schreiben, eine Dokumentation der Sammlungen, das Gleiche, was er jetzt für das Athenaeum machte. Das Peabody Essex hatte eine umfangreiche maritime Sammlung, von der ein Großteil nicht dokumentiert war. Bis zur Eröffnung des neuen Museums blieb noch viel Zeit, und sie hatten nur wenig Platz für ihre Erwerbungen, daher wurde alles in Kisten und Schachteln aufbewahrt. Die Direktoren des Museums wussten teilweise gar nicht, welche Schätze sie besaßen. Melville gehörte zu denjenigen, deren Aufgabe es war, das herauszufinden.

Er freute sich über diese Stelle, umso mehr, weil sie relativ wenig festgelegt war, und über die Tatsache, dass er wieder festen Boden unter den Füßen hatte. Während der letzten paar Jahre war er vor etwas weggelaufen, von dem er wusste, dass es völlig verkehrt für ihn war, etwas, das ihn gleichzeitig fasziniert, ihm aber auch eine Heidenangst eingejagt hatte. Er war erst nach Salem zurückgekehrt, als er glaubte, dass es ihn nicht mehr so sehr im Griff hatte.

Die unvorstellbare Affäre war passiert, während er für eine Zeitschrift gearbeitet hatte. Er schrieb einen Artikel über den Walfang vor der Küste von Massachusetts und über die Splittergruppe von Greenpeace, die versuchte, dem Ganzen ein Ende zu bereiten. Sie hatten sich kennengelernt, als er mit dem Boot nach Gloucester gefahren war, um dort ein Interview zu machen. Auf der Rückfahrt hatte das Boot Motorprobleme, daher legte Melville an einer der Inseln dort an, um zu telefonieren. Schließlich blieb er über Nacht.

Am nächsten Tag fuhr er auf einem der Schwertfischfangboote mit, die von Gloucester ausliefen. Er hatte gehört, sie suchten noch Leute für die Besatzung, und er wollte vielleicht einen Artikel für eine lokale Zeitschrift schreiben. Danach begleitete er sie auf einer längeren Strecke, von Portsmouth nach Nova Scotia, und diese Reise dauerte bis März. In jedem Hafen schlief er mit jedem verfügbaren Mann. Das war ziemlich dumm und gefährlich und eigentlich gar nicht typisch für ihn. Und weil das alles trotzdem die eine Nacht nicht auslöschte, die er zu vergessen suchte, fand er sich plötzlich auf der Insel wieder, aber alle Häuser waren winterfest gemacht. Froh darüber heuerte er auf einem Schiff der Handelsmarine an, das Richtung Mittlerer Osten fuhr, mit dem Hintergedanken, ein Buch über dieses Erlebnis zu schreiben. Dieses Leben gefiel ihm zumindest so gut, dass er drei Fahrten mitmachte, und während der dritten kam es in der Straße von Malakka, kurz vor Sumatra, zu einer Begegnung mit Piraten. Die Piraten eröffneten das Feuer auf das Schiff, mit mehreren Heckler & Koch MP5 Maschinenpistolen, die sie wahrscheinlich von der malaysischen Armee gestohlen hatten. Es gelang ihnen nicht, das Schiff einzunehmen – die billigen, leichten Patronen konnten nichts gegen die Stahlwände des Schiffs ausrichten –, aber in die Muskeln von Melvilles Unterarm drangen mehrere Splitter ein, so dass er nicht mehr fest zupacken konnte und jegliche Bestrebungen, vielleicht eine Karriere als Seemann zu machen, zunichtegemacht waren.

Nach Salem zurückgekehrt, bekam er die Stelle beim Museum und mietete das Zimmer in der Essex Street. Er ließ sich testen und durfte sich glücklicher schätzen, als er es verdient hatte.

Finch hatte er über Mickey Doherty kennengelernt. Mit ein paar anderen Piratendarstellern versuchten sie, Geld für die *Friendship* aufzutreiben, einen 171 Fuß langen Ostindienfahrer, der vor einigen hundert Jahren vom Hafen in Salem ausgelaufen war, als Salem die wohlhabendste Stadt der Neuen Welt war. Melville gefiel es, dass man Geld für das große Schiff sammelte, aber gegen Piraten hatte er etwas, und das ließ er Mickey auch wissen. »Wir sind nicht solche Piraten«, sagte Mickey freundlich. »Wir sind von der altmodischen Sorte.«

»Mit Papageien auf der Schulter?«, fragte Melville.

»Nicht Papageien.« Finch lachte Melville an. »Affen.«

»Aber nur einer«, sagte Mickey beleidigt. »Und auch bloß, weil ich den beim Pokern gewonnen habe.«

Damals, noch bevor Mickey Doherty der Piratenkönig von Salem und der inoffizielle König des Handels geworden war, hatte er sein Piratendasein recht ernst genommen. Mit Papageien in Verbindung gebracht zu werden, betrachtete er als Beleidigung. Wenn ihn jemand im Kostüm sah und den bedauerlichen Fehler beging, in seiner Gegenwart ein »ARGHH!« auszustoßen, dann schloss diese unglückliche Seele wahrscheinlich bald direkte Bekanntschaft mit Mickeys Faust.

Der Affe jedoch war eine völlig andere Geschichte. Mickey stritt es zwar ab, wenn er gefragt wurde, aber er liebte diesen Affen aufrichtig. Er hatte ihn nach seinem toten jüngeren Bruder Liam benannt, doch die meisten seiner Freunde riefen ihn Mini Mick.

Melville erklärte Mickey, er müsse darüber nachdenken.

Finch lächelte ihn an. Ein Blitz des Erkennens zuckte zwischen ihnen auf. Melville fühlte sich zum ersten Mal seit Monaten wie er selbst.

Melville traf Finch zum zweiten Mal im Museum. Finch recherchierte für sein Buch über Melvilles Briefe an Hawthorne. Die meisten befanden sich in Familienbesitz oder waren in früheren Werken dokumentiert, aber Finch interessierte sich auch für die im Museum aufbewahrten Aufzeichnungen der *Acushnet*, eines Schiffs, auf dem Herman Melville angeheuert hatte und von dem er auf den Marquesas-Inseln desertiert war.

Finch war älter. Und hochintelligent. Die beiden verstanden sich sofort.

Während der nächsten Monate arbeiteten sie häufig bis spätabends im Museum.

Melville lernte Finchs Tochter kennen.

Eines Nachts erzählte Finch Melville die Geschichte von Hawthornes Frau Sophia. Melville kannte die Erzählungen, die sich um Hawthorne und Sophia rankten. Es war eine der größten Liebesgeschichten in der literarischen Welt. Aber Finch erzählte an diesem Abend nicht von ihrer Liebe.

Sophia hatte schon immer Nervenprobleme gehabt. Dazu kamen lähmende Kopfschmerzen, unter denen sie die meiste Zeit ihres Lebens gelitten hatte. Sie war ein recht kränkliches Kind gewesen. Damals hatte es eine populäre medizinische Theorie gegeben, von der Finch erst vor kurzem gehört hatte, die sich um Quecksilber und das Zahnen drehte. Jede Generation hat eine Medizin für ein bestimmtes Leiden, und jede Generation hat etwas, dem man die Schuld für Krankheiten aller Art gibt. Heutzutage ist das vielleicht Umweltverschmutzung, Überempfindlichkeit gegen Chemikalien oder gar die Impfung. In Sophias Jugend war es das Zahnen gewesen. Dem Zahndurchbruch schrieb man von Lähmungen über Irrsinn bis zur Schwindsucht alles zu. Man glaubte, je früher man den Prozess des Zahnens beenden konnte (was zweifellos mit Qualen für das Kind verbunden war), desto besser. Krankheiten könnten nur vermieden werden, wenn die Zähne rasch das Zahnfleisch durchdringen würden. Aus diesem Grund schnitten Eltern ihren Kindern oft mit unhygienischen und unpräzisen Werkzeugen wie einem Küchenmesser das Zahnfleisch auf. Die offenen Wunden behandelten sie mit Quecksilber.

»Quecksilber?«, sagte Melville zu Finch. »Das kann ja wohl nicht wahr sein.«

»Oh doch«, antwortete Finch. »Quecksilber wurde in diesem Land noch bis 1960 als Antiseptikum verwendet. Bist du alt genug, um dich an Mercurochrome zu erinnern?«

Melville erinnerte sich zwar an Mercurochrome, aber nur vage. Eine alte Flasche mit eingerissenem orange-rotem Etikett.

»Früher hat man häufig Gift verwendet, um Infektionen zu behandeln«, sagte er.

Er fuhr fort zu erzählen, dass es eine neue Theorie gab, die behauptete, Sophias Kopfschmerzen und ihr unberechenbares Wesen seien wahrscheinlich auf eine Quecksilbervergiftung zurückzuführen.

Melville wusste nicht mehr, wie Finch von Sophias Persönlichkeit auf die von Maureen gekommen war, aber er wusste sehr wohl, dass er den Übergang meisterhaft vollzogen hatte. Ehe Melville es sich versah, sprach Finch über seine eigene Frau, ihren sprunghaften Charakter und die Krankheit, wegen der sie auf unbestimmte Zeit ins Krankenhaus musste.

»Meine Frau ist manisch-depressiv«, hatte Finch gesagt. »So lange ich denken kann, war sie immer wieder im Krankenhaus.«

»Das ist bestimmt schwer«, sagte Melville.

»Es ist schwer, besonders für meine Tochter. Dieses letzte Mal war sehr schwer für uns alle. Diesmal fürchte ich, dass sie gar nicht mehr nach Hause kommt.«

»Das tut mir leid«, sagte Melville.

Finch sah ihn so mitleiderregend an, dass Melville unwillkürlich reagierte: Obwohl sie mitten in der East India Hall standen, streckte er automatisch die Arme aus und umschlang Finch. Lange standen sie so da, und die Schritte der Vorübergehenden hallten in den Sälen um sie herum wider, während Finch leise an Melvilles Schulter weinte.

Zu behaupten, sie seien von da an zusammen gewesen, wäre verkehrt. Vielmehr schienen sie einfach weiter zusammengeblieben zu sein. Ihre Forschungen gingen dann in späte Abendessen über, sie holten sich irgendwo etwas und aßen es in Melvilles Zimmer in der Essex Street. Als Finch Bedenken äußerte, Zee so lange allein zu lassen, verlegte Melville sein Boot vom Liegeplatz an der Congress Street zu einem gleich an der Turner Street. Sie trafen sich auf dem Boot, wenn Zee im Bett war. Seit ihre Mutter im Krankenhaus lag, hatte Zee häufig Alpträume, und das Boot war so nahe, dass man hören konnte, wenn sie aufschrie, denn über das Wasser übertrug sich der Schall gut.

»Als wir uns kennengelernt haben, dachte ich, du wärst hetero«, sagte Finch eines Nachts zu ihm.

»Nein, das dachtest du nicht.« Melville hatte ihn ertappt.

»Dann eben bi. Ich dachte, du wärst bi.«

»War ich auch«, sagte Melville. Das war keine Lüge. Früher hatte er sich eine Weile für bisexuell gehalten, aber das lag schon sehr lange zurück. »Und darf ich vielleicht auf die Tatsache hinweisen, dass du derjenige bist, der verheiratet ist.«

An der Tragweite dessen hatten beide plötzlich zu schlucken.

»Ich bin ein ganzes Stück älter als du«, sagte Finch, »und ich komme aus einer völlig anderen Generation.« Bedauern spiegelte sich in seiner Miene. Dann Schuld. Keiner von ihnen brachte das Thema noch einmal zur Sprache.

Samstags fuhren Finch und Zee immer ins Krankenhaus. Samstagabend kochte Melville für sie, und sie aßen gemeinsam am Küchentisch. Zee war nach den Besuchen bei ihrer Mutter häufig schweigsamer als sonst. Sonntags nahm Melville Zee manchmal mit zum Hafen, wo sie Felsenbarsche angelten, die sie dann ausnahmen und auf den Grill legten. Gelegentlich half sie ihm auch bei der Arbeit auf seinem Boot.

Melville mochte Zee. Sie war ein braves Kind, auch wenn sie irgendwie gestresst wirkte und sich Sorgen um ihre Mutter machte. Manchmal sprach sie darüber und erzählte, dass sie nicht verstand, wie ihre Mutter so unglücklich sein konnte. Und manchmal redete sie auch über die andere Seite der Krankheit, erzählte ihm von manchen der unerhörten und amüsanten Sachen, die ihre Mutter anstellte. Er merkte, dass ihr das Angst einjagte. Er merkte auch, dass Zee jahrelang auf ihre Mutter aufgepasst und versucht hatte, alles zu tun, damit sie nicht ins Krankenhaus musste, wenn die unvermeidlichen Depressionen einsetzten. Zee hatte nicht viele Freundinnen, nur ein, zwei aus der Schule. Sie hatte wenig Zeit gehabt, Kind zu sein.

Obwohl er wegen seiner Gefühle Gewissensbisse hatte, war Melville noch nie so glücklich gewesen. Die ganze Situation, die ja schlimmer für Zee als für Finch war, bedauerte er natürlich. Aber im Geiste malte er sich doch aus, was alles möglich war: dass Finchs Frau für immer im Krankenhaus blieb, wie Finch vorhergesagt hatte, dass sie als Familie zusammenleben konnten, dass es unendlich so weitergehen konnte. Und er hatte ein schlechtes Gewissen, weil ihn diese Vorstellung glücklich machte.

Und dann wurde Maureen Finch an einem Samstag im August entlassen. Für Melville kam das überraschend, doch er fand später heraus, dass Finch kurz vorher davon erfahren hatte, aber nicht gewusst hatte, wie er es ihm beibringen sollte. Stattdessen hatte er Melville nur gesagt, er solle an diesem Abend nicht kochen, denn möglicherweise würden sie erst spät zurückkehren und dann wahrscheinlich irgendwo unterwegs etwas essen.

Das war das erste Mal, dass Melville Finch etwas zum Vorwurf gemacht hatte, und es war ein Schock. Als sie in der Zufahrt hielten und er zusah, wie Zee ihrer Mutter aus dem Auto half, bekam er den zweiten Schock. Maureen Finch blickte zu ihm auf. Ihre Blicke trafen sich, und sie starrten einander lange an.

Zee wandte sich um, um zu sehen, wohin ihre Mutter dort schaute, und entdeckte Melville. Sie wollte etwas zu ihm sagen, aber etwas im Blick ihrer Mutter hielt sie davon ab.

Finch schaute schuldbewusst drein. Er half Maureen ins Haus.

Als Melville nach Hause in sein Zimmer kam, klingelte das Telefon unablässig. Er wusste, dass es Finch war. Aber er nahm nicht ab. Stattdessen packte er seine Sachen und verschwand zum zweiten Mal in seinem Leben, erst nach Kalifornien, dann zu den Aleuten, wo er die nächsten zwei Jahre verbrachte.

Es sprotzelte, als der Kaffee überkochte, und Melville war in Gedanken wieder in der Gegenwart. Er sprang auf, griff die Kanne am Henkel und nahm sie vom Kochfeld weg.

»Da bin ich ja froh, dass dir das auch passiert«, meinte Zee. »Michael denkt, ich bin die Einzige.«

Er goss einen Becher kaltes Wasser in die Kanne.

»Wie geht es Michael?«, fragte er. »Oh Gott, hoffentlich bringt das die Hochzeitspläne nicht durcheinander.«

»Das schaffe ich offenbar auch ganz alleine«, sagte sie.

Er sah sie an und wählte seine Worte sorgfältig. »Ich dachte, Michael ist derjenige, der alle Pläne macht.«

»Wie kommst du darauf?«

»Ich weiß nicht. Mir kam es nur einfach immer so vor, als wäre die ganze Sache seine Idee.«

»Die Heirat?«, fragte sie.

»Alles, angefangen damit, dass du bei ihm eingezogen bist, bis hin zur Hochzeit. Ich hatte immer den Eindruck, es wäre alles eher sein Plan als deiner.«

»Das stimmt aber nicht«, sagte sie.

»Es freut mich, das zu hören.«

»Was ist überhaupt so wichtig daran, wer auf die Idee gekommen ist?«

»Sag du es mir«, meinte er.

Sie merkte, wie sie rot anlief.

»Versteh mich nicht falsch, ich mag Michael«, sagte er. »Ich hab nur lange nicht mehr gesehen, dass du wirklich du selbst bist.«

»Weißt du was?«, gab sie zurück.

Er sah sie an. »Entschuldige.«

»Ich bin eigentlich hier, um über dein Problem zu sprechen, nicht über meines«, sagte sie.

Sie sah ihm an, dass er das lieber nicht kommentieren wollte.

»Unglückliche Wortwahl«, meinte sie.

»Zumindest eine interessante.« Er beließ es dabei, und sie war froh darüber.

Als sich der Kaffee gesetzt hatte, goß Melville ihn durch ein Sieb und schenkte ihnen beiden eine Tasse ein. Er trug die Becher zum Tisch und setzte sich ihr gegenüber hin. Er war nicht einkaufen gewesen, deshalb gab es weder Milch noch Zucker. Er hatte es seit Tagen vor, aber einfach nicht geschafft. »Gut, dass wir beide den Kaffee schwarz trinken.«

»Was ist denn nun zwischen euch beiden gewesen?«, fragte sie. »Warum sollte Finch dich rauswerfen?«

»Das ist kompliziert«, sagte er.

Sie unternahm nichts, um das Schweigen zu überbrücken. Diesen Trick hatte sie als Therapeutin gelernt. Wenn man nicht spricht, wird es der Patient tun. Doch bei Melville funktionierte das nicht, zumindest nicht so, wie sie gehofft hatte. Er konnte das besser als sie. Und Schweigen hatte ihn noch nie gestört.

»Du hast Jessina kennengelernt.« Er wechselte das Thema.

»Ja«, sagte sie.

»Sie ist wirklich ein Unikum.« Er versuchte zu lächeln. »Aber sie kann gut mit ihm.«

»Warst du ihm untreu?« Sie dachte wieder an die Wohnung.

»Wie kommst du überhaupt auf die Idee, mich das zu fragen?«

Sie sah ihm an, dass er gekränkt war. In Wahrheit hatte sie irgendwie damit gerechnet. Er war so viel jünger als Finch, und die Krankheit war wirklich entsetzlich. Sie spürte, dass sie ihm verzeihen würde, wenn es passiert wäre. Aber das konnte man nicht aussprechen.

»Ich war deinem Vater nie untreu.« Er klang verletzt.

»Tut mir leid.«

»Es ging um etwas, das vor langer Zeit passiert ist«, erklärte er. »Noch vor deiner Geburt.«

»Du kanntest Finch doch gar nicht, bevor ich geboren wurde«, sagte sie.

»Genau.«

»Versteh ich nicht.«

»Ich auch nicht.«

»Vielleicht lag es an den Medikamenten«, meinte sie.

Er nickte. Das hatte er gehofft. Falls es nicht an den Medikamenten lag, bedeutete es, dass Finch ein Übergangsstadium erreicht hatte. Bei Patienten mit Parkinson im fortgeschrittenen Stadium passierte das häufig, sie zeigten dann Anzeichen von Alzheimer. Er wollte gar nicht darüber nachdenken.

»Vielleicht hört es auf, wenn die Medikamente ganz aus seinem Körper verschwunden sind, und du kannst zurückkommen.«

»Hoffen wir mal«, sagte er.

In diesem Moment erklang ein unmenschliches Geheul von der Rückseite des Hauses, das durch das Treppenhaus drang und die Wände erzittern ließ.

»Was zum Teufel war das denn?«

Was auch immer es war, es heulte erneut, und Zee glaubte, es gehöre zu den Spukführungen, für die Salem so berühmt war, oder vielleicht auch zu einer von Mickeys beliebten Attraktionen.

Melville ging zur Hintertür und öffnete sie. Dann kehrte er zurück, setzte sich hin und trank seinen Kaffee, als wäre weiter nichts gewesen.

Es hörte sich an, als würde ein menschlicher Körper die

Treppe hochgeschleppt. Kurz darauf kam ein ziemlich erschöpfter Basset ins Zimmer. Er warf einen Blick auf Zee und heulte wieder los.

»Zee, darf ich dir meinen Mitbewohner vorstellen: Bowditch. Bowditch, das ist Zee.«

Der Hund lief zu ihr herüber, legte ihr das Kinn auf das Jeansbein und bedachte sie mit dem innigsten Blick, den sie je gesehen hatte.

»Er bettelt. Bowditch liebt Kaffee, aber der ist nicht gut für ihn.«

Sie musste lachen. Sie tätschelte ihm den Kopf, und der Hund ließ sich zu ihren Füßen hinplumpsen.

»Ich passe zusammen mit der Wohnung auch auf den Hund auf«, sagte er.

»Das hab ich mir gerade gedacht«, sagte sie, immer noch lachend.

Melville und Zee tranken beide ihren Kaffee schwarz, und sie beide liebten Hunde. Das gehörte zu ihren vielen Gemeinsamkeiten: Hunde, das Meer, Myrna-Loy-Filme. Sie mochten beide dunkle Schokolade und hatten eine heftige Abneigung gegen weiße Bohnen, die Finch wiederum liebte und sich ständig von Melville zu essen wünschte. Finch hing mehr an Katzen als an Hunden, besonders an Dusty, dem Kater vom Haus mit den sieben Giebeln. Und er teilte Melvilles Leidenschaft für das Meer nicht. Melville und Zee waren an seinem freien Tag manchmal gemeinsam hinausgefahren. Er steuerte die Küste entlang nach Norden, manchmal sogar bis zu den Isles of Shoals vor der Küste von New Hampshire.

Während der Rückfahrt in einer mondlosen Nacht hielt Melville einmal an, damit sie den Himmel betrachten konnten. Die Astronomie war einst seine Leidenschaft gewesen, besonders in den langen Monaten auf See, als er bei der Handelsmarine war. Er besaß ein Teleskop, das er oft zu Hause auf der Veranda aufstellte und mit dem er bestimmte Sterne und Planeten suchte, die er dann Zee und Finch zeigte. »Ich wollte immer die astronomische Navigation erlernen«, erzählte er ihnen eines Nachts. »Aber das ist wohl eine vergessene Kunst.«

Der einzige Ort, dem Melville sich bei ihren gemeinsamen Ausflügen verweigerte, war das Haus auf Baker's Island, das Maureen Zee vererbt hatte. Er und Finch mieden beide diese Insel, aber Melville setzte sie manchmal dort ab, wenn er zum Fischen hinausfuhr, und gabelte sie dann am Ende des Tages wieder auf.

Finch konnte nicht nachvollziehen, weshalb sie dort hinwollte. Er hätte das Haus am liebsten verkauft, besonders wenn es Zee traurig machte. Er weigerte sich, die Steuern dafür zu bezahlen. Aber Melville verstand es. Zu guter Letzt zahlte Melville die Steuern und sorgte dafür, dass sich jemand um das alte Haus kümmerte, damit es verschlossen und in einem passablen Zustand war, falls Zee es irgendwann haben wollte, wenn sie erwachsen war und eine eigene Familie hatte. »Neues Leben vertreibt die alten Geister«, sagte er einmal zu ihr.

Sie blieb anderthalb Stunden bei Melville. »Ich muss los«, sagte sie schließlich. »Ich muss noch Lebensmittel einkaufen. Und Depends.«

»Bei Walgreens sind sie am günstigsten«, sagte Melville.

»Seit wann ist er inkontinent?«

Er zuckte die Schultern. »Eine ganze Weile schon.«

»Bist du dir sicher, dass du zurückkommen willst?«, fragte sie ihn.

»Meinst du das ernst?«

»Warten wir doch ein paar Tage ab«, schlug sie vor. »Bis das Medikament ganz aus seinem Kreislauf verschwunden ist.«

Auf dem Weg zur Tür ging Zee an Melvilles Koffer vorbei.

Wie vom Blitz getroffen blieb sie stehen. Völlig verblüfft starrte sie den Koffer an. Als sie sich wieder rühren konnte, bückte sie sich und hob den Gedichtband von Yeats auf. Er lag oben im Koffer, der Buchrücken ragte unter einem grünen Strickpulli mit Zopfmuster hervor. Sie wunderte sich, dass sie ihn zuvor nicht gesehen hatte. »Wo hast du das her?« Sie starrte ihn an.

»Es ist meins«, sagte er und zog ihr sanft, aber rasch das Buch aus den Händen.

»Genau dieses Exemplar hat meiner Mutter gehört.« Es war das Buch, das Zee an dem Tag, an dem sich ihre Mutter umgebracht hatte, von der Insel geholt hatte. Sie würde es überall erkennen. Das Buch war weiß, aber es hatte vorne auf dem Einband einen lila Fleck, wo eine von Zees Wachsmalkreiden geschmolzen war. Zee zeigte auf den Fleck. »Das ist das Buch, das Finch ihr an ihrem Hochzeitstag geschenkt hat.«

Melville sah überrascht aus.

»Wo hast du das her?«

»Von Finch.« Seine Überraschung verwandelte sich langsam in Kränkung.

Sie stand lange da und sah ihn an, während sich seine Aussage langsam setzte. Die frühere Wut über Finch, die sie längst hinter sich gelassen zu haben glaubte, stieg erneut in ihr auf.

»Ich fasse es nicht«, sagte sie.

12

Maureen Amphitrite Doherty Finch schrieb Märchen. Aber nicht die Sie-lebten-glücklich-bis-an-ihr-Lebensende-Geschichten, die man Kindern zum Einschlafen vorlas, sondern viel dunklere Märchen mit wenig glaubhaftem glücklichen Ende, in denen die Rettung meistens auf sehr abwegige Art und Weise nahte. Nur äußerst selten wurden diese Rettungen durch schöne Prinzen herbeigeführt. Maureen verkündete oft, sie reagiere allergisch auf Prinzen, immerhin sei sie keltisch und irisch und überhaupt noch ganz neu hier. Doch natürlich war sie gar nicht ganz neu hier, sondern kurz nach ihrem sechzehnten Geburtstag mit der Familie nach Boston geflogen, nachdem ihr Bruder Liam umgekommen war. Aber Maureen ließ sich nicht dreinreden, wenn sie eine Geschichte erzählte.

Da sie ebenso Finchs Tochter wie die Tochter ihrer Mutter war und stärker von Logik bestimmt, als es ihr mütterliches Erbe vermuten lassen würde, hatte Zee immer darauf hinzuweisen versucht, dass es keltische Prinzen gab, über die Maureen hätte schreiben können, Efflam und Treveur zum Beispiel, außerdem große Kriegerkönige wie Cormac oder Cadwallon. Zee schlug die beiden Letzteren vor, da ihre Mutter immer eine Affinität zu großen Kriegern gehabt hatte. Aber Maureen antwortete einfach immer nur, dass die Iren Dichter mehr schätzten als Könige und Prinzen.

Zee hörte den Geschichten zu. Damals liebte sie es, der Stimme ihrer Mutter zu lauschen. Und Zee war mittlerweile schlau genug, um zu wissen, dass man während Maureens manischer Phasen, wenn der Drang zu sprechen sie zu überwältigen schien, ihre Monologe besser nicht unterbrach. Nur so ließ sich verhindern, dass sie Unsinn anstellte, wozu sie in solchen Phasen neigte. Manchmal verstummte sie auch, aufgebracht wegen etwas, das sie gerade erzählt hatte, doch Zee, die seit Jahren immer wieder ein und dieselben Geschichten gehört hatte, trieb Maureen weiter in ihren Monologen und vermied die allzu erregenden Passagen – wie die Kratzer auf einer alten Schallplatte, die sonst einen Sprung mitten ins nächste Lied bewirkten.

Selbst in diesen manischen Phasen war Maureen eine viel bessere Geschichtenerzählerin als eine Autorin, und die Geschichten, die Zee so mochte, waren gar nicht die Märchen, sondern die wahren Erzählungen darüber, wie sie aufgewachsen war und wie sie Finch getroffen hatte.

Maureen erzählte Zee, dass sie und Finch sich am Nahant Beach kennengelernt hätten, dem langen Stück Strand, der die ehemaligen Inseln mit dem Festland verknüpfte, genauer gesagt mit Lynn, wo die Familie mittlerweile wohnte, und zwar in einem Haus, das Maureens neuem Stiefvater gehörte.

Maureen war gerade neunzehn geworden und feierte mit ihren Freundinnen, drei Mädchen aus der Schuhschachtelfabrik, in der sie als Aufzugführerin arbeitete. Die anderen Mädchen arbeiteten am Fließband, aber Maureen war überdurchschnittlich hübsch und aus diesem Grund ausgesucht worden. Sie wurde dazu ausgebildet, einen der beiden Aufzüge zu bedienen, mit denen die Führungskräfte in ihre Büros im sechsten Stock gebracht wurden. Sie erledigte diesen Job gut, obwohl sie ihm sehr wenig abgewinnen konnte. Sie mochte es nicht, eingeschlossen zu sein, in einer sich bewegenden Schachtel innerhalb einer viel größeren Schachtel, sagte sie. Sie war an weitaus schwerere Arbeit als diese gewöhnt – und sie hätte sie problemlos leisten können. Trotzdem war ihr klar, dass es ein großes

Privileg war, auserwählt worden zu sein. Selbst wenn sie lieber am Fließband gearbeitet hätte, so musste sie einfach nur ihren Freundinnen zuhören, die ihr täglich anboten, mit ihr den Platz zu tauschen, um ihr Glück würdigen zu können.

Um drei Uhr war ihre Schicht immer zu Ende. Sommers wie winters ging sie jeden Nachmittag am Lynn Beach spazieren, nicht auf der Promenade wie die meisten Spaziergänger, sondern viel weiter unten, auf dem Sand. Sie liebte den Ozean. Dass sie so nahe am Wasser lebte, machte den Umzug von Irland erträglich. Trotzdem wäre sie lieber dort geblieben, wäre gerne von Derry vielleicht weiter südlich in die Republik gezogen, nach Ballybunion, wohin die Familie einmal gemeinsam gefahren war, als ihr Vater noch lebte und bevor sie Liam verloren und sich alles so entsetzlich veränderte und die Dohertys nach Amerika gingen und an eine neue Küste, die zwar völlig anders und fremd war, aber letztlich doch Teil desselben Ozeans.

Der Tag, an dem Maureen Finch kennenlernte, war genau der Tag, an dem sie fünf Jahre zuvor mit ihren Brüdern an den Klippen von Ballybunion gestanden hatte. Es war der erste Sommertag gewesen, und auch wenn es in dieser neuen Welt keine Klippen gab, so gab es doch einen schönen Strand. Das Wasser war zwar kalt, aber man konnte hier, in der geschützten, sichelförmigen Bucht, die sich bis Nahant erstreckte, tatsächlich schwimmen. Die irischen Strände, die Maureen kannte, waren mit ihren wilden Gezeiten und der bewegten See zum Schwimmen immer viel zu gefährlich gewesen.

An dem Tag, an dem sie Finch kennenlernte, war Maureen nicht schwimmen gewesen, nur zwei ihrer Freundinnen waren ins Wasser gegangen. Ihr war es immer noch zu kalt. Bis Maureen ins Wasser ging, musste es erst Juli werden.

Er fiel ihr sofort auf. Mit seinen Leinenhosen und dem Baumwollhemd war er eher für eine Gartenparty gekleidet als für den Strand. Er hatte eine Fotoausrüstung bei sich, eine alte 8 x 10-Zoll-Plattenkamera auf einem abgenutzten Holzstativ. Sehr altmodisch, genau wie er selbst. »Elegant«, meinten ihre Freundinnen zu Finch. Sein Gatsby-Look passte eher in die Zwanzigerjahre als in die Siebziger, aber das hatte seinen eigenen Reiz, vielleicht umso mehr, weil es so ungewöhnlich war.

Er hatte sie alle bemerkt. Aber er steuerte gleich auf Maureen zu.

»Darf ich Sie fotografieren?«, fragte er.

Ihre Freundinnen lächelten.

Maureen starrte ihn nur an.

»Verzeihen Sie«, begann er von Neuem, »aber würden Sie mir vielleicht das Privileg gestatten, ein Porträt von Ihnen aufzunehmen?«

Die Mädchen kicherten.

»Sind Sie Fotograf?« Sie wusste nicht, was sie sonst sagen sollte.

»Gott bewahre, nein«, sagte er.

Die Mädchen bogen sich vor Lachen. »›Gott bewahre‹?«, wiederholte eine von ihnen.

Finch lief rot an.

»Warum?«, fragte Maureen und merkte, dass sie alles nur schlimmer machte.

»Mich können Sie fotografieren«, sagte das Mädchen, das Kitty hieß. »Von mir können Sie jederzeit ein Bild schießen.«

»Warum sollten Sie mich fotografieren wollen?«, fragte Maureen noch einmal, ohne ihre Freundin zu beachten.

»Weil Sie bei weitem das hübscheste Mädchen sind, das ich je gesehen habe.«

Da sie Brüder hatte, war sie an solche Komplimente nicht gewöhnt und glaubte, er mache sich über sie lustig.

In der Überzeugung, sie sei gerade beleidigt worden, wandte sie sich von ihm ab – konnte dabei allerdings noch kurz seinen Gesichtsausdruck erkennen, und der brach ihr das Herz. Er wirkte untröstlich.

»Sie sollten gehen«, sagte sie, ohne ihn direkt anzusehen.

Doch seinen Blick hatten auch ihre Freundinnen bemerkt, besonders Kitty. »Ich finde, du solltest dich von ihm fotografieren lassen«, sagte Kitty. »Vielleicht kann er dich ja zum Model machen oder so.«

Maureen ignorierte ihre Freundin. Kitty war ein albernes Ding, dem es gar nicht zustand, jemandem einen Rat zu geben. Maureen wurde bewusst, dass Finch immer noch vor ihr stand. Sie spürte seinen Blick auf ihr ruhen. Er hatte sich nicht vom Fleck gerührt.

»Hab Mitleid, Maureen«, sagte ihre andere Freundin, denn ganz offensichtlich würde sich Finch nicht von der Stelle rühren. »Jetzt lass ihn doch das verdammte Bild machen.«

Maureen gestand Zee, sie habe sich von Finch zu einer Stelle jenseits des Ufers locken lassen, wo das hohe Schilf und die wilden Rosen wuchsen. Dort sei das Licht besser, erklärte er ihr, und das Bild würde eine gewisse Stofflichkeit erhalten.

An diesem Punkt ihrer Liebesgeschichte gab Maureen Zee immer eine Ermahnung mit auf den Weg: »Aber du, mein Liebes, lässt dich von keinem Jungen zu so etwas überreden. Wenn man mit einem Jungen an einsame Plätze geht, dann weiß man nie, ob das nicht eine unglückliche Entscheidung war, die womöglich mit Vergewaltigung und Mord endet.«

Das war der einzige Teil ihrer Geschichte, der Zee wirklich sprachlos machte. Sie hielt die Luft an, bis Maureen lachend weitererzählte.

»Damals wussten wir natürlich nicht, wie absolut harmlos Finch in dieser Beziehung war.« Manchmal verschluckte sie sich, wenn sie das sagte. Manchmal lachte sie.

Finch war älter als Maureen – fünfunddreißig vielleicht, meinte sie – und stammte immer schon aus einer anderen Epoche. Er hatte etwas von einem Außenseiter an sich, er hielt sich stets ein wenig abseits, und das verstand sie gut. Während sich die Welt so schnell veränderte, schienen sie beide in eine andere Zeit und an einen anderen Ort zu gehören.

Finch eroberte zügig ihr Herz – nicht mit seinen Fotografien, sondern mit Gedichten. Nicht Hawthorne, erzählte sie, sondern Yeats war es. Yeats rührte eine Saite in ihrem Innersten an, so wie Hawthorne bei ihm, und genau das hatte er vorhergesehen. Er kannte ihre Seele, erzählte sie.

An dem Abend, an dem ihr endgültig einleuchtete, dass sie ihn liebte, waren sie draußen in Nahant, an der alten Station der Küstenwache. Der Wetterbericht hatte einen frühen Hurrikan angekündigt, der Wind pfiff ihnen bereits um die Ohren, und die Wellen schlugen schaumig-weiß auf die Felsen unter ihnen. Finch stand seitlich zu ihr, viel zu nahe am Rand, und rezitierte »Die Harfe des Aengus«. Seine Worte wurden vom Wind zurück zu ihr getragen.

Edain came out of Midhir's hill, and lay
Beside young Aengus in his tower of glass,
Where time is drowned in odour-laden winds
And Druid moons, and murmuring of boughs,
And sleepy boughs, and boughs where apples made
Of opal and ruby and pale chrysolite
Awake unsleeping fires; and wove seven strings,
Sweet with all music, out of his long hair,
Because her hands had been made wild by love.
When Midhir's wife had changed her to a fly,
He made a harp with Druid apple-wood
That she among her winds might know he wept;
And from that hour he has watched over none
But faithful lovers.

Maureen und Finch heirateten im Rathaus von Salem. Mickey war Brautführer, Maureens Mutter glänzte durch Abwesenheit. Finch war nicht nur kein Katholik: Soweit Catherine Heaney (sie hatte schnell wieder geheiratet und den Namen Doherty durch den Namen ihres gut situierten irisch-amerikanischen Ehemanns ersetzt) feststellen konnte, war er gar nichts so richtig. Eine Hochzeit, die außerhalb der Kirche stattfand, bedeutete einen Schlag ins Gesicht. Ganz egal, ob er sich einverstanden erklärt hatte, die Kinder katholisch zu erziehen, eine rein standesamtliche Hochzeit war eine Todsünde. Allermindestens hätten sie im Pfarrhaus heiraten sollen, und ein Priester hätte sie trauen müssen. *Das kann kein gutes Ende nehmen*, verkündete sie und hielt sich fern.

Maureen erzählte Zee, sie hätte einen ganzen Wochenlohn für ihre Hochzeitsausstattung ausgegeben, für ein pastellfarbenes Kostüm, das perfekt zu der geplanten Reise an die Niagarafälle gepasst hätte. Aber am Tag der Hochzeit weigerte sich Maureen, diese Hochzeitsreise anzutreten, und bat Finch, stattdessen mit ihr in das Häuschen auf Baker's Island zu fahren. Es gehörte ihrem wohlhabenden Stiefvater und war früher Eigentum seiner ersten Frau gewesen. Der großzügige Mann, der sich dafür schämte, wie Catherine ihre Tochter behandelte, hatte dem Paar das Häuschen zur Hochzeit geschenkt. Und obwohl Finch gar nicht gerne auf See war und auf der Fahrt mit der Fähre von Manchester aus seekrank wurde, sagte er die Reise nach Nordwesten ab und fuhr mit seiner frisch angetrauten Ehefrau in die Flitterwochen nach Baker's Island.

Der zweiwöchige Urlaub verstrich. Als Maureen nicht in die Fabrik zurückkehrte, wurde sie durch ein anderes junges irisches Mädchen ersetzt, und das Leben im Aufzug lief ohne sie weiter.

Die Tage und Nächte gingen ineinander über. Finch und Maureen lebten mit der Sonne und den Gezeiten. Lebensmittel wurden per Boot angeliefert, allerdings beharrte Maureen darauf, dass sie allein von der Liebe lebten und nie auch nur einen Bissen aßen. Nachbarn, deren Familien seit Generationen den Sommer auf der Insel verbrachten, stellten ihnen Kuchen aus wilden Blaubeeren vor die Tür. Das Paar kam erst am 12. Oktober wieder ans Festland, als die Fähren und Shuttles den Betrieb einstellten und die Verbindung zwischen Baker's Island und der Küste abgeschnitten war.

Mit jedem Mal, wenn Maureen Zee diese Geschichte erzählte, blieben die Flitterwöchner länger auf ihrer Insel. »Wir haben uns im Sternenlicht geliebt«, erzählte sie häufig ihrer Tochter. »Wir lagen nackt in den Rosen.«

Bei ihrer Rückkehr nach Salem, so fuhr Maureen fort, war sie vom Mädchen zur Frau geworden. Sie war glücklich und zufrieden. Doch als beide in das Haus in der Chestnut Street einzogen, dessen Personal aus gebürtigen Iren bestand, war Maureen völlig verblüfft. In der Zeit vor der Hochzeit hatte Maureen keine Ahnung gehabt, wo Finch wohnte. Sie wusste, dass seine Eltern nicht mehr lebten, und als anständiges irisches Mädchen hätte sie es falsch gefunden, ihn ohne Aufsicht zu besuchen. Aus diesem Grund hatte sie weder das alte Herrenhaus mit den zwölf Schlafzimmern und der Personalküche im Keller jemals gesehen noch die Köchin namens Brigid Doherty (auch das noch), ein Schlag ins Gesicht sowohl für Maureen wie für die Bedienstete mittleren Alters, die der neuen Dame des Hauses von vornherein mit Geringschätzung gegenübertrat.

Das Mobiliar im Haus erinnerte sie an die schönsten Möbel, die sie aus Irland kannte, die sie in ihrer eigenen Kindheit und Jugend jedoch nicht gehabt hatte. Der Klassenunterschied zwischen ihnen wurde auf eine Art und Weise deutlich, die ihr nie aufgefallen war, während Finch noch um sie geworben hatte. Wie konnte das geschehen? Nur hier in der Neuen Welt war es möglich, dass ein wohlhabender Herr wie Finch etwas mit Leuten wie ihr zu tun haben wollte. Zu einer solchen Partie wäre es im alten Land niemals gekommen. Bloß gut, dass seine Familie tot sei, hörte sie Brigid sagen. Wären sie noch am Leben, hätten sie einer solchen Verbindung schon vor dem Beginn Einhalt geboten.

Maureen war unglücklich. Das Haus lag zwar nur ein paar Straßen vom Wasser entfernt, aber ihr fehlte der Geruch des Meeres und der Sog der Gezeiten. Sie litt an Schlaflosigkeit und bekam Panikanfälle, denn manchmal glaubte sie beinahe, Brigid versuche sie zu vergiften, als Strafe dafür, dass sie keine Grenzen kannte. Sie wehrte sich gegen diese Vorstellung, und die Logik siegte. Sie konnte sich selbst davon abbringen, so zu denken. Trotzdem aß sie nur sehr wenig, und schon gar nichts von dem, was die irische Köchin zubereitet hatte. Maureen wurde immer dünner und schwächer, während die Monate vergingen.

Sollte Finch die Veränderung, die mit Maureen vor sich ging, bemerkt haben, so sagte er nie etwas dazu. Er schien einfach von ihr bezaubert zu sein und verbrachte den Winter damit, sie zu fotografieren – und den Rest der Zeit entweder mit seinen Seminaren über Hawthorne und die amerikanischen Romantiker oder in seiner Dunkelkammer. Während dieser Zeit begann Maureen zu schreiben.

Finch tat damals alles, um sie glücklich zu machen. Als sie das Haus in der Turner Street entdeckte, überzeugte sie ihn davon, das alte Gebäude zu kaufen und dort einzuziehen, das Mausoleum in der Chestnut Street loszuwerden und das Personal zu entlassen. Er tat es, um ihr einen Gefallen zu tun, aber tatsächlich war es auch ihm mehr als recht. Das Haus, das sie gefunden hatte, lag nur wenige Häuser vom Meer entfernt, was Maureen auf jeden Fall glücklich machte, und außerdem lag es fast unmittelbar gegenüber von Hawthornes berühmtem Haus mit den sieben Giebeln. Da Finch vor kurzem ein Stipendium erhalten hatte, um sich mit Hawthornes Tagebüchern und mit den Briefen, die Melville an ihn geschrieben hatte, zu beschäftigen, konnte er sich keinen besseren Ort vorstellen.

Maureen blühte in dem neuen Haus auf. Sie und Finch waren eine gewisse Zeit lang glücklich, erzählte sie. Aber schon in dem ersten Winter ging alles schief. Finch fuhr nach New York, um an einer Gastvorlesungsreihe über die amerikanischen Romantiker an der Columbia University teilzunehmen, und bei seiner Rückkehr war Maureen niedergedrückt.

In diesem Winter begann sie mit ihrer Märchensammlung, eine dunkle Zusammenstellung von Texten, die Zees Meinung nach viel näher an den Gebrüdern Grimm als an Disney waren. »Ein Schicksal, schlimmer als der Tod«, gehörte zu Maureens Lieblingssätzen. In ihrer Freizeit beschäftigte sie sich intensiv mit der Geschichte dieses Hauses, mit der sie bald so vertraut war, dass sie es nur damit erklären konnte, sie müsse in einem früheren Leben darin gelebt haben und sei von dem Haus selbst zurückgelockt worden. Das Haus hatte eine Geschichte zu erzählen, dessen war sie sich sicher.

Als er ihre beunruhigende Theorie hörte, hätte Finch sie vielleicht überzeugen können, noch einmal umzuziehen, doch er hatte sich in das Haus verliebt. Er hatte Freunde im Haus mit den sieben Giebeln, und er fand großen Gefallen an dessen Garten. Er liebte alles an diesem Flecken, auch die Nachbauten von Hepzibahs Kramladen und Maules Brunnen, die in Anlehnung an Hawthornes Geschichte dort entstanden waren. Und die Tatsache, dass Hawthornes Geburtshaus vor kurzem auf das Anwesen am Meer versetzt worden war, auf dem auch das Haus mit den sieben Giebeln stand, war ein zusätzlicher Pluspunkt. Alles, was mit Hawthorne zu tun hatte, lag nun höchstens einen Steinwurf von seiner Haustür entfernt.

In diesem Sommer hatte man Finch eine Stelle am Amherst

College angeboten, für das Sommertheater, wo sie *Der scharlachrote Buchstabe* aufführen wollten. Zu der College-Produktion sollte auch eine neu gestaltete dramatische Lesung des jungen Hawthorne persönlich gehören, und sie hatten Finch eingeladen, den Text zusammenzustellen. Die Aussicht auf einen Sommer mit Hawthorne reizte ihn sehr, denn so konnte er wie immer in das Leben seines Helden eintauchen, jedoch außerhalb des Seminarraums und in West-Massachusetts, nahe dem Ort, an dem Hawthorne so viele seiner späten Jahre verbracht hatte.

Doch diese Zeit war keine gute Zeit für Maureen, wie sie Zee gegenüber eingestand. Sie wurde immer besessener von dem Haus und seiner Geschichte, und es begann mit ihr zu sprechen. Manchmal antwortete sie ihm mitten in einem Gespräch über etwas völlig anderes.

Finch hatte zwar zunächst vorgehabt, sie nach Amherst mitzunehmen, doch er erzählte Maureen dann doch nichts von dem Angebot. Er konnte sie nicht mitnehmen, nicht in ihrem derzeitigen Zustand, und er entwickelte Fluchtfantasien. Er liebte sie zwar, aber für ihn war das immer eine Liebe gewesen, wie man sie einem schönen Gemälde oder Berninis Skulptur von Apoll und Daphne entgegenbringt. Es war die Liebe zu einem weiblichen Ideal, die nicht auf dem Alltag beruhte. In ihrem täglichen Leben begriff er langsam, wie geplagt sie war. Finch hatte immer Kinder haben wollen. Es war nicht dazu gekommen, und er wurde zunehmend distanzierter, ertrug es nicht mehr, in ihrer Nähe zu sein, und schlief getrennt von ihr unten im Gästezimmer.

Doch dann kam der Frühling und mit ihm die längeren Tage und das helle Sonnenlicht. Auch Maureens Stimmung hellte sich auf. Sie packte die Sachen zusammen, die sie auf der Insel brauchen würden: warme Decken, Samen für Sommermais und Tomaten. Da sie wusste, dass er von Kindern träumte, kam

Maureen nachts zu Finch ans Bett. Sie hatte ihm einen Tee gekocht und flüsterte ihm in der Dunkelheit zu, was für schöne und kluge Kinder sie haben würden. Sie liebten sich. Doch als Finch sich langsam entspannte und ihr von dem Engagement im Sommer erzählte, das er ohne ihr Wissen angenommen hatte, weigerte sich Maureen mitzukommen. Das sei ein Verrat, sagte sie. So weit weg vom Meer zu wohnen, das würde ihren sicheren Tod bedeuten.

Und so ging Finch nach Amherst und sie auf Baker's Island. Doch als der Sommer halb vorüber war, merkte sie, dass sie schwanger war, erzählte sie Zee. Sie verließ die Insel und schlug sich nach Amherst durch, wo sie vor sämtlichen Mitwirkenden des Projekts ihre bevorstehende Mutterschaft verkündete. Einen der Schauspieler schien diese Nachricht ziemlich mitzunehmen, ein Student, der den jungen Hawthorne spielte, ein hübscher Junge, im Kostüm ein vollkommenes Ebenbild der geplagten Schönheit Hawthornes.

Zee erkannte sofort, dass ihre Mutter diese Geschichte umgeschrieben hatte. Maureen konnte in jenem Sommer unmöglich ihre Schwangerschaft verkündet haben. Sie wurde erst später im selben Jahr schwanger. Aber für eine gute Geschichte änderte Maureen gerne einmal die Fakten. Im Laufe der Jahre hatte sich Maureens Geschichte öfter geändert, als Zee sich erinnern konnte.

»Ich hätte es damals schon sehen müssen«, gestand sie Zee häufig ein. »Ich hätte sehen müssen, was kommt.«

Aber sie sah es noch eine ganze Weile nicht, genauso wenig wie Finch. Mit der Schwangerschaft an sich kam Maureen sehr gut zurecht. Sie sei noch nie so glücklich gewesen, sagte sie. Und Finch freute sich so sehr auf das Kind, dass ihre manische Phase während all der Monate ihrer Schwangerschaft anhielt, ohne mit dem Licht des Winters in Traurigkeit zu versinken, beinahe bis in den Herbst hinein, bevor die Wochenbettdepression sie so arg traf, dass sie ins Krankenhaus musste.

Bei Maureen wurde eine manisch-depressive Erkrankung diagnostiziert. Heutzutage würde man das eine Bipolar-I-Störung nennen, mit Halluzinationen. Maureen hörte Stimmen, sie sah Gespenster.

Nach der Diagnose übernahm Finch die Betreuung, und als Maureen ins Haus zurückkehrte, ging er mit ihr um wie mit einer wertvollen Statue. Er machte viel Aufhebens um sie, kam ihr aber nicht zu nahe, vor lauter Angst, sie könnte schon bei der leichtesten Berührung kaputtgehen.

Maureen kam aus dem Krankenhaus nach Hause, nur um sich für den folgenden Sommer auf die Insel zurückzuziehen, wo sie keine Besucher duldete, noch nicht einmal Finch. Sie bat darum, allein gelassen zu werden. Finch tat ihr den Gefallen, zum einen, weil er nicht wusste, was er sonst tun sollte, zum anderen, weil Maureen Zee zurückgelassen hatte, und er schaffte es gerade einmal, sich um seine kleine Tochter zu kümmern.

In den zwei darauffolgenden Monaten konnte Finch wenig anderes tun, als die Nachbarn zu bitten nachzusehen, ob Maureen wohlauf war, und dafür zu sorgen, dass sie genügend Verpflegung hatte. Sie widmete sich voll und ganz dem Schreiben und verfasste noch mehrere Märchen.

Als sie im September zurückkehrte, stellte Finch keine Fragen. Er war glücklich darüber, dass seine Familie wiederhergestellt und Maureen sich ganz erfüllt von ihrer neuen Tätigkeit und (endlich) ihrem kleinen Kind zeigte, und kam daher überhaupt nicht auf die Idee, dass es eine einsetzende Geisteskrankheit sein könnte, was er die letzten Jahre bei Maureen mit angesehen hatte. So zumindest hatte er es Zee oft erzählt.

Während der nächsten Jahre tat Finch sein Bestes, um Maureen alle notwendige Hilfe zur Verfügung zu stellen, aber die

Behandlungsmethoden zu der Zeit waren nicht sehr fortgeschritten. Sie versuchte es zwar mit den damals erhältlichen Medikamenten, aber jedes machte sie benebelter und träger als das letzte. Schließlich schluckte sie gar nichts mehr und nahm lieber die unbändig manischen Phasen in Kauf, die ihre kreative Energie befeuerten, ihre Familie allerdings erschöpften und zerrütteten.

Maureens unbehandelte Krankheit hatte jedoch auch eine merkwürdige und unangemessene Mutter-Tochter-Beziehung zur Folge, die mit Zees wachsendem Alter nur umso verstörender wurde. Während Maureen bisweilen völlig unfähig war, sich an ihr Kind zu binden, so behandelte sie Zee manchmal wie ihre beste Freundin und vertraute ihr viel mehr an, als eine Mutter je einer jungen Tochter anvertrauen sollte, ungeheuerliche Geschichten, die nicht hilfreich, sondern eher peinlich waren: viel zu frühe, unzensierte Fakten des Lebens aus Zeiten des häufigen Partnerwechsels, sogar Sextricks und Verführungsmethoden, die man bei Jungs anwenden konnte, Details, die keine normale Mutter jemals ihrer Tochter verraten würde und die Zee gar nicht wissen sollte. Solche Vertraulichkeiten hatten zwei Dinge zur Folge: dass Zee selten eine Freundin mit nach Hause brachte und dass Zee und Maureen, viel zu früh in Zees Kindheit, die Rollen tauschten, so dass Zee zur Mutterfigur wurde und Maureen in die Rolle der Jugendlichen zurückfiel.

Maureen hatte in Zees Kindheit noch drei Zusammenbrüche, nach denen sie ins Krankenhaus musste. Bei den ersten beiden Malen war nur ein kurzer Aufenthalt erforderlich, weniger als einen Monat. Bei der letzten Einweisung musste sie länger bleiben, und während dieser Zeit trat Melville ins Leben der Familie.

13

Heute dachte Zee über Finchs Affäre mit Melville nach, die Beziehung, die der Ehe ihrer Eltern letztlich die Substanz genommen hatte, wenn auch nicht die Form.

Sie ärgerte sich immer noch über das Yeats-Buch, das sie am Vormittag bei Melville gesehen hatte. Die langen Monate der Dunkelheit, die mit Maureens Tod geendet hatten, hatte sie jahrelang zu vergessen versucht. Durch den Anblick des Buchs wurde alles wieder zurückgerufen, und auch Lillys Selbstmord.

Sie war nicht böse auf Melville – sie war böse auf Finch. Wie konnte er es wagen, Melville genau das Buch zu schenken, das er einst ihrer Mutter geschenkt hatte! Manchmal glaubte sie, Finch kaum zu kennen. Sie wusste, dass er Maureen mit Yeats endgültig für sich hatte gewinnen können. So viel hatte ihre Mutter ihr erzählt. Vielleicht lief das bei all seinen Eroberungen so, dachte sie.

Ihr fiel der Junge am Amherst College ein, der damals den jungen Hawthorne gespielt hatte. Wurde auch er mit einem Yeats-Band bedacht? Vielleicht hatte Finch viele Ausgaben gekauft und das Ganze zum Teil seines romantischen Rituals gemacht. Bei dem Gedanken wurde sie noch wütender. Aber eigentlich leuchtete das nicht ein. Im Herzen wusste Zee, dass es nicht mehrere Yeats-Bücher gab, die Finch an potentielle Partner verteilte; es gab nur einen einzigen Band. Das Buch, das aus Melvilles Koffer herausschaute, war dasselbe Buch, das Finch Maureen geschenkt hatte. Jahrelang hatte es auf Baker's Island auf dem Bett in einem Zimmer gelegen, das nicht mehr als Schlafzimmer, sondern als Maureens Schreibzimmer genutzt wurde.

In dem verzweifelten Versuch, die Stimmung ihrer Mutter aufzuhellen, war sie an jenem letzten Tag nach Baker's Island gefahren, um Maureen das Yeats-Buch zu holen. Ursprünglich hatte Zee vorgehabt, Maureen für diesen Tag dorthin mitzunehmen, sie hatte sich dafür sogar Onkel Mickeys Dory ausgeliehen, aber Maureen weigerte sich mitzukommen, ihr gehe es nicht gut und sie wolle lieber oben im Bett bleiben. Frustriert brach Zee alleine auf. Wenn sie ihrer Mutter nur das Buch bringen könnte, das sich Maureen schon öfter ausdrücklich herbeigewünscht hatte, vielleicht würde das etwas bewirken.

Das hatte sie sich später immer vorgeworfen. Wäre sie an diesem Tag gar nicht auf die Insel gefahren oder wäre sie früher zurückgekommen, hätte sie ihrer Mutter vielleicht das Leben retten können. Doch so kehrte Zee etwas eher zurück, als ihre Mutter erwartete, zeitig genug, um ihren Todeskampf mit anzusehen, aber nicht zeitig genug, um sie zu retten.

In den Sitzungen mit Mattei sprach Zee häufig über ihre Schuldgefühle. Ihre Mentorin hörte zwar immer wieder zu, wenn Zee die Geschichte neu aufbereitete, aber sie duldete es nicht, dass Zee die Schuld für den Selbstmord ihrer Mutter auf sich nahm.

»Durch dein Festhalten an dieser Vorstellung machst du dich verantwortlich dafür«, sagte Mattei. »Du schiebst dir die Schuld zu und zerstörst dann dein eigenes Leben, denn du hast zu sehr Angst davor, glücklich zu sein, weil deine Mutter ja weniger Glück hatte. Das ist ein ganz leichter Ausweg, der dich davon abhält, ein gutes Leben zu führen. Und das ist schlichtweg unter deiner Würde.«

Zee hatte jahrelang Wut und Schuldgefühle verspürt. Sie machte sich nicht nur selbst Vorwürfe, sondern auch ihrem Vater und Melville und zu einem gewissen Anteil auch ihrer Mutter. An dieser Wut und den Schuldzuweisungen arbeitete sie derzeit mit Mattei. Wenn sie gebeten wurde, sich konkreter über ihre Wut und ihre anderen Gefühle gegenüber ihrer Familie auszudrücken, konnte Zee das nicht. In einer Familie, in der die Grenzen zwischen Eltern und Kind aufgelöst waren, hatte sie ihren Platz nie genau gekannt. Sie wusste, dass sie sich wegen dieser ungerichteten Wut und den daraus resultierenden Schuldgefühlen Hals über Kopf in ihren Beruf gestürzt hatte. Doch nun geriet sie ins Zweifeln, ob sie sich dafür eignete, besonders im Lichte dessen, was gerade mit Lilly Braedon passiert war.

Seit Lillys Tod hatte sich Zees Wut spezifischer ausgerichtet. Sie war wütend auf Michael, obwohl sie eigentlich gar keinen Grund dafür hatte, außer dass er in sämtlichen Lebensbereichen immer genau wusste, was er wollte, während sie nicht einmal eine so simple Entscheidung treffen konnte wie die, ob sie bei der Hochzeit Sushi anbieten sollten oder nicht. Und als sie das Buch in Melvilles Koffer sah, kam all die ungelöste Wut zurück, die sie gegenüber ihrem Vater hegte.

»Jedes Mädchen heiratet seinen Vater«, lautete eine weitere psychologische Weisheit, die Mattei gerne zitierte. Michael und Finch waren sich in vielerlei Hinsicht sehr ähnlich. Zee fragte sich, wie viel von ihrem Widerstreben, eine Hochzeit zu planen, irgendwie mit ihrer unausgedrückten und ungelenkten Wut auf ihren Vater zu tun hatte. Aber so schwer es war, auf Maureen wütend zu sein, die zweifellos unter einer Krankheit gelitten hatte, so war es beinahe unmöglich, auf Finch wütend zu sein, wenn sie ihn jetzt sah. Am liebsten hätte sie ihn angebrüllt. Wie konnte er es wagen, Melville das Buch zu schenken, das ihre Mutter wie einen Schatz gehütet hatte? Wie konnte er so kalt sein? Aber bei seinem Anblick verspürte sie jetzt keine Wut, sondern nur Traurigkeit. In einem sehr realen Sinne existierte der Mann, auf den sie wütend war, nicht mehr. All ihre Wut auf Finch richtete sich nun gegen die Krankheit, die ihn vernichtete.

Sie musste mit Mattei sprechen und mit Michael. Aber sie konnte nicht zurück nach Boston. Noch nicht. Erst wenn Melville zurückgekehrt war oder sie eine andere Möglichkeit gefunden hatten, ihren Vater zu versorgen.

Am Sonntagnachmittag hinterließ Zee Michael eine weitere Nachricht. Sie hatte keine Lust mehr, auf seinen Rückruf zu warten, und war zappelig davon, nur im Haus zu sitzen, und so fragte sie Finch, ob er gerne eine Spazierfahrt unternehmen würde.

»Wohin denn?«, fragte er.
»Über die Route 127.«
Offenbar war er nicht ganz überzeugt.
»Wir können jederzeit umdrehen, wenn du müde wirst«, sagte sie.
Er zögerte immer noch.
»Ich kauf dir ein Eis«, bot sie an.
»Abgemacht«, sagte er.
Sie fuhren durch Prides Crossing hinauf und dann weiter durch Manchester-by-the-Sea. Als sie am Singing Beach vorbeikamen, wollte Finch anhalten. Sie versuchten, durch den Sand zu laufen, aber das war zu schwierig für ihn. Also setzten sie sich einfach wieder ins Auto und ließen die Fenster herunter. Sie erinnerte sich an die Nacht, in der sie hier gestrandet war, erinnerte sich an Finch während seiner Piratenzeit. Es war schwer, diesen Mann mit dem in Einklang zu bringen, der jetzt neben ihr saß. Sie empfand dann vor allen Dingen Mitgefühl. Zu ihrer Überraschung wurde ihr klar, dass es ihr leichter fiel, diesen Finch zu verstehen; seine Verwundbarkeit entfachte etwas in ihr, vielleicht einen unangebrachten mütterlichen Instinkt, von dessen Existenz sie gar nichts gewusst hatte.

Zee hatte nie Kinder haben wollen. Michael wusste das und schien sich keine Gedanken deswegen zu machen, nur Mattei fand das aus unterschiedlichen Gründen beunruhigend.

»Wieso macht dir das nichts aus?«, fragte Zee Michael kurz nach seinem Heiratsantrag.

»Weil ich glaube, dass das vorbeigeht«, sagte er zuversichtlich.

»Du hältst es also für unmöglich, dass ich vielleicht nie Kinder haben will?« Seine mangelnde Anteilnahme frustrierte sie. »Aber du willst Vater werden, ich weiß das doch.«

»Wenn die Zeit dafür reif ist«, sagte er.

Zee bezweifelte ernsthaft, ob die Zeit jemals dafür reif werden würde. Sie und Mattei verbrachten die nächsten vier Sitzungen mit Diskussionen über Kinder. Am Ende des Monats war Zee etwas durcheinander, ihre Meinung hatte sie jedoch nicht geändert.

»Was willst du denn stattdessen?«, hatte Mattei sie gefragt.

»Ich will ein Leben«, sagte Zee.

»Was denn für ein Leben?«, erwiderte Mattei.

Früher hatte Zee ganz genau gewusst, was für ein Leben sie wollte. Jetzt hatte sie nicht die geringste Ahnung.

Sie fuhren noch bis Hammond Castle, wo sie schließlich umdrehten. Auf der Rückfahrt durch Manchester kaufte Zee bei Captain Dusty's ein Kaffeeeis im Becher für Finch und fuhr hinaus zu der Landzunge, wo man klare Sicht auf Baker's Island hatte.

»Wir sollten dieses Haus verkaufen«, sagte Finch mit finsterem Blick.

»Nein«, sagte sie zu schnell. Erst jetzt wurde ihr bewusst, dass dies der einzige Ort war, der richtig ihr gehörte, auch wenn sie schon Jahre nicht mehr dort gewesen war. Zuerst hatte ihn Maureen geerbt und dann Zee, mit Finch als Treuhänder. »Es gibt dort ein paar gute Erinnerungen«, sagte sie. »Sogar für dich.«

»Auf diese gottverlassene Insel habe ich nie einen Fuß gesetzt«, sagte er.

Sie wusste es besser. Aber sie wusste auch, dass man nicht mit einem Mann streiten sollte, der die ersten Anzeichen einer Demenz zeigte, wie sie glaubte. Finch brauste immer schneller auf. Sie hatte keine Ahnung, was ihn derzeit dazu veranlasste. Wenn die Tatsache, dass er Melville so schnell und offenbar dauerhaft wegen irgendeiner alten Sache zurückgewiesen hatte, ein Anzeichen dafür war, so wollte Zee lieber keine solche Konfrontation riskieren.

Plötzlich fiel ihr ein, dass sie vergessen hatte, ihm um drei Uhr seine Medikamente zu geben, und sie fluchte innerlich, weil es ihr nicht vor dem Eis eingefallen war. Sie besorgte ein paar Flaschen Wasser in der Eisdiele und ging noch einmal zurück, um einen Pappbecher zu holen, nachdem sie gemerkt hatte, dass Finch mit einem Strohhalm nicht mehr zurechtkam.

»Ich muss auf die Toilette«, sagte er nach ein paar Minuten.

Er war zu steif, um seine Bewegungen richtig steuern zu können, daher parkten sie auf dem Behindertenparkplatz, in der Hoffnung, keinen Strafzettel zu kassieren. Als ihr klar wurde, dass er es nicht alleine schaffen würde, steuerte sie ihn auf die Damentoilette zu. Falls er es bemerkte, sagte er es nicht.

Die Tür der Kabine schloss nicht richtig, daher hielt sie sie für ihn zu. Mehrere Frauen gingen aus und ein.

»Brauchst du Hilfe?«, fragte sie Finch.

»Nein«, sagte er.

Sie blieb dort an die Tür gelehnt stehen, es kam ihr lange vor. Nach ein paar weiteren Minuten öffnete sie die Tür einen Spalt und schaute hinein. Finch saß da, die Hose um die Knöchel, und er sah aus, als würde er gleich weinen. Seine Windel hatte er halb an, halb aus, und sie hing in die Toilette hinein.

Gott, sie hätte ihm helfen müssen.

»Tut mir leid«, sagte er.

»Kein Problem«, antwortete sie. Sie hob die schmutzige Windel auf und steckte sie in den Eimer mit der Aufschrift DAMENHYGIENE. Sie wischte ihn ab und half ihm, die Hose hochzuziehen. »Wir stecken dich unter die Dusche, wenn wir zu Hause sind«, sagte sie.

Er nickte.

Als sie aus der Kabine kamen, stand eine Großmutter mit ihrer Enkelin vor den Waschbecken und sah zu, wie das Mädchen sich die Hände wusch. Zee begleitete Finch zu dem Waschbecken neben den beiden und half ihm mit dem Seifenspender.

»Da ist ja ein alter Mann auf dem Damenklo«, sagte das Mädchen zu der Großmutter.

Finch lief rot an.

Die Großmutter warf Zee einen entschuldigenden Blick zu.

»Männer sollen ins Männerklo«, sagte das Mädchen zu ihm.

»Sei still«, sagte die Großmutter.

»Stimmt aber doch.«

»Psst«, sagte die Großmutter und versuchte das Mädchen abzulenken.

»Aber es stimmt doch!«

Zee hatte bisher noch nie einem Kind eine Ohrfeige geben wollen. Jetzt war es so weit. Doch stattdessen nahm sie Finch am Arm und ging mit ihm nach draußen. Als sie ihm ins Auto half, unterdrückte sie mühsam Tränen. Es war schon schwierig genug für ihren Vater, ohne dass sie auch noch die Fassung verlor.

Auf dem Rückweg nach Hause schlief Finch im Auto ein. Er wollte nichts mehr zu Abend essen, sondern nur noch ins Bett. Sie hatte zwar ein schlechtes Gewissen dabei, weil er klagte, ihm sei zu kalt, aber sie brachte ihn dazu, vorher zu duschen.

Sie wusch ihn nicht am ganzen Körper, sondern spritzte ihn nur am Unterleib mit dem Duschkopf ab. Sie erinnerte sich nicht, ihren Vater schon einmal nackt gesehen zu haben. Die Haut hing in Falten herab, er hatte kein Fett an den Knochen, seine Muskeln schwanden rasch. Er verkümmerte.

»Tut mir leid«, sagte sie beim Abtrocknen.

Gemeinsam gingen sie zum Bett. Zee deckte ihn zu und küsste ihn auf die Wange.

Er lächelte zu ihr hinauf. »Das Leben besteht aus Marmor und aus Dreck«, zitierte er Hawthorne.

»Schlaf gut«, sagte sie.

Michael hatte keine Nachricht hinterlassen. Er hatte sie nicht zurückgerufen. Sie wusste, dass er böse auf sie war, nicht nur wegen der Hochzeitsplanerin, sondern auch, weil sie ihm gesagt hatte, er solle nicht kommen. Sie vermutete, er wollte sie bestrafen.

Sie machte sich eine Flasche Wein auf und trank mehr als die Hälfte davon, bis sie endlich ruhig genug war, um Schlaf zu finden.

Am Montagmorgen rief sie eine Psychologin aus Matteis Team an und bat sie, ihre Patienten zu übernehmen. Dann hinterließ sie Mattei eine Nachricht auf der Mailbox.

»Hi. Zee hier. Ich hab's vergessen, aber vielleicht bist du heute Vormittag ja in der Praxis. Ich wollte gerne persönlich mit dir sprechen. Ich bin in Salem bei meinem Vater. Es geht ihm nicht gut. Melville und er haben Schluss gemacht, und niemand fand es nötig, mir das zu erzählen, und, langer Rede kurzer Sinn, Finch hat auf ein Medikament reagiert, ziemlich böse, er hatte Halluzinationen.« Sie hielt inne. Sie hatte viel mehr gesagt, als nötig war. »Ruf mich an, wenn du kannst. Ich muss mir ein bisschen freinehmen. Ich habe Michelle Berman schon gebeten, meine Patienten in der nächsten Woche zu übernehmen oder die Termine abzusagen, und sie war einverstanden.« Eine lange Pause folgte. »Ich muss bleiben. Zumindest bis ich herausgefunden habe, was hier los ist.« Sie suchte nach Worten. »Ruf mich einfach an, ja?«

Um ein Uhr rief Mattei zurück.

»Was ist los, Zee?«

»Hast du meine Nachricht nicht abgehört?«

»Doch. Wie geht es Finch?«

»Nicht gut.« Ihre Augen füllten sich wieder mit Tränen.

»Ich dachte mir schon, dass irgendwas los ist. Sonst wärst du ja hier gewesen. Michael verhält sich ungewöhnlich still.«

Erst als sie Mattei zuhörte, begriff Zee, warum Michael am Freitagabend so verärgert gewesen war. Für das vergangene Wochenende hatte gar keine Hochzeitsplanung angestanden, sondern ein verlängertes Wochenende in Chatham, mit Freunden von Michael und Mattei aus dem Medizinstudium. Alle hatten sich den Montag freigenommen. Es war seit Monaten verabredet gewesen.

Verdammt, dachte sie. »Ist Michael da?«, fragte sie zu drängend.

»Rhonda und ich sind auf dem Rückweg zum Haus. Sie sitzen alle schon im neunzehnten Loch.«

»Würdest du ihn bitten, mich anzurufen?«

»Mach ich«, versprach Mattei. »Du fehlst uns.« Vorübergehend wurde sie durch ein anderes Gespräch abgelenkt. Zee versuchte die Stimme zu erkennen, aber es gelang ihr nicht. »Hör mal, nimm dir so viel Zeit mit deinem Vater, wie du brauchst«, sagte Mattei. »Halt mich nur auf dem Laufenden, ja?«

Zee beendete das Gespräch. Sie war böse auf Michael gewesen, weil er böse auf sie gewesen war, erst wegen der Hochzeitspläne und dann, weil er nicht verstanden hatte, dass sie hier bei ihrem Vater sein musste. Als er sagte, sie hätten Pläne für das Wochenende, hatte sie gedacht, er meinte noch mehr Hochzeitsvorbereitungen. Er hatte das Recht, deswegen böse zu sein, zumindest verärgert. Aber angesichts dessen, was Finch durchmachte, war ihr das ziemlich kaltherzig vorgekommen. Jetzt verstand sie alles. Dieses Wochenende hatte Michael viel bedeutet. Dass sie es völlig vergessen hatte, war unverzeihlich.

Sie rief ihn auf dem Handy an und hinterließ eine Nachricht. »Es tut mir wirklich leid«, sagte sie. »Diese ganze Sache hat mich völlig durcheinandergebracht, erst Lilly, dann Finch. Ich habe an das Wochenende überhaupt nicht mehr gedacht.«

Als Michael sie nicht zurückrief, begann sie nachzudenken. Darüber, was für eine schlechte Verlobte sie war. So schlecht, dass er sie allen Ernstes fragen musste, ob sie wirklich heiraten wollte. Eine Frage, die sie letztlich nie beantwortet hatte. Anschließend war Lilly an der Reihe. Eine schlechte Verlobte, eine schlechte Seelenklempnerin. Volltreffer. Dass Gefahr drohte, hatte sie erkannt, nicht aber den bevorstehenden Selbstmord. Sie war nicht fähig gewesen, ihn vorherzusehen. Genauso wenig wie den von Maureen. Zusammengefasst: eine schlechte Verlobte, eine schlechte Seelenklempnerin, eine schlechte Tochter – Triple Crown.

Es gab Ähnlichkeiten zwischen Lilly und Maureen, Dinge, die über die offensichtliche bipolare Störung und den Selbstmord hinausgingen. Da war noch etwas anderes, aber sie konnte es nicht genau fassen. Die eigentliche Ähnlichkeit bestand natürlich in etwas Persönlichem. Mattei hatte Zee darauf hingewiesen, als sie anfing, Lilly zu behandeln.

»Lilly Braedon ist nicht Maureen Finch«, sagte Mattei.

»Das weiß ich«, sagte Zee.

»Ja, und ich werde dich immer wieder daran erinnern.«

Mattei hätte sie öfter daran erinnern sollen. Schon bald nach Beginn der Behandlung begann Zee Maureen zu sehen.

In einer Sitzung hatte Lilly erklärt: »Ich hätte nie Kinder bekommen sollen«, und Zee hatte unwillkürlich zustimmend genickt, was sie gleich überspielt hatte. Mit der Zeit wurde Lilly immer wichtiger für Zee; sie musste Lilly dabei helfen, an der Beziehung zu ihren Kindern zu arbeiten, musste ihre Patientin letztlich retten. Und doch erkannte Zee nichts, als sie die Zeichen hätte sehen sollen. Und obwohl sie die Nachrichten verfolgt und die Berichte der Augenzeugen gehört hatte, konnte Zee selbst jetzt noch kaum glauben, dass Lillys Tod ein Selbstmord war.

»Negieren ist schon was Komisches«, hatte Mattei am nächsten Tag zu ihr gesagt.

»So komisch nun auch wieder nicht«, antwortete Zee.

Dass Maureens Tod ein Selbstmord war, hatte Zee niemals angezweifelt. Das Bild von Maureens letzter Stunde war so tief in Zees Gedächtnis eingebrannt, dass es ihr schwerfiel, ihre Mutter überhaupt noch anders zu sehen als auf die brutale Art und Weise, auf die sie sich umgebracht hatte. Zee brauchte fünf Jahre Therapie als Teenager und weitere zwei Jahre mit der berühmten Mattei, um alltäglichere Bilder von Maureen abrufen zu können und nicht nur diesen letzten, entsetzlichen Tag. Zee wusste, wie beunruhigend es war, dass sich diese Bilder nun mit ihren Bildern von Lilly vermischten. Sie wusste, dass eine ernsthafte Therapie nötig war, um beides wieder voneinander zu trennen, aber sie war nicht bereit für diesen Prozess. Noch nicht. Zumindest bei einem Teil der Trauer, die sie wegen Lillys Tod empfand, handelte es sich um eine verzögerte Reaktion, um eine Trauer, die sie nicht empfunden hatte, aber hätte empfinden sollen, als ihre Mutter starb. Beim Tod ihrer Mutter war Zee einfach nur fassungslos.

In dieser Nacht, nachdem Finch eingeschlafen war, holte Zee den Schlüssel aus seinem Schreibtisch und schloss die Tür zu dem Zimmer im ersten Stock auf, dem Zimmer, das einst das Schlafzimmer gewesen war. Seit Finch nur noch unten wohnte, war es das Zimmer ihrer Mutter geworden. In diesem Raum hatte Zee die meisten Geschichten von Maureen gehört. Es war auch das Zimmer, in dem Maureen gestorben war.

Zee ließ sich keine Zeit, sondern begann sofort nach dem zu suchen, weswegen sie gekommen war, nach der unvollendeten Geschichte, an der ihre Mutter so lange gearbeitet hatte und die sie nie fertigstellen konnte. Als sie sie gefunden hatte, schaltete sie die Lampe aus, nahm die losen, handgeschriebenen Blätter mit nach unten und verschloss die Tür hinter sich. Die Schlüssel legte sie nicht wieder in Finchs Schreibtisch, sondern in die Küchenschublade, wo sie leichter Zugang hatte. Dann schenkte sie sich den Rest der Weinflasche des vorigen Abends in ein Glas, blickte aus dem Küchenfenster auf das dunkle Wasser des Hafens und den noch dunkleren und sternlosen Nachthimmel. Sie schloss die Fenster in der Küche, weil sich Regen ankündigte, setzte sich an den Küchentisch und begann zu lesen.

14

EINMAL – VON MAUREEN AMPHITRITE DOHERTY FINCH

Es war einmal eine Zeit, da war Salem ein großer Welthandelshafen. Viele hundert Schiffe liefen von dort aus, und tausende Menschen lebten von der See. Es gab Pfeffermillionäre und Schiffseigner, deren Boote bis nach China und Sumatra und in andere weit entfernte Häfen fuhren, um mit dem gemeinen neuenglischen Kabeljau zu handeln, den sie wie durch Zauberhand in andere Schätze verwandelten, erst in Molasse von den Westindischen Inseln und später in Luxusgüter wie französischen Weinbrand, Salz aus Cádiz, Orangen aus Valencia und Madeirawein.

Arlis Browne war ein ehrgeiziger junger Seemann, der sich in der Walfangflotte von Nantucket hochgearbeitet hatte. Er sah zwar nicht gerade gut aus, aber mit seiner wild-ungestümen Art hatte er doch Eindruck gemacht und die Blicke so manches jungen Mädchens in Nantucket auf sich gezogen. Die meisten Inselbewohner bemühten sich redlich, ihre Töchter von ihm fernzuhalten, denn sie sahen, dass unter seinen blendend weißen Zähnen noch scharfe Fangzähne versteckt waren. Doch als Arlis Browne sich der Tochter eines örtlichen Kaufmanns zuwandte, freute sich der Mann so sehr darüber, einen Verehrer für sein einziges Kind zu haben (das Mädchen war keine Schönheit und hatte keine anderen Aussichten), dass er sich den Seemann nicht allzu genau ansah und gewiss nicht seine Zähne überprüfte.

Der Kaufmann starb kein Jahr darauf und hinterließ seine

Tochter und all seine irdischen Güter Arlis. Wenige Monate später starb die Tochter, unter mysteriösen Umständen, wie manche behaupteten. Arlis verkaufte das Haus und den Laden und zog weg aus Nantucket, bevor irgendjemand mit dem Finger auf ihn zeigen konnte. Er hatte von den Pfeffermillionären in Salem gehört. Viele Walfänger verließen nämlich die Walfangflotte, um sich auf den wohlhabenden Handelsschiffen, die von diesem berühmten Hafen ausliefen, ein Vermögen zu verdienen. Mit seinem neuen Geld wollte Arlis Browne ein eigenes Schiff erwerben und sein spärliches Vermögen in ein großes verwandeln.

Aber Arlis Browne hatte keine Ahnung, welch enormem Reichtum er in Salem begegnen sollte. Die Handelsschiffe waren viel größer und nobler als die Schiffe, die er kannte, und meistens gehörten sie den alten Schiffseignerfamilien: den Crowninshields, den Derbys und den Peabodys – oder den neuen Partnerschaften und Handelsgesellschaften, die deren Erben gegründet hatten.

Einige wenige reiche Familien bildeten die Aristokratie von Salem, und sie nutzten ihre Macht, um sich noch mehr zu bereichern. Als sich Arlis Browne also mit seiner mageren Offerte an die Schiffseigner wandte, wurde er beinahe aus der Stadt hinausgelacht, eine Kränkung, die der stolze Seemann schlecht verkraftete und die er so bald nicht vergessen sollte.

Da sein Vermögen nicht einmal annähernd ausreichte, um ein Schiff zu kaufen, verlegte sich Arlis Browne auf das, was er am zweitbesten konnte: die Waren und die Dienstleistungen bereitzustellen, die Seeleute brauchten, wenn sie im Hafen waren.

Und so kam es, dass sich der enttäuschte Seemann ein anständiges, wenn auch nicht gerade herrschaftliches Haus in der Turner Street kaufte, ganz in der Nähe eines der über neunzig Kais, die den geschäftigen Hafen von Salem säumten. Das Haus war nicht annähernd so stattlich wie das Haus, das er in Nantucket verkauft hatte, und durch den Kauf nahm er gesellschaftlich nun eine geringere Stellung ein als zuvor, was ihn äußerst verbitterte. Dennoch war er erfindungsreich und entschlossener denn je, Erfolg zu haben.

Während seiner strapaziösen Reisen hatte Arlis Browne etwas von dem eindrucksvollen Äußeren verloren, das bislang die Damen von Nantucket fasziniert hatte. In dem weltläufigeren Hafen von Salem drehte sich kaum jemand nach seinem wettergegerbten Gesicht um. Doch er ließ sich nicht entmutigen. Er wusste wohl, was ihm zustand, und er war entschlossen, es zu bekommen, auf welchem Weg auch immer. Bald würde er Macht haben, und er würde Geld haben, und wenn er genug von beidem hatte, dann würde er auch das hübscheste Mädchen von Salem sein Eigen nennen.

Arlis Browne beschäftigte eine Haushälterin, eine ehemalige Sklavin aus Haiti. Ein Kapitän aus Salem hatte sie am Hafen aufgelesen, nachdem ihr Mann von den Briten aus der Sklaverei befreit, dann aber von der britischen Marine zwangsrekrutiert worden war, so dass die Frau allein und hilflos zurückblieb. An Bord des Schiffs war sie die Geliebte des Kapitäns gewesen, und als er ihrer überdrüssig wurde, wurde sie auch von anderen Männern der Besatzung benutzt. Man versprach ihr die Freilassung, sobald sie die Stadt Salem erreicht hätten.

Mit Hilfe seiner neuen Haushälterin, einer Frau, die vieles mitgemacht und überlebt hatte und mit ihrer barschen, nüchternen Art die Aufsicht führte, begann Arlis Browne Geld zu verdienen, indem er Zimmer an Seeleute vermietete und Betten und genügend Schnaps zur Verfügung stellte, um seine Adresse in der Turner Street zur beliebtesten Pension im ganzen Hafen zu machen. Immer noch schonungslos opportunistisch, heuerte er auf einem der Schiffe an, die den Leuten gehörten, die über sein Kaufangebot gelacht hatten, und ging auf

Reisen, die oft länger als ein Jahr dauerten. Er kehrte nur in den Hafen zurück, um sein Geld auf die Bank zu bringen, und stach gleich wieder in See. Mit der Zeit häufte er ein beträchtliches Vermögen an.

Arlis Brownes fünfte Fahrt als Erster Offizier war eine lange und beschwerliche Reise, die erst nach Sumatra, dann weiter nach Java ging. Als das Schiff in Salem einlief, war der Kapitän verschwunden, und der Erste Offizier Arlis Browne hatte das Schiff übernommen. Niemand wusste, was dem Kapitän zugestoßen war. Es gab eine kurze Untersuchung des Falles, doch das Schiff war mit einer so ungeheuren Ladung zurückgekehrt, der besten Ausbeute in seiner Geschichte, dass der Eigner schnell dem Kontoblatt gegenüber seinem Argwohn den Vorzug gab. Und weil es für die Seemänner sehr lukrativ war, auf einem Handelsschiff zu arbeiten, und auch gar nicht so einfach, dort unterzukommen, mochte sich keiner von ihnen als Zeuge hervortun, und schon gar nicht für einen Toten. Da sich niemand meldete, wurde die Untersuchung zu einem raschen Ende gebracht, und von dem vermissten Kapitän hielt man lediglich fest, er sei auf See geblieben. Gleich am nächsten Tag heuerte der Reeder Arlis Browne fest als seinen neuen Kapitän an.

Nachdem er sich den Kapitänsrang gesichert hatte, widmete sich Arlis nun dem Heiraten statt dem Handel. Und genau wie im Geschäftsleben machte Arlis Pläne, schmiedete Ränke und hatte letztlich Erfolg damit.

Sie hieß Zylphia. Er hatte das Mädchen in der Stadt kennengelernt. Sie stand gesellschaftlich nicht über ihm – da hatte er seine Lektion gelernt –, aber sie war unsagbar schön, ihre tizianroten Haare funkelten im Sonnenlicht. Sie war so schön, dass ihr Vater viele Heiratsanträge für das Mädchen erhalten hatte, doch er wartete lieber noch, in der Hoffnung, einen der Handelsschiffseigner einzufangen und damit selbst ein Auskommen zu haben. Nun hatte er ziemlich lange gewartet, und all die Schiffseigentümer, die bereit wären, für eine solche Schönheit zu zahlen, waren schon mit Töchtern aus den anderen bekannten Reederfamilien verheiratet. Als der Antrag von Kapitän Browne kam, nahm ihn Zylphias Vater deshalb freudig an. Sie war fast neunzehn, und andere Perspektiven boten sich nicht. Es war auch keine Mitgift nötig – im Gegenteil. Ihre Schönheit allein verlangte einen Preis, die Absicherung der Zukunft ihres Vaters und genügend Geld für ihn, um sich zur Ruhe zu setzen.

Sobald die Verlobung verkündet war, warf der Kapitän schnellstens die Seeleute aus seiner Pension. Nur die Haushälterin behielt er, die für ihn in der Stadt Augen und Ohren offen hielt. Dann machte er sich daran, das Haus für seine junge Braut zu renovieren. Oben am Dach brachte er sogar einen Witwensteg an, damit Zylphia den Horizont nach seinem Schiff absuchen konnte, während sie geduldig und sehnsüchtig auf seine Rückkehr wartete.

Nach der Hochzeit nahm Zylphias Vater seine Bezahlung entgegen und zog ins Landesinnere, in eine ländliche Gegend, wo er mit seinem kleinen Vermögen lange auskam. Seine Tochter sah ihn nie mehr wieder.

Zylphia war keine glückliche Braut. Sie hatte ihren Vater geliebt und von ganzem Herzen geglaubt, er liebe sie auch. Doch nicht einen einzigen Augenblick liebte sie den Kapitän, dessen Fangzähne sie sofort entdeckte, obwohl jedermann sehen konnte, wie angetan er von ihr war. Er wollte sie nicht aus den Augen lassen, keine Minute, und wenn er an Land war, musste sie stets in seiner Nähe bleiben. Er brachte ihr die schönsten Dinge von seinen Reisen mit: aus Shanghai einen Kamm aus Elfenbein, Seide aus Kalkutta und Zucker aus der Karibik.

Jedermann in Salem liebte Zylphia. In ihrer Gegenwart waren die Leute aus der Stadt immer fröhlicher, wie es Menschen im Lichte großer Schönheit häufig sind. Schon sie einfach nur anzusehen, heiterte die Menschen auf. Und man sah sie an. Doch man hütete sich davor, mit ihr zu sprechen. Der Kapitän verlangte von seiner Frau, allenfalls mit ihm zu sprechen.

Arlis Browne hätte Zylphia gerne bei sich gehabt, wenn er auf See war, aber es brachte bekanntlich Unglück, eine Frau an Bord zu nehmen, Unglück aus vielerlei Gründen, nicht zuletzt wegen der vielen Männer. Und er wusste, dass seine Mannschaft ihm nicht völlig loyal gegenüberstand.

Arlis Browne fielen die Reisen mittlerweile lästig. Er war auf dem besten Weg, reich zu werden, und wollte immer noch ein eigenes Schiff. Doch jede Trennung von seiner jungen Frau erfüllte ihn mit Eifersucht und Angst. *Was tut sie an den langen Tagen, während ich fort bin?*, fragte er sich.

Jedes Mal, wenn er mit dem Schiff auslief, erteilte Arlis Browne der Haushälterin strenge Anweisungen, seine Braut stets zu begleiten, wo auch immer sie hinging, oder noch besser, alles bereitzustellen, was sie brauchte, und so dafür zu sorgen, dass sie überhaupt nirgendwo hinging.

So wurde das Mädchen zur Gefangenen im eigenen Heim. Tag und Nacht sah man sie auf dem Witwensteg. Alle sprachen darüber, und man nahm an, sie blicke hinaus aufs Meer und suche ihren Mann. *Die Liebe der beiden muss wirklich groß sein!*, sagte man. *Wie wunderbar, sich so nach seinem Ehemann zu sehnen!*

Doch es war überhaupt keine Liebe. Sie fühlte eine entsetzliche Panik. Sie wusste, dass sie gefangen war. Je mehr sie nach dem Schiff am Horizont Ausschau hielt, desto furchtsamer wurde sie.

Da kam eines Abends ein junger Seemann vorbei. Er war auf dem Ostindienfahrer *Friendship* zur See gefahren, der gerade angelegt hatte und repariert werden musste. Der Seemann war ein paar Jahre schon nicht mehr im Hafen von Salem gewesen, hatte jedoch schon einmal in der Pension des Kapitäns übernachtet, und da er nichts von der Veränderung erfahren hatte, ging er dort nach einer Unterkunft fragen. Er klopfte an die Tür, es machte jedoch niemand auf, denn die Haushälterin, die nichts Besseres zu tun hatte, war in letzter Zeit dem Alkohol anheimgefallen und schlief daher immer tief und fest.

Da sich drinnen nichts rührte, hämmerte der junge Seemann fester an die Tür. Als er die Haushälterin endlich geweckt hatte, war sie wütend. Sie brüllte, er solle weggehen und sie in Ruhe lassen. Der Seemann entschuldigte sich rasch für die Störung und ging zum Schlafen gegenüber in den Garten des Hauses mit den Giebeln. Er hatte vor, bei Morgendämmerung aufzuwachen und zu verschwinden, bevor ihn jemand bemerkte. Bald fiel er in einen erschöpften Schlaf.

Doch der Mond schien hell, und der Seemann wurde von dem strahlenden Leuchten geweckt. Als er gen Himmel blickte, hatte er eine Vision: ein schönes Mädchen auf dem Witwensteg nebenan. Er redete sich ein, das sei sicher nur ein Traum, denn er hatte noch niemals solche Schönheit gesehen. Gerade wollte er die Vision verwerfen, da wandte sich Zylphia zu ihm um. Ihre Blicke trafen sich. In ihrem Antlitz lag eine solche Traurigkeit und eine solche Sehnsucht, dass er unwillkürlich weinte, obwohl er nicht mehr geweint hatte, seit er ein kleines Kind gewesen war.

Der Seemann kam in der nächsten Nacht wieder, und auch in der darauf, und jede Nacht erschien sie ihm, und jede Nacht sah sie ihn mit derselben Sehnsucht an. Nach vielen Nächten fiel ihm auf, dass ihre Traurigkeit verschwunden und nur noch die Sehnsucht geblieben war. Und als er ihren Blick las, begriff er, dass diese Sehnsucht ihm galt.

Da wusste er, was er tun musste. Er litt nicht unter Höhenangst, wie manch anderer Mann. Bei einem Sturm war er der Erste, der in die Takelage kletterte und die Segel losmachte. Er war der Erste im Krähennest, der fremdes Land suchte. Und so kletterte er behände zu der Dame hinauf, die sich nach ihm sehnte. Vorsichtig stieg er seitlich an dem alten Haus hoch, und nur die Ranken der Glyzinien und des Efeus boten seinen Füßen Halt. Als er den Witwensteg erreichte, nahm sie seine Hand. Er erkannte sie sofort. Er hatte das Gefühl, sie schon immer gekannt zu haben.

Sie liebten sich auf dem Witwensteg unter dem Mond und den Sternen. Er glaubte, sie würden in der Umarmung sterben. So etwas Vollkommenes konnte es nur ein einziges Mal im Leben geben, und er wünschte sich unwillkürlich, diesen Augenblick nicht zu überleben. Aus tiefstem Herzen wünschte er sich einen eisigen Winterwind herbei, der sie für immer einfror.

Doch es waren die Winde des Sommers, und eigentlich waren es gar keine Winde, sondern sanfte Brisen. Die jungen Liebenden trafen sich jede Nacht auf dem Witwensteg, nachdem sich die Haushälterin bis zur Besinnungslosigkeit betrunken hatte. Er wusste, dass er sein Leben für sie riskierte. Er wusste, dass er genauso das ihre riskierte, denn sie würden sicherlich eines Nachts erwischt oder zumindest hoch oben über der Welt gesehen werden, von einem Schiff auf See oder von einer Nachbarsfamilie, die zufällig vorbeikam.

Beim ersten Kuss hatte er gewusst, dass dies kein Märchen sein würde, bei dem alle glücklich bis ans Ende ihrer Tage weiterlebten. Er schmeckte das Bittere im Süßen. Doch auch wenn er ihr Schicksal vorausahnte, er musste seine Rolle spielen. Es ging nicht anders.

Als der Kapitän von der See zurückkehrte, kamen ihm die Geschichten schnell zu Ohren. Er hatte überall seine Spione, und es gibt immer Menschen, die schlechte Nachrichten gerne als Erste überbringen. Die Klatschmäuler aus der Stadt bedachten nicht die Konsequenzen, Klatschmäuler tun das nie. Hätten sie gewusst, dass er sich an Zylphia rächen würde, die sie alle von Herzen liebten, dann wären sie mit ihrer Petzerei vielleicht nicht so schnell bei der Hand gewesen. Sie hätten sich vielleicht Steine in den Mund gesteckt, um zu schweigen, oder sich die Lippen mit Flachszwirn zugenäht. Doch nun war der Schaden angerichtet.

Er entließ die Haushälterin fristlos, schimpfte sie eine nutzlose Säuferin und warf sie hinaus auf die Straße. Dann ging er nach oben, um sich an seiner untreuen Ehefrau zu rächen.

Doch als er ihre Schönheit sah, brachte er es nicht über sich, ihr wehzutun. Stattdessen fiel er auf die Knie und flehte sie an, ihn zu lieben. Doch sie konnte das nicht, und ihre unschuldigen Augen waren zu ehrlich, um etwas zu verbergen, obgleich es nur in ihrem Interesse gewesen wäre. Wütend über ihre Weigerung kettete er sie im Schlafzimmer unter dem Witwensteg an die Wand an. Dann setzte er sich zu ihr, grübelte und heckte Pläne aus.

Der Abend kam und ging. Und dann ein weiterer.

Jede Nacht kletterte der Seemann auf den Witwensteg, und nie war Zylphia dort. Sie musste ohne Nahrung und ohne Wasser darben. Und während sie immer schwächer wurde, fühlte sich der Kapitän, den hauptsächlich Eifersucht und Zorn antrieben, immer stärker.

Am dritten Tag kehrte der Seemann nicht mehr zurück. Er bekam Zweifel, dass sie ihn je geliebt hatte. Er fragte sich, ob die wahre Liebe wirklich existierte. Und seine Gedanken spielten ihm Streiche. Wer war er denn, dass er glaubte, eine solche Liebe verdient zu haben? Sie war die Frau des Kapitäns – wie konnte sie ihn lieben?

»Siehst du?«, sagte der Kapitän zu ihr, als der Seemann nicht wieder auftauchte. »Er liebt dich nicht genug. Er liebt dich nicht so wie ich.«

Der Kapitän nahm eine Axt und schlug den Witwensteg vom Haus ab. Als er damit fertig und seine Wut verraucht war, löste er die Ketten, küsste sie auf die Wunden und Druckstellen an den Handgelenken und weinte verzweifelt über die Narben, die dort bleiben und sie ihrer Perfektion berauben würden. »Sag mir, dass du mich liebst«, bat er sie, während er sie zum Bett trug. »Sag mir, dass du mich liebst, und ich verzeihe dir alles.«

Doch das Mädchen konnte es nicht. Sie konnte nicht lügen.

Es kamen schlechte Zeiten auf Salem zu. Die Briten hatten ein Embargo gegen alle amerikanischen Schiffe verhängt, in der Hoffnung, deren lukrativen Handel mit Frankreich zu beenden, das sich mit Großbritannien im Krieg befand. Da Salems Reichtum beinahe ausschließlich auf dem Handel mit fremden Häfen beruhte, erlitt die Stadt durch das Embargo ernsthaft Schaden. Die einzigen Schiffe, die damals noch ausliefen, waren die nun offiziell beauftragten Kaperschiffe, die von den Briten jedoch gleich vor der Atlantikküste erwartet wurden.

Auch das Schiff des Kapitäns lag mit den vielen anderen im Hafen, und es gab keinen Termin zum Auslaufen. Obwohl er seine Frau nicht wieder verlassen wollte, hatte er einen Plan ausgeheckt, der seine Probleme lösen sollte, doch dieser Plan beinhaltete es, zur See zu fahren. Als sich Leander Cobb wegen einer neuen Unternehmung an ihn wandte, war er daher sehr neugierig auf dessen Vorschlag.

Die *Maleous* war ein altes Sklavenhandelsschiff, das so böse aussah, wie es der Name andeutete. Nach fünf Jahren im Trockendock stank das Schiff immer noch nach Tod und Verwesung.

In Salem hatte es zwar genau wie in Boston Sklavenhändler gegeben, aber die Schiffe von Salem wurden dafür schon lange nicht mehr benutzt. Die meisten alten Sklavenschiffe waren zerstört worden, manche hatte man unter dem Beifall der Zuschauer angezündet und verbrannt, doch mit der *Maleous* verhielt es sich anders. Sie war ein sehr großes Schiff, und es hatte Pläne gegeben, sie für die Handelsschifffahrt einzusetzen. Doch es war nie dazu gekommen, denn viele glaubten, es laste ein Fluch auf ihr. Jahrelang hatte sie leer und unbeachtet ganz am Ende von Cobb's Wharf gelegen.

Der alte Leander Cobb war ein praktisch denkender Mann, der viele Schiffe besaß. In einer so gefährlichen Zeit wollte er seine anderen Schiffe nicht riskieren, und so ließ er die *Maleous* wieder herrichten. Die groben hölzernen Schlafdecks wurden entfernt, auf denen die Sklaven früher seitlich liegen mussten, damit sie als Fracht zu dritt nur einen Quadratmeter beanspruchten.

In Anbetracht des Embargos, das vielen Seeleuten ihr Auskommen genommen hatte, war sich Cobb ziemlich sicher, genügend Seemänner für die *Maleous* zu finden, mochte das Schiff verflucht sein oder nicht. Doch es gab nur einen Kapitän, der für diese Aufgabe in Frage kam, und nur einen, der sich ihr wahrscheinlich stellen würde. Cobb war klar, dass Arlis Browne seinen Preis hatte. Aber nachdem der Handel ausgesetzt war und sein Vermögen schwand, war Leander Cobb gewillt, diesen Preis zu bezahlen.

Cobb bot Browne mehr Anteile an dem Schiff, als er je als Kapitän verdient hatte, ein Betrag, der so hoch war, dass Browne das Wahlrecht winkte, zusammen mit dem Versprechen, die *Maleous* kaufen zu können, sobald das Embargo aufgehoben war und Cobb wieder in der Lage wäre, mit seiner ganzen Flotte auszulaufen. Arlis Browne würde endlich sein Schiff bekommen. Browne sagte ohne Umstände zu. Es passte nicht nur zu seinem ehrgeizigen Traum von sich als Schiffseigner, sondern es passte auch zu den neuen, hinterhältigen Plänen, die er für den jungen Seemann geschmiedet hatte, der Zylphia das Herz gestohlen hatte.

Cobb hatte recht gehabt – der Kapitän hatte wenig Mühe, seine alte Besatzung zusammenzubekommen. Die meisten Seeleute hatten das Geld, das sie auf ihrer letzten Fahrt verdient hatten, schon ganz oder fast ganz ausgegeben. Mittlerweile bankrott und sittlich verroht, waren die Männer begierig danach, wieder auszulaufen, hatten jedoch wenig Aussicht darauf, außer mit Kapitän Browne.

In dieser Zeit der Not verhielten sie sich wesentlich loyaler gegenüber ihrem Kapitän. Als Browne sie um Hilfe bezüglich des jungen Seemanns bat, konnte ihm keiner diesen Wunsch abschlagen, denn es war Bedingung ihrer neuen Heuer auf der *Maleous*, die zu den wenigen Schiffen gehörte, die wahrscheinlich in Kürze auslaufen würden.

Was der Kapitän verlangte, war nichts Unerhörtes. Er wollte keinen Mord, nicht einmal Rache an dem jungen Seemann. Er verlangte lediglich, dass die Besatzung ihn betrunken machte und ihn für die *Maleous* anwarb, so ähnlich wie die britische Marine, die jeden Tag Seeleute für ihre Schiffe zwangsrekrutierte.

Es war nicht schwer, den jungen Seemann betrunken zu machen. Er hatte ohnehin jeden Abend getrunken, um seine wahre Liebe zu vergessen, die er mittlerweile für hinterlistig und falsch hielt. Mit einer einfachen Lüge war das Ganze erledigt. Die Besatzung der *Maleous* erzählte dem jungen Seemann, sie würden ihn mit auf die *Friendship* nehmen, die fertig repariert war und sich auf das Auslaufen vorbereitete. Eben das hatte der Seemann erhofft. Leichtfertig ging er in dieser sternlosen Nacht mit, viel zu betrunken, um zu bemerken, dass es sich bei dem Schiff, das er betrat, um die *Maleous* handelte und nicht um die *Friendship*.

Am nächsten Morgen, der Seemann schlief noch, legte die *Maleous* in aller Frühe aus dem Hafen von Salem ab. Zylphia wurde alleine zurückgelassen, ohne Haushälterin. Der Kapitän war natürlich auch weg, und für den Moment genügte das. Angetrieben von der Liebe, suchte sie unablässig nach dem Seemann, jedoch vergebens. Wer die Wahrheit kannte und wusste, was passiert war, hatte zu große Angst vor Arlis Browne, um es ihr zu erzählen. Man schaute weg. Jemand, der den Seemann am vorigen Abend gesehen hatte, behauptete, er sei auf der *Friendship* mitgefahren, doch die *Friendship* lag noch im Hafen, und der Seemann war nicht an Bord. Sie begann zu verzweifeln.

Wahre Liebe spricht aus dem Herzen, daher konnte die Stadt nicht auf ewig stumm bleiben. Ein Matrose, der Mitleid mit den Liebenden empfand, erzählte ihr, was er erfahren hatte, dass nämlich der Kapitän ihren Liebhaber an Bord der *Maleous* genommen hatte und dass der junge Seemann wohl kaum lebend zurückkehren würde.

Zylphia schrie entsetzt. Sie schluchzte. Sie bat Gott, den Seemann zu retten, sie bat die Stadtbewohner, etwas zu unternehmen, irgendetwas – aber was konnte sie schon tun? Das Schiff war auf hoher See unterwegs nach Sumatra und Madagaskar und würde erst über ein Jahr später zurück sein. Sie solle einfach ihr Leben weiterleben, riet man ihr. Sie solle nach Hause gehen und das Leben einer Kapitänsgattin führen, wie es ihrer Stellung entsprach. Sie solle ihren Seemann und das Ideal der wahren Liebe vergessen. Etwas anderes könne man nicht tun.

Da sie keine Wahl hatte, kehrte das Mädchen zum Haus des Kapitäns zurück. Dort gelangte sie wieder zu Kräften und wartete auf die Rückkehr ihres Seemanns. Denn sie verlor nie den Glauben an die wahre Liebe, und irgendwo in ihrem Innersten wusste sie, dass er noch lebte. Sie würde es wissen, wenn es anders wäre. Die Welt würde sich aufhören zu drehen, wenn er nicht mehr Teil von ihr wäre, da war sie sich sicher.

Eines Tages sah Zylphia eine Bettlerin auf dem Pier. Sie erkannte sie an der braunen Haut, der hochgezogenen Schulter wieder. Es war die Haushälterin. Obwohl die Frau einst ihre

Wächterin gewesen war, zeigte sich Zylphia nachsichtig und freundlich. Sie wusste wohl, was eine allein auf sich gestellte Frau manchmal tun musste. Sie nahm die Bettlerin mit zu sich nach Hause, denn die ehemalige Dienerin war genauso verlassen wie sie, und sie hatte nichts und niemanden, um sie zu retten. Die Haushälterin, die hinausgeworfen worden war, wurde in dem Haus in der Turner Street aufs Neue willkommen geheißen. Zylphia pflegte sie, bis sie wieder gesund war.

Gemeinsam eröffneten sie einen Kramladen und verkauften durchs Fenster Waren an die Stadtbewohner. Die Haushälterin zeigte Zylphia, wie man auf den Inseln lebte. Vor langer Zeit war sie in ihrem Heimatland Heilerin gewesen. Sie brachte Zylphia bei, mit Brot, Milch und Kräutern Umschläge zu machen. Sie kochten Hustensirup aus Rinde und Waldlilien. In dem Jahr, das sie zusammen verbrachten, wurden die alte Frau und die Frau des Kapitäns nicht nur Freundinnen, sondern Schwestern. Die Leute aus der Stadt kamen in den Laden, um Medizin zu kaufen, Mittel gegen alles, von Furunkeln bis zur Lungenentzündung. Zylphia lernte, dass ein Gift, mit dem man die großen Ratten von den Schiffen tötete, in minimalen Dosen auch Erkrankungen der Atemwege heilen konnte.

Und als eines Tages der Mast der *Maleous* am Horizont gesichtet wurde, wusste Zylphia, was zu tun war. Sie zahlte der Haushälterin alles Geld aus, das sie auf der Bank hatte, und verabschiedete sich tränenreich von der Frau, mit der sie nun so eng verbunden war. Dann wartete sie darauf, dass das Schiff am Pier anlegte.

Doch die *Maleous* fuhr nicht direkt auf den Hafen zu. Wie damals üblich, hielt sie vor den Misery Islands, um die kranken Seeleute abzusetzen, denn an Bord war das Gelbfieber ausgebrochen, und viele Mann von der Besatzung hatten sich angesteckt und starben daran. Fälschlicherweise fürchtete man eine Epidemie, und so ließ die Stadt Salem das Schiff weder in den Hafen ein, noch durfte die Fracht am Pier entladen werden, wenn kranke Seeleute an Bord waren. Daher setzte Kapitän Browne die Kranken und Sterbenden auf den Misery Islands ab, benachbarten Inseln, die man treffend nach den Seeleuten benannt hatte, die in Sichtweite ihres Zuhauses, das sie verzweifelt zu erreichen versuchten, zum Sterben zurückgelassen wurden.

Sosehr er sich auch bemüht hatte, in dem langen Jahr auf See war es dem Kapitän nicht gelungen, den jungen Liebhaber seiner Frau zu töten.

Tag um Tag fürchtete er sich davor, nach Salem zurückzukehren und seine junge Frau zu verlieren, von der er mittlerweile jede Nacht fieberhaft träumte, während sie näher und näher kamen. Er begann zu beten, der Seemann möge sterben, bevor sie Salem erreichten. Und da manchmal selbst unsere finstersten Gebete erhört werden, erkrankte der unglückliche Matrose an Gelbfieber. Daher setzte ihn der Kapitän auf den Misery Islands ab, wo er mit den anderen sterben sollte, bevor der Mond abnahm.

Der Kapitän kehrte in den Hafen heim, und seine Frau erwartete ihn am Pier, als das Schiff anlegte. Bei ihrem Anblick tat sein Herz einen Sprung. War das möglich? Liebte sie ihn nun etwa doch? Aber es sollte nicht sein. In ihren Augen lag nichts als Hass. Sie blickte an ihm vorbei, suchte in der Menge nach ihrer wahren Liebe. Ihn packte eine mörderische Wut, und ohne an etwaige Zuhörer zu denken, brüllte er: »Ein ganzes Jahr ist vergangen, und du hast nicht einen zärtlichen Blick für mich übrig?«

Obwohl es sicher zu ihrem Besten gewesen wäre, konnte sie nicht einmal die geringste Wärme für den Mann vortäuschen, der ihr ihre wahre Liebe weggenommen hatte. Sie konnte nicht lügen.

Während der langen Monate auf See war es dem Kapitän

beinahe gelungen, sich davon zu überzeugen, dass sie ihn eines Tages lieben würde, doch nun fürchtete er, es würde nie dazu kommen.

Er eilte auf sie zu, packte sie grob am Arm und zerrte sie die Straße entlang. »Dein Liebhaber ist tot«, sagte er ihr kalt. »Er ist am Gelbfieber gestorben, er hat vor Schmerz geschrien und gelitten. Bloß deinen Namen hat er nie gerufen, sondern den Namen des Südseemädchens, bei dem er sich angesteckt hat.«

»Du hast ihn umgebracht«, sagte sie. Sie glaubte ihm zwar die Geschichte mit dem Mädchen nicht, fürchtete aber, ihre wahre Liebe könnte wirklich tot sein.

»Hörst du mir nicht zu, Mädchen?« Er grub ihr die Finger in den Arm. »Ich habe dir gesagt, dass er tot ist. Infiziert von einer untreuen Frau, wie alle Männer.« Unter den entsetzten Blicken der Leute aus der Stadt zerrte er sie zurück zum Haus.

Er schlug sie, bis sie schrie. Ohne ihren Seemann hatte Zylphia nicht mehr den Willen zu leben. Sie wehrte sich nicht. Als er sie schließlich mit der geschlossenen Faust schlug, fiel sie reglos und stumm zu Boden.

Zum ersten Mal fürchtete der Kapitän, er könne sie verlieren, nicht an den Seemann, sondern an den Tod. Er wiegte sie in den Armen, bat sie, zu ihm zurückzukommen, und schwor, sie wieder gesundzupflegen.

Er trug sie nach unten, in einen Raum, wo die Luft kühler war und man das Meer sehen konnte. In den Tagen danach kochte er für sie. Aber sie wollte nichts essen. Er kaufte frisches Obst und Zucker, denn das hatte sie immer besonders gemocht, doch auch weiterhin wollte sie nichts zu sich nehmen. Am dritten Tag stand die Haushälterin vor der Tür, mit einem Schweinebraten, Äpfeln und einer Suppe aus Hammelfleisch und Sellerie.

»Es hat keinen Sinn mehr«, sagte der Kapitän. »Sie weigert sich zu essen.«

»Lassen Sie mich zu ihr«, bat die alte Frau. »Es ist ihre Entscheidung, ob sie leben oder sterben will.«

Er brauchte ihre Hilfe und wusste von den Heilkräften der Haitianerin, und so ließ der Kapitän die alte Frau in Zylphias Krankenzimmer ein.

»Lassen Sie uns allein«, sagte sie, und der Kapitän gehorchte.

Die alte Frau setzte sich auf den Bettrand. »Deine wahre Liebe ist am Leben«, flüsterte sie, und bei diesen Worten schlug Zylphia die Augen auf.

Der Kapitän war der Haushälterin so dankbar, dass er ihr anbot, sie bei vollem Lohn wieder einzustellen. Doch sie weigerte sich und wollte nur noch bleiben, um den beiden eine Mahlzeit zuzubereiten. Als das Essen fertig und der Tisch gedeckt war, kehrte sie zu Zylphia zurück und sagte ihrer treuen Freundin leise ins Ohr: »Schließe jetzt Frieden mit deinem Mann. Iss mit ihm zusammen am Tisch zu Abend. Sieh zu, dass du möglichst viel isst, denn du wirst Kraft brauchen. Aber trink nichts vom Porter. Keinen Tropfen.«

Die Haushälterin half Zylphia zum Tisch. Dann verließ sie das Haus.

Der Kapitän war so froh, seine Frau am Leben zu sehen, dass er kräftig zulangte und danach viel Porter trank. Dabei malte er sich aus, was er seiner Frau alles kaufen würde, nun, da sie beschlossen hatte zu leben.

Als die Krämpfe einsetzten und seine Arme zu beiden Seiten gerade abstanden, saß sie nur da und starrte ihn mit großen Augen fassungslos an. Er bog den Kopf zurück, bis er beinahe den Boden berührte. Sein ganzer Körper wurde steif, und er brach zusammen. Sie hatte nicht die Kraft, sich zu bewegen.

Beim zweiten Krampfanfall stand die Haushälterin in der Tür. Sie hatte Reisekleidung dabei und Medizin, um den Seemann von seinem Fieber zu heilen. »Komm schnell«, sagte sie.

Von ihrem Alptraum erlöst, folgte Zylphia der Haushälterin

zur Tür hinaus und weiter zu dem gestohlenen Dory. »Deine wahre Liebe lebt auf den Misery Islands«, sagte die Haushälterin. »Jetzt beeil dich und dreh dich nicht um.«

Zylphia, die wenige Augenblicke zuvor noch schwach gewesen war, fand nun die nötige Kraft, die sie zum Rudern brauchte.

Als sie aus dem Hafen hinausfuhr, kam sie an der *Friendship* vorbei, die Segel setzte und sich bereitmachte, hinaus aufs Meer zu fahren. Und sie kam an einem der kleineren Fischerboote vorbei, das gerade in den Hafen einfuhr. Beide sah sie nicht an, sondern hielt den Blick geradeaus nach vorn gerichtet, stets auf die Insel, wo ihre wahre Liebe wartete ...

15

Maureens Manuskript von »Einmal« wurde nie fertiggestellt. Sie schrieb zwar zig Entwürfe mit unterschiedlichen Schlüssen, doch war es ihr nie gelungen, das Märchen wirklich zu Ende zu schreiben. Maureen hatte die Legende rekonstruiert, soweit es die historische Dokumentation erlaubte, aber sie hatte keine Ahnung, wie sie danach weiter verfahren sollte.

Sicher wusste sie jedenfalls, dass der Chefaufseher des Derby Wharf das vermisste Dory bei den Behörden von Salem gemeldet hatte. Es wurde Tage später gefunden und von einem Schiff zurückgebracht, das in den Hafen einlief, nachdem es kranke Seeleute auf den Misery Islands abgesetzt hatte. Die Ruderdollen waren abgenutzt und vom langen Rudern unbrauchbar geworden. Weder von Zylphia Browne noch von ihrem jungen Liebhaber ward je wieder etwas gesehen.

Maureens eigener Glaube an »Die große Liebe« würde ein glückliches Ende verlangen, doch das schien sie für das Märchen, das sie schrieb, nicht zu finden. Der Grund dafür war einfach. Auf halbem Weg hatte Maureen beschlossen, das tragische Liebespaar könnte einzig und allein an Bord der *Friendship* geflohen sein – nicht des Nachbaus, der heutzutage am Derby Wharf lag und vor dem die Touristen Schlange standen, sondern des Schiffs, das Anfang des 19. Jahrhunderts aus dem Hafen von Salem ausgelaufen war.

Maureen hatte ernsthaft recherchiert und herausgefunden, dass der junge Seemann aus ihrer Geschichte ursprünglich zur Besatzung der *Friendship* gehört hatte. Doch das Problem lag darin, dass die *Friendship* auf ebendieser Fahrt, auf der sie die

Liebenden zu einem guten Ende hätte bringen können, von den Briten im Britisch-Amerikanischen Krieg festgesetzt wurde. Über die junge Frau existierten gewiss keine Aufzeichnungen. Sie hätte wahrscheinlich versucht, sich als Mann zu verkleiden, oder auch als Schiffsjunge, um diese Reise mit einer männlichen Besatzung gefahrlos zu überstehen. Eine Frau an Bord zu haben, die nicht die Gattin des Kapitäns war, galt für eine Schiffsfahrt nicht nur als böses Omen, für die Frau war es auch gefährlich. Doch Maureen fand in den Büchern der *Friendship* weder den jungen Mann erwähnt, der zuvor auf dem Schiff angeheuert hatte, noch waren überhaupt irgendwelche neuen Namen verzeichnet, sollte er unter einer anderen Identität mitgefahren sein.

Dass die junge Frau, Zylphia Browne, vor ihrem Zuhause und ihrem gewalttätigen Mann die Flucht ergriffen hatte, war offiziell dokumentiert. Ob sie ihren Mann vergiftet hatte oder nicht, war Spekulation. Der für seine Brutalität bekannte Kapitän hatte viele Feinde. Es war festgehalten, dass er mit einer Substanz vergiftet worden war, die er sehr wahrscheinlich selbst mit dem Schiff hertransportiert hatte, und dass sein Tod ebenso schmerzhaft war wie die Schläge, die er nicht nur seiner Besatzung, sondern auch seinen Dienstboten und seiner Frau hatte zuteilwerden lassen.

Sogar Maureen musste zugeben, dass es kaum echte Beweise für Zylphia Brownes Entkommen gab. Es gab die Aufzeichnungen eines Augenzeugen, der jemanden mit dem gestohlenen Dory in Richtung der Misery Islands hatte rudern sehen. Der Zeuge kam nur wegen der roten Haare, die unter dem Rand einer Jungenmütze hervorschauten, darauf, es habe sich um Zylphia gehandelt. Das Dory wurde später auf den Misery Islands gefunden, die Dollen waren bis auf das bloße Holz abgenutzt. Doch von den jungen Liebenden fehlte jede Spur.

Maureen stellte nie in Frage, dass das Liebespaar geflohen

war. Ihr Glaube an »Die große Liebe« ließ nichts anderes zu. Doch sosehr sie sich auch bemühte, sie fand nie das glückliche Ende, das sie dringend brauchte, um die Geschichte fertigzustellen. Obwohl die meisten ihrer Geschichten fiktional waren und sie ursprünglich vorgehabt hatte, ein gutes Ende zu schreiben, war sie nun besessen von der Suche nach der Wahrheit. Während sie die Geschichte schrieb, hatte sie eine starke Bindung zu Zylphia Browne entwickelt. Sie kenne diese Frau gut, behauptete sie, und sie habe beinahe das Gefühl, in Zylphias Haut geschlüpft zu sein.

Zee wusste seit geraumer Zeit, dass ihre Mutter die Geschichte immer mehr für ihre eigene hielt. Als Maureen dann eines Tages verkündete, sie sei sicher, in einem früheren Leben Zylphia Browne gewesen zu sein, war Zee deshalb nicht so beunruhigt, wie sie es hätte sein müssen.

Blickt man auf eine Tragödie zurück, kann man häufig einen Punkt benennen, an dem sich alles ändert und ab dem es schneller auf den unvermeidlichen Höhepunkt zuläuft. Im Rückblick wurde Zee klar, dass dieser Moment für Maureen der Tag gewesen war, an dem sie angefangen hatte, über Reinkarnation zu reden. Ursprünglich hatte Zee gedacht, Maureen wollte damit sagen, wer sie ihrer Überzeugung nach in ihrem letzten Leben gewesen war, aber erst später wurde ihr klar, dass Maureen auch davon redete, wer sie wahrscheinlich in ihrem nächsten sein würde.

»Die Menschen reinkarnieren in Gruppen«, erklärte sie Zee während der letzten Tage. »Du darfst also nicht verzweifeln, denn wir werden uns sehr wahrscheinlich an einem anderen Ort zu einer anderen Zeit wiedersehen.«

16

Am Dienstagmorgen kam die Ergotherapeutin. Jessina war gerade da und fütterte Finch. Auf seiner Hemdbrust waren Haferflocken verkleckert.

»Kann er nicht alleine essen?«, fragte die Therapeutin.

»Doch, schon«, sagte Jessina.

»Dann sollte er das auch tun.«

»Er mag es, wenn ich ihn so füttere, stimmt's, Papi?«

Finch brachte ein schwaches Lächeln zustande.

Die Therapeutin wandte sich direkt an Finch. »Es ist wichtig, dass Sie das selbst machen. Sie müssen sich Ihre Fähigkeiten erhalten.«

Sie notierte etwas, während sie durch das Haus ging, eher wie eine Maklerin als eine Frau mit einem medizinischen Beruf. Sie wies auf zwei weitere Stellen im Badezimmer hin, wo Haltegriffe angebracht werden mussten, einer in der Dusche neben dem, den Melville bereits befestigt hatte, und noch einer neben der Toilette. »Sie sollten den Sitz höherlegen«, sagte sie. »Versuchen Sie es mal bei Hutchinson in der Highland Avenue.« Sie schlug auch vor, dass sie sich ein Krankenhausbett zulegten. »Die kann man mieten«, sagte sie. »Wahrscheinlich kommt seine Versicherung dafür auf.« Zee folgte ihr zurück durch den Korridor. »In dem Gang hier brauchen Sie einen Handlauf.« Sie nahm den geneigten Boden und die schiefen alten Kieferndielen genauer in Augenschein.

»Kennen Sie jemanden, der mir das einbauen könnte?«, fragte Zee.

Sie schüttelte den Kopf. »Nein. Aber ein örtlicher Schreiner sollte das hinkriegen. Und sehen Sie zu, dass Sie diese Zeitungsstapel loswerden. Bei Parkinson sind Stürze unvermeidlich, doch das hier ist geradezu eine Einladung.«

Die Ergotherapeutin schrieb ihren Bericht und ließ Zee eine Durchschrift da. Sie verabschiedete sich von Finch, der sie ignorierte. Zee begleitete sie durch den langen Gang zur Eingangstür.

»Eigentlich sollte er in ein Pflegeheim«, sagte die Ergotherapeutin.

Zee war schockiert. »Ich dachte an eine Art Betreutes Wohnen.« In Back Bay, nicht weit von ihrer Wohnung, gab es ein nettes Wohnzentrum. Aber selbst das zog sie nur für einen Notfall in Betracht, nämlich wenn Melville nicht zurückkam und sie keinen anderen Ausweg fand.

»Betreutes Wohnen wäre undurchführbar«, konstatierte die Therapeutin nüchtern. »Er ist inkontinent, und man muss ihm seine Medikamente geben. Vor ein paar Jahren vielleicht, aber jetzt nicht mehr.«

Zee hörte den restlichen Anweisungen kaum zu. Sie wollte nur noch, dass die Therapeutin ging.

»Sorgen Sie dafür, dass er jeden Tag duscht. Und sich anzieht. Ich habe vergessen zu fragen, ob er wunde Stellen hat.«

»Mir sind noch keine aufgefallen«, sagte Zee.

»Achten Sie auf seine Haut. Bei Inkontinenz besteht immer die Gefahr von Hautschäden. Und diese Hautschäden können die Patienten umbringen. Genau wie die Stürze.« Sie deutete noch einmal auf die Zeitungen.

»Ich kümmere mich darum«, sagte Zee.

Sie arbeitete den ganzen Nachmittag an den Zeitungsstapeln. Als Jessina Abendessen machte, beschloss Zee, hinunter zum Pier zu gehen, um noch ein paar Recyclingtüten zu holen.

»Könnten Sie heute Abend etwas länger bleiben?«

»Na sicher«, antwortete Jessina. »Ich habe ja sonst nichts zu tun.«

»Ich weiß nie, ob Sie etwas ernst meinen oder ob Sie sarkastisch sind«, meinte Zee.

»Ich bin nie sarkastisch«, antwortete Jessina.

»Schon wieder. Ich komme einfach nicht dahinter.«

Jessina lachte. »Gehen Sie. Lassen Sie sich Zeit. Ich kann ihm seine Tabletten geben und ihn ins Bett bringen, wenn Sie möchten.«

Eigentlich durfte Jessina Finch die Tabletten nicht geben. Aber mit ihrer Ausbildung als Krankenschwester konnte sie das sicher. Zee legte die Dosis für sieben Uhr auf den Tisch.

»Danke«, sagte sie und fügte hinzu: »Lassen Sie ihn keine Milch dazu trinken.«

Zee ging die Derby Street entlang in Richtung Pier. In dieser Straße gab es lauter amerikanische Premieren: den ersten Süßwarenladen, das erste Backsteinhaus. Die Straße selbst war nach dem ersten amerikanischen Millionär benannt, Elias Hasket Derby, im Ort bekannt unter dem Namen »King Derby«. Er war berühmt geworden durch Salems lukrativen Schiffshandel. Onkel Mickey hatte ihr auch einmal von dem ersten Elefanten in Amerika erzählt. Er war mit einem der Schiffe aus Salem gekommen. Aus irgendeinem Grund glaubte sie zu wissen, der Elefant hätte ein Alkoholproblem gehabt. Sie lachte in sich hinein und tat es als falsche Erinnerung ab. Doch dann fiel ihr die Geschichte wieder ein. Da die Besatzung nur noch wenig Wasser an Bord hatte, gab man dem Elefanten Porter zu trinken. Als das Schiff schließlich in Salem ankam, hatte der Elefant eine deutliche Vorliebe für das Zeug entwickelt. Bis dahin war die Geschichte wahr. Onkel Mickeys ausgestaltete Version hatte allerdings Meetings der Anonymen Alkoholiker um 1800 und eine Elefantenentgiftung beinhaltet.

Sie dachte an Mickey und beschloss, bei ihm vorbeizugehen. Mickey und Finch waren sich nicht grün, seit Maureen tot war und Melville in Finchs Leben getreten war. Aber Zee hatte ihren Onkel noch nicht begrüßt. Sie sollte ihm erzählen, was los war, außerdem kannte er bestimmt jemanden, der den Handlauf und die Haltegriffe für Finch einbauen konnte. Wenn jemand hier Beziehungen hatte, dann Mickey Doherty.

Zee ging noch rasch in Ye Olde Pepper Companie, um Finch Gibralters zu kaufen. Das Zuckerwerk aus Salem war die erste kommerziell vertriebene Nascherei in Amerika und womöglich mit verantwortlich für den Erfolg der Schiffe, die diese Süßigkeit auf ihren Reisen als Ballast einpackten. Diese Bonbons waren länger haltbar, als ein Menschenleben dauerte, und es heißt, die Kapitäne bestachen mit den Gibralters die Zollbeamten in den fernen Häfen, um bessere Handelsrechte zu bekommen. »Die ersten fremden Onkels mit Süßigkeiten«, nannte Finch die Schiffe aus Salem.

Finch liebte Gibralters, und genauso gerne mochte er Black Jacks, deshalb kaufte sie beides für ihn. Sie naschte schon einmal einen von den Black Jacks, die süß nach Molasse dufteten, als sie die Tüte aufmachte.

Sie ging am Zollhaus mit dem goldenen Dach vorbei, in dem sich Nathaniel Hawthorne einst seinen Lebensunterhalt verdient hatte, bevor er durch die Schriftstellerei berühmt geworden war. Dann überquerte sie die Straße zum Derby und zum Pickering Wharf.

In Salem gab es nur noch wenige Piers. Früher, zur Hochzeit der Schifffahrt, waren es beinahe hundert gewesen, und hinzu kamen all die Berufszweige, die damit einhergingen: Fassbinder, Bootsbauer, Ställe mit Fuhrwerken zum Transport und Werften.

Damals mündeten hier noch viele Flüsse ins Meer. Die New Derby Street hatte an der Stelle, wo sie die Lafayette Street mit

Salems Route 114 verband, meistens unter Wasser gestanden, denn der North River lag auf der anderen Seite der Stadt. Damals war es möglich, fast ausschließlich mit dem Boot durch Salem zu gelangen. Selbst The Point, wo Jessina und ein Großteil der dominikanischen und haitianischen Bevölkerung jetzt lebten, war früher auf drei Seiten vom Wasser eingeschlossen. Der Betrieb auf den Piers und die Arbeiten, die dort ausgeführt wurden, machten irgendwann einen solchen Lärm, dass die Schiffsmillionäre in den oberen Stadtteil zogen, entweder an den Salem Common oder in die Chestnut Street, je nach politischer Haltung.

Jetzt waren nur noch wenige von den alten Piers übrig – Derby Wharf, wo die *Friendship* lag, und Pickering Wharf mit Mickeys Geschäft und dem Hexenladen von Ann Chase.

Heute war die Derby Street eine einzige Aneinanderreihung von Souvenirläden. Kostümierte Piraten und Monster verteilten Werbezettel für Spukhäuser und Führungen durch Wachsfigurenkabinette. Die Hauptattraktion waren zwar immer noch die Hexen, aber auch alles andere, was den Leuten ein bisschen Angst einjagte, funktionierte. Die echten Hexen, die es damals im Salem von 1692 gar nicht gegeben hatte, feierten heute große Erfolge.

Einige der Läden und organisierten Führungen gehörten Onkel Mickey. Der »Piratenkönig« hatte damals in den Siebzigern den Wendepunkt mitbekommen und genügend Unternehmergeist entwickelt, um richtig Profit daraus zu schlagen. Die Hexen verhielten sich meistens unauffällig. Sie verkauften ihre Waren zwar gegen Bargeld, aber ihre Religion praktizierten sie im Stillen, als wären sie nie ganz sicher, ob ihr neuer, gehobener Status in dieser Stadt von Dauer sein würde. Schließlich hatten hier die Polizeiautos eine Hexe auf einem Besenstiel auf der Tür kleben und gaben gleichzeitig das Motto »Ditch the Witch« aus, um die weniger bekannte, aber in der Meinung vieler doch bedeutsamere Seefahrtsgeschichte von Salem zu propagieren.

Bislang hatte diese Kampagne allerdings noch nicht gegriffen, genauso wenig wie der Vorschlag, die Anzahl der Spukhäuser pro Block zu begrenzen, ein Vorschlag, gegen den Mickey vehement eingetreten war, dem so viele davon gehörten.

Zee begann ihre Suche nach Mickey in einem seiner vielen Spukhäuser. Zwei Sommeraushilfen vom Salem State College arbeiteten an der Empfangstheke, sie aßen gerade etwas von Wendy's. Ihre künstlichen Narben sahen verstörend echt aus neben ihren Piercings und Tattoos von Purple Scorpion ein paar Häuser weiter. Hinter dem Trennvorhang drangen Schreie hervor, gefolgt von dämonischem Gelächter. Zee erkannte Mickey auf der Aufnahme. Eine Gruppe kichernder Touristen, die sich gegenseitig zu erschrecken versuchten, kam durch den Souvenirladen heraus.

»Herrgott im Himmel, was war das denn!« Eine Frau in den Sechzigern gackerte nervös und schnappte nach Luft.

Ein Mann mit einem weinenden Kind war weniger beeindruckt. »Das ist echt extrem da drinnen«, sagte der Mann. Das Kind, das seinen Vater nicht loslassen wollte, schien vor den Teenagern hinter der Theke ebenso große Angst zu haben. »Sie sollten eine Altersbeschränkung einführen. Stellen Sie ein Schild auf oder so was«, sagte der Vater. Als er den helleren Vorraum betrat, stolperte das Kind, und der Vater ließ es am Arm baumeln, bis es wieder richtig stand.

»Weicheier«, flüsterte das tätowierte Mädchen.

»Steht doch an der Tür.« Der Junge, der einen halben Frankensteinkopf mit Schrauben im Genick kleben hatte, zeigte auf ein Schild: DAS SCHRECKLICHSTE SPUKHAUS VON GANZ SALEM. Frankenstein langte nach den Pommes des Mädchens, und sie schlug ihm auf die Hand.

»Ist Mickey da?«, fragte Zee. Sie kannte niemanden von diesen Jugendlichen. Mickey hatte jeden Sommer neue Leute.

»Er ist im anderen Laden«, sagte Frankenstein.

»Nein, das stimmt nicht. Er hat gesagt, er will zur *Friendship*«, sagte das Mädchen.

»Entweder oder«, sagte Frankenstein.

Zee bedankte sich und ging hinaus, als eine Schar von Touristen hineindrängte. Sie trugen allesamt rote T-Shirts mit dem Aufdruck: VORSICHT! SONST RUFE ICH MEINE GEFLÜGELTEN AFFEN! Zee schlängelte sich hindurch und überquerte die Straße vor dem silbernen Reisebus der Gruppe, um zum Pickering Wharf zu gehen.

In der Ferne sah sie die Masten der *Friendship*, aber sie wollte zuerst bei Mickeys Laden vorbeischauen. Da erblickte sie ihre Tante Ann.

Ann Chase stand im Eingang ihres Geschäfts, dem »Shop of Shadows«. Der Name bezog sich auf das *Book of Shadows*, eine bekannte Zeitschrift, die echte Hexen lasen, wegen der Zaubersprüche, Rituale und der Philosophie sowie den Rezepten für Kräuteraufgüsse und Tees. Ann war heute kostümiert, ihre schwarze Robe raschelte im frühen Abendwind. »Hallo, Hepzibah«, rief sie, als sie Zee entdeckte. »Ich hab schon gehört, dass du zu Hause bist.«

»Hallo, Tante.« Lächelnd ging Zee zu ihr hinüber. Ann war nicht Zees richtige Tante, aber sie war Maureens beste Freundin gewesen. Zee sagte Tante zu ihr, so lange sie denken konnte.

Sie umarmten sich.

»Schön, dich zu sehen«, sagte Ann und betrachtete sie. »Ist ja schon eine ganze Weile her.«

Zee dachte zurück. Es war über ein Jahr her. Wenn sie nach Hause fuhr, stattete sie immer Ann in ihrem Laden einen Besuch ab, aber beim letzten Mal war Anns Laden geschlossen gewesen. Auf einem Schild stand, sie sei wie viele andere auch über den Winter nach Süden geflogen.

»Wie war's denn in Florida?«, fragte Zee.

»Wärmer als hier«, antwortete Ann lachend. Ernster fragte sie dann: »Wie geht es Finch?«

»Nicht so toll.«

»Ich habe gehört, er hat mit Melville Schluss gemacht.«

»Gerüchte verbreiten sich schnell«, sagte Zee. Salem war eher eine kleine Stadt als ein Dorf, aber trotzdem wussten die Leute irgendwie immer über alle anderen Bescheid. »Weiß es Mickey?«, fragte Zee.

»Er hat es mir erzählt.«

Wahrscheinlich freute Mickey sich. Es war kein Geheimnis, dass Mickey Melville die Schuld am Tod seiner Schwester gab. Ann hatte Maureen zwar geliebt, aber sie hegte keinen solchen Groll. Jeder, der Zees Mutter gut gekannt hatte, wusste auch, wie krank sie gewesen war. Mickey hatte ihre Krankheit immer abgeleugnet, und jemanden zu haben, dem er die Schuld zuschieben konnte, machte es leichter für ihn, als der Wahrheit ins Auge zu sehen.

Zee glaubte, ihr Onkel Mickey sei seit jeher in Ann Chase verliebt. Ann wiederum schien nicht interessiert und war eher genervt von seinem ständigen Geflirte. Gelegentlich war sie auch sauer, besonders wenn sein rivalisierender Pseudohexenladen etwas anpries, das für sie einer persönlichen Beleidigung gleichkam. So wie damals, als seine Auramaschine kaputtging und er einen ganzen Bus voller Touristen aus Cleveland mit Gutscheinen zu Anns Laden hinüberschickte. Darauf stand, dass Ann Chase, eine der berühmtesten Hexen von Salem, ihnen die Zukunft voraussagen würde, indem sie ihnen für die Hälfte des normalen Preises die Beulen auf dem Kopf abtastete.

»Gruppenrabatt!«, erklärte er ihr, als sie ihn anbrüllte. »Ich habe keine Ahnung, worüber du dich eigentlich beschwerst – ich habe dir fünfundvierzig Neukunden geschickt.«

Aber meistens kamen Ann und Mickey gut miteinander aus. Es war der Verdienst der beiden, dass die meisten Hexen- und Horrorläden in Salem sich vertrugen. Die einzige Ausnahme bildete vor kurzem eine Diskussion über einen Wahrsager-Straßenmarkt, der jeden Oktober nach Salem kam. Fast alle fanden, dass es eine gute Sache war, nur ein paar Hexen nicht, besonders diejenigen nicht, die das ganze Jahr über in der Essex Street Miete zahlten, wo der Markt stattfand. Sie ärgerten sich über die umherziehenden Wahrsager, die während des Höhepunkts der Touristensaison schnelles Geld machen wollten und danach die Stadt verließen. Die Hexen fürchteten, einige der reisenden Hellseher könnten den Touristen zu viel Geld abknöpfen oder sie schlecht beraten und so den Ruf der ganzjährig dort ansässigen Wahrsagergemeinschaft schädigen.

Aus diesem Grund verlangte die Stadt seit kurzem eine Lizenz von allen praktizierenden Wahrsagern, wenn sie in Salem ihre Dienste anbieten wollten. Zee hielt das für eine gute Idee, obwohl sich sich schon fragte, wie man eigentlich eine Wahrsagerlizenz vergeben wollte. (Salem hatte schließlich das Verfahren von San Francisco übernommen: eine Gebühr von fünfundzwanzig bis fünfzig Dollar und der Nachweis eines festen Wohnsitzes in Salem sowie einer Sozialversicherungsnummer.) Sie erinnerte sich an einen fürchterlichen Besuch bei einer Hellseherin namens Arcana, nicht lange, bevor Maureen Selbstmord beging.

Während sie »Einmal« verfasste, gelangte Maureen zu der Überzeugung, dass sie nicht nur die Autorin einer der großen Liebesgeschichten schlechthin war, sondern auch deren Heldin. Sie hielt sich für die Reinkarnation der Hauptfigur Zylphia

Browne. Die Geschichte nahm sie so sehr in Beschlag, dass sie jemanden suchte, der diese Idee bestätigte.

Zuerst ging Maureen zu ihrer Freundin Ann und bat um eine Deutung ihres vergangenen Lebens. Doch Ann, die sich mit ihren New-Age-Vorstellungen zwar vor kurzem zur Wicca-Religion, nicht aber zur Reinkarnation bekannt hatte, erklärte, so etwas würde sie nicht machen. Das Einzige, was Ann derzeit deutete, waren Kopfbeulen und ein paar Astrologiekarten, und selbst das hatte sie erst unlängst zu ihrem Esoterik-Repertoire hinzugefügt.

»Wieso willst du denn so eine Deutung?«, fragte Ann. Sie machte sich in letzter Zeit ziemliche Sorgen um Maureen, deren Verhalten in den vergangenen Monaten immer unberechenbarer geworden war. Sie vernachlässigte sowohl ihr Haus als auch ihr Kind für dieses Märchen, das sie einfach nicht abschließen konnte. Es basierte zwar auf einer wahren Geschichte, aber wie viele wahre Geschichten war es unvollendet, und Maureen hatte sich vorgenommen, das notwendige glückliche Ende für dieses Märchen zu liefern. Doch sie quälte sich seit Jahren damit, und Ann war mittlerweile der Meinung, dass nicht nur Maureen die Geschichte niemals fertigmachen würde, sondern dass höchstwahrscheinlich die Geschichte einfach Maureen fertigmachen würde.

»Ich glaube, ich war Zylphia«, sagte sie eines Tages zu Ann, als sie im Laden waren. Zee blätterte währenddessen das Buch mit dem Titel *100 einfache Zaubersprüche für die junge Hexe* durch.

»Wie bitte?«, sagte Ann.

»Ich glaube, ich war die Hauptperson meiner Geschichte«, sagte Maureen. »In einem anderen Leben, meine ich.«

An dieser Stelle blickte Zee auf. Anns und ihr Blick trafen sich.

»Wie kommst du darauf?«, fragte Ann so ruhig sie konnte.

»Du sollst mich nicht so von oben herab behandeln«, sagte Maureen.

»Das tue ich doch gar nicht.«

»Und du sollst auch nicht *vorsichtig werden*, wenn du mit mir sprichst. Ich hasse es, wenn die Leute im Gespräch mit mir vorsichtig werden.«

»Ich habe dich nur gefragt, wie du auf diese etwas ungewöhnliche Idee kommst«, sagte Ann.

»Das liegt doch auf der Hand«, meinte Maureen. »Ich wohne in ihrem Haus. Ich führe genauso eine schlechte Ehe.«

»Nicht ganz so, hoffe ich.« Der Ehemann in der Geschichte hatte seine Frau immerhin geschlagen und gequält und sie wie eine Gefangene gehalten.

»Du weißt, was ich meine«, sagte Maureen.

Zee tat so, als wäre sie mit ihrem Buch beschäftigt. Aber beide wussten, dass sie zuhörte, deshalb senkten sie ihre Stimmen, was nur zur Folge hatte, dass das Mädchen noch aufmerksamer zuhörte.

»Es ist ja nicht nur, dass ich in ihrem Haus wohne, da kommt noch einiges dazu«, sagte Maureen. »Ich träume ständig von ihr. Ich weiß, welche Qualen ihr Mann ihr zugefügt hat. Ich weiß sogar, wie sie ihn umgebracht hat, beziehungsweise wie die Haushälterin es getan hat.«

Maureen hatte den letzten Sommer hauptsächlich damit zugebracht herauszufinden, woran Arlis Browne gestorben war. Jeder glaubte an einen Mord, aber in den historischen Aufzeichnungen war nicht vermerkt, wer ihn wirklich vergiftet hatte. Maureen hatte (um ihrer Geschichte willen) beschlossen, dass nicht Zylphia, sondern die haitianische Haushälterin ihm das Gift verabreicht hatte. Sie wollte sich bei ihrer Geschichte zwar an die Tatsachen halten, aber sie brauchte eine sympathische Heldin.

»Strychnin«, sagte Maureen.

»Anfang des 19. Jahrhunderts gab es noch kein Strychnin«, sagte Ann. »Das wurde erst Jahrzehnte später in den Verkehr gebracht.«

»Schon, aber sie hatten die Brechnuss, aus der Strychnin gewonnen wird.« Maureen lächelte über ihre Entdeckung. »Sie wächst in Indien oder in Südostasien, und es ist gut möglich, dass sie mit einem Schiff nach Salem gekommen ist.«

Zee hatte ihr Buch weggelegt und lauschte nun ganz offen dem Gespräch.

»Das Zeug kriegst du auf jedem Garagenflohmarkt«, sagte Maureen. »Weißt du, bis in die Sechzigerjahre wurde es in kleinen Dosen als Medizin verwendet. Es ist unglaublich giftig, und man hat es uns einfach gegeben.«

Ann wollte sagen, dass es immer noch verwendet wurde, man konnte *nux vomica* in der homöopathischen Abteilung jedes Reformhauses finden, denn man verwendete es weiterhin in vielen Bereichen, allerdings in minimalen Dosen. Doch sie beschloss, Maureen das nicht zu erzählen.

»Wechseln wir lieber das Thema«, schlug sie vor, da sich Zee so sehr für das Gespräch interessierte. Ann wollte zum einen vor einer Zwölfjährigen nicht über diese Themen sprechen, und zweitens beredete sie mit Maureen höchst ungern solche Sachen. Im vergangenen Jahr hatte Maureen bei Ann Kräuterkunde für Fortgeschrittene besucht, nur um zu lernen, wie man jemanden vergiftete, was letztlich weder dem Kurs noch Anns Ruf in Salem genützt hatte. Ann machte gerade die Ausbildung zur Hohepriesterin der Wicca, deshalb war ihr ihre Seriosität sehr wichtig. Damals waren Hexen in Salem noch nichts Gewöhnliches. Ann hatte zu den ersten gehört. Sie wusste zwar eine Menge über viele chemische Stoffe und ihre Wirkung, ob gut oder schlecht, aber sie hielt es nicht für klug, Informationen weiterzugeben, mit denen man unter Umständen jemandem Schaden zufügen konnte.

Ann versuchte es zu vermeiden, mit Maureen über ihre Geschichte zu sprechen. Es missfiel ihr, dass Maureen das Märchen fiktionalisieren und die historischen Leerstellen ausfüllen wollte. Manche Geschichten bleiben eben unvollendet, sagte Ann zu ihrer Freundin. Aber Maureen hörte nicht auf sie. Sie war zu besessen von der Zwangslage der jungen Ehefrau und ihren eigenen Anstrengungen, einen Beweis für das glückliche Ende zu finden. Der einzig echte Beweis für irgendein Ende der Geschichte waren der vergiftete tote Ehemann und die abgenutzten Ruderdollen in dem verlassenen Boot. Wie die jungen Liebenden von Great Misery Island weggekommen waren, falls sie überhaupt fliehen konnten, das ließ sich höchstens erraten. Es war eine dunkle Geschichte, und Ann meinte, man sollte sie ruhen lassen, besonders wenn jemand so leicht zu beeindrucken war wie Maureen Finch.

Ann betonte noch einmal, dass sie keine Deutungen über frühere Leben machte und auch niemanden hier in der Gegend kannte, der das anbot. »Für so was müsstest du wohl nach Kalifornien«, meinte sie.

»Als ob ich das könnte«, sagte Maureen.

Maureens Besessenheit reichte bis weit in diesen letzten Sommer hinein. Sie versuchte es mit der First Spiritualist Church, wo sie früher schon ein wenig Erfolg gehabt hatte, aber die Leute dort waren Medien und keine Reinkarnationstherapeuten. Sie las ein Buch über Edgar Cayce, der die Reinkarnation verfocht. Sie las viele Bücher über Buddhismus, in der Hoffnung, die Geheimnisse zum Samsara oder zum Prozess der Wiedergeburt zu entschlüsseln. Doch sie fand immer noch niemanden, der ihr helfen konnte.

Später in diesem Juli stieß sie schließlich auf eine Wahrsagerin unten am Willows-Park, die gegen Gebühr Deutungen über frühere Leben anbot. Die Frau machte gleich einen Termin mit

Maureen fest, bevor diese Gelegenheit hatte, es sich anders zu überlegen.

Zee war sofort misstrauisch. Sie erinnerte sich vage an irgendeine Art Skandal vor etwa einem Jahr. Eine Hellseherin, die bei dem alten Vergnügungspark lebte, hatte vorgegeben, sie könne mit den Toten sprechen, und so einer alten Dame zwei Schecks von der Sozialversicherung abgeluchst, bevor die Kinder der Frau zur Polizei gegangen waren. Zee wusste nicht, ob es sich um dieselbe Wahrsagerin handelte, aber sie wollte kein Risiko eingehen. Es hatte zwar keinen Sinn, Maureen etwas auszureden, wenn sie sich etwas in den Kopf gesetzt hatte, doch Zee wollte sie zumindest nicht alleine hingehen lassen.

Sie parkten das Auto bei der Spielhalle und liefen über die Rückseite zu einem dreistöckigen Haus, von dem die Farbe abblätterte. Im ersten Stock hing ein Schild mit der Aufschrift: DIE WELTBERÜHMTE ARCANA, MEDIUM DER STERNE.

Ihre Schritte hallten die beiden Treppen hinauf. Eine nackte Glühbirne warf einen schwachen Lichtschein auf die obere Brüstung, so dass Maureens Kopf eine Art Aura erhielt, als sie sich näherten.

Arcana riss die Tür auf, kurz bevor die beiden sie erreicht hatten, als hätte sie ihr Kommen durch telepathische Fähigkeiten gespürt. Die Geste war übertrieben dramatisch und eindeutig reine Effekthascherei. Jeder, der zwei Ohren hatte, hätte ihre Schritte hören können, aber Maureen kaufte es der Wahrsagerin ab, das merkte Zee.

»Wer bist du denn?«, verlangte Arcana von Zee zu wissen. Sie war barfuß und trug einen Kaftan mit einem Handtuch um den Kopf, als hätte sie sich gerade die Haare gewaschen und keine Lust, sie zu föhnen.

»Ich bin ihre Tochter«, sagte Zee.

»Das kostet extra, wenn Sie für beide ein Orakel wollen.«

»Sie will kein Orakel«, sagte Maureen. »Sie ist nur als Begleitung mitgekommen.«

Die Hellseherin murmelte etwas vor sich hin und zündete sich eine Zigarette an. Sie winkte sie zu einem Kartentisch mit einer Plastikdecke darüber. Zee fielen auch die Poster an der Wand auf, Bilder von indischen Mystikern, die alle einen Turban trugen. Vielleicht hatte sie sich ja gar nicht die Haare gewaschen, dachte Zee – vielleicht war das nur ein misslungener Turban.

Zee sah sofort, dass Maureen der Wahrsagerin vom ersten Blick an unsympathisch war. Sie verlangte das Geld im Voraus. Maureen wollte es ihr geben, aber in ihrer Nervosität fand sie ihren Geldbeutel nicht. Aufgeregt schickte sie Zee zum Auto zurück, um ihn dort zu suchen.

Zee schaute unter die Sitze und ins Handschuhfach, ohne Erfolg. Dann kniete sie sich neben die Fahrertür und warf einen Blick unter das Auto, wo sie aber nur eine leere Almond-Joy-Hülle und eine schmutzige kleine Kindersocke fand. Als sie wieder hineinging, wurde Maureen wieder aufgeregt, entdeckte ihren Geldbeutel aber schließlich in der Jackentasche. Die Hellseherin verdrehte die Augen und nahm das Geld – plus zehn Dollar extra, weil Maureen Zee mitgebracht hatte. »Ich bin es nicht gewöhnt, vor Publikum zu arbeiten«, sagte sie.

»Sie haben doch schon Deutungen von früheren Leben gemacht?«, wollte Maureen wissen.

»Natürlich«, sagte Arcana. »Ich mache so was ständig.«

Zee hörte die Lüge heraus, aber Maureen schaute so hoffnungsvoll, dass sich Zee auf das Sofa setzte und Ruhe gab, wie die Wahrsagerin es ihr aufgetragen hatte.

Der Tisch war zwar nicht sehr stabil, und die Dekorationen bestanden vermutlich aus billigem Tand, aber die Wahrsagerin besaß doch einige High-Tech-Geräte. Auf dem Boden unter dem Tisch befanden sich zwei Fußschalter: ein Dimmer und eine Drehscheibe zum Einstellen der Tonanlage.

»Absolute Ruhe bitte«, verkündete Arcana mit der Autorität einer salbadernden Grundschullehrerin.

Zee wunderte sich über diese Ansage, da kein Mensch auch nur ein Wort von sich gegeben hatte.

Mit ihren bloßen, affenartigen Füßen betätigte die Wahrsagerin die beiden Schalter. Sie packte sie mit den Zehen und bewegte gekonnt die Scheiben. Zuerst war Musik zu hören, eine Mischung aus indischer Mystik und Thereminklängen wie aus irgendeinem schlechten Science-Fiction-Film aus den Fünfzigerjahren. Mit dem anderen Fuß dimmte sie das Licht, bis Maureen und Zee beinahe im Dunkeln saßen. Die einzige Lichtquelle war das Neonschild für die Gasse auf der anderen Straßenseite.

Maureen war gespannt. »Soll ich irgendwas tun?«

»Noch nicht.«

Während der nächsten vier, fünf Minuten machte die Wahrsagerin Atemübungen. In einer großen Inszenierung sog sie immer wieder die Luft tief durch die Nase ein und atmete durch den Mund aus.

Als sie sprach, klang ihre Stimme eine Oktave tiefer.

»Hallo, hier ist ARCANA«, sagte sie. »Wie lautet deine Frage?«

Zee musste sich bemühen, nicht zu lachen.

»Ich habe keine Frage. Ich bin hier, um etwas über meine früheren Leben herauszufinden«, sagte Maureen sanft.

»Wie lautet deine *Frage*?« Arcana sprach mit dröhnender Stimme.

Maureen schaute zu Zee hin. »Meine Frage lautet wohl, ob ich in einem früheren Leben Zylphia Browne war.«

Es lief überhaupt nicht so, wie Maureen es Zee vorab beschrieben hatte. Sie hatte vermutet oder irgendwo gelesen, dass sie diejenige sein würde, die in Trance versetzt wurde. In dem Buch über Reinkarnationstherapie, das sie gelesen hatte, versetzte der Therapeut die Patientin in eine Trance und nahm auf, was dabei gesagt wurde. Wenn die Patientin aufwachte, konnte sie selbst hören, was sie unter Hypnose gesagt hatte. Eine andere Möglichkeit war die, dass Arcana sich in Trance begab, so wie Edgar Cayce es getan hatte, und einfach ihre Eindrücke wiedergab. Maureen wirkte überrascht, dass sie die Frage selbst stellen musste.

Zee strengte sich immer noch sehr an, nicht zu lachen.

Die Wahrsagerin schwieg. Aber Zee spürte durch Arcanas angebliche Trance hindurch, dass sie sich ärgerte. Sie konnte nicht sicher sagen, ob Arcana nur so tat als ob, aber sie hätte darauf gewettet. Zee war sich bewusst, dass die Wahrsagerin sie beobachtete. Wenn sie nicht aufhören konnte zu kichern, würde Arcana sie bestimmt hinauswerfen.

»Wie lautet deine Frage?«, donnerte Arcana.

»Das hat sie doch schon gesagt. Sie will wissen, ob sie in einem anderen Leben Zylphia Browne war«, sagte Zee schließlich.

»Still!«, zischte Arcana.

Maureen warf Zee einen warnenden Blick zu. Ihre Stimme zitterte, als sie die Frage noch einmal formulierte: »War ich in einem vorherigen Leben Zylphia Browne?«

Jeder in Salem kannte die Geschichte von Zylphia Browne, die ihren Ehemann getötet hatte und dann verschwunden war, ohne je wieder gesehen worden zu sein.

»Die MÖR-de-rin?« Arcana betonte mit ihrer tiefen Stimme die erste der einzelnen Silben und zog die Augenbrauen hoch wie Gloria Swanson in *Sunset Boulevard*.

Es war verkehrt, Zylphia als Mörderin zu bezeichnen; sie war eher ein Missbrauchsopfer, das entkommen konnte. Sogar Zee sah das so.

Man brauchte keine Wahrsagerin, um herauszufinden, welche Antwort Maureen hören wollte. Man brauchte auch keine

Wahrsagerin, um zu wissen, wie wenig diese Frau Maureen mochte. Maureen war eine schöne Frau, und sie sah sehr kindlich aus. Das konnte leicht naiv wirken, wenn man sie nicht kannte, und es brachte oft Frauen gegen sie auf, die sich ihren Weg im Leben hatten erkämpfen müssen und denen das nicht leichtgefallen war. Arcana schien instinktiv zu wissen, dass sie Maureen mit ihrer Antwort verletzen konnte.

»Spieglein, Spieglein an der Wand«, sagte sie vor sich hin. Das Jaulen einer Harley, das von der Straße heraufdrang, übertönte ihre Stimme.

»Wie bitte?« Maureen bemühte sich, sie zu verstehen. Selbst Zee beugte sich vor.

»Sie sind nicht Zylphia Browne«, sagte Arcana nun unüberhörbar. »Aber Ihre Tochter ist es.«

Maureen starrte sie an, zunächst ohne zu begreifen.

Arcana zeigte anklagend mit dem Finger unter dem Kaftan hervor auf Zee. »Ihre Tochter ist die Wiedergeburt der jungen Zylphia Browne.«

Maureen schaute sie fassungslos an.

Arcana begriff offensichtlich sofort, was sie gewonnen hatte. Maureens völlig ungläubiger Gesichtsausdruck war unvergesslich.

Und obwohl sie ihr das keinen Moment lang abkaufte, lief Zee ein kalter Schauer über den Rücken.

Als sie die Treppe hinunter und über den Weg zum Auto gingen, merkte Zee, dass Maureen unter Schock stand. Sie stiegen ein und saßen schweigend da.

»Du weißt, dass sie dich an der Nase herumgeführt hat, oder?«, fragte Zee.

»Was meinst du?«

»Sie mochte uns nicht, vom ersten Moment an.«

Doch damit erzielte sie das Gegenteil der erhofften Wirkung.

»Du hättest ja nicht so unhöflich sein müssen!«, sagte Maureen. »Du hättest nicht lachen müssen!«

»Entschuldigung«, sagte Zee.

Maureen drehte mit zitternden Händen den Zündschlüssel. Mehrmals ließ sie den Motor absterben, bis das Auto endlich ansprang. Zee kämpfte gegen den Drang an, ihrer Mutter zu sagen, dass sie es falsch anstellte. Sie hatte schon viel zu viel gesagt.

Auf dem Weg von einem Laden zum anderen hatte Mickey Zee entdeckt, die sich gerade mit Ann vor deren Geschäft unterhielt. Er ging zu ihnen hinüber. »Was ist denn da los?«, sagte er. »Du gehst bei ihr vorbei, bevor du mich begrüßt?«

Wenn Zee Onkel Mickey in die Augen schaute, war es, als würde sie in Maureens Augen sehen. Das hatte sie schon immer verwirrt: Onkel Mickey hatte die gleichen dunkelblauen irischen Augen, wie sie auch seine Schwester gehabt hatte, sein Blick allerdings war immer schelmischer gewesen.

Er hob sie hoch und drehte sich mit ihr im Kreis. »Wie geht es der kleinen zukünftigen Braut?«

»Gut. Danke«, sagte sie. »Ein bisschen schwindlig ist ihr allerdings.«

Er lachte, setzte sie wieder ab und zwinkerte Ann zu. »Wie geht's Finch?«

»Das weißt du, glaube ich«, sagte sie.

»Ich wollte ihn besuchen«, log Mickey.

Das sagte er schon seit Jahren. Zee ließ es auf sich beruhen.

»Ich brauche einen Schreiner«, sagte sie. »Einen, der einen Handlauf montieren kann. Ich dachte mir, dir würde da vielleicht jemand einfallen.«

»Na klar«, sagte er. »Ich kenne ein paar Leute, die dir das wahrscheinlich einbauen könnten.«

Er dachte einen Augenblick nach, dann verabschiedeten sie

sich von Ann, und er ging mit ihr zum nächsten Pier, wo die *Friendship* lag.

Mit seinen 171 Fuß war das große Schiff ziemlich beeindruckend. Da im Zeitalter der Segelschiffe so viele Boote von Salem aus ausgelaufen waren, hatte es Zee schon immer komisch gefunden, dass ausgerechnet die *Friendship* aus Maureens Buch das historische Schiff war, das die Stadt später beschlossen hatte nachzubauen. Zwischen der *Friendship* und Maureens Buch hatte es nie eine echte Verbindung gegeben, es gab keinen Hinweis darauf, dass die jungen Liebenden das Schiff zur Flucht genutzt haben könnten. Wie sich herausstellte, war genau die Fahrt, die Maureen ausgewählt hatte, und die einzige, die genau zur Historie gepasst hätte, die letzte Fahrt der *Friendship* gewesen. Auf dieser letzten Fahrt wurde der Ostindienfahrer von den Briten festgesetzt, die die gesamte Besatzung gefangen nahmen. Maureens Festlegung auf dieses Schiff hatte ihr ersehntes Happy End unmöglich gemacht.

Als sie zum Takelschuppen kamen, steckte sich Mickey zwei Finger in den Mund und pfiff laut.

Zee entdeckte den Mann, dem Mickey zugepfiffen hatte. Er hockte hoch oben in der Takelage des vorderen Masts.

Als sich der Mann nicht rührte, pfiff Mickey noch einmal. Dann rief er: »Hey, Hawk, komm doch mal kurz runter, bitte!«

Der Mann kletterte das Geflecht aus Tauen herunter. Auf den ersten Blick dachte Zee, er wäre gefallen, so schnell war er. Erst weiter unten sah sie, wie rhythmisch und koordiniert er seine Arme und Beine bewegte. Wie ein Tänzer. Oder eine Spinne.

Er ging zu ihnen herüber. Zee kam er sehr bekannt vor. Sie hatte ihn schon einmal gesehen.

»Was gibt's?« Er schaute von Mickey zu Zee und wieder zurück.

»Das ist meine Nichte Zee. Sie braucht jemanden, der ein paar Schreinerarbeiten für sie erledigt.«

»Ich bin kein Schreiner«, sagte er. »Ich bin Rigger.«

»Rigger, Schreiner, Navigator – dieser Mann kann ein Schiff nach Hause führen, indem er einfach die Sterne anschaut.«

»Das ist ein wenig übertrieben«, sagte Hawk.

»Ernsthaft, er kann einfach alles«, sagte Mickey zu Zee.

»Aber nichts so richtig«, sagte Hawk lachend.

»Und bescheiden ist er auch noch.« Mickey schlug ihm fest auf den Rücken.

»Besten Dank«, meinte Hawk, und Mickey lachte. Hawk wandte sich an Zee. »Was brauchen Sie denn?«

»Nur einen Handlauf«, sagte Zee. »Und ein paar Haltegriffe im Bad. – Für meinen Dad«, fügte sie hinzu.

»Einen Handlauf krieg ich wohl hin.« Er schaute Zee lange an. »Ich habe Sie schon einmal gesehen«, sagte er. Er musterte sie kurz von oben bis unten, und was er vor Augen hatte, gefiel ihm eindeutig. Er kniff die Augen zusammen und überlegte: »Aber wo?«

»Sie ist verlobt.« Mickey hielt ihre Hand hoch, um ihm den Ring zu zeigen, denn er hatte nicht bemerkt, dass Hawk ihn längst gesehen hatte. »Außerdem ist sie'n Seelenklempner. Also viel zu schlau, um auf so müde alte Tricks hereinzufallen.«

»Seelenklempner, aha«, sagte Hawk. Er grinste und zuckte die Schultern. Aber er schaute sie weiterhin an, als würde er immer noch überlegen, woher er sie kannte.

Sie wusste sofort, wo sie ihn gesehen hatte, aber sie wollte es nicht sagen. Es war erst ein paar Tage her, bei der Beerdigung von Lilly Braedon. Und davor im Fernsehen auf der Brücke, an dem Abend, an dem Lilly gesprungen war. Er war einer der Augenzeugen, derjenige in dem blauen Transporter, der nicht mit der Reporterin hatte sprechen wollen.

»Wann können Sie den Handlauf machen?«, fragte Zee.

»Ich weiß nicht. Heute oder morgen Abend. Ist es eilig?«

»Es ist nicht sehr dringend, aber wichtig.« Sie schrieb ihm die Adresse auf und reichte sie ihm.

»Sobald ich einen Abend freihabe, komme ich«, sagte er.

»Hey, Hawk, wir brauchen dich hier oben!«, rief jemand aus der Takelage.

»Ich muss wieder rauf.«

»Danke«, sagte sie.

Er nickte und lächelte sie an.

Zee und Mickey sahen zu, wie er zum Schiff zurückging.

»Heißt er wirklich Hawk?«, fragte sie Mickey.

»Ein Spitzname. Eine Abkürzung für Mohawk, hat mir jemand erzählt. Das da ist sein Boot.« Mickey zeigte auf ein altes Hummerboot, das an einem Liegeplatz festgemacht war. Statt eines Namens, wie es bei den meisten Booten der Fall war, hatte es ein Bild auf dem Bug, einen fliegenden Falken. »Er soll der beste Arbeiter auf dem Schiff sein. Ich weiß nicht, ob er Indianerblut in sich hat, aber klettern kann er jedenfalls.«

Zee wurde wieder schwindelig, als sie Hawk zusah, wie er die Rigg hinaufkletterte. Sie streckte die Hand aus und hielt sich an Mickeys Arm fest.

»Ich kenne das«, sagte Mickey. »Ich kann ihm gar nicht zuschauen.« Er wandte sich ihr zu. »Wie viel Zeit hast du?«

Sie sah auf die Uhr. »Ungefähr eine Stunde.«

»Dann komm. Ich lad dich auf ein Glas ein.« Er führte sie auf das Capt.'s zu, ein Restaurant mit Bar am Pier direkt gegenüber von der *Friendship*.

17

Melville ging noch im Postamt vorbei, um seine Briefe abzuholen. Dann lief er hinüber zu Steve's Quality Market, wo er etwas von dem guten Rindfleisch kaufen wollte, das Finch gerne aß. Finch konnte nicht mehr sehr gut kauen, und das Schlucken bereitete ihm Schwierigkeiten. Aber bei Steve's drehte ihm der Metzger das Fleisch durch, und dann konnte Zee es mit Pilzen und etwas Knoblauch und Oregano vermischen. Viel war das nicht, doch immerhin nicht schon wieder ein Sandwich. Hoffentlich gab Zee Finch seine Vitamine. Er musste sie daran erinnern.

Zum ersten Mal seit Wochen hatte Melville wieder Hoffnung geschöpft. Vielleicht war eine Nebenwirkung des neuen Medikaments der Grund, weswegen Finch sich so unberechenbar verhielt, dachte er. Das würde alles erklären. Aus welchem anderen Grund sollte etwas, das ihre Beziehung schon einmal beinahe beendet hätte, plötzlich wieder diesen Stellenwert bekommen, als wäre das Ganze nicht vor über dreißig Jahren passiert, sondern erst in den letzten Wochen? Hoffentlich lieferte das neue Medikament, das Finch eingenommen hatte und das bei manchen Menschen Halluzinationen hervorrief, die Erklärung. Es wäre wunderbar, wenn Finchs Wut einfach nur auf einer Halluzination beruhte. Melville würde wieder einziehen, und er würde ihren Streit nie mehr erwähnen. Sie würden weiterleben wie bisher, als wäre das Ganze nie passiert.

Finch hatte das Medikament nun schon seit einigen Tagen nicht mehr genommen. Eigentlich sollte es nun aus seinem Kreislauf verschwunden sein. Aber wenn Melville ehrlich zu sich selbst war, musste er zugeben, dass das Ganze bereits vor dem neuen Medikament angefangen hatte. Es hatte vor ein paar Monaten mit einer flapsigen Bemerkung über Maureen begonnen. Ehe er sich's versah, gerieten sie sich über alles in die Haare, von dem tropfenden Wasserhahn in der Küche bis zu den Zeitungsstapeln im Gang.

Das Thema Maureen war in letzter Zeit häufig aufgekommen. Und wie immer, wenn Finch nicht wusste, wie er etwas ausdrücken sollte, hatte er Hawthorne zitiert: »Die Keuschheit einer Frau besteht aus mehreren Schichten, wie eine Zwiebel.«

»Was soll das denn heißen?«

»Es heißt, was es heißt.«

»Wenn du etwas zu sagen hast, dann sage es mir bitte direkt«, antwortete Melville. Er sprach nicht gerne über Maureen. Seine Schuldgefühle in dieser Sache hätten sie beinahe schon ihre Beziehung gekostet. Er legte Finch eine Hand auf die Schulter. »Erzähl mir, was das bedeuten soll.«

»Ich weiß es nicht«, hatte Finch gesagt, der plötzlich gemerkt hatte, wie verwirrt er war.

Melville beugte sich vor und nahm Finchs Gesicht zwischen die Hände: »›Diese Beziehung muss gelingen, nicht trotz allem, was mit Maureen geschehen ist, sondern deswegen.‹« Er sah Finch an. »Das sind deine Worte«, sagte Melville.

»Ich weiß.« Finch weinte.

»Du weißt, wie sehr ich dich liebe«, sagte Melville.

»Vielleicht solltest du mich immer wieder daran erinnern«, meinte Finch.

Er verlor Finch an diese verdammte Krankheit. Er sah dieser Tatsache selten ins Auge, aber so war es nun einmal. Er wusste, der Tod näherte sich unausweichlich, aber sie waren so viele Jahre lang zusammen gewesen, glücklich zusammen gewesen. Sogar nach dem Beginn der Parkinson-Erkrankung waren sie glücklich gewesen. Er wusste, dass ihm die Krankheit Finch letztlich wegnehmen würde. Er hatte unwillkürlich weggeschaut, als das Zittern einsetzte, er hatte es nicht sehen wollen. Glücklicherweise litt Finch nicht sehr unter dem Tremor, aber es gab viele andere Symptome der Krankheit, die ihren Tribut verlangten. Manchmal musste er aus dem Zimmer gehen, damit Finch ihn nicht weinen sah.

Er hatte alle Bücher gelesen, wusste, dass die Zeit kommen würde, wo die Grenze überschritten wurde. Ehrlicherweise müsste er zugeben, dass es bereits geschehen war. Wenn Parkinson-Patienten lange genug mit der Krankheit lebten, bekamen sie häufig den so genannten »Alzheimer-Crossover« und zeigten Anzeichen von Demenz. Als bei Finch die ersten Anzeichen einer Demenz aufgetreten waren, hatte es sie erleichtert zu erfahren, dass es sich nur um die Parkinson-Krankheit handelte, erinnerte sich Melville. Nur. Ein Witz war das. Die Äußerung, etwas sei »nur Parkinson«, das war, als würde man sagen, der Hurrikan Katrina sei nur einen Tag in New Orleans gewesen. Parkinson war eine der grausamsten Krankheiten, die es überhaupt gab. Wenn man lange genug damit lebte und einen nichts anderes zuerst erledigte, dann endete man in Embryonalhaltung in einem Bett in irgendeinem Heim, manchmal für Jahre. Melville hoffte, dass er die nötige Kraft haben würde, um Finch zu helfen, allem ein Ende zu bereiten, sollte es dazu kommen. Er wusste, wie Finch darüber dachte, und er wusste auch, dass Finch seit Jahren Pillen gegen das Unvermeidliche aufbewahrte.

Aber gerade hatte sich alles geändert, und zwar ganz schnell, mit einem Blick, einer flapsigen Bemerkung, einem sarkastischen Tonfall, den er bei Finch noch nie zuvor gehört hatte.

An dem Abend, an dem er Melville hinausgeworfen hatte, hatte Finch ihm den Yeats-Band nachgeworfen und ihn heftig am Kopf getroffen. Melville hatte das Buch viele Jahre nicht mehr gesehen – er und Finch hatten es nach Maureens Selbstmord weggeräumt, damit Zee es nicht fand.

»Raus!«, brüllte Finch. »Und komm bloß nicht zurück!«

Melville rief einen Arzt in Boston an, den er über ein paar Ecken kannte, ein Neurologe, mit dem er vor ein paar Jahren einmal einen Kaffee getrunken hatte.

»Eine Demenz verhält sich seltsam«, sagte der Arzt. »Manchmal ist es schlimmer, wenn es anfängt. Da ist viel Wut dabei. Der Patient versucht die Symptome zu verbergen, hat aber eindeutig Angst. Und dann gibt es ein zweites Stadium, da setzt sich alles. Normalerweise schafft das allen ein wenig Erleichterung. Ich nenne das die Schonzeit. Natürlich wird es auch eine Zeit geben, wo er Sie womöglich gar nicht mehr erkennt«, sagte der Arzt, »aber die ist hoffentlich noch weit entfernt.«

Der Plan, den Melville und Zee heute ausgeheckt hatten, war eigentlich sehr logisch. Er würde vorbeifahren, angeblich um ein paar von seinen Sachen abzuholen. Dann würden sie abwarten, wie es lief. Falls Finchs Wut auf die Medikamente zurückzuführen war, hätte er das Ganze mittlerweile vielleicht vergessen. Melville würde wieder einziehen und Finch bis zum Ende pflegen. Und wenn es einen anderen Grund gab, wenn die Krankheit ein neues Stadium erreicht hatte, dann würden sie beratschlagen, was als Nächstes zu unternehmen sei.

Es war ein komisches Gefühl, an der Tür zu klopfen. Er konnte sich nicht erinnern, das jemals schon getan zu haben. Als er Finch kennengelernt hatte, damals als Maureen im Krankenhaus lag, da war er fast nie zu ihm nach Hause gekommen. Er und Finch hatten sich immer woanders getroffen, meistens irgendwo in der Stadt. Und später, nachdem er sein Boot hierhergebracht hatte, weil er dachte, Maureen würde nicht mehr nach Hause kommen, ließ Finch die Tür für ihn unversperrt. Spätnachts hatte er sich immer so leise wie möglich hineingeschlichen, um Zee nicht zu wecken. In den ersten Jahren waren sie sehr vorsichtig gewesen.

Zee öffnete die Tür. »Er schläft in seinem Sessel«, sagte sie. Melville sah auf die Uhr. »Viertel nach drei.« Um vier musste Finch seine Tablette nehmen. Er hätte das besser timen sollen.

Sie bündelte Zeitungen im Gang, die Hände schwarz verfärbt und um den Kopf ein altes Stirnband aus Finchs Piratenzeit.

»Das wollte ich schon lange machen«, sagte er und dachte daran, wie Finch es ihm jedes Mal ausgeredet hatte, sobald Melville angefangen hatte, die Zeitungen wegzuwerfen. Finch hatte behauptet, er wolle sie alle noch lesen, obwohl er gar nicht mehr lesen konnte, seit einer ganzen Weile nicht mehr.

Finch tendierte von Natur aus ein wenig dazu, Dinge zu sammeln. Sein Respekt vor dem geschriebenen Wort war so groß, dass er sich einfach von nichts Gedrucktem trennen konnte. Selbst die Werbebeilagen aus den Wochenendzeitungen mussten mindestens einen Monat lang aufbewahrt werden. Melville schmuggelte sie manchmal aus dem Haus und entsorgte sie erst ein Stück weiter die Straße hinunter, damit Finch, wenn er feststellte, dass sie fehlten, nicht den Abfall durchwühlen und sie wieder ins Haus bringen würde.

»Weiß dein Vater, dass du das machst?«, fragte Melville.

»Er weiß es«, sagte sie. »Es gefällt ihm nicht, aber er weiß es.«

Melville half ihr, die Altpapiertüten zum Gehsteig zu tragen. Sie hatten Glück – morgen wurden sie abgeholt, und Finch würde sie in seinem derzeitigen Zustand kaum zurückfordern.

Sie setzten sich in der Küche, unterhielten sich und warteten darauf, dass Finch aufwachte. Zee erwähnte das Yeats-Buch nicht, genauso wenig wie Melville, obwohl er es wollte. Er fand, dass das Buch eigentlich ihr zustand. Doch er hatte vor Jahren Finch gegenüber ein Versprechen abgelegt, und Melville hielt seine Versprechen immer.

Zee sah auf die Uhr. Es war kurz vor vier. »Gleich muss er

die nächste Tablette nehmen«, sagte sie. »Er sollte gleich aufwachen.«

Wie auf ein Stichwort hörten sie Finchs Gehhilfe.

»Hast du ihn dazu gebracht, den Rollator zu benutzen?«

»Ja«, sagte sie.

»Ich bin beeindruckt.«

Keiner von beiden sagte etwas, während sie darauf warteten, dass Finch den langen Gang bewältigte.

Melville versuchte, seinen Herzschlag zu beruhigen. Er konnte einfach nicht sitzen bleiben.

»Ich habe einen Schreiner beauftragt, im Gang einen Handlauf anzubringen.« Sie spürte, wie nervös er war, und wollte ihn beruhigen.

»Gute Idee.«

Er atmete tief ein und hielt die Luft an. Er starrte auf den Boden. Als der Rollator an der Küchentür Halt machte, blickte Melville zu Finch auf.

Ihre Blicke trafen sich.

»Hallo, Finch«, sagte Melville.

Finch stand stocksteif da, sein Gesichtsausdruck war eine unlesbare Maske.

»Ich hab dir Tatar mitgebracht«, sagte Melville. »Es liegt im Kühlschrank.«

Finch ließ sich auf den Stuhl sinken. Die letzten Zentimeter fiel er nach unten und zuckte zusammen. Als er schließlich sprach, richtete er sich nicht an Melville, sondern an Zee.

»Raus mit ihm«, sagte er leise. Es war gleich Zeit für die nächste Tablette, deshalb hatte er kaum mehr Stimme. Es war ein Krächzen, als würde es ihm die Kehle zerreißen. Aber seine Worte waren unmissverständlich.

18

Zee nahm das Telefon mit ins Fernsehzimmer. Sie hatte die letzte halbe Stunde mit Melville telefoniert und sich bemüht, ihn zu beruhigen. Als sie auflegte, hatte Jessina Finch schon ins Bett gebracht und Zee eine Nachricht hinterlassen.

»Schlaf ein bisschen«, hatte sie Melville geraten, nachdem sie sich zum dritten Mal im Kreis gedreht hatten. »Morgen überlegen wir, wie es weitergeht.«

Der Fernseher lief noch, aber ohne Ton. Zee setzte sich aufs Sofa, drückte auf die Fernbedienung und stieß auf Turner Classic Movies: *Jane Eyre* mit Joan Fontaine und Orson Welles. Sie drehte den Ton nicht auf, sondern betrachtete einfach nur den Monitor. »Wer ist Grace Poole?«, sagte sie an den Fernseher gerichtet. Das war ein Spiel, das sie einmal erfunden hatten, sie und Melville und Finch, eine Art *Jeopardy!* für Literaten. Finch hatte es auch in seinen Literaturseminaren ausprobiert. *Wer ist Grace Poole?*, lautete die Antwort. Die Frage hatte sie selbst geschrieben: *Sie betreut Rochesters wahnsinnige Mutter auf dem Dachboden.* Es war nicht seine Mutter. Natürlich nicht. Es war seine Frau. Darum drehte sich das ganze Buch. Irgendwie wusste sie das natürlich, aber was erst ein Freudscher Versprecher war, hatte sie in ihrer Erinnerung als Wahrheit gespeichert. Das wurde ihr erst jetzt klar. Die Frage sollte lauten: *Sie betreut Rochesters wahnsinnige Frau auf dem Dachboden.* Zee hatte im Geiste die Figur aus dem Buch durch Maureen ersetzt. Wie oft hatte sie diese Frage gestellt? Finch und Melville hatten normalerweise falsche Fragen und Antworten immer bemängelt und den Fehler sicher bemerkt, aber bei dieser hatten sie Zee nie widersprochen.

Zee schlief zum Tuten von Nebelhörnern ein. Sie träumte von den Sternen und von der *Friendship*, nicht von der Reproduktion, die heute am Pier lag, sondern von dem alten Schiff, über das Maureen zu schreiben versucht hatte. Dann träumte sie von Berninis Skulptur von Neptun und Triton, wie Maureen sie ihr früher einmal beschrieben hatte. Oder vielleicht war es auch Lilly gewesen ... Nein, doch Maureen.

19

An dem Tag, an dem Maureen sich das Leben nahm, hatte sich Zee das Dory von Mickey ausgeliehen und war nach Baker's Island gefahren, um das Yeats-Buch zu holen, mit dem sie ihre Mutter aufmuntern wollte.

Maureen schien an diesem Tag besserer Stimmung zu sein. Zumindest war sie freundlicher zu Zee, die sie seit dem Besuch bei der Wahrsagerin mit Missachtung gestraft hatte. Die letzten Monate hatten Zee an das Märchen von Schneewittchen erinnert, nicht nur wegen Arcana, die sie sich mit einem vergifteten Apfel in der ausgestreckten Hand vorstellte, sondern weil ihre Mutter, die Zee einst so sehr geliebt hatte, seit der Verkündigung der Wahrsagerin ganz kalt geworden war, als würde Zee sie allein durch ihre Existenz davon abhalten, ein Ende für ihr Märchen zu finden.

So verhielt es sich den Rest des Sommers über zwischen ihnen. Maureen hörte auf, an »Einmal« zu schreiben – sie hörte sogar ganz zu schreiben auf. Meistens starrte sie einfach nur aufs Wasser hinaus oder saß oben in ihrem Zimmer. Sie aß kaum und schlief, wenn überhaupt, nur selten.

Daher fasste Zee auf dem Weg zur Insel, wo sie das Buch holen wollte, neuen Mut. Die Stimmung ihrer Mutter schien sich etwas aufgehellt zu haben. Zee hatte sie zwar nicht überreden können mitzukommen, aber Maureen wirkte beinahe interessiert, als Zee ihr von ihrem Vorhaben erzählte.

»Du hast das Buch immer sehr geliebt«, sagte Zee hoffnungsvoll.

»Danke, dass du das machst.« Maureen stand sogar aus dem

Bett auf und ging hinunter in die Küche, um Zee zu verabschieden.

»Ich hab dich lieb«, sagte Maureen zu ihr.

Es war seltsam, dass sie das sagte, weil sie seit der Episode mit der Hellseherin kein besonders gutes Verhältnis zueinander gehabt hatten. Aber Maureen sagte es lächelnd, was Zee damals wieder als ein positives Zeichen deutete.

Im Rückblick wusste Zee, dass ein solches Verhalten bei Selbstmorden relativ typisch war. Das Opfer fühlte sich oft viel besser, wenn die Entscheidung, allem ein Ende zu setzen, endgültig gefallen war. Umso schockierter waren häufig die Familienmitglieder nach dem Selbstmord. »Wir dachten, es geht ihr viel besser«, erklärten sie dann.

Lilly war zwar Zees erster Selbstmordfall, seit sie Psychologin geworden war, aber sie hatte Geschichten von anderen Therapeuten, auch von Mattei, gehört. Eine deutliche und schnell einsetzende Besserung bei einer Depression kann Grund zur Beunruhigung sein. Bei Patienten mit einer bipolaren Störung ist das häufig ein Zeichen für eine bevorstehende manische Phase. Bei selbstmordgefährdeten Patienten bedeutet es oft, dass sie die endgültige Entscheidung getroffen haben und nun eine beinahe beglückende Erleichterung verspüren. Doch als Maureen starb, wusste Zee das noch nicht. Sie wirkte zwar auf die meisten Menschen, denen sie begegnete, älter, aber Zee war damals gerade einmal dreizehn geworden.

Baker's Island lag im Vergleich zu manchen der anderen Inseln vor Salem weit ab, schien eher zu Manchester zu gehören. Als Zee dort ankam, war es nach drei. Sie machte das Dory fest und lief rasch über den Steg.

Zee ging an der Stelle vorbei, wo die Inselbewohner ihre Schubkarren parkten – die einzigen Fahrzeuge, mit denen man Sachen von und zu den alten Häuschen transportierte –, und lief gleich weiter zu ihrem Haus. Sie grüßte die Leute wie nebenher, Kinder und Erwachsene, die sie kannte, seit sie klein war, und deren Familien seit Generationen den Sommer hier verbrachten. Sie wäre gerne stehen geblieben und hätte sich mit ihnen unterhalten, aber das ging nicht. Nicht heute.

Mit dem Schlüssel, den Maureen in den Blumenkasten gelegt hatte, schloss sie auf. Im vorderen Zimmer war es dunkel, die Fensterläden waren verschlossen. Maureen hatte die Insel den ganzen Sommer über nicht ein Mal betreten, und Zee begriff erst im Nachhinein, dass ihr dieser Hinweis Grund zur Sorge hätte sein müssen. Seit Zee klein war, hatte Maureen das Häuschen jeden Sommer bewohnt, um zu schreiben.

In diesem Jahr war das Haus noch nicht aufgesperrt worden. Als Zee durch die Tür trat, flitzte eine Maus in ihr Versteck; wohin genau, sah sie nicht. Das Haus war winzig, es gab nur zwei Zimmer; der große vordere Raum hatte ein kleines Specksteinbecken, eine Handpumpe und einen altmodischen Kühlkasten. Mitten im Zimmer stand ein runder Tisch. Hätte sich das Haus auf dem Festland befunden, hätte die Einrichtung direkt aus einem Shabby-Chic- oder Maine-Cottage-Katalog stammen können, aber hier erkannte man darin eine Zusammenstellung weitergereichter oder aussortierter Gegenstände aus anderen Häusern, die über mehrere Sommer angesammelt worden waren: eine alte Gummibademütze an einem Haken, der Kinnriemen brüchig und eingerissen, ein Strohsonnenhut aus den Zwanzigerjahren, der dort, wo früher eine Seidenblume befestigt war, nur noch ein kleines Loch hatte.

Zee öffnete die vier Flügelfenster über dem Spülbecken, dann schob sie die Fensterläden dahinter auf. Helles Licht durchflutete den Raum. Eine Raubspinne hatte sich in einem Spalt zwischen den Dachsparren versteckt.

Zee hatte diesen Ort immer geliebt. Wenn Maureen hier übernachten wollte, nahm sie Zee meistens mit. Die einzige Voraussetzung war, dass Zee sich mit sich selbst beschäftigte, damit Maureen ungestört schreiben konnte. Zee war das nur recht, und sie verbrachte so viel Zeit wie möglich an der frischen Luft. Wenn es regnete, setzte sie sich auf den Flickenteppich, malte oder legte eine Patience, während ihre Mutter an ihren Geschichten arbeitete. Manchmal las Zee die alten Nancy-Drew-Jugendkrimis, die noch aus der Kindheit der ersten Frau ihres Stiefgroßvaters stammten.

Der Flickenteppich stand aufgerollt in einer Ecke. In der Mitte beulte er sich leicht aus, was ihr bisher nie aufgefallen war. Entweder war er nicht richtig hingestellt worden, oder jemand hatte etwas mit eingerollt. Ihre Spielkarten vielleicht? Eine Schachtel Wachsmalkreiden?

Die Tür zum Schlafzimmer war geschlossen. Zee stand zögernd davor. So lange sie denken konnte, hatte sie das ehemalige Schlafzimmer nie betreten dürfen. Obwohl in der Ecke ein Messingdoppelbett stand, schliefen sie nicht in diesem Zimmer, wenn sie dort übernachteten. Maureen schlief stattdessen auf dem Sofa und Zee in einem Schlafsack auf einer großen Luftmatratze auf dem Boden neben ihrer Mutter.

Zee öffnete die Tür und betrachtete das Bett, das einst das Ehebett ihrer Eltern gewesen war. Das Messing verfärbte sich grün an der Stelle, wo es aus einer undichten Stelle im Dach herabtröpfelte. Die Bettlaken waren nie gewechselt worden, und sie erkannte die verblichene Tagesdecke aus grüner Chenille, die wegen des Lecks modrig roch.

An diesem letzten Tag in Maureens Leben stand Zee wieder in dem Schlafzimmer auf Baker's Island. Doch etwas stimmte nicht in dem Bild. Es war nicht nur das undichte Dach oder dass die Tagesdecke wegen der Feuchtigkeit schimmelte. Es war etwas anderes. Das Yeats-Buch lag nicht auf dem Kissen. Es fehlte der eine Gegenstand, nach dem ihre Mutter verlangte, die eine Sache, die abzuholen Zee gekommen war.

Sie stellte das Haus auf den Kopf. Sie schaute hinter und unter dem Bett nach. Sie suchte im Kühlkasten und in sämtlichen Schubladen. Sogar draußen sah sie nach und ging um das ganze Haus herum. Schließlich starrte sie auf den Teppich und auf die Beule in der Mitte.

Als sie den Flickenteppich mit einem Schwung entrollte, fiel etwas heraus, das quer durch das Zimmer geschleudert wurde. Hoffnungsvoll ging sie darauf zu, um es zu holen, da sah sie die Maus. Es war die Maus, die zuvor über den Boden gehuscht war, und bei ihr war noch eine ganz kleine Maus, wahrscheinlich ihr Junges. Ihre Blicke waren wild vor Schreck. Zee hatte mit dem Aufrollen des Flickenteppichs ihr Zuhause zerstört. Neben dem Mäusebaby lag, wie hindrapiert, die Seidenblume, die die Mäuse von dem alten Strohhut abgenagt hatten, und der Ball von Zees Kinderspiel, der vor langer Zeit einmal unter das Bett gerollt war. Daneben war das Buch.

Strychnin hieß das Gift, über das Maureen für ihre Geschichte recherchiert hatte, das Gift, das sie die Haushälterin für den Kapitän verwenden ließ. Es war auch das Gift, das Maureen schließlich bei sich selbst verwendete.

Es waren viele einfachere Gifte erhältlich, ein paar, von denen sie durch Ann erfahren hatte, und andere, die einfach in ihrem Garten wuchsen. Maureen hatte sie alle in Betracht gezogen und verworfen. Strychnin ist ein Gift, das das Rückenmark hinaufwandert und so die Intensität der Krämpfe, die es hervorruft, erhöht. Es ist eine schreckliche Art zu sterben. Jeder Notfallmediziner, der einmal eine Strychninvergiftung miterlebt hat, dürfte sie kaum jemals wieder vergessen. Die Anfälle kommen oft bereits innerhalb von zehn Minuten nach der Einnahme und werden durch irgendwelche Reize ausgelöst – Todesangst, helles Licht, ein vorüberfahrendes Auto. Theoretisch wäre es möglich, eine Strychninvergiftung zu überleben, wenn man den Betroffenen etwa vierundzwanzig Stunden lang völlig ruhig halten könnte, in absoluter Stille, bis das Gift den Körper verlassen hat. Doch das gelingt so gut wie nie. Ein Geräusch, selbst die kleinste Berührung, löst Anfälle aus, bei denen der Rücken nach hinten gebogen wird, bis Kopf und Füße den Boden berühren, so dass der Körper einen beinahe vollkommenen Bogen bildet. Nach jedem Anfall kollabiert der Betroffene und sammelt neue Kraft für den nächsten Krampfanfall. Nach fünf oder sechs Anfällen hat der Körper keine Reserven mehr, und der Betroffene stirbt an Ateminsuffizienz oder Erschöpfung.

Maureen plante ihren Tod sorgfältig, jedoch nicht perfekt. Finch hatte Sommerferien und musste nicht unterrichten. Er feierte mit seinen Piratenfreunden, die gerade bei einem zweitägigen Zeltlager auf Winter Island mitmachten. Und da Zee mehrere Stunden unterwegs sein sollte, hatte Maureen die Gelegenheit genutzt.

Ihr Abschiedsbrief war so versteckt, dass nur Finch ihn finden konnte. Den Brief schloss sie mit Gedichtzeilen, die zu dem Buch passten, das ihre Tochter ihr in diesem Moment brachte.

Komm hinfort, o Menschenkind!
Auf zu Wassern, Wildnis, Wind
Mit einer Fee an deiner Hand,
Denn auf der Welt gibt es mehr Tränen,
   als je ein Kind verstand.

Keine fünfzehn Minuten, nachdem Maureen das Gift genommen hatte, kehrte Zee mit dem Buch nach Hause zurück. Sie schlug die Fliegengittertür in der Küche zu, bevor sie die Treppe hinaufflief. Es war das Geräusch der zuschlagenden Tür, das Maureens ersten Anfall auslöste.

20

Zee lag immer noch auf dem Sofa, als sie aufwachte. Der Himmel war nun wolkenlos, und über dem Hafen stieg der Mond auf. Er war groß und gelb, sie hatte schon lange keinen solchen Mond mehr gesehen. Sie setzte sich auf, versuchte sich zu orientieren und begriff, dass nicht das Mondlicht sie geweckt hatte. Jemand hämmerte gegen die Tür.

Finch war bereits im Bett, und Jessina war über Nacht bei sich zu Hause.

Zuerst dachte sie, es könnte Hawk sein. Er hatte sich eventuell für den Abend angekündigt, um den Handlauf anzufertigen. Aber ihre Uhr zeigte an, dass es bereits nach elf war. Verwirrt und immer noch verschlafen machte sie sich auf den Weg zur Tür.

Es war Michael.

»Ich habe deine Nachricht bekommen«, sagte er. »Mir tut es auch leid.«

Obwohl sie beide erschöpft waren, schliefen weder Michael noch Zee in dieser Nacht sonderlich viel. Zees Kinderbett war ein altmodisches Doppelbett, und in der Mitte hing es durch wie eine Hängematte. Für Zee allein war das in Ordnung, zu zweit war das weniger angenehm. Und Finch litt wieder am »Sundowning«-Syndrom.

In der kurzen Zeit, seit sie hier war, hatte Zee bemerkt, dass Finch häufig desorientiert wirkte, wenn der Tag sich neigte. Das führte dazu, dass ganz normale Tätigkeiten wie Waschen oder Umkleiden für die Nacht ihn sehr strapazierten. Bei manchen Demenzpatienten war das ein normales Symptom, das »Sundowning« genannt wurde. Er machte dann oft einen ängstlichen Eindruck, und häufig wanderte er auch umher, wie in der ersten Nacht, als er an Zees Bett stand, bevor das »Freezing« einsetzte. Vom »Sundowning« wusste Zee, aber es betraf häufiger Alzheimer- als Parkinson-Patienten.

Wenn diese abendliche Störung auftrat, wollte Finch oft seine Medizin nicht nehmen. Sie brauchte bis vier Uhr morgens, um ihn zu überreden, etwas Tradozon einzunehmen, und um sieben Uhr, wenn er die erste Dosis Sinemet bekommen sollte, schlief Finch tief und fest.

»Tut mir leid«, wiederholte Michael, nachdem er gesehen hatte, wie sehr sich Finchs Zustand verschlechtert hatte. »Ich dachte, du übertreibst nur wieder.«

Mit demselben Satz hatte William Lilly beschrieben, als er sie zum ersten Mal Mattei vorgestellt hatte. Die Wortwahl war interessant, und Zee hätte Michael vielleicht darauf angesprochen, wenn sie nicht beide so müde gewesen wären. Sie war gereizt, beschloss aber, es sei keinen Streit wert.

»Ich fürchte, die Ergotherapeutin hat recht«, sagte er. »Finch muss auf jeden Fall in ein Pflegeheim.«

»Er würde eher sterben, als in ein Heim gehen.«

Mit sichtlich schlechtem Gewissen half Michael Zee später an diesem Vormittag dabei, noch mehr Zeitungen wegzuräumen. Sie stapelte Melvilles Habseligkeiten aufeinander, Sachen, die sie ihm entweder bringen würde oder die er irgendwann durchsehen konnte, wenn Finch gerade nicht zu Hause war.

Sie sprachen wenig, während sie arbeiteten.

Um sechs Uhr bestellten sie etwas beim Chinesen. Sie aßen mit Finch und Jessina in der Küche. Jessina witzelte über die Essstäbchen und drohte, Finch damit zu füttern statt mit der Gabel, die sie benutzte.

»Lassen Sie ihn doch selbst essen«, erinnerte Zee sie. Alle sahen schweigend zu, wie Finch versuchte, mit der Gabel zu hantieren.

Nach dem Essen öffnete sie eine Flasche zwanzig Jahre alten Portwein, den Michael Finch zu seinem fünfundsechzigsten Geburtstag geschenkt hatte.

»Den hat er noch?«, wunderte sich Michael.

»Er hat fast alle noch.« Sie zeigte es ihm. »Melville macht hin und wieder eine auf, aber Finch trinkt nicht mehr.«

»So was«, staunte Michael.

»Ich habe dir das schon vor langer Zeit gesagt.«

Er sah sie an, als könnte ihr letzter Satz unmöglich wahr sein. Um das zu überspielen, durchsuchte er die Küchenschränke, bis er ein passendes Glas für den Portwein fand.

Zee hatte Michael öfters gesagt, dass Finch aufgehört hatte zu trinken, aber irgendwie konnte sich Michael nie mehr daran erinnern und schenkte ihm zum Geburtstag und zu Festtagen weiterhin teure Weine. Auch andere Dinge hatte er vergessen, Sachen, von denen sie sich sicher war, dass sie sie ihm erzählt hatte. Er hatte einen anstrengenden Beruf, sagte sie sich. Und der zusätzliche Stress mit der Hochzeitsvorbereitung, die sie nicht erledigt hatte, machte alles nur noch schlimmer.

Es war nicht immer so gewesen. Zumindest glaubte sie das. Zu Beginn ihrer Beziehung hatten sie alles beredet. Möglicherweise hatte meistens Michael geredet. Er war sich immer völlig im Klaren darüber, was er wollte. Und die Tatsache, dass er sie wollte, war schmeichelhaft. Michael konnte jede haben. Obwohl sie sich in letzter Zeit darüber ärgerte, hatte Zee diese Sicherheit ursprünglich gemocht. Es hatte etwas Attraktives, ja beinahe Verführerisches zu wissen, wo das eigene Leben hinging. Für Zee war das etwas Neues.

Aber irgendwann hatte sie aufgehört, mit Michael zu reden.

Vielleicht lag das daran, dass er nicht mehr zuhörte, vielleicht hatte sie eigentlich auch gar nie so viel mit ihm geredet. Ganz sicher jedenfalls hatte sie ihm nie von *ihren* Träumen erzählt. Vor allem deshalb, weil sie ihre Träume selbst nicht kannte. Jenseits davon, die Uni abzuschließen und ihre Zulassung als Ärztin zu bekommen, hatte sie sich nicht gestattet, überhaupt viel zu träumen. Sie wusste, dass dies ein Produkt ihrer Kindheit war, des Lebens mit Maureens Krankheit und der Unmöglichkeit, Pläne zu machen. Aber von dem Moment an, in dem sie sich kennengelernt hatten, hatte Michael einfach immer gedacht, er kenne Zee. Er hatte sie nie gefragt, was sie vom Leben wollte. Was wahrscheinlich gut war. Denn mit zwölf hätte sie das vielleicht gewusst, aber heute würde sie zugeben müssen, dass sie keine Ahnung hatte.

Heute Abend trank Michael zu viel. Er hatte die Flasche Portwein geleert und dann einen Côtes du Rhône gefunden, den er auch noch geöffnet hatte. Je mehr er trank, desto mehr färbte sich sein Gesicht rot, und sie spürte, wie sich die Spannung aufbaute.

Als er den Arm ausstreckte, um sich noch ein Glas einzuschenken, blieb er mit dem Ärmel an dem Drehtablett hängen, so dass durch die Drehung die Salz- und Pfefferstreuer sowie Finchs Medikamente herunterflogen.

Sie wollte die Sachen aufheben.

»Ich mach das schon«, sagte er ärgerlich.

Sie wartete, während er das Sinemet und den Salzstreuer aufhob.

»Das ist ein gefährliches Medikament«, sagte er. »Wie kann jemand so blöd sein, es einfach auf dem Tisch herumstehen zu lassen?«

Zee sagte nichts. Sie wusste, dass er einen Streit anzetteln wollte.

»Wirklich blöd«, wiederholte er. Er stand auf, ging ins Bad und stellte es in den Medizinschrank. »Das hätte schon längst jemand machen sollen.« Er setzte sich wieder an den Tisch.

Zee sagte erst nichts. Statt ihn darauf anzusprechen, stellte sie ihm eine direkte Frage: »Wann sind wir so wütend aufeinander geworden?«

»Du bist vielleicht wütend. Ich nicht«, sagte er.

»Bitte. Ich habe dich noch nie so wütend gesehen.«

»Am Wochenende war ich sauer«, gab er zu. »Aber du hast es erklärt und dich entschuldigt, und ich verstehe absolut, was passiert ist.«

»Du warst auch an dem Abend sauer, an dem Lilly von der Brücke gesprungen ist.«

»Das war keine Wut, das war Frustration.«

»Eine Frage der Formulierung.«

»Ich musste der Hochzeitsplanerin sechstausend Dollar zahlen.«

»Ich bezahle das«, sagte sie. »Das habe ich dir schon gesagt.«

»Darum geht es doch gar nicht.«

»Mir war die Hochzeitsplanerin unsympathisch. Sie war herrisch und hat mir Angst gemacht, und ihren Geschmack mochte ich auch nicht.«

»Aber die Sushi mochtest du.«

»Natürlich mochte ich die Sushi. Jeder in Boston mag die Sushi von O Ya. Ich brauche keine Hochzeitsplanerin für sechstausend Dollar, um zu erfahren, dass mir die Sushi von O Ya schmecken. Die hätten wir übrigens sowieso niemals über hundert Leuten serviert. Ich glaube nicht einmal, dass O Ya überhaupt einen Cateringservice anbietet.«

»Wir haben also festgestellt, dass du die Hochzeitsplanerin nicht mochtest.«

»Und du?«

»Eigentlich nicht«, gab er zu. Dann dachte er darüber nach.

»Ich konnte sie nicht ausstehen.« Kaum hatte er das gesagt, musste er lachen.

»Warum zum Teufel hast du sie dann beauftragt?« Zee lächelte ihn an.

»Das macht man eben so. Man verliebt sich, man macht einen Heiratsantrag, man beauftragt einen Hochzeitsplaner.«

»Ganz, ganz einfach, Fall abgeschlossen«, zitierte sie Mattei.

»Für die meisten Leute«, sagte er.

»Offensichtlich nicht für meine Leute«, sagte sie.

»Allerdings.«

Sein Glas war leer, und er schenkte sich nach. Er wollte auch ihr eingießen, aber sie hielt die Hand darüber. »Ich hatte genug«, sagte sie.

»Und wie geht's jetzt weiter?«

»Ich habe keine Ahnung.«

»Möchtest du die Hochzeit verschieben?«, fragte er. »Ich meine, angesichts dessen, was mit deinem Vater gerade passiert.«

»Das sollten wir wahrscheinlich tun.«

»Aber du willst immer noch heiraten«, sagte er.

»Ich habe nie gesagt, dass ich das nicht wollte«, entgegnete sie. »Du warst derjenige, der das gesagt hat.«

»Okay«, meinte er.

»Okay was?«

»Okay, wir können verschieben.«

Sie wollte noch etwas anderes sagen, etwas Endgültiges. Sie wusste, dass sie das tun sollte und dass er auf mehr von ihr wartete, aber es kam nichts. Sie war erschöpft. »Ich gehe ins Bett«, sagte sie. »Kommst du?«

»Nein«, meinte er. »Ich bleibe noch ein bisschen wach.«

Als sie durch den langen Gang in ihr Schlafzimmer ging, hörte sie, wie er sich ein weiteres Glas einschenkte.

Spät in dieser Nacht kam Michael schließlich zu ihr ins Bett gekrochen, so dass sie beide in die durchhängende Mitte der alten Matratze rollten. Zee erwachte von saurem Weinatem. Michael küsste sie.

Bevor sie wach genug war, um sich zu fangen, wandte sie instinktiv den Kopf ab.

»Entschuldige«, sagte sie, als sie seinen gekränkten Gesichtsausdruck sah und begriff, was sie getan hatte.

Sie wusste, dass er wütend war, aber er war auch sehr betrunken. Und sie fühlte sich zu erschöpft, um jetzt darüber zu reden.

Sie nahm ihr Kissen, ging zum Schlafen ins Fernsehzimmer und überließ ihm das Bett.

Als sie am nächsten Morgen aufwachte, war Michael weg. Die Notiz auf dem Tisch war kurz, aber deutlich.

Liebe Zee,
du hattest recht. Ich bin wütend. Es reicht mir.

21

Zee weinte fast den ganzen Mittwoch über. Zum Teil aus Erleichterung; weil es jetzt vorbei war, hatte sie keine großen Entscheidungen mehr zu fällen. Einige der Tränen galten den letzten drei verschwendeten Jahren ihres Lebens. Ein paar galten Finch, ein paar Maureen und der »großen Liebe«, und ein paar auch Lilly Braedon.

Sie lauschte ihren Gedanken, die ihr durch den schmerzenden Kopf schossen. Ihre Nebenhöhlen waren geschwollen vom Weinen, sie traute sich gar nicht, in den Spiegel zu schauen. Sie ging ins Bad, ließ kaltes Wasser ins Waschbecken laufen und spritzte es sich ins Gesicht.

Draußen hörte sie Finchs Rollator. Jessina war in der Küche und machte Frühstück. Zee trocknete sich die Hände ab. Sie warf einen Blick auf ihren Verlobungsring an der linken Hand und fragte sich, was sie nun wohl damit anfangen sollte. Sollte sie Michael den Ring zurückschicken? Sollte sie ihn überhaupt anrufen? Sie wollte nicht. Ihr wurde bewusst, wie froh sie war, dass sie nicht anrufen musste, gleichzeitig war ihr klar, dass sie irgendwann mit ihm Kontakt aufnehmen musste, um ihre Sachen abzuholen. Irgendwann, aber nicht jetzt.

Als sie es im Haus nicht mehr aushielt, beschloss sie, Auto zu fahren. Über die Lafayette Street fuhr sie nach Marblehead, dann bog sie links in den West Shore Drive ein. Es gab etwas, das sie schon lange vorgehabt hatte, und nun war die Zeit gekommen. Im Gartencenter suchte sie sich einen Grabkorb aus, mit Geranien, Hängepetunien und Keulenlilie. Dann fuhr sie weiter, bis sie den Waterside Cemetery erreicht hatte.

Sie steuerte den Volvo durch die schmale, von Bäumen gesäumte Gasse und hinauf zum Büro. Dort parkte sie und ging hinein.

»Guten Tag«, begrüßte sie die Frau am Schreibtisch. »Verzeihen Sie die Störung, aber könnten Sie mir vielleicht sagen, wo das Grab von Lilly Braedon liegt?«

Cathy betrachtete Zees fleckiges Gesicht. Normalerweise hätte sie den Standort des Grabs nachschlagen müssen, aber Lilly Braedons Grabstein war erst gestern aufgestellt worden, und Cathy hatte am Abend zuvor, als sie nach Hause ging, gesehen, wie Lillys Mann und die Kinder das Grab besucht hatten. Wirklich traurig, hatte sie gedacht und sich gefragt, was die junge Mutter wohl dazu gebracht haben mochte, von der Tobin Bridge in den Mystic River zu springen. Die Kinder taten ihr besonders leid.

Cathy begleitete Zee zur Tür und zeigte den Hügel hinauf. »Es ist dort oben, neben dem Pavillon«, erklärte sie. »Unter der großen Eiche.«

»Vielen Dank.«

Zee ließ ihr Auto beim Büro stehen und trug den Korb mit den Blumen den Hügel hinauf. An einem Wasserhahn blieb sie stehen und goss die Blumen. Als sie oben angelangt war, konnte sie ganz Salem überblicken, vom Willows-Park bis zum Haus mit den sieben Giebeln, den Shetland Park und die alten Mühlengebäude mit ihren Spitzdächern, die aussahen wie eine Reihe weißer Zelte. Hinter dem Shetland Park lag der Bezirk, der »The Point« genannt wurde, mit den Mietshäusern, in denen früher die Mühlenarbeiter gewohnt hatten – die Iren, die Italiener, die Frankokanadier. Die Mühlen waren längst verschwunden, aber die Häuser standen noch. Heutzutage lebten dort hauptsächlich Dominikaner. Jessina und ihr Sohn Danny wohnten in The Point.

Zee fand Lillys Grabstein. Er bestand aus einfachem Granit,

in einem matten Grau. Darauf standen nur Lillys Name, ihr Geburtsdatum und das Datum des Tages, an dem sie gestorben war. Zee begann unwillkürlich zu rechnen. Lilly war vierunddreißig, nur zwei Jahre älter als Zee und genauso alt wie Maureen zum Zeitpunkt ihres Selbstmordes. Aber Lilly war Zee jünger erschienen, als ihre Mutter in ihrer Erinnerung je gewesen war. Auf jeden Fall naiver, dachte sie. Allerdings fand sie das seltsam, denn Maureens Zeit hatte sicherlich weniger Weltläufigkeit diktiert als die von Lilly. Jetzt im Rückblick wurde Zee klar, dass ihre Kinderaugen ihre Wahrnehmung gefiltert hatten. Würde sie die beiden Frauen nebeneinander sehen, sie würden ihr wahrscheinlich genau gleich vorkommen. Es gab natürlich schon viele Entsprechungen, zumindest in Zees Vorstellung. Als Lilly noch lebte, war es schon schwer, sie auseinanderzuhalten, aber jetzt verschmolzen die Bilder immer mehr.

Zee stellte den Korb auf den Sockel von Lillys Grab. Sie hatte gar nicht weiter darüber nachgedacht, doch jetzt meinte sie, dass sie ein paar Worte sprechen oder zumindest ein stilles Gebet beten sollte. Nur fiel ihr nichts ein.

Sie bemühte sich, einen klaren Kopf zu bekommen und an Lilly zu denken. Als sie den Grabstein betrachtete, wollte sie wieder weinen, eine angemessene Reaktion, aber sie konnte einfach nicht mehr. Ihr tat der Kopf vom Weinen so weh, dass sie sich zwang, die Tränen zurückzuhalten. Stattdessen ging sie hinauf zu dem Pavillon, setzte sich hin und blickte über den Hafen hinweg auf Salem.

Das Haus mit den sieben Giebeln war von hier zum Teil sichtbar. Sie versuchte, Finchs Haus zu identifizieren, aber es wurde von der Werft auf der anderen Straßenseite verdeckt. Das Licht des Kraftwerks im Hafen blinkte, und irgendwie fiel ihr da Gatsby ein, wie er auf Daisys Steg stand und hinausblickte, allerdings war das Licht grün und nicht weiß und befand sich weiter unten statt auf einem kohlebefeuerten Schornstein, den sich die Bewohner beider Städte redlich loszuwerden bemühten.

Zee schlief ein, während sie auf den Hafen hinaussah. Das überraschte sie, zum einen, weil sie mitten am Tag schlafen konnte – sie war nie der Typ für Nickerchen gewesen –, und zum anderen, weil sie an einem öffentlichen Ort im Freien eingeschlafen war. Ein unterbrochener Traum verwirrte sie zusätzlich, und so hatte sie ein paar Sekunden nach dem Aufwachen nicht die geringste Ahnung, wo sie war.

Ein Motorengeräusch hatte sie geweckt. Ein roter Pick-up fuhr durch die schmalen Zufahrtswege, erst auf der einen Seite des Hügels hinauf, dann auf der anderen hinunter. Langsam rollte er durch sämtliche Parallelwege, bis er anhielt und zurücksetzte, als er Lillys Grab erreichte. Adam schaltete den Motor nicht aus, bevor er ausstieg. Der Wagen lief stotternd im Leerlauf und lieferte den Soundtrack, der das, was Zee ihn gleich tun sah, eher wie einen Film wirken ließ als wie das wahre Leben.

Adam ging zu dem Grab und stand lange davor. Er betrachtete den Grabstein und den Blumenkorb. Dann schaute er sich um, ob ihn jemand beobachtete. Er nahm den Blumenkorb, den Zee gerade erst auf das Grab gestellt hatte, und schleuderte ihn weg. In Zeitlupe flog er in hohem Bogen über die Grabsteine, bis er schließlich auf dem Asphalt landete und kaputtging. Dann stieg Adam in seinen Pick-up und fuhr davon.

Zee war so erschüttert, dass sie sich eine ganze Weile nicht rührte. Sie ging nicht in das Büro und meldete den Vorfall. Stattdessen stieg sie in ihr Auto und fuhr zurück nach Salem. Bei einer roten Ampel wählte sie Matteis Nummer und hinterließ ihr eine Nachricht.

»Ich weiß, du bist der Meinung, ich sollte das nicht weiter verfolgen, aber ich habe gerade etwas gesehen, das darauf hindeutet, dass Lilly Braedons Tod doch kein Selbstmord war. Ich muss mit dir reden.«

22

Vier Stunden später saß Mattei Zee gegenüber am Küchentisch. Sie hatte große Schwierigkeiten gehabt, einen Parkplatz zu finden, und ihr Auto schließlich in einer vierstöckigen Parkgarage in der Congress Street untergebracht, wo sie trotzdem fast zwanzig Minuten auf einen freien Platz warten musste.

Zee hatte ihr an diesem Tag zwei Nachrichten hinterlassen, die erste noch von zu Hause aus, als sie um Beurlaubung bat, um sich um Finch kümmern zu können, und die zweite zwei Stunden später, als sie erklärte, dass sie Lillys Tod nicht für einen Selbstmord hielt.

Mattei hatte Zee gar nicht erst zurückgerufen. Sie war gleich ins Auto gestiegen und nach Salem gefahren.

»Ich weiß, was ich gesehen habe«, insistierte Zee, während sie einander gegenübersaßen.

»Das bestreite ich ja nicht«, sagte Mattei.

»Er hat den Blumenkorb kaputtgemacht«, sagte Zee. »Er ist gefährlich.«

»Wir wissen nicht, ob er gefährlich ist. Auf jeden Fall scheint er zornig zu sein.«

»Wir wissen, dass er sie bedroht hat.«

»Ja«, gestand Mattei ein.

»Du hast es schon vorher nicht geglaubt«, sagte Zee.

»Ich habe nie gesagt, dass ich es nicht geglaubt habe. Die Polizei von Marblehead war skeptisch. Und Lilly war nicht gerade glaubwürdig. Zumindest nicht kooperativ.«

»Sie war nicht selbstmordgefährdet«, sagte Zee.
»Sie ist von einer Brücke gesprungen.«
»Und wenn er sie dazu getrieben hat?«
»Und wenn?«, fragte Mattei.
»Sollten wir nicht jemandem davon erzählen?«
»Was erzählen?«
Zee schaute frustriert.
»Denken wir es doch einmal durch«, sagte Mattei. »Man kann rein gar nichts tun. Man kann nicht irgendwen festnehmen, weil er einen Menschen in den Selbstmord getrieben hat. Wenn das ginge, wären die Gefängnisse voll mit Ehemännern, Ehefrauen, Verwandten und Arbeitgebern. Ist denn nicht immer jemand anderes schuld?«
»Trotzdem…«, meinte Zee.
»Sie hatte eine bipolare Störung«, sagte Mattei.
»Das ist mir sehr wohl bewusst.«
»Du weißt aus persönlicher Erfahrung, wie das manchmal endet.«
»Du meinst meine Mutter.«
»Ja«, sagte Mattei.
»Meine Mutter hatte eine Bipolar-I-Störung. Und bekam keine Medikamente.«
»Medikamente helfen nicht immer. Typisches Beispiel: Lilly Braedon.«
»Ich hätte es gewusst, wenn Lilly selbstmordgefährdet gewesen wäre«, sagte Zee, und bevor Mattei antworten konnte, fügte sie hinzu: »Ich war dreizehn, als meine Mutter starb. Wenn das heute passieren würde, hätte ich mit meiner Ausbildung die Anzeichen bemerkt.«
Mattei schwieg.
»Und da ist noch etwas«, sagte Zee. »Auch du hast sie nicht für selbstmordgefährdet gehalten.«
»Willst du mir jetzt erzählen, was ich dachte?«

»Du hättest sie nicht zu mir in Behandlung geschickt, wenn es anders gewesen wäre«, sagte Zee. »Gib es doch zu. Sie war genauso Teil meiner Behandlung wie ich von ihr.«

»Interessante Theorie«, meinte Mattei.

»Du weißt, dass sie mich an meine Mutter erinnert hat. Du dachtest, ich könnte sie behandeln und dadurch ein anderes Ende bewirken. Das habe ich jedenfalls gedacht.«

»So wie in: ›Und sie lebten glücklich bis an ihr Lebensende‹?«

»So wie in: ›Denk dir was aus.‹« Zee wurde sichtlich erregt. Ihre Hände zitterten. Sie drückte sie zusammen, um sie zu beruhigen.

»Atme tief ein«, sagte Mattei.

Zee schaute frustriert. Aber sie gehorchte. Sie holte tief Luft und hielt den Atem so lange wie möglich an. Dann atmete sie langsam aus.

»Alles in Ordnung?«

Zee nickte.

»Das ist verhältnismäßig normal. Du hast gerade eine Patientin verloren. Eine, die dir wichtig war. Und du hast deine Verlobung gelöst, und dein Vater ist sehr krank, das solltest du nicht unterschätzen«, sagte Mattei.

»Das tue ich nicht«, antwortete Zee. »Ich weiß selbst, wie sich das alles auf mich auswirkt. Ich finde nur, wir sollten jemandem von Adam erzählen.«

»Das haben wir schon.«

»Dann sollten wir es noch einmal tun.«

»Lass es uns doch abwägen.« Mattei klang diesmal energischer. »Denk an die Familie. Willst du wirklich, dass sie noch mehr durchmachen müssen, als sie sowieso schon erlitten haben? Lilly hatte eine Affäre mit Adam. Und die Polizei hat uns erzählt, es gab auch noch andere Männer. Möchtest du dem wirklich nachgehen?«

Zee schwieg. Mattei hatte recht.

»Falls es dich tröstet«, sagte Mattei, »es stimmt, was du gesagt hast. Ich habe das nicht kommen sehen.«

Vor der Küchentür war etwas zu hören. Jemand war auf der Veranda. Jessina sperrte die Tür mit ihrem Schlüssel auf und sah sie an.

»Entschuldigung«, sagte sie. »Soll ich lieber später noch mal kommen?«

»Nein, schon gut. Jessina, das ist meine Freundin Mattei. Mattei, das ist Jessina. Sie versorgt Finch.«

»Freut mich, Sie kennenzulernen.« Mattei streckte ihr die Hand entgegen.

»Ich wollte ihm Kekse backen.« Jessina zeigte die Tüte Mehl, die sie mitgebracht hatte.

»Jessina kann großartig backen«, sagte Zee.

»Einfach so, ohne Fertigmischung?«, fragte Mattei.

»Ich verwende nie eine Mischung«, sagte Jessina.

»Alle Achtung«, meinte Mattei.

Zee und Mattei gingen hinaus auf die Veranda vor der Küche. Von hier aus hatte man einen schönen Blick auf den Hafen, der nur zum Teil von der Werft auf der linken Seite verdeckt wurde. Das Haus erstreckte sich zwischen zwei Straßen, Turner Street und Hardy Street. Es war lang und schmal und hatte auf beiden Seiten einen Eingang.

»Dieses Haus ist richtig alt, oder?«, fragte Mattei mit Blick auf die aufwändig unterteilten Sprossenschiebefenster und den Schornstein in der Mitte.

»Ja. Bis auf die Veranda. Und den Witwensteg.«

Mattei blickte nach oben. »Ich sehe keinen Witwensteg.«

»Nur die Überreste. Siehst du, dort oben? Das flache Teil da auf dem Dach?« Zee zeigte darauf. »Dieses Haus wurde Ende des 18. Jahrhunderts von einem Seekapitän gekauft. Er hat den

Witwensteg angebaut und ihn dann angeblich in einem Anfall von Eifersucht wieder abgeschlagen.«

Mattei ging zu dem historischen Schild, das seitlich an dem Haus angebracht war: HAUS DES ARLIS BROWNE, SEEKAPITÄN. »War das nicht der Kapitän in der Geschichte deiner Mutter?«

»Genau der.«

»Netter Typ«, sagte sie.

»Allerdings«, meinte Zee.

Ein Touristen-Doppeldeckerbus fuhr aus dem Parkplatz am Haus mit den sieben Giebeln heraus und blieb stecken, als er versuchte, nach rechts auf die Turner Street einzubiegen. Er setzte zurück, fuhr wieder vorwärts und dann ganz zurück auf den Parkplatz, wo er einen übertriebenen Wendekreis beschrieb und in der falschen Richtung auf die Derby Street hinausfuhr, in gefährlicher Schieflage, so dass die Touristen auseinanderstoben.

»In dieser Stadt gibt es wirklich verdammt viele Touristen«, meinte Mattei.

»Touristen gibt es in Boston auch«, sagte Zee.

»Aber bei uns tragen sie keine Hexenhüte.«

Ein paar Minuten saßen sie schweigend da und schauten auf den Hafen hinaus. Die Sonne schien hell und spielte auf dem Wasser, so dass es aussah, als würde das Licht aus dem Meer kommen, unzählige ziellose silberne Blasen, die an die Oberfläche drangen und dann verschwanden.

»Was ist dort drüben?« Mattei zeigte auf die andere Seite des Hafens.

»Da liegt Marblehead«, sagte Zee.

»Aha, das berüchtigte Marblehead.«

Jessina brachte Limonade und zwei Gläser nach draußen, stellte sie ohne ein Wort auf den Tisch und wollte wieder hineingehen.

»Das wäre aber nicht nötig gewesen«, sagte Zee. »Vielen Dank.«

Jessina lächelte und schloss die Tür vorsichtig, damit sie nicht zuschlug.

»Die macht einen hervorragenden Eindruck«, meinte Mattei.

»Sie ist Gold wert. Melville hat sie eingestellt. In der Dominikanischen Republik hat sie als Krankenschwester gearbeitet. Sie zieht allein einen Sohn groß und versucht, die staatliche Prüfung für Krankenschwestern am Salem State College zu machen. Und das alles mit Englisch als zweiter Sprache.«

»Wirklich plättend«, sagte Mattei. »Findest du nicht?«

»Jeden Tag aufs Neue«, sagte Zee.

Mattei saß da und überlegte kurz, bevor sie sprach. »Habe ich das recht verstanden, dass Melville nicht zurückkommt?«

»Er hat es versucht. Finch hat ihn wieder rausgeworfen.«

»Warum?«

»Ich habe keine Ahnung. Ich weiß, dass es eine Art Meinungsverschiedenheit gegeben hat, aber Melville meinte, das sei ein alter Streit, der vor langer Zeit beigelegt wurde.«

»Offenbar nicht«, warf Mattei ein.

»Genau das habe ich auch gesagt.«

»Deshalb bist du also im Moment zuständig für die Pflege.«

»So ziemlich«, meinte Zee. »Zumindest, bis ich eine andere Lösung finde.«

Mattei sah sie an.

»Ich mache das gerne«, sagte Zee.

»Das finde ich sehr edel von dir.« Mattei hielt inne. »Aber jemanden zu pflegen ist schwierig.«

»Ich habe Jessina«, sagte Zee.

»Trotzdem.«

»Bisher ging es«, sagte Zee.

»Und wie lange machst du das schon? Eine Woche?«

»Wie dem auch sei«, sagte Zee. Damit wollte sie das Gespräch beenden, und Mattei wusste das.

»Versprich mir nur eines.«

»Was denn?«

»Versprich mir, dass du dich hier draußen nicht bloß versteckst.«

Zee dachte darüber nach. »Das tue ich nicht.«

»Okay«, sagte Mattei. »Lass dich beurlauben. Aber ich will dich nicht verlieren. Du bist eine zu gute Therapeutin.«

»Die jüngsten Ereignisse beweisen das Gegenteil.«

»Hör auf«, sagte Mattei.

Mattei ließ Zee den Namen einer Pflege-Selbsthilfegruppe im Salem Hospital da und ein Rezept für Schlafmittel.

»Ich brauche keine Tabletten«, log Zee.

»Du hast mir erzählt, dass du nicht schlafen kannst«, sagte Mattei. »Es tut nicht weh, das Rezept einzulösen. Wenn du die Tabletten nicht brauchst, dann nimm sie eben nicht.«

»Danke«, sagte Zee.

Zee dachte kurz nach, bevor sie auf das nächste Thema zu sprechen kam. »Da wäre noch etwas, worüber wir nicht geredet haben.«

»Ja? Und was?«

»Ich nehme an, du hast mit Michael gesprochen.«

»Ja, wir haben geredet.«

»Sag mir nur eins«, bat Zee. »Geht es ihm gut?«

Mattei dachte sorgfältig nach, bevor sie antwortete. »Er wird wieder. Mit genügend Zeit und genügend Rotwein.«

Zee nickte. Mehr wollte sie nicht wissen.

23

Hawk hatte vergessen, dass er für diesen Abend zugesagt hatte, einen Kurs zu unterrichten. Eigentlich hatte er vorgehabt, nach der Arbeit zu Zee zu gehen, um den Handlauf anzufertigen.

In seinem Arbeitsvertrag für den Sommer war festgehalten, dass er einen Kurs über Astronomische Navigation mitunterrichten sollte, der vom National Park Service unterstützt wurde. Die *Friendship* navigierte zwar hauptsächlich mit GPS, aber Hawk war das einzige Mitglied der Besatzung, das in Astronomie bewandert war, und der Kapitän wollte gerne jede Fahrt des Schiffes aufgezeichnet haben wie zu Anfang des 19. Jahrhunderts, als nur nach den Gestirnen navigiert wurde.

Hawk wäre das durchaus recht gewesen, nur kollidierten viele der Kurse, die alle im Besucherzentrum und nicht auf See abgehalten wurden, zeitlich mit seinen Pflichten auf dem Schiff. Als er den Lehrauftrag angenommen hatte, war er davon ausgegangen, die Kurse würden auf der *Friendship* stattfinden, während sie fuhr, so dass die Kursteilnehmer lernen konnten, in der Dämmerung zu sichten. Aber damals wusste er nicht, dass die *Friendship* nur selten auslief, und wenn, dann höchstens mit ein paar VIPs, kaum einmal mit normalen Passagieren. Von der Küstenwache hatte sie zwar die Lizenz zum Auslaufen, doch die *Friendship* blieb aller Regel nach im Hafen, außer wenn sie als Aushängeschild für den Essex County oder den National Park Service bei Windjammerparaden die Küste auf und ab segelte. Meistens lag sie am Pier, und große Gruppen von Touristen gingen an und von Bord.

Vor kurzem hatte man bei der Küstenwache den Antrag gestellt, das Schiff regulär in Betrieb nehmen zu dürfen. Sollte der Antrag bewilligt werden, dürfte die *Friendship* jederzeit Passagiere mit auf See nehmen und könnte Studenten und anderen Gruppen die Seefahrtsgeschichte von Salem durch eigene Erfahrung nahebringen, die sie auf andere Art kaum verstehen würden. Aber die Erteilung einer solchen Betriebserlaubnis war ein langsamer Prozess. Hawk konnte die Kursteilnehmer an Bord des festgemachten Schiffs nehmen, um Mittagsmessungen zu üben und sie zu lehren, wie man die geographische Breite bestimmte, aber hinaus auf See konnte er bisher noch nicht mit ihnen fahren. Der Kurs Astronomische Navigation war in diesem Sommer zum Großteil auf das Klassenzimmer beschränkt gewesen, was Hawk skandalös fand, und er scheute sich nicht, das immer wieder zu betonen.

Auch am ersten Kursabend war er nicht weniger zurückhaltend, als der andere Kursleiter, der den Kurs schon seit fünf Jahren abhielt, die Theorie verfocht, dass Sonnenmessungen alleine ausreichend für die Navigation seien und dass er mit nichts anderem als Sonnenmessungen mehrfach den Atlantik überquert habe.

»Welche Instrumente hatten Sie denn sonst noch?« Hawk klang misstrauisch.

»Also, GPS hatten wir nicht, so viel kann ich Ihnen sagen«, schmollte der andere Dozent.

Hawks Kollege war ein älterer Herr namens Briggs, ein erfahrener Veteran mit guten Referenzen, der in einem 65 Fuß langen Mehrrumpfboot allein den Atlantik vom englischen Plymouth bis in die Vereinigten Staaten überquert hatte. Hawk war der Meinung, der Mann konnte von Glück reden, es geschafft zu haben. Er kritisierte Briggs nicht vor dem ganzen Kurs, aber danach vertrat er vehement die Meinung, dass die Schüler mehr als nur eine Navigationstechnik lernen sollten. Sonnenmessungen gehörten sicherlich zur Astronomischen

Navigation, aber genauso die Messung von Mond, Planeten und Sternen, und Hawk konnte sich nicht vorstellen, einen Kurs abzuhalten, in dem das alles unter den Tisch fiel.

»Sie lernen, mit einem Sextanten umzugehen«, sagte Briggs. »Und für diesen Anfängerkurs sind Sonnenmessungen ausreichend.«

Seltsamerweise bestand der Kurs in diesem Jahr nur aus Frauen. Die anderen Besatzungsmitglieder nahmen Hawk auf den Arm, weil der Kurs auf der Homepage mit Fotos von beiden Kursleitern angekündigt war, und sie glaubten, dass dies der Grund für die ausschließlich weiblichen Anmeldungen war.

»Da sieht er aus wie der junge George Clooney«, kommentierte ein Mann von der Besatzung Hawks Bild.

»Schnauze«, meinte Hawk.

Nach dem ersten Kurs hätte Hawk am liebsten gekündigt. Zum einen hielt er einen Kurs, der nicht im Freien stattfand, für lächerlich, zum anderen hatte er auch ein Zeitproblem, denn die Mannschaft der *Friendship* war unterbesetzt. Und es gab einen weiteren Grund. Er hatte eigentlich nichts gegen den reinen Frauenkurs, aber es gab eine kleine Gruppe, die der andere Dozent gut kannte und der die Besatzung den Spitznamen »die Silberlöwinnen vom Yachtclub« verpasst hatte. Drei davon kamen zur ersten Stunde. Bei der zweiten war diese Untergruppe auf sieben angewachsen. Er hatte nichts gegen sie, auch wenn sie ein bisschen klüngelten und sehr forsch waren, so dass die anderen, etwas stilleren Frauen wenige Fragen stellten. Sie rissen ziemlich derbe Zoten, die meistens Hawk zum Ziel hatten, was ihn vielleicht noch amüsiert hätte, wäre Briggs nicht eifersüchtig und streitlustig geworden. Nach einer besonders unangenehmen Stunde beschloss Hawk, mit seinem Chef zu reden. Vertrag hin oder her, dieser Kurs brauchte keine zwei Dozenten, und die beiden Männer mochten einander sichtlich nicht. Hawk wollte anbieten, freiwillig zu gehen.

Aber der andere Dozent kam ihm zuvor. »Ich kann nicht mit ihm arbeiten«, hörte Hawk Briggs zu ihrem Chef sagen. »Sie müssen sich aussuchen, mit wem von uns Sie weitermachen wollen – ich möchte Sie nur daran erinnern, dass ich nicht nur der Dienstältere bin, sondern dass meine Familie im Lauf der Jahre ziemlich viel Geld für dieses Projekt gespendet hat.«

Hawk ging also. Doch ein paar Wochen später kam der Chef wieder auf ihn zu. Es hatte Beschwerden von den Teilnehmerinnen gegeben, die mit Hawk der Meinung waren, der Kurs sollte zumindest teilweise auf dem Wasser unterrichtet werden.

»Gute Idee.« Hawk war froh, dass die Schüler endlich etwas für ihr Geld bekamen. »Aber warum erzählen Sie mir das und nicht Briggs?«

»Wir haben ein Problem«, sagte sein Chef.

»Ach ja? Und das wäre?«

»Briggs ist mit den Jahren offenbar seekrank geworden.«

»Das darf ja wohl nicht wahr sein.« Hawk musste unwillkürlich lächeln.

»Wir würden Sie gerne dafür gewinnen können, die Leute in Ihrem eigenen Boot hinauszufahren. Es wäre nur für eine einzige Unterrichtsstunde«, sagte er. »Außerdem haben wir immer noch einen Vertrag.«

Hawk war sich sehr wohl bewusst, dass sie ihm nichts abgezogen hatten, als er aufgehört hatte zu unterrichten. »Na gut«, meinte er. »Um welche Stunde geht es?«

»Messungen in der Dämmerung«, sagte er. »Wir haben ihr den Titel ›Lass den Sextanten pendeln‹ gegeben. Alle haben sich dafür angemeldet.«

»So, so«, sagte Hawk. Hinter seinem Chef kicherten ein paar Mann von der Besatzung. »Ihr habt nicht zufällig etwas mit dem Titel zu tun?«, fragte er einen von ihnen.

»Nicht schuldig«, meinte sein Freund Josh. »Aber wenn du

ein paar Leute brauchst, die dir mit den Silberlöwinnen helfen, bin ich sicher, dass du ein paar Freiwillige findest.«

»Sehr witzig«, sagte er.

»Also machen Sie es?«, fragte der Chef.

»Habe ich eine Wahl?«

»Nicht ohne Gehaltskürzung.«

Hawk erklärte sich einverstanden, die Kursteilnehmer in seinem Boot hinauszufahren, einem Sim Davis Hummerboot von 1941, 40 Fuß lang, bei dem er die Winsch und Fischereigerätschaften ausgebaut hatte. Hawk hatte den vergangenen Sommer damit verbracht, es wiederherzurichten, und nun wohnte er darauf, nur wenige Liegeplätze von der *Friendship* entfernt.

Es gibt zwei Tageszeitpunkte, an denen man am besten Messungen durchführen kann: Sonnenaufgang und Sonnenuntergang. Dämmerungsmessungen macht man, kurz bevor der Horizont entweder in der Dunkelheit oder im Licht verschwindet, in den wenigen Minuten, wenn man die Planeten und die Navigationssterne noch sehen kann. Es ist nur ein kurzer Augenblick, und man braucht Übung. Besonders für Anfänger wäre es wichtig, zu einer Stelle zu gelangen, von der Hawk wusste, dass die Sterne am Horizont sichtbar wären. Das bedeutete, sie mussten weg von der Küste.

Eine Stunde vor Sonnenuntergang legten sie ab, um es noch hinaus aufs offene Meer zu schaffen. Es war ein relativ ruhiger Abend, und sein Boot war robust, es würde also nicht allzu viel Wellengang geben. Das hatte Vor- und Nachteile. Der Sextant war ein strapazierfähiges Instrument zur Messung von Vertikalwinkeln von einem sich bewegenden Schiff aus. Einer der Gründe, aufs Wasser hinauszufahren, war der, dass die Schüler sich an die Bewegung des Boots gewöhnen und lernen sollten, die Messungen unter jeglichen Bedingungen vorzunehmen.

Die Frauen waren zeitig da, mit Picknickausrüstung und Weinflaschen.

»Ich hoffe, Sie haben auch Ihre Notizbücher und Sextanten dabei«, sagte er, als er die Flaschen sah, die aus ihren L.L. Bean-Leinentaschen ragten.

Beim Hinausfahren kamen sie an dem kleinen Leuchtturm auf Winter Island vorbei, dann am Salem Willows Park mit dem langen Pier, auf dem Männer Felsenbarsche angelten. Nachdem Hawk die Grenzen des Hafens von Salem passiert hatte, gab er Gas und steuerte zwischen den Miseries und Children's Island hindurch so direkt hinaus aufs Meer, wie es in dem geschützten Gewässer zwischen Salem und Cape Ann möglich war.

»Wo fahren wir hin?«, fragte eine der Silberlöwinnen.

»Bei Dämmerung müssen wir die Küste hinter uns gelassen haben«, antwortete er. Sie saßen schweigend im Heck. Schließlich hielt er an einer Stelle an, die er gut kannte und wo das Meer nicht sehr bewegt war. Hinter ihnen lag die gesamte Nordküste, die in der Ferne langsam verschwamm, und im Süden sah man schwach die Silhouette der Skyline von Boston. Doch wenn man sich nicht umdrehte, war geradeaus eine klare Horizontlinie.

»Hier draußen schaukelt es ein bisschen«, sagte eine andere Kursteilnehmerin.

»Überhaupt nicht«, antwortete Hawk.

»Was ist, wenn wir mitten in einem Schifffahrtsweg sind?«

»Manchmal ist eine Schifffahrtsroute genau richtig«, sagte er lachend.

Alle sahen sich nervös um.

»Entspannen Sie sich«, sagte er. »Wir sind hier nicht auf einem Schifffahrtsweg.«

»Puh!«

»Aber kann mir jemand sagen, wann es günstig sein könnte, sich auf einem Schifffahrtsweg zu befinden?«

Alle sahen sich an.

Schließlich meldete sich eine der schüchterneren Frauen zu Wort. »Wenn man in Schwierigkeiten gerät und gerettet werden muss«, sagte sie. »Dann wäre ein Schifffahrtsweg gut. Wenn man eine Panne hat oder so.«

»Haben wir eine Panne?«, fragte eine andere Frau entsetzt.

»Keine Sorge, meine Damen, wir befinden uns nicht auf einem Schifffahrtsweg und haben keine Panne. Aber es freut mich, dass jemand das Buch gelesen hat.«

Eine der Frauen hatte eine Flasche Wein herausgeholt und suchte nach einem Korkenzieher.

»Ich wusste nicht, dass das hier eine Party ist«, sagte Hawk.

»Im Allgemeinen habe ich gerne ein bisschen Wein, bevor ich meinen Sextanten pendeln lasse«, sagte die Frau.

Die anderen Frauen kicherten, und Hawk hoffte, dass er nicht rot anlief.

»Sie sind ja wirklich unerbittlich, meinte Damen«, sagte er.

»Ich finde uns eher konzentriert«, entgegnete eine von ihnen.

»Ich glaube, ohne den Wein können Sie sich besser konzentrieren.«

»Sie sind aber nicht sehr lustig.« Die Frau klang enttäuscht.

»Erst die Arbeit, dann das Vergnügen.« Hawk nahm die Flasche und steckte sie zurück in die Tasche.

Sie holten ihre Notizbücher hervor und ihre Plastiksextanten. Hawk mochte die Dinger zwar nicht, aber er musste zugeben, dass sie für diesen Kurs angemessen waren. Er selbst hatte zur Sicherheit einen als Reserve, allerdings könnte er notfalls auch eine Navigation ohne Sextanten durchführen. Mit den Uhren war das etwas anderes. Für eine genaue Positionsbestimmung brauchte man nämlich die Greenwich Mean Time auf die Sekunde genau. Verbrachte man genügend Zeit auf dem Wasser, plante man für sämtliche Katastrophenfälle. Er kannte mindestens drei Seeleute, die Horrorgeschichten über nicht funktionierende GPS-Geräte erzählen konnten. Manches davon war Seemannsgarn, aber er wusste, dass zumindest einige dieser Geschichten stimmten.

Heute trugen die Damen alle Quarzuhren, was man heute in der Zeit der Mobiltelefone nicht mehr häufig sah. Hawk drehte den Kurzwellensender auf und suchte das Zeitzeichen von WWV, um die Uhren auf GMT einzustellen. Er lauschte dem Ticken und dem Piepsen, bis die Zeit angesagt wurde, und sah den Frauen zu, wie sie das mit ihren Uhren verglichen. Bisher schienen sie zu wissen, was sie taten. Ein gutes Zeichen.

Nur eine der Frauen hatte keine Uhr dabei, und er reichte ihr stillschweigend seine. Er hatte noch mindestens zwei weitere in der Kabine – auch eine Vorsichtsmaßnahme für den Fall der Fälle. Mit Mondmessungen konnte man auch die Greenwich Mean Time bestimmen, aber das war schwierig und lange nicht so genau, und er machte das ungern, außer in einem extremen Notfall. Heute wollte er gar nicht erst mit Mondmessungen anfangen. Er wollte sie nicht durcheinanderbringen. Erst einmal sollten sie lernen, den Sextanten zu beherrschen.

»Okay«, sagte er. »Suchen Sie sich eine Stelle, an der Sie es bequem haben, und justieren Sie Ihren Sextanten.«

Die Frauen positionierten sich im Heck, holten die Instrumente vor und schauten in ihren Almanach.

»Haben Sie alle Berechnungen durchgeführt? Wissen Sie, welche Sterne Sie suchen müssen?«

Ihren derzeitigen Standort hätten sie vorab für den heutigen Abend nicht vorbereiten können, aber sie waren so nahe am Ausgangspunkt, dass die Navigationssterne dieselben sein sollten. Er ging reihum und überprüfte die Berechnungen. Sie sahen ziemlich genau aus.

»Und jetzt?«, fragte eine Frau.

»Jetzt warten wir.«

Hawk schaute unter Deck nach der Uhrzeit. Er hatte gehofft, rechtzeitig zurück zu sein, um heute Abend noch Zees Handlauf anfertigen zu können.

»Dürfte ich bitte die Toilette benutzen?«, bat eine Frau.

Hawk wies sie zum Bug.

Als sie herauskam, sah sie den Messingsextanten in der Mahagonikiste, die offen auf dem Tisch stand.

»Das ist ein schöner Sextant«, sagte sie. »Ist der antik?«

»Er hat meinem Großvater gehört.«

»Darf ich ihn mal ausprobieren?«

»Tut mir leid«, meinte er. »Dort drüben ist einer aus Aluminium, wenn Sie möchten, aber der hier ist tabu.«

Er reichte ihr den anderen Sextanten, und sie ging damit zurück an Deck, als hätte sie eben einen Preis bekommen.

»Hey, wo hast du den denn her?«, fragte eine der anderen Frauen.

»Eifersüchtig?« Sie lachte und baute den Aluminiumsextanten im Heck auf.

Hawk kam an Deck und schaute nach dem Sonnenuntergang. In der Ferne schimmerte die Gegend von Boston rot und lila.

Als er den Umriss der Skyline sah, musste Hawk plötzlich an Lilly Braedon und ihren Sturz in ebendieses Wasser denken. Obwohl es gar nicht so passiert war, geschah der Sturz in seiner Erinnerung in Zeitlupe, parallel zu dem Fallen ihres Handys, nachdem es ihr aus der Hand geglitten war. Es war ein so surrealer Anblick, dass die Zeitlupenszene Bild für Bild vor seinem geistigen Auge ablief, bis Lilly in dem schimmernden Saphirblau des Wassers darunter verschwand, langsam, wie in einem Traum, selbst in der Erinnerung einfach unfassbar.

Er wandte sich schnell wieder von dem Bild ab in die ge-

genüberliegende Richtung, der Horizontlinie zu. Vor etwa zehn Minuten war die Sonne untergegangen. Es war Dämmerung.

»Sehen Sie auf die Uhr«, sagte er. »Es ist so weit.«

Die leisen Unterhaltungen verstummten.

»Heute wollen wir unsere Position mit mindestens zwei der drei Sterne, die Sie gewählt haben, bestimmen. Mit etwas Glück können wir alle drei sehen. Sie sollten tief unten am Horizont stehen. Das wird anders sein als die Messungen, die Sie von der *Friendship* aus vorgenommen haben. Hier draußen ist es viel unruhiger. Sie müssen den Sextanten hin und her pendeln lassen, das Kreissegment im Auge behalten und weiter angleichen, bis der Stern, den Sie beobachten, direkt auf der Horizontlinie sitzt.«

»Und keine Sorge«, fügte er noch hinzu. »Diese Instrumente sind für Wellengang gebaut. Es ist sogar einfacher, auf einem Boot zu messen, das sich bewegt, als von einer festen Position aus.«

Er lief hin und her und half den Frauen, ihre Instrumente zu positionieren. »Lassen Sie sich nicht von Planeten in die Irre führen. Wir suchen Sterne. Planeten sehen eher aus wie Scheiben – sie funkeln nicht.«

Es dauerte eine Weile, aber sie schienen es alle hinzubekommen. Als sie mit ihren Bestimmungen begannen, wurde die Gruppe sogar noch stiller. Die Schüchternste von ihnen schnappte nach Luft. Hawk beugte sich vor und warf einen kurzen Blick auf ihre Messung, dann lächelte er sie an.

»Hübsch, was?«, meinte er.

»Wunderschön.« Sie schien beeindruckt.

Er hatte das schon tausende Male gemacht, aber jedes Mal flößte es ihm aufs Neue Ehrfurcht ein. Es gab den Augenblick, in dem man den ersten Stern erblickte, ein stecknadelkopfgroßes Licht genau an der Stelle am Himmel, wo es sein sollte – sofern man richtig berechnet hatte. Manchmal wurde das als religiöse Erfahrung beschrieben. Er war sich da nicht so sicher. Aber wenn man diesen ersten Stern erblickte oder wenn die Sterne genau dort über den Himmel zogen, wo man sie erwartete, dann konnte das durch nichts übertroffen werden. Selbst wenn man seine Position mitten in einem Unwetter durch Koppeln ermitteln musste oder wenn einen der Golfstrom über Nacht hundert Meilen vom Kurs abgetrieben hatte. Hatte man die Berechnungen richtig angestellt, und der Stern, den man suchte, stand genau dort am Horizont, wo er sein sollte, ergab das Universum in diesem Moment einen Sinn, und egal, was sonst noch in der Welt passierte, man wusste, die Sterne würden einem immer sagen, wo man sich befand, und dann würde man immer den Weg nach Hause finden.

Auf der Rückfahrt zum Hafen von Salem war die Gruppe still. Ein paar Frauen schrieben in ihr Logbuch, andere betrachteten einfach die Sterne, während der Himmel dunkler wurde und die Sternbilder weiter nach oben wanderten.

An seinem Liegeplatz erwarteten ihn ein paar Mann von der Besatzung. Sein Freund Josh machte das Boot fest, ein anderer reichte Hawk ein Sixpack Bier, das er mitgebracht hatte.

»Sie dürfen jetzt den Wein aufmachen«, sagte Hawk zu den Damen.

»Wirklich?« Sie wirkten überrascht.

»Na klar«, meinte er. »Sie haben es sich verdient.«

Josh reichte Hawk ein Bier. Hawk sah auf die Uhr. Es war fast schon elf. Zu Zees Handlauf würde er heute Abend auf keinen Fall mehr kommen.

24

Zee ging zu der Pflege-Selbsthilfegruppe im Salem Hospital. Der Raum war überraschend voll. Im hinteren Teil gab es Kaffee und Gebäck. Es lief ab wie ein Zwölf-Punkte-Programm, und zwar deutlicher, als sie erwartet hatte. Die Leute standen nacheinander auf und erzählten ihre Geschichte.

Eine leise Depression schien sich durch die Gruppe zu ziehen, vielleicht war es auch Erschöpfung. Auf jeden Fall waren da Ernüchterung und Verbitterung, Geschichten von Geschwistern, die nicht genügend halfen, oder von elterlichen Bedürfnissen, die die Pflegenden so belasteten, dass sie ihr eigenes Leben nahezu aufgegeben hatten. Eine Frau, die selbst Teenager zu Hause hatte, erzählte, wie belastend es war, einen pflegebedürftigen Elternteil zu versorgen und gleichzeitig mit Teenagern und den Wechseljahren zurechtzukommen. Mehrere andere Mitglieder der Gruppe bedauerten sie oder nickten zustimmend.

»Sind Sie nicht ein bisschen jung, um hier zu sein?«, fragte eine der Frauen Zee.

»Mein Vater ist Ende sechzig«, erklärte Zee. »Und er hat Parkinson.«

»Das tut mir leid«, sagte die Frau.

Zee bekam zwar ein paar gute und praktische Tipps für die Pflege von Finch, aber ansonsten war die Gruppe vor allem deprimierend. Sie fragte sich unwillkürlich, ob Mattei das nicht gewusst hatte. Vielleicht wollte Mattei die Gruppe zur Abschreckung benutzen.

»Die Pflege eines kränkelnden Elternteils ist fast, als müsse man ein Baby versorgen«, sagte die Leiterin der Gruppe. »Nur freuen Sie sich bei einem Baby auf das, was dabei herauskommt.«

Jessina merkte Zee an, dass sie bereits ein wenig niedergeschlagen war, deshalb erfand sie Ausreden, um jeden Tag ein bisschen länger zu bleiben und sie in Gespräche zu verwickeln. Oft berichtete sie von ihrem Sohn, den sie vergötterte. Heute Abend erzählte sie Zee, Danny sei nicht zu Hause, und sie wolle Finch einen Kuchen backen. In ihrer Wohnung habe sie kein gescheites Rührgerät oder nicht die richtigen Backformen, behauptete sie. Zee wusste, dass es eine Ausrede war, denn Jessina hatte Finch erst vor kurzem bei sich zu Hause einen Kuchen gebacken. Und von dem Kuchen war noch die Hälfte übrig. Jessina wich ihr nicht von der Seite und fragte ständig, ob sie etwas brauche. Sie brauche nichts, sagte Zee, aber sie bedankte sich für die Nachfrage.

Um Viertel vor acht ging Jessina schließlich nach Hause, nachdem sie einen Gewürzkuchen mit weißer Glasur für Finch in den Kühlschrank gestellt hatte. Um acht klopfte jemand an die Tür. Zuerst dachte Zee, Jessina hätte etwas vergessen, doch das konnte nicht sein, denn sie kam immer durch die Küchentür am anderen Ende des Hauses herein, und außerdem hatte sie einen Schlüssel. Zee hielt unwillkürlich den Atem an und hoffte, es wäre nicht Michael.

Im Zuge der Ereignisse der letzten Tage hatte sie fast Hawk und den Handlauf vergessen, aber letztlich war sie froh, ihn jetzt dastehen zu sehen. Er trug Jeans und T-Shirt und hatte eine Werkzeugtasche dabei.

»Ich muss für den Handlauf ein bisschen was abmessen«, erklärte er, als könnte Zee vergessen haben, warum er hier war. »Tut mir leid, dass es so lange gedauert hat.«

Sie ging voraus in den Korridor.

»Ist das in Ordnung um diese Uhrzeit?«, fragte er, als er ihren Gesichtsausdruck sah. »Ich kann morgen wiederkommen, wenn Sie wollen.«

»Nein«, sagte sie. »Jetzt passt es gut.«

Sie zeigte ihm, wo die Ergotherapeutin den Handlauf haben wollte, etwa 75 Zentimeter über dem Boden.

»Normalerweise sind es 85.«

»Die Ergotherapeutin hat mir die Höhe genannt«, sagte sie. »Sie möchte, dass es genauso hoch ist wie die Gehhilfe meines Vaters.«

»Das klingt sinnvoll«, sagte er. Er schaute in die Werkzeugtasche, fluchte und ging dann hinaus zu dem blauen Transporter, um ein Maßband zu holen.

Als er zurückkam, stand sie immer noch im Gang. Er ließ sie das eine Ende des Maßbands halten, während er die Wand mehrmals vermaß.

»Ich muss zum Baumarkt, um das Material zu kaufen«, sagte er.

Sie nickte. »Möchten Sie Geld dafür?«

Er schüttelte den Kopf. »Bezahlen Sie mich, wenn ich fertig bin.«

Als er am nächsten Abend zurückkehrte, begann Hawk zu raten, woher er sie wohl kannte. Im Lauf des Abends hatte es sich zu einem Spaß – einem Spiel – zwischen ihnen entwickelt, und sie unterhielten sich über nichts anderes.

»Der Yachtclub«, sagte er.

»Unwahrscheinlich.«

»Wie ist es mit Maddie's?«

»In Marblehead?«, fragte sie.

Er nickte.

»Nein. Sorry. Da war ich nie.«

Zee versuchte, dem Ganzen nicht zu viel Gewicht beizumessen. Aber sie wünschte, er würde das Spiel aufgeben. Es machte sie nervös. Hawk ihre Beziehung zu Lilly zu erklären war das Allerletzte, was sie wollte. Die ärztliche Schweigepflicht verbot ihr jedes Gespräch über Lillys Fall, jede Erklärung, warum Zee es als Lillys Psychotherapeutin nicht geschafft hatte, sie zu retten. Nicht, dass sie eine Erklärung gehabt hätte, die irgendjemanden zufriedenstellen würde. In Wahrheit hatte sie es einfach nicht vorausgesehen. Sie hatte versagt.

Am nächsten Abend kam Hawk um sechs Uhr wieder, genau wie am Abend darauf, und nach dem vierten Abend war er mit dem Handlauf fertig. Er hatte gute Arbeit geleistet, es war viel feiner geworden, als Zee erwartet hatte. Er hatte das Holz abgeschliffen und lackiert, so dass es ganz glatt und splitterfrei war.

»Es sieht aus wie eine Schiffsreling«, sagte sie, während sie mit der Hand über die Oberfläche fuhr.

Er lächelte. »Wenigstens habe ich kein Tau dafür verwendet.« Sie lachte.

Sie merkte, dass ihm die Stelle an ihrem Finger aufgefallen war, wo bisher der Verlobungsring gesteckt hatte, die etwas blassere Haut, die noch hervorhob, dass der Ring fehlte. Sie nahm rasch die Hand vom Handlauf.

»Wirklich schön«, meinte sie. »Damit kommt er bestimmt gut zurecht. Vielen Dank.«

»Ich schaue am Donnerstagabend wieder vorbei, um die Haltegriffe zu montieren«, sagte er.

»Donnerstag passt gut.«

Er musterte sie wieder.

»Was ist denn?«, fragte sie.

»Ich weiß, wo ich Sie gesehen habe«, meinte er. »Wir haben uns auf der Wohltätigkeitsveranstaltung für das Seniorinnenheim kennengelernt.«

»Wie bitte?«

Er zeigte in Richtung Derby Street.

»Oh.« Sie lachte. Das Gebäude kannte sie noch aus ihrer Kindheit, sie hatten mittlerweile bloß längst den Namen geändert. »Nein, dazu war ich nicht eingeladen.«

»Ich gebe nicht auf«, sagte er. »Ein Gesicht vergesse ich nie.«

Am Donnerstagabend, kurz bevor er sich angekündigt hatte, ertappte sie sich dabei, dass sie einen kurzen Blick in den Spiegel warf, um ihre Frisur zu überprüfen. Es war schon eine Weile her, seit sie sich überhaupt die Mühe gemacht hatte hinzuschauen. Und heute Abend legte sie sogar ein wenig Make-up auf, zwar nur ein bisschen Wimperntusche und Lipgloss, doch ihr fiel es auf, und es verblüffte sie.

Hawk war attraktiv, dunkelhaarig und nach allen Maßstäben gutaussehend. Er hatte ein gewinnendes Lächeln und eine verblassende Narbe, die sich über die rechte Gesichtshälfte zog, es war gerade so viel Unvollkommenheit, um ihn interessant zu machen. Aber er war nicht ihr Typ. Nicht dass sie überhaupt gewusst hätte, was ihr Typ war. Sie musste an Michael denken. Lächerlich, dachte sie. Viel zu früh. Und außerdem war da Lilly.

Sie räumte das Make-up weg und sah sich mit finsterem Blick im Spiegel an.

Statt zu Hause zu bleiben und auf ihn zu warten, ging Zee spazieren. Sie lief hinunter zum Willows-Park und spielte eine Runde Skeeball, danach holte sie sich eine Tüte Popcorn, setzte sich auf eine Bank, hörte Musik und fütterte die Möwen. In der Bucht übte ein Kajak-Anfängerkurs die Eskimorolle.

Als sie zurückkam, stand Hawk in der Küche. Sein Werkzeug war schon weggepackt. »Ich bin fertig. Wollen Sie es anschauen?«, fragte er und ging schon voraus durch den Gang in Richtung Badezimmer.

In dem beengten Raum drückte sie sich an ihm vorbei zur

Badewanne hin, dann drehte sie sich zu ihm um. »Gute Arbeit.«

»War nicht sonderlich schwierig.« Er betrachtete sein Werk. »Ich hoffe, die Höhe ist in Ordnung so. Das war die einzige Stelle, wo ich sie befestigen konnte.«

»Das ist prima so«, sagt sie. »Danke.«

Er lachte sie an. »Und was kommt als Nächstes?«

»Ich glaube, das war alles, und ich sollte Ihnen doch das Geld geben.«

Er lachte. »Okay.«

»Ich hole nur schnell mein Scheckbuch.«

Es war ein kleines Badezimmer, und als er zurückwich, um sie vorbeizulassen, streifte sie ihn leicht. Er versuchte, aus dem Weg zu gehen, aber sie wich versehentlich in dieselbe Richtung aus, so dass beide auf dem engen Raum Brust an Brust standen.

»Entschuldigung«, sagte sie.

»Kein Problem.« Er trat nicht sofort beiseite, sondern blieb noch stehen und sah ihr in die Augen, bevor er einen Schritt zurückmachte. »Nach Ihnen«, sagte er schließlich und verbeugte sich so galant, wie es der enge Raum zuließ.

Er riecht nach Meer, dachte sie, als sie an ihm vorbeiging.

Sie suchte ihr Scheckbuch überall, aber es war verschwunden. »Tut mir leid«, meinte sie. »Das ist so lächerlich. Heute Vormittag hatte ich es noch.« Sie dachte nach. »Ich kann Ihnen morgen einen Scheck vorbeibringen, wenn Jessina kommt.«

»Ist schon in Ordnung«, sagte er. »Ich schaue morgen Abend nach der Arbeit rein und hole ihn ab.«

»Wirklich?«

»Kein Problem.«

Sie brachte ihn zur Tür. »Das gibt mir noch einen weiteren Tag, um herauszufinden, wo ich Sie gesehen habe«, meinte er.

»Sie können es mir aber auch einfach sagen.«

»Was?«

»Ich habe gleich gemerkt, dass Sie mich am ersten Tag am Pier erkannt haben.« Das war eher eine Feststellung als ein Vorwurf. »Deshalb denke ich mir, Sie könnten es mir doch einfach sagen, denn dann könnten wir dieses Spielchen endlich beenden und vielleicht zu etwas Interessanterem übergehen.«

Er lächelte sie an, und sie spürte, wie sie errötete. *Verdammte irische Haut*, dachte sie bei sich.

Ohne ihr Gelegenheit zur Antwort zu geben, wandte er sich um, und bevor sie etwas sagen konnte, war er verschwunden.

Zee schlief schlecht in dieser Nacht. Sie dachte ständig an Lilly Braedon und an die Beerdigung und ob sie Hawk sagen sollte, wo er sie gesehen hatte, oder nicht. Sie hätte nichts dagegen, wenn er es wüsste, aber sie wollte nicht, dass er einen Haufen Fragen stellte. Als Lillys Therapeutin war sie natürlich zu Verschwiegenheit verpflichtet. Aber es ging darüber hinaus. Ob er sich nun von ihr angezogen fühlte oder nicht: Sobald Zee es zugab, würde er über sie urteilen, das wusste sie genau. Therapeutin einer Selbstmörderin? Er würde genauso über sie urteilen wie sie selbst über sich.

Gegen drei Uhr morgens fiel sie schließlich in einen unruhigen Schlaf. Sie wachte erst kurz vor elf wieder auf. Erschreckt sah sie auf die Uhr. Jessina sollte um halb elf wieder gehen, aber sie würde Finch nicht allein lassen.

Zee zog sich abgeschnittene Jeans und ein sauberes T-Shirt an. Die letzten Nächte hatte sie in Maureens Zimmer geschlafen, wo es ruhiger war und wo Finch ganz bestimmt nicht hineingehen würde.

Jessina und Finch saßen in der Küche. Er trug ein kanariengelbes Hemd und eine rote Hose und aß ein Stück Kuchen mit einem großen Glas Milch dazu. Zee musste unwillkürlich lächeln.

»Es tut mir wirklich leid«, sagte sie an beide gerichtet. »Ich habe total verschlafen.«

Als würde Finch jetzt erst begreifen, wo sie geschlafen hatte, schaute er die Treppe hoch, sagte aber nichts. Maureens Zimmer hatte er vor langer Zeit verschlossen. Es war ihm unverkennbar nicht recht, dass Zee es wieder geöffnet hatte.

»Sie sehen besser aus«, sagte Jessina.

Zee merkte, dass sie sich auch besser fühlte.

»Möchten Sie ein Stück Kuchen?«, bot Jessina ihr an.

»Zum Frühstück?« Zee lachte. »Nein danke. Aber vielleicht nach dem Mittagessen.«

Jessina wirkte zufrieden. Sie zog sich die Schürze aus und hängte sie an den Haken. »Wie gefällt Ihnen der neue Stil Ihres Vaters?«

»Bunt«, meinte Zee.

Finch stöhnte.

»Das lässt Sie jünger aussehen.« Jessina tätschelte ihm im Vorbeigehen den Kopf. »Für einen Mann ist es nie schlecht, jünger auszusehen. Sie erregen Aufmerksamkeit. Die Damen werden über Sie fallen.«

Finch schaute Zee entsetzt an.

»Sie meint, die Damen werden über dich herfallen.«

»Ja«, stimmte Jessina zu. »Das sagte ich doch.«

Finchs entsetzter Gesichtsausdruck änderte sich nicht im Geringsten.

»Wie geht es Danny?« Zee wollte das Thema wechseln.

»Gut. Heute hat er einen Schwimmkurs.« Jessina zeigte Richtung Hafen auf Children's Island.

»Sehr schön«, sagte Zee.

»Ich mache nur noch schnell sauber, bevor ich gehe«, sagte Jessina. »Soll ich sonst noch etwas erledigen?«

»Ich glaube, wir haben alles«, sagte Zee. Jessina kam zweimal pro Tag, morgens, um Finch zu füttern und zu baden, und später, um ihm das Abendessen zu geben und ihn bettfertig zu machen.

»Wir sehen uns zum Abendessen«, sagte Jessina zu Finch. »Heute gibt es Fisch.«

Er lächelte schwach, als sie ging.

»Ich glaube, ihr ist die Art der Beziehung zwischen dir und Melville nicht ganz klar«, sagte Zee und schenkte sich eine Tasse von dem dominikanischen Kaffee ein, den Jessina gekocht hatte.

Sie wollte ihn in ein Gespräch darüber verwickeln, das hatte sie Melville versprochen. Aber Finch biss nicht an. Stattdessen drehte er sich um und schaute die Treppe hoch. »Warum schläfst du dort oben?«, fragte er. »Hier unten gibt es ein Zimmer, das völlig in Ordnung ist.«

Sie wollte ihm den Grund nicht nennen; sie hatte Angst, das würde ihn kränken. Der wahre Grund war, dass sie mit seinem »Sundowning« nicht zurechtkam. Es jagte ihr Angst ein, wenn sie aufwachte und Finch im Zimmer stand. Er sah bloß nach ihr, so wie früher, als sie noch ein Kind war, aber es raubte ihr den Schlaf. Seit sie einmal aufgewacht war und den ängstlichen Blick in seinen Augen gesehen hatte, als er erstarrt neben ihrem Bett gestanden hatte, hatte sie nicht mehr unten schlafen können.

Sie wusste, dass sie nicht antworten musste und die Frage rein rhetorisch war. Finch verlieh nur seinem Unmut darüber Ausdruck, dass die Tür, die so lange abgeschlossen gewesen war, nun offen stand und die Treppe hinauf zu dem Zimmer führte, in dem sie ihre Mutter gefunden hatten.

Zee verbrachte den ganzen Tag mit Putzen. Aber sie musste ständig daran denken, was sie Hawk sagen sollte. Schließlich wurde ihr klar, dass es das einzig Vernünftige war, ihm zu sagen, dass sie einander bei Lillys Beerdigung gesehen hatten, und das Spiel zu beenden. Sie wollte durchaus gerne erfahren, warum er überhaupt auf die Beerdigung gegangen war, obwohl Augenzeugen das öfters taten. Aber das würde sie ihn nicht fragen. Sie konnte überhaupt nicht über Lilly sprechen. Sie würde ihm einfach sagen, dass sie ihn dort gesehen hatte, und hoffen, die Sache wäre damit erledigt. Und nicht nur die Sache, nein, vorbei wäre es zugleich mit der Anziehung, die sie auf ihn ausübte oder auch nicht, da war sie sich ziemlich sicher.

Zee versuchte sich zu beschäftigen und nicht zu viel darüber nachzudenken. Doch je später es wurde, desto aufgeregter wurde sie.

Um halb sechs entkorkte sie eine Flasche Wein. Sie setzte sich auf die Veranda, trank und schaute den Booten zu.

Um sechs Uhr brachte ihr Jessina Käse und Cracker zum Wein. »Sie sollten das nicht trinken, wenn Sie nichts im Magen haben«, sagte sie.

Zee dankte ihr und wollte sie gerade zu einem Glas Wein einladen, als es klingelte. Jessina eilte zur Tür.

Zee sah zu, wie Jessina Hawk auf die Veranda führte.

»Hübsche Aussicht«, meinte er.

»So ziemlich die gleiche wie Ihre.« Sie schaute in Richtung *Friendship*.

»Schon, aber Ihre gehört Ihnen«, sagte er.

Sie lächelte. »Nicht mir, meinem Vater.«

Sie holte ihr Scheckbuch und fing an zu schreiben. Dann schaute sie in ihren Geldbeutel und merkte, dass sie noch Bargeld hatte, das eigentlich für Jessinas Einkäufe gedacht war. »Hätten Sie es lieber in bar?«

»Immer«, meinte er.

Der Wein hatte sie ein wenig verändert. Sie merkte, dass ihm die Flasche auffiel.

»Möchten Sie ein Glas?«

»Ich bin nicht der große Weintrinker«, sagte er.

»Und einen Cracker?«, fragte sie. »Der Käse ist ziemlich gut.«

Er nahm einen Cracker, setzte sich aber nicht.

Wenn sie etwas sagen wollte, dann musste es jetzt sein. »Bitte«, sagte sie. »Setzen Sie sich doch.«

Er setzte sich gegenüber von ihr an den Tisch.

Es gab keine andere Möglichkeit, es zu sagen, als geradeheraus. Ermutigt durch den Wein fuhr sie fort: »Ich sage Ihnen, wo wir uns gesehen haben.«

Er schaute sie an.

»Bei Lilly Braedons Beerdigung.«

»Was?« Er war völlig perplex.

»Sie waren der Augenzeuge auf der Brücke«, sagte sie.

Er schwieg lange. »Waren Sie mit Lilly befreundet?«, fragte er schließlich.

»Sozusagen«, meinte sie.

»Was bedeutet das?«

Sie hatte beschlossen, ihm nichts weiter zu verraten, aber nun erklärte sie es ihm doch. »Ich war ihre Therapeutin.«

Es war schlimmer, als sie es sich vorgestellt hatte. Sie hätte rein gar nichts sagen sollen. Wäre sie nicht ein bisschen angetrunken gewesen, hätte sie niemals den Mund aufgemacht. Sie spürte seinen Blick auf ihr ruhen, spürte, wie er über sie urteilte. *Ich konnte sie nicht retten*, wollte sie sagen, doch stattdessen saß sie einfach da und wartete darauf, dass er etwas sagte.

Das dauerte lange.

»Verdammt«, meinte er schließlich.

3. TEIL
Juli 2008

Auch nach dem Aufkommen moderner Navigationsinstrumente empfiehlt es sich noch, den Kurs durch tägliche Sonnen- und Gestirnsmessungen zu überprüfen: einmal mittags und dann wieder in der Dämmerung, sowohl bei Sonnenaufgang wie bei Sonnenuntergang, in den kurzen Augenblicken, wenn die Sterne und der Horizont noch sichtbar sind, gerade bevor der Horizont sich mit der Dunkelheit vereint oder die Sterne vom Licht des Tages verschluckt werden.

25

Die Historiendarsteller saßen wieder auf den Bänken vor Anns Laden, und diesmal waren sie betrunken. Nicht alle. Offenbar trank keiner von den Piraten mit (nicht einmal diejenigen, die die Seemannslieder sangen), und die tranken eigentlich meistens. Nein, diesmal waren es die Darsteller des Amerikanischen Unabhängigkeitskrieges, die sich mit Flachmännern oder Flaschen in Papiertüten auf den Bänken niedergelassen hatten. Die Rotröcke und die Patrioten saßen einander gegenüber und bewarfen sich gegenseitig mit Beleidigungen aus der Kolonialzeit.

Das reicht jetzt, dachte Ann. Wahrscheinlich waren sie in ihrem Job ziemlich gut – zumindest spielten sie ihre Rolle konsequent –, aber sie nahmen die ganze Sache mit dem Vierten Juli viel zu ernst. Ann fand sie etwas draufgängerischer als in den vorangegangenen Jahren; wahrscheinlich hatte das mit der Miniserie *John Adams* zu tun, die gerade auf HBO angelaufen war. Sie schienen auch genauer auf historische Details zu achten: die ansteckbaren Pferdeschwänze, die sie zur Schau trugen, passten besser zu ihrer Haarfarbe, und einige hatten Pulverhörner bei sich oder trugen Nagelschuhe mit großen rechteckigen Metallspangen.

Ein paar Patrioten stimmten ein Lied an, mit dem sie die Rotröcke noch mehr verspotten wollten:

Rotröcke, was wollt ihr da,
seid wohl nicht ganz gescheit?
Hier lauert überall Gefahr,
in Berg und Tal, von weit und breit.

Ja, hört ihr nicht das Horn erschallen?
Bald hört ihr auch Gewehre knallen!

Am Ende des Lieds hob einer der Patrioten sein Gewehr und feuerte in die Luft.

»Schluss jetzt!«, sagte Ann.

Salem war seit langem bekannt für seine Hexen und sogar für die Piraten, aber ganz bestimmt nicht für Nachstellungen des Unabhängigkeitskrieges. Obwohl das erste Blut der Revolution tatsächlich in Salem vergossen wurde, fanden die Inszenierungen immer in Städten wie Concord und Lexington statt. Daher war es Ann besonders unangenehm, heute Revolutionssoldaten auf der Bank vor ihrem Laden zu sehen. Konnten die nicht in ihrem eigenen Revier bleiben, wenn sie feiern wollten? Wieso mussten sie dauernd zu Mickey gehen?

Ann warf ihnen von der Tür aus einen finsteren Blick zu. »Könnten Sie bitte weiterziehen? Sie jagen meinen Kunden Angst ein«, sagte sie.

»*Wir* jagen *Ihren* Kunden Angst ein?«, sagte ein Rotrock mit perfektem Sussex-Akzent zu ihr. Diese Vorstellung schienen die Soldaten unglaublich lustig zu finden. Aus Anlass des Feiertags trug Ann ihr volles Hexenornat. Am Abend zuvor hatte sie ihre fast hüftlangen roten Haare mit schwarzem Henna gefärbt, und dabei war eine schillernde Farbe herausgekommen, die changierte, wenn Ann sich bewegte, und dadurch eine leicht halluzinogene Wirkung erzielte. »*Sie* jagen *uns* eine Heidenangst ein.«

»Ich kann Ihnen noch viel mehr Angst machen, wenn Sie nicht abziehen«, entgegnete sie.

»Das ist ein freies Land«, sagte der Mann, der als Paul Revere verkleidet war. »Heute ist der Vierte Juli, verdammt.«

Der Vierte Juli war der betriebsamste Tag für Ann. Am Unabhängigkeitstag kauften die Leute nicht nur gerne Souvenirs, offenbar ließen sie sich auch gerne die Zukunft vorhersagen. Sie hatte den ganzen Tag über Termine, aber das meiste Geschäft machte sie mit der Laufkundschaft. Alle ihre Mädchen würden heute gut zu tun haben. An dem Feiertag verdiente Ann beinahe doppelt so viel wie an einem normalen Wochenende – das heißt, wenn die Leute wirklich in den Laden kamen, und sie würde es ganz sicher nicht zulassen, dass diese Typen ihre Kundschaft einschüchterten.

Sie überlegte, wie sie die Männer am besten verscheuchen konnte. Sehr wahrscheinlich würden sie die Beine in die Hand nehmen, sobald Ann ihre Gesänge anstimmte. Aber damit vertrieb sie womöglich auch potentielle Kunden, die sich am Pier aufhielten und die Aussicht über das Meer genossen oder auf einen Platz in einem der Restaurants am Hafen warteten. Sie brauchte etwas Dezenteres. Sie war versucht, sie mit Feenstaub zu bestreuen. Da würden sie sicherlich nicht sofort weglaufen, aber es roch intensiv nach Vanilleblume, ein sehr weiblicher Geruch, der sich weiträumig und rasch ausbreitete. Dann fiel ihr ein, dass sie genauso gut ihren Freund Rafferty anrufen und die Männer wegen Alkoholgenusses in der Öffentlichkeit vorladen lassen konnte, aber Rafferty war kein Revierpolizist, er war nicht einmal mehr Kriminalbeamter. Er war Polizeichef und hatte wahrscheinlich zu viel zu tun, um sich mit einer solchen Kleinigkeit abzugeben. Außerdem hatte Ann nichts gegen Alkoholgenuss, ob öffentlich oder sonst irgendwie – sie mochte es nur nicht, wenn er ihrem Geschäft schadete. Nein, sie würde Rafferty nicht anrufen. Stattdessen nahm sie ein Päckchen aus einem der Eimer, die vor dem Laden standen. Es war eine widerwärtige Kräutermischung, die Ratten und Mäuse vertreiben sollte. Sie hatte sie einmal zufällig hergestellt, als sie Heiltränke gebraut hatte. Sie und die anderen Mädchen nannten die Mixtur »Stinkbombenkraut«. Sie stand im Eingang und prüfte, woher der Wind kam, bevor sie loslegen wollte, da stand plötzlich

Mickey Doherty auf dem Gehsteig, in seinem Piratenkostüm mitsamt Augenklappe und Dreispitz und einem Kapuzineräffchen auf der Schulter.

Mickey war ganz offensichtlich gekommen, um Ann vor den Soldaten zu retten. Sie fand sein Talent, ihre Bedürfnisse vorauszuahnen, immer etwas verstörend. Dass er für sie schwärmte, war ihr bewusst. Seit Jahren schon wollte er sie einmal herausfordern. Angeblich besaß er Zauberkräfte, die es mit den ihren aufnehmen konnten, und er lud sie ein, es auszuprobieren. Sie war nie darauf eingegangen, obwohl sie zugeben musste, dass sie manchmal drauf und dran gewesen war. So nervig er auch sein konnte, Mickey Doherty war ein lässiger, attraktiver Mann.

Mickey ähnelte den Kinohelden der alten Schule, denen er nacheiferte. Er sah aus wie Errol Flynn, auch wenn seine Flirtversuche eher an Groucho Marx erinnerten. Sie fragte sich, wer er wirklich war. Sie glaubte sich zu erinnern, etwas von einer dunklen Vergangenheit gehört zu haben – aber nein, vielleicht hatte es sich um einen Bruder gehandelt. Sie wusste es nicht mehr. Insgesamt waren die Dohertys auf jeden Fall eine interessante Familie. Nur düster. Ziemlich düster.

Als seine Schwester gestorben war, hatte Mickey all seine Wut gegen Finch und besonders gegen Melville gerichtet, doch das konnte man ihm nicht zum Vorwurf machen. Mickey war mitunter ziemlich streitlustig. Sie hatte mehrmals auf ihrem Funkscanner gehört, dass die Polizei zu irgendeinem Zwischenfall in Mickeys Laden gerufen wurde.

Ann hatte ein echtes Laster: Sie war süchtig nach dem Polizeifunk. Sie hatte einen Scanner im Laden und einen zu Hause neben dem Bett. Sie hatte sich das zu ihrer Anfangszeit als Hexe angewöhnt. Damals hatte es in Salem kaum Hexen gegeben, nur Ann und Laurie Cabot und ein paar andere, die sich noch nicht geoutet hatten. In einem Anfall von praktischer Paranoia hatte Ann sich damals ihren ersten Scanner gekauft, weil sie einen Vorsprung haben wollte für den Fall, dass es wieder zu einer Hexenjagd kommen sollte, für die Salem berühmt war. In Wirklichkeit musste sie sich überhaupt keine Sorgen machen: Die Stadt brauchte dringend Einnahmen durch den Tourismus, sie nutzte die Gelegenheit und begrüßte die neuen Hexen. Aber mittlerweile war Ann süchtig nach dem Geplapper, das aus dem Scanner kam.

»Na los, meine Herren«, sagte Mickey und trieb die Soldaten zusammen. Mit dem Schwert zeigte er auf seinen Laden. »Bei mir gibt es Grog.«

Die Soldaten erhoben sich von den Bänken und folgten ihm über den Pier zu seinem Laden. Als der letzte losmarschiert war, hob Mickey seinen Dreispitz und verbeugte sich vor Ann.

Sie verdrehte die Augen und ging wieder nach drinnen.

Der Matrosenchor war gekommen und stellte sich vor Mickeys Laden auf. Auf dem Pier gingen die Leute mit ihren Hunden spazieren, jemand errichtete einen Stand zum Facepainting. Ann glaubte gehört zu haben, dass die *Friendship* heute auslaufen sollte, aber sie war sich nicht ganz sicher. Am Pier, wo das Schiff festgemacht war, hatte sich schon eine Schlange von Menschen gebildet, die auf eine Besichtigung warteten. Obwohl die *Friendship* gelegentlich segelte, durfte sie keine Passagiere an Bord nehmen, nur die Besatzung und ganz selten einmal Ehrengäste. Ann hatte gehört, dass sie das ändern wollten und eine Genehmigung für das Auslaufen mit Touristen an Bord beantragt hatten, aber bisher war nichts daraus geworden.

Wenn sie mit der *Friendship* heute noch auslaufen wollten, dann sollten sie es besser bald tun, dachte Ann. Später würde es ein Unwetter geben, und zwar ein gewaltiges. Sie hatte keine Ahnung, woher sie das wusste – sie hatte keinen Wetterbericht gehört –, aber Ann wusste immer etwa einen Tag vorher genau, wie und wann sich das Wetter entwickeln würde. Wäre sie nicht Hexe gewesen, hätte sie leicht als Meteorologin arbeiten können.

Bei dem Gedanken an den Tag, der vor ihr lag, seufzte sie. Ihre erste Kundin wartete bereits drinnen, ein gut zwanzigjähriges Mädchen, das in den letzten paar Monaten schon mehrfach im Laden gewesen war, um sich wahrsagen zu lassen. Sie wollte ihren Lebensgefährten heiraten, aber der zog noch nicht so recht. Bei den vielen Wahrsageterminen hätte Ann beinahe vergessen, dass Zee sich angekündigt hatte. Sie hatte angerufen und gefragt, ob sie vorbeikommen könne. Ann hatte sie zum Mittagessen eingeladen und gar nicht daran gedacht, dass heute der Vierte Juli war. Sie hatte überlegt, den Besuch zu verschieben, aber sie hatte Zee selten gesehen, seit sie wieder da war, und das Mädchen hatte es nicht leicht. Finch war noch nie leicht im Umgang gewesen, wobei Ann ihn immer gemocht hatte. Selbst als Maureen so gelitten hatte, hatte Ann Finch nie Vorwürfe gemacht. Maureen war zwar eine der besten Freundinnen von Ann gewesen, aber man hatte unschwer erkennen können, wie krank sie war.

Was Maureen überhaupt an Finch gefunden hatte, ließ sich nur vermuten. Trotzdem schien sie ihn geliebt und ihn begehrt zu haben, so wie sich Dichter nach dem romantischen Ideal sehnen, dem Einswerden mit der Geliebten. Aber Ann brauchte keine telepathischen Fähigkeiten, um zu merken, dass einige von Maureens Geschichten über ihre leidenschaftliche Liebe erfunden waren. Immerhin schrieb Maureen Märchen. Während der Jahre war Ann der Verdacht gekommen, dass die Geschichten, die Maureen erzählte, gar nicht über Finch gingen, und wenn, dann war es auf Maureens Seite eher Wunschdenken als Realität.

Nach dem Selbstmord ihrer Mutter hatte sich Zee ziemlich oft in Anns Laden aufgehalten.

»Glaubst du an Wiedergeburt?«, hatte sie eines Tages gefragt.

»Ich weiß nicht, meine Liebe«, sagte Ann. »Warum fragst du?« Natürlich hatte sie genau gewusst, warum sie fragte, aber sie wollte Zee zum Reden bringen. Seit Maureens Tod war Zee viel zu schweigsam gewesen.

»Meine Mutter hat daran geglaubt«, meinte Zee.

Ann nickte. »Ja, das stimmt.«

»Ich dachte, sie kommt vielleicht als so jemand wie Julia zurück.«

»Du meinst die Julia aus ›Romeo und Julia‹?«

»Ja, ich weiß schon, dass es sie nicht in echt gegeben hat, aber eben so jemand wie sie. Eines der bekannten Paare, deren Liebe unter einem schlechten Stern stand.«

Ann überlegte.

»Vielleicht kommt sie auch als Radieschen wieder«, meinte Zee.

»Als Wurzelgemüse?«

»Wieso nicht?«, sagte Zee. »Warum müssen wir überhaupt als Menschen zurückkommen?«

»Ja, warum eigentlich?«, meinte Ann.

»Meine Mutter hat Radieschen angepflanzt.«

»Wirklich?«, fragte Ann. »Das wusste ich gar nicht von deiner Mutter.«

»Es gibt so einiges, was du nicht von meiner Mutter wusstest.«

Ann dachte bei sich, dass das wahrscheinlich stimmte. Zee hatte immer viel mehr gewusst, als ein Kind ihres Alters wissen sollte.

»Radieschen hat sie wirklich sehr gerne gemocht«, sagte Zee. »Sie hat ständig welche gegessen. Finch hat gesagt, wenn sie noch mehr davon isst, verwandelt sie sich selbst in ein Radieschen.«

Das brachte ein Lächeln auf Anns Lippen. Sie mochte dieses

Kind wirklich gerne. Zee ähnelte ihrer Mutter kaum, und ihrem Vater eigentlich auch nicht. Sie war ein ganz eigener Typ.

»Ich habe ein paar Bücher über Reinkarnation«, sagte Ann. »Falls du sie lesen möchtest.«

»Nein«, sagte Zee. »Ich wollte nur wissen, ob du daran glaubst.«

»Ich bin mir nicht ganz sicher, was ich davon halten soll«, sagte Ann.

Ann lernte Maureen in dem Jahr vor Zees Geburt kennen. Maureen meldete sich bei Ann für einen Heilkräuterkurs an, der zwar für praktizierende Hexen gedacht war, an dem aber jeder teilnehmen durfte.

Es war eine eindeutig manische Phase in Maureens Leben. Sie gab Finchs Geld mit vollen Händen aus und meldete sich zu allem Möglichen in der ganzen Stadt an. Es hätte nervig sein können, wäre sie nicht eine so zauberhafte Person gewesen. Ann hatte selten eine solche Schönheit gesehen wie Maureen. Wenn sie in den Kurs kam – zu spät natürlich –, veränderte sich die Energie im ganzen Raum. Alle Köpfe drehten sich nach ihr um.

Maureen behauptete, sie mache den Kurs, weil sie fürchte, unfruchtbar zu sein. Sie war verzweifelt. Sie hatte alle herkömmlichen Methoden ausprobiert und wollte es nun mit Kräutern versuchen. Sie verkündete das vor dem ganzen Kurs, als jeder sein bestimmtes Interessensgebiet erklärte. Die meisten wollten Zaubermittel oder für Kinder geeignete Heilmittel, oder sie wollten wissen, wie man ätherische Öle für Parfüm herstellte.

»Welche traditionellen Methoden hast du denn bisher schon angewendet?«, fragte Ann Maureen in der Pause. Ganz egal wie New-Age-orientiert sie war, sie war immer noch Neuengländerin und fand, dass Maureen so private Informationen nicht der ganzen Klasse mitteilen sollte.

»Wir haben es natürlich mit unterschiedlichen Stellungen probiert, und ich lag stundenlang mit hochgestreckten Beinen da. Wir haben es zu unterschiedlichen Zeiten im Monat versucht. Und sogar mit einer Bratenspritze.«

»Wieso das denn?«

»Das Problem liegt eher bei Finch«, sagte Maureen. »Seine Libido, wenn du es genau wissen musst.«

Ann musste es nicht genau wissen – es wäre ihr sogar lieber gewesen, sie hätte das alles nie erfahren. Aber sie fürchtete, wenn sie nicht sofort auf diese neue Information reagierte, könnte Maureen versucht sein, wieder alles dem ganzen Kurs mitzuteilen. »Lass uns noch mal reden, hinterher«, sagte Ann. »Vielleicht kann ich dir etwas zusammenmischen.«

Maureen schaute so dankbar, dass Ann fürchtete, sie würde das trotzdem den anderen verkünden, aber sie ließ es bleiben.

Nachdem der Unterricht vorüber war, mischte Ann ihr tatsächlich etwas zusammen – es bestand aus mehreren Zutaten. Die Zeit von Viagra war zwar noch lange nicht gekommen, aber Ann war ziemlich gut darin, wenn es darum ging, die Libido zu steigern, manchmal sogar so sehr, dass es weniger als Geschenk denn als Fluch empfunden wurde. »Das ist ein Tee«, sagte Ann. »Lass ihn mindestens fünf Minuten ziehen und sieh zu, dass er ihn heiß trinkt.« Der Tee gehörte zu Anns stärksten Mischungen und war unter der männlichen Bevölkerung von Salem sehr beliebt. Trotzdem bezweifelte sie die Heilwirkung ihres Zaubertranks bei Finch und Maureen. Ann kannte Finch seit Jahren. Die Nachricht, dass er geheiratet hatte, hatte sie überrascht.

Maureen besuchte Anns Einführungskurs in Kräuterkunde bis zum Ende. Dann belegte sie einen weiteren Kurs für Fortgeschrittene. Und irgendwann währenddessen wurden Ann und Maureen Freundinnen.

Das ganze Frühjahr über gab Maureen Finch Anns Tee zu trinken.

»Funktioniert es denn?«, fragte Ann sie eines Tages nach dem Unterricht.

»Ja«, meinte Maureen. »Allerdings gebe ich es ihm mittlerweile im Wein statt als Tee.«

»Ich weiß nicht so recht«, sagte Ann. »Man soll es eigentlich heiß trinken.«

»Es scheint aber zu funktionieren«, sagte Maureen. »Außerdem habe ich noch ein bisschen was dazugetan.«

»Was denn für ein bisschen was?«, fragte Ann.

»Nur etwas, von dem ich gelesen habe, dass es die Lust steigert.«

Ann schaute sie zweifelnd an. Im letzten Monat hatte Maureen jedes Buch über Kräuter und Pflanzen gekauft, das Ann im Angebot hatte. Wenn darin luststeigernde Mittel erwähnt waren, dann standen die Chancen ziemlich gut, dass Ann diese bereits hinzugefügt hatte.

Maureen bemerkte Anns Sorge. »Mach dir keine Gedanken deswegen«, sagte sie.

»Hey«, meinte Ann. »Wenn du etwas gefunden hast, was Finch in Fahrt bringt, dann solltest du mir das Rezept geben. Wir können das abpacken und ein Vermögen damit verdienen.«

»Vielen Dank«, sagte Maureen.

Ann hatte nicht gemerkt, wie sich das anhörte. »Ich habe das nicht so gemeint.«

»Doch, hast du«, sagte Maureen.

Zum ersten Mal sah Maureen den Tatsachen ins Auge.

»Ich verstehe das nicht«, meinte Ann. »Wieso bleibst du überhaupt bei ihm?«

»Na, es funktioniert«, sagte Maureen. »Und wir wünschen uns wirklich ein Kind.« Ihre Augen füllten sich mit Tränen. »Finch würde einen sehr guten Vater abgeben.«

Ann hatte den Bogen bereits überspannt, das wusste sie. »Ich wünsche euch alles Gute«, sagte sie.

Maureen und Finch gingen in diesem Sommer getrennte Wege. Finch war in Amherst und Maureen auf Baker's Island. Mickey und nicht Maureen hatte Ann davon erzählt. Daher war sie überrascht, als die beiden gemeinsam kurz nach Weihnachten im Laden auftauchten.

»Wir müssen dir etwas sagen«, begann Maureen. »Wir sind schwanger.« Für jemanden, der gerade alles bekommen hatte, was er sich gewünscht hatte, sah Maureen nicht ganz so glücklich aus, wie man erwarten würde.

Finch hingegen wirkte völlig begeistert.

»Ich gratuliere!«, sagte Ann. »Das sind ja wunderbare Neuigkeiten!«

Durch die Schwangerschaft blieb ihre Beziehung bestehen, genau wie Maureen gehofft hatte, als sie Ann ursprünglich um einen Trank gebeten hatte. Der zukünftige Vater war so aufmerksam, dass Maureen während der Dauer der Schwangerschaft einfach glücklich sein musste. Aber irgendetwas bereitete ihr sichtlich Sorge. Als Ann schließlich doch beschloss nachzufragen, zitierte Maureen Oscar Wilde: *Wenn die Götter uns strafen wollen, erhören sie unsere Gebete.*

Ann sagte noch vier Leuten die Zukunft voraus, bis Zee eintraf. Sie hatte schon Zweifel bekommen, ob Zee überhaupt noch auftauchen würde, als sie plötzlich vor der Tür stand.

Eines der Mädchen wurde eingeteilt, um Ann an ihrem Platz zu vertreten. Ann führte Zee durch die Hinterzimmer, vorbei an Bechern, Flaschen, Zauberstäben, Kristallen, Behältern mit destilliertem Wasser, Stapeln von handgemachter Seife, Kerzen und Reihen von Büchern über »Magick« und Heilkunst.

Ann hatte ihren indisch bedruckten Türvorhang durch Perlenschnüre ersetzt und ihren Futon durch eine Messingliege. Sie hatte sie einer alten Hexe abgekauft, die sie beim Mittsommerfestival in Farmington kennengelernt hatte. Die Hexe wollte sich zur Ruhe setzen und nach Florida ziehen.

Zee war seit Jahren nicht mehr in Anns Privatzimmer gewesen. Sie fand, es ähnelte eher einem Bordell als einer Hexenhöhle.

»Erinnert es dich zu sehr an *McCabe & Mrs. Miller*?«, fragte Ann.

»Nein, es gefällt mir.« Zee ging geradewegs auf das Bett zu und setzte sich im Schneidersitz hin, so wie früher, wenn ihre Mutter sie zur Transzendentalen Meditation mitgebracht hatte. Zee war eine eifrige kleine Schülerin gewesen. Sie schloss die Augen und verharrte länger als alle anderen im Lotussitz, mit einem so entschlossenen Gesichtsausdruck, dass Ann und Maureen unwillkürlich lachen mussten.

Ann machte Sandwiches – mit Sprossen und Frühtomaten auf dem Mehrkornbrot, das sie bei A & J King kaufte. »Dank sei der Göttin für diese Bäckerei«, sagte Ann.

»Eigentlich wollte ich dort noch vorbei«, sagte Zee. »Das ist gleich neben Cornerstone Books, oder?«

»Auf der anderen Seite des Gebäudes.« Ann schaltete den elektrischen Wasserkocher ein. »Möchtest du eine Tasse Kräutertee?«

»Sprossen, Kräutertee... die Welt hat sich weiterbewegt, meine Liebe!«

»Da täuschst du dich«, meinte Ann. »Die Welt dreht sich rückwärts. Yoga ist wieder da. Und alle ernähren sich vegan.«

»Nicht alle«, sagte Zee. »Ich ganz bestimmt nicht.«

»Jeder in meinem Umkreis«, sagte Ann.

Zee lachte und biss in das Sandwich. »Das ist aber wirklich gut«, sagte sie und nahm sich vor, so ein Brot für Finchs Sandwiches zu kaufen.

Zee betrachtete Anns Bücherregale. »Verkaufst du immer noch Bücher über Reinkarnation?«

»Ein paar«, sagte Ann. »Was suchst du denn?«

»Keine Ahnung. Ich dachte nur, ich könnte mal was darüber lesen.«

»Glaubst du immer noch, dass deine Mutter als Radieschen zurückkommt?«

»Was?«

Zee hatte ihre Spekulation von damals offenbar vergessen. Ann tat ihre Worte mit einer Handbewegung ab. Sie ging zu ihrem Regal und zog ein Buch von Edgar Cayce hervor, das ihr einmal eine Schülerin geschenkt hatte.

»Cayce ist ein guter Anfang«, meinte sie.

Zee steckte das Taschenbuch ein.

»Hast du jetzt angefangen, an Reinkarnation zu glauben?« Ann musste das einfach fragen.

»Nein. Vielleicht… Ich weiß nicht«, sagte Zee. »Und du?«

»Schon ziemlich. Ich glaube eher an simultane Inkarnationen. Obwohl ich es richtig finde, was Eleanor Roosevelt über Reinkarnation gesagt hat.«

»Und was war das?«

»Ich gebe das nur sinngemäß wieder: ›Ich glaube nicht, dass die Vorstellung, ich sei in einem früheren Leben hier gewesen, auch nur ein bisschen surrealer ist als die Vorstellung, dass ich jetzt hier bin.‹ So ungefähr.«

»Ich mochte Eleanor Roosevelt immer«, sagte Zee. Sie dachte nach und fuhr dann fort: »Ich überlege, ob ich meinen Beruf aufgeben soll.«

»Interessante Überleitung«, sagte Ann.

Zee zuckte die Achseln.

»Warum solltest du das tun?«

»Ich weiß einfach nicht, ob ich das gut kann«, sagte Zee.

»Ich habe das Gefühl, dass du das sehr gut kannst.«

»Darauf solltest du nicht wetten.«

»Ist etwas passiert?«

»Es ist viel passiert«, sagte Zee.

»Zum Beispiel?«

»Zum Beispiel dass ich nicht weiß, warum ich das überhaupt angefangen habe.«

»Das ist leicht zu beantworten«, sagte Ann. »Nach allem, was mit deiner Mutter passiert ist.«

»Das heißt noch nicht, dass es die richtige Entscheidung war.«

»Nicht unbedingt«, meinte Ann. »Aber das überrascht mich trotzdem. Du hast so hart gearbeitet, um das zu erreichen. Fällt dir denn etwas ein, das du lieber tätest?«

»Ich weiß nicht«, sagte Zee.

Ann dachte einen Augenblick darüber nach. »Du gibst also deinen Beruf und deine Verlobung auf, und alles innerhalb eines Monats.«

»Ich denke nur darüber nach, meinen Beruf aufzugeben. Ich habe noch keine Entscheidungen getroffen.«

»Interessant.«

»Das heißt?«

»Interessant«, wiederholte Ann. Sie dachte weiter nach. »Du solltest dich nicht ausschließlich der Pflege widmen.«

»Wieso nicht?«

»Weil ich gesehen habe, was das mit den Leuten anstellt. Mit Melville zum Beispiel.«

»Armer Melville«, sagte Zee.

»Was ist bloß zwischen den beiden vorgefallen?«, fragte Ann. Es musste etwas Großes sein, sie spürte die Last, aber sie hatte keine Ahnung, was die Ursache war.

»Ich würde es gerne wissen«, meinte Zee.

Ein paar Jugendliche ließen Knaller auf dem Pier los. Eine Katze schoss unter das Bett.

»Was war das denn?« Zee sah sie vorbeiflitzen.

»Das ist Persephone. Eine Katrina-Katze«, sagte Ann. »Sie haben viele von denen hier hochgebracht. Ich habe sie aus dem Tierheim.«

Die drei Masten der *Friendship* zogen an Anns Fenster vorbei. Sie brach gerade zu ihrem Törn anlässlich des Vierten Juli auf. Ann bemerkte, dass Zee das Schiff beobachtete. Sie dachte ans Wetter. Am Horizont war noch kein Anzeichen für ein Unwetter zu erkennen, bestimmt konnten sie noch etwa eine Stunde ruhig segeln.

Vielleicht waren es die Historiendarsteller, vielleicht auch die *Friendship* selbst – jedenfalls ließen die drei Masten des hohen Schiffs und die Takelage Ann an die vergangene Zeit der Schifffahrt in Salem denken, an das hektische Treiben auf den Piers, den Trubel von Salem als Welthafen. Sie stellte sich die mächtigen Reederfamilien vor, den Mann, den sie King Derby nannten und dem der nächste Pier gehörte, und die Pickerings, denen dieser hier gehörte. Es konnte damals vorkommen, dass hundert Schiffe wie die *Friendship* im Hafen lagen und ihre Ladung löschten oder an Bord brachten. Die Tunnel, die unter dem Derby Wharf und hinauf zu den Häusern der Reederfamilien verliefen, waren ein perfekter Ort, um zu versteuernde Ware vor dem Zoll zu verstecken. Ann bewohnte eines der historischen Häuser oben in der Orange Street. Mitten in den Küchenboden hatte man eine Falltür eingelassen, die zu dem alten Derby-Tunnel unter den Kaianlagen führte.

Die *Friendship* hatte eines ihrer Segel gesetzt, und das gewaltige Schiff verließ allein durch die Kraft des Windes den Hafen. Hawk war hoch oben in der Rigg und half, die Fock zu setzen.

Ann sah, wie Zee das Schiff beobachtete, und reichte ihr ein Fernglas, das sie auf dem Schreibtisch liegen hatte.

»Ein Fernglas. Ein Polizeifunkscanner. Bist du mittlerweile bei der CIA?«

»Nur von Natur aus neugierig«, sagte Ann.

Zee nahm das Fernglas und beobachtete das Schiff.

Ann sah zu, wie Hawk schnell den einen Mast hinunter- und einen anderen hinaufkletterte. »Dass er da nicht abrutscht ...«

»Er bewegt sich wirklich gut«, sagte Zee.

Etwas an der Art, wie sie das sagte, verblüffte Ann.

Die Leute auf dem Pier jubelten und klatschten, weil die *Friendship* das zweite Segel hisste.

Zee schaute weiter zu und beobachtete Hawk immer noch, als das Schiff die Hafenmündung erreichte.

Oh Gott, dachte Ann. *Sie schläft mit ihm.* Diesen Gedanken formulierte sie im Geiste, und sie war froh, dass sie ihn nicht laut geäußert hatte.

Ebenso schnell kam ihr ein anderer Gedanke, und bevor sie es sich anders überlegen konnte, sprach sie ihn schon aus: »Sei vorsichtig mit ihm«, sagte sie zu Zee. »Er ist nicht der, für den du ihn hältst.«

»Was?«, fragte Zee überrascht über diesen Eingriff in ihr Denken.

Ann wusste, dass Zee nichts von diesen Sachen hielt. Aber sie bemerkte auch, dass Zee im Gesicht rot anlief, und diese Rötung verbreitete sich rasch den ganzen Hals hinunter.

26

Noch bevor sich das Unwetter am Horizont zeigte, schlug ein Blitz in den Mast einer vertäuten Hunter 31 ein, die nach Norden zur Spitze von Cape Ann und in den Rockport Harbor gefahren war. Glücklicherweise war zu der Zeit niemand an Bord. Der Blitz fuhr durch den Aluminiummast hinunter, und da er keine Verbindung zur Erde fand, drang er zur Seite hinaus und brachte den Schiffsrumpf zum Platzen.

»Ach du Scheiße«, sagte jemand. »Das Boot da ist gerade explodiert.«

Hawk sauste die Takelage der *Friendship* hinunter, als säße er auf einer Rutsche.

»Ein Blitz«, sagte er.

Niemand stimmte ihm zu. Die Sonne, die noch vor wenigen Minuten so kräftig geschienen hatte, war nun hinter einer Wolke versteckt, aber der Himmel war immer noch leuchtend blau. Die meisten glaubten, die Ursache sei ein lecker Propangastank gewesen, aber Hawk hatte von seinem Posten hoch oben in der Takelage den Blitzschlag gesehen.

Der Kapitän hörte auf Hawk und fuhr in die Sandy Bay vor dem Hafen von Rockport. »Vorsicht ist besser als Nachsicht«, sagte er. Eigentlich hatten sie rechtzeitig für das Feuerwerk in Newburyport sein wollen, aber der hölzerne Mast der *Friendship* war schon einmal vom Blitz getroffen worden. Der Gloucester Harbor wäre zwar viel besser gewesen, aber sie würden es nicht mehr dorthin schaffen. Innerhalb von fünf Minuten hatte sich der Himmel verfinstert, und über ihnen zuckten die Blitze wie ein natürliches Feuerwerk.

Die *Friendship* ging vor Anker.

»Alle Mann unter Deck«, ordnete der Kapitän an. »Und nichts Metallenes anfassen.«

Im Allgemeinen mochte Hawk Gewitter. Besonders mochte er sie auf dem Wasser, denn da zogen sie schnell auf, und man konnte sehen, wie sich die Gewitterwolken bildeten und am Himmel nach oben drückten. Doch dieses schien aus dem Nichts gekommen zu sein, ein Phänomen, von dem er schon gehört, das er aber selbst noch nie erlebt hatte. Menschen waren schon dreißig Minuten vor einem Gewitter vom Blitz getroffen worden. So ungewöhnlich war das nicht. Die elektrische Ladung konnte Entfernungen überbrücken.

Doch heute hatte er oben in der Rigg gearbeitet, als der Blitz kam. Er war so nahe gewesen, dass Hawk sich wie elektrisiert gefühlt hatte, bevor er den Einschlag gesehen hatte. Die Härchen im Genick und an den Armen stellten sich ihm auf. Eigentlich hätte der Blitz die *Friendship* treffen müssen, die bei weitem das höchste Schiff im Umkreis war, doch stattdessen zog er weiter und schlug in die Hunter ein. Hawk wusste, dass das kein Zufall war – Blitze folgten den Regeln der Elektrizität –, ihm kam es eher wie etwas Persönliches vor. Die *Friendship* hätte den Einschlag überstanden, aber Hawk wäre ihm in der Takelage sehr wahrscheinlich zum Opfer gefallen. Er hatte das Gefühl, verschont worden zu sein.

Diese Geschichte erzählte er niemandem; dafür kannte er die anderen zu gut. Es war ihnen schon schwer genug gefallen zu glauben, dass es sich überhaupt um einen Blitzschlag gehandelt hatte, allerdings waren sie mittlerweile davon überzeugt. Das Meer war unruhig, und das Schiff geriet ins Rollen, weil die Wellen auf die Breitseite auftrafen. Selbst die Wellenbrecher von Rockport konnten die Wogen nicht aufhalten.

Die Seeleute saßen unter Deck und lauschten dem Unwetter. Als der Himmel wieder heller wurde, war der Ort Rockport zu einer Art Schattenriss erstarrt: ein versengtes, nur langsam zum Leben erwachendes Bild von verängstigten Touristen, die sich am Bearskin Neck irgendwo untergestellt hatten.

Die sonst so vorlauten Männer waren ungewöhnlich still, während sie zusahen, wie die Hunter 31 ausbrannte und sank.

»Ich dachte, Aluminiummasten leiten keinen Strom«, sagte einer der Matrosen.

»Doch«, sagte Hawk. »Es muss mit der Erdung zu tun haben.«

»Scheiße«, sagte einer der anderen.

»Doppelte Scheiße«, meinte ein anderer. »Wir sind der höchste Mast im Hafen, und nasses Holz leitet auch.«

»Uns passiert nichts«, sagte Hawk. »Wir haben Blitzableiter, und wir sind mit Kupfer geerdet.«

Alle schwiegen, in der Hoffnung, er habe recht.

Als alles vorbei war, ging die Besatzung zurück an Deck. Eines der Taue war angesengt, wahrscheinlich von dem Blitz, der die Hunter 31 getroffen hatte.

Jemand zeigte auf die Hafenmündung. Eine Nebelbank rollte langsam vom offenen Ozean herein. Das geschah selten und hätte gut zum Pazifik gepasst, weniger zu diesem Teil des Atlantiks. Normalerweise senkte sich der Nebel in Neuengland eher flächig, als dass er hereinrollte.

»Herrgott«, sagte ein Mann von der Besatzung.

Um 18 Uhr lag ganz Cape Ann im Nebel. Nach Newburyport würden sie es an diesem Abend nicht mehr schaffen.

Sie gingen gemeinsam in die Stadt. Bis vor kurzem hatte es in Rockport keinen Alkohol gegeben. Selbst jetzt noch bekam man nur in der örtlichen Kneipe etwas zu trinken, und dorthin machte sich die Besatzung nun auf den Weg. Als sie oben an der High Street ankamen, löste sich Hawk von der Gruppe.

»Wo willst du denn hin?«, fragte sein Freund Josh.

»Nach Salem«, antwortete Hawk. »Ich bin morgen früh wieder da.«

»Und wie kommst du da hin? Fliegen?«, fragte jemand anders.

»Klar«, meinte er. »Ich lass mir kleine Flügel wachsen.«

»Würde mich gar nicht wundern«, sagte einer der anderen. Sie alle hatten über seine Kletterkünste gestaunt und konnten sich kaum vorstellen, dass es jemandem wirklich gefiel, so weit oben in der Luft zu sein.

Hawk beschloss, zum Bahnhof von Rockport zu trampen. Die ersten beiden Autos fuhren einfach weiter, aber das dritte, ein Auto voller College-Schülerinnen, hielt an, und die Tür ging auf.

Sie waren unterwegs nach Newburyport auf eine Party und wollten ihn gleich mitnehmen.

»Das nun lieber nicht.« Hawk schüttelte den Kopf. »Das bringt nur Schwierigkeiten.«

»Ach, komm schon«, sagte eines der Mädchen lächelnd. »Das wird lustig.«

Am Bahnhof wartete er auf den Zug nach Salem. Heute Abend war fast niemand unterwegs. Hawk saß alleine im letzten Waggon.

Der Zug fuhr durch den Nebel in Beverly. An den Piers sah er Leute stehen, die auf das Feuerwerk warteten: Familien mit Decken oder Zuschauer, die sich mit Essen und Getränken aus dem Kofferraum versorgten.

Als er in Salem ankam, waren die Straßen trocken. Er ging die Washington Street entlang, durch Gruppen feiernder Touristen hindurch, dann kürzte er über die Front Street zur Derby Street ab. Am Pier blieb er nicht stehen, ging nicht einmal zu seinem Boot, um sich umzuziehen. Auf der Rasenfläche am Ende der Turner Street drängten sich die Menschen, und beim

Haus mit den sieben Giebeln saßen die Leute im Garten. Heute Nacht schien kein Mond, deshalb würde die Show gut zu sehen sein. Er schaute sich kurz um, um sicherzugehen, dass ihn niemand beobachtete. Glücklicherweise war die alte Straßenlaterne neben dem alten Haus durchgebrannt. Dann kletterte er die Ranken hinauf in den ersten Stock und stieg durch das offene Fenster zu Zee ins Zimmer.

27

Zee hörte Jessina unten aufräumen, Besteck klapperte. Das Frühstück war vorbei, und sie backte gerade etwas.

Zee fielen die Kratzer auf, die sie auf Hawks Rücken hinterlassen hatte. Sie hatte ein schlechtes Gewissen und hoffte, er würde heute bei der Arbeit sein T-Shirt nicht ausziehen. Aber als sie ihn halb angezogen auf dem Bettrand sitzen sah, regte sich wieder etwas in ihr, und sie wollte ihn nicht gehen lassen.

»Musst du wirklich los?«, fragte sie. Er lachte und wandte sich zu ihr um.

»Ich muss zurück nach Rockport«, sagte Hawk.

Sie streckte die Arme aus und zog ihn auf das Bett, öffnete den Reißverschluss seiner Hose und senkte sich auf ihn. Er stöhnte.

»Sch«, machte sie, denn sie hörte Finchs Rollator unten auf dem Weg zur Küche.

»Ich bin nicht derjenige, der still sein muss, oder?« Er grinste, als er sich langsam über sie schob. Und als er ganz nah war und sie zu stöhnen begann, legte er ihr die Hand auf den Mund und drückte fest. Sie bog den Rücken durch, rollte sich auf ihn und biss ihn fest in die Hand, die er nicht wegzog. Und ihr war es jetzt egal, ob Jessina sie hörte oder sogar Finch, denn sie war nicht mehr hier.

Sie schliefen seit fast einem Monat miteinander. Zee wusste, dass Mattei ihr sagen würde, das sei obsessiv, besonders so bald nach Michael. Mattei würde ihr außerdem sagen, Hawk sei die Droge ihrer Wahl. Aber sie wollte nicht über Mattei nachdenken oder über Michael oder Finch, der dort unten von Jessina gefüttert wurde, ohne dass Zee eingriff. Zee wusste, dass sie das nicht erlauben dürfte, weil er weiterhin selbstständig essen können und sich diese Fähigkeit bewahren sollte. Sie war nun seit sechs Wochen hier, und mit Finch entglitt ihr alles zusehends. Sie konnte das nicht verhindern, denn sie musste sich um so viele Kleinigkeiten kümmern. Alltäglichste Aufgaben, vom Zuknöpfen eines Hemds bis zum Aufstehen aus einem Stuhl, mussten beaufsichtigt und unterstützt werden. Daher entfloh Zee nur zu gerne für kurze Zeit mit Hawk in eine andere Welt.

Wenn Hawk die Droge ihrer Wahl war, dann war er ihr einziges Laster. Sie konnte nicht genug von ihm bekommen. Sie schien in zwei Welten zu leben. Ihre Tage waren von den Aufgaben der Pflege bestimmt, mit allem, was dazugehörte: bei Peapod Lebensmittel bestellen, Windeln und Körperlotion, damit Finch keine wunden Stellen bekam, einen weichen Waschlappen zum Baden, getrocknete Pflaumen gegen die Verstopfung, Oreo-Kekse zum Naschen. Wenn Finch herumwanderte, was er immer tat, sobald die Wirkung der Medikamente nachließ, folgte sie ihm und passte auf, dass er mit seinen unsicheren Schritten nicht stürzte.

Sie brachte ihn nicht dazu, den Handlauf zu benutzen, den Hawk angefertigt hatte. Nicht, dass er sich geweigert hätte, er schien vielmehr nicht zu wissen, wie das ging, oder er war außerstande, seine Hand die Stange greifen zu lassen, die ihm Stabilität verleihen würde. Stattdessen stellte Zee ständig den Rollator vor ihn hin und erinnerte ihn jedes Mal, wenn er sich bewegte, sanft daran, die Gehhilfe zu benutzen.

Meistens kam es ihr so vor, als würde sie mit einem Kind sprechen, obwohl sie wusste, dass er genau verstand, was sie sagte. Das war ihr Vater, und doch auch wieder nicht. Diesen Zwiespalt versuchte sie mittlerweile nicht mehr aufzulösen.

Finch verkörperte jetzt beides, Kind und Vater. Sie merkte, wie tief ihr Bedürfnis nach einem Vater war. Da es zwischen ihnen so viel Ungeklärtes gab, war ihre Beziehung häufig nicht einfach gewesen. Trotzdem war er immer da gewesen, wenn sie ihn gebraucht hatte. Und nun war er derjenige, der sie brauchte.

Die zärtlichen Gefühle, die sie für Finch hegte und die sie manchmal überkamen, hatten ihren Ursprung in der Verwundbarkeit, die sie nun in ihm sah, eine Verwundbarkeit, die es vielleicht schon immer gegeben hatte, die aber nun der vorherrschende Teil seiner ansonsten so schwierigen Persönlichkeit war. Finch hatte immer seinen Intellekt benutzt, um sich zu distanzieren. Wenn ihm alles zu viel wurde, hatte er sich früher häufig mit Zitaten oder in Rätseln ausgedrückt, eine Eigenart, die Melville zu amüsieren schien, die Zee dagegen oft frustrierend fand. Und nachdem nun das Medikament, das die Halluzinationen hervorgerufen hatte, aus seinem Körper herausgeschwemmt war, hatte er nicht nur aufgehört, als Hawthorne zu sprechen, er sprach überhaupt nicht mehr sehr viel, obwohl er sie eindeutig immer noch verstand. Wenn er etwas sagte, war nichts daran auszusetzen, aber er wollte das immer seltener. Und in Jessinas Gegenwart äußerte er kaum mehr als einzelne Silben, möglichst wenig – trotzdem spürte Zee, dass Finch Jessina mochte.

»Sie müssen ihn nicht wie ein Kind behandeln«, sagte Zee. »Er spricht vielleicht nicht viel, aber er versteht Sie gut.«

»Ich behandle ihn nicht wie ein Kind«, beharrte Jessina. »Das würde ich nie tun.«

Morgens badete Jessina Finch und zog ihn an, abends kam sie wieder, um ihm sein Essen zu machen und ihn ins Bett zu bringen. In den langen Stunden, die dazwischenlagen, las Zee ihm Bücher vor. Sie wusste, dass Melville das auch getan hatte, allerdings hatte der mehr Erfolg damit gehabt als Zee. Wenn die Medikamente auf dem Höhepunkt ihrer Wirkung waren, döste Finch. Dann stand sie auf, steckte ein Kissen auf die Seite, auf die ihm der Kopf sank, setzte sich wieder hin und las leiser weiter, um seinen Schlaf nicht zu stören. Sie hörte aber auch nicht ganz auf, falls die Wörter irgendwo in sein Unterbewusstsein eindrangen, das noch aufnahmefähig sein konnte und das sie nur schwer erreichte, wenn Finch wach war.

Sie nahm es sich nicht heraus, Finch Hawthorne vorzulesen. Stattdessen wählte sie aus Finchs Büchern Prousts *Auf der Suche nach der verlorenen Zeit*, zum Teil, weil sie nie mehr als den ersten Band geschafft hatte, und zum Teil, weil sie dachte, der Text könnte Finchs unfreiwilliger oder Proustscher Erinnerung nachhelfen. Vielleicht würde sie Jessina dazu bringen, Madeleines zu backen, sollte sie ein Rezept dafür finden.

Wenn sie nicht mehr lesen konnte, legte sie die sanfte Musik auf, die Finch immer gerne gehört hatte: Tschaikowskis *Schwanensee* oder manchmal auch Puccini.

Wenn die Wirkung der Medikamente nachließ, wurde Finch erregt und verspürte den Zwang herumzulaufen, obwohl diese Zeit dafür am wenigsten geeignet war. Er hatte schon zwei Stürze hinter sich. Glücklicherweise war ihm dabei nichts passiert, aber Stürze stellten für Senioren generell und für Parkinson-Patienten im Speziellen eine ernsthafte Gefahr dar. Finch war zwar erst Ende sechzig und noch zu jung für extreme Alterserscheinungen, doch die Erkrankung schien viel schneller fortzuschreiten, als Zee erwartet hatte.

Daher folgte ihm Zee durch das ganze Haus und begleitete ihn überallhin – in die Küche, ins Schlafzimmer, ins Bad. Sie versuchte, seine Privatsphäre etwas zu wahren, achtete aber gleichzeitig darauf, dass er nicht einfach aufstand und herumlief. Sie ließ die Tür immer einen Spalt offen stehen, damit sie ihn hörte, wenn er sie brauchte. »Lass mich«, sagte er oft.

»Tut mir leid«, antwortete sie. »Ich weiß, wie unangenehm dir das ist.«

Sie versuchte ihm zu erklären, was ihr die Krankenschwestern, die einmal die Woche kamen, eingeschärft hatten: »Es ist wichtig, dass er sauber bleibt. Es ist wichtig, dass er sich jeden Tag anzieht.« Den ersten Teil verstand sie, aber sie war sich nicht ganz sicher, ob sie dem zweiten Teil zustimmte. Manchmal fand sie es einfach zu schwierig. Er wollte nicht. Lieber wäre er in Schlafanzug und Morgenmantel geblieben, und Zee wäre das nur recht gewesen.

Doch Jessina suchte ihm jeden Morgen frohgemut etwas zum Anziehen heraus. Sie kleidete ihn an wie ein Püppchen, in kräftigen Farbkombinationen, die Finch für sich selbst niemals gewählt hätte. Jessina schien eine echte Zuneigung zu ihm gefasst zu haben.

Zee ließ Finch nur selten allein, nur dann, wenn sie es mit Jessina abgesprochen hatte, die im Rahmen ihrer Möglichkeiten gerne aushalf. Jessina war alleinerziehende Mutter eines Sohnes im Teenageralter und mochte ihren Sohn nicht allzu lange allein lassen. Von der Turner Street konnte sie ihr Haus beinahe sehen, aber die Wohnviertel waren völlig unterschiedlich, und Danny konnte leicht in Schwierigkeiten geraten, wenn ihn niemand beaufsichtigte.

Daher waren Finch und Zee den größten Teil der Zeit alleine. Er wollte nicht mehr hinausgehen, wollte nicht einmal mehr mit dem Auto eine Spazierfahrt unternehmen. So stark er auf das Medikament auch reagiert hatte, Zee dachte manchmal bei sich, dass ihr seine Hawthorne-Halluzinationen lieber waren als die leise Depression, die er derzeit durchzumachen schien.

Für ihre eigene geistige Gesundheit musste Zee jeden Tag aus dem Haus. Sie nutzte die beiden Termine, wenn Jessina bei Finch war, zur Flucht. In Salem konnte man wunderbar spazieren. Manchmal ging sie hinunter zum Hafen oder zum Willows-Park, um in der Spielhalle eine Partie Skeeball zu spielen, was sie als Kind immer gerne gemacht hatte. Manchmal traf sie sich mit Melville auf einen Kaffee oder ging zum Garten der Ropes Mansion. Das war mehr ihre Stadt, als Boston es jemals gewesen war. Die Vielfalt an Menschen und Orten passte zu jeder Stimmung, die sie diesen Sommer durchmachte. Irgendwie fühlte sie sich hier einfach besser.

Gelegentlich konnte sie Jessina für mehr als nur ein paar Stunden beanspruchen, und dann entfloh sie länger, meistens an den Strand oder auf Winter Island. Wenn sie zurückkam, fand sie Jessina und Finch oft im Fernsehzimmer, wo sie den Lifetime Channel schauten. Es passte gar nicht zu ihrem Vater, dass er überhaupt fernsah, ganz zu schweigen von diesen Frauendramen. Trotzdem schien es zu den wenigen Dingen zu gehören, die sein Interesse weckten. Er saß da, den Blick starr auf den Bildschirm gerichtet, seine Reaktionen waren intensiv und passten zeitlich genau zu der Geschichte, als würde sich das ganze Drama nicht auf einem kleinen Monitor entfalten, sondern hier vor seinen Augen, mitten in seinem Fernsehzimmer.

Zee war schon dazu übergegangen, in Maureens Zimmer zu schlafen, bevor sie mit Hawk zusammenkam. Das »Sundowning«, der Erregungszustand, der am Ende des Tages eintrat, wurde schlimmer bei Finch, und es zeigten sich mittlerweile auch die Halluzinationen, die eigentlich für Alzheimerpatienten typisch waren – ein Zeichen der Übergangssymptome, auf die sie auf ärztliche Anweisung hin achten sollten. Nachdem die Sonne untergegangen war, wurde Finch immer erregter und verwirrter. Oft wanderte er herum und weckte Zee, so dass sie nicht wieder einschlafen konnte.

Doch dazu kam es nicht, wenn sie oben schlief. Finch konnte die Treppe nicht mehr hochsteigen, und er würde es auch nicht versuchen. Trotzdem machte sie sich Sorgen, dass er aufwachte, und sah alle paar Stunden nach ihm. Weil sie nicht genug Schlaf bekam, war sie sehr oft erschöpft und mürrisch. Eine Weile stellte sie das Seitengitter des Krankenhausbetts, das die Ergotherapeutin angefordert hatte, höher, aber das redete ihr die Krankenschwester wieder aus.

»Das Problem ist, dass sie trotzdem versuchen, aus dem Bett zu steigen«, sagte die Schwester. »Ich habe es schon oft erlebt, dass ein Demenzpatient ins Krankenhaus musste, weil er versucht hatte, über das Bettgitter zu klettern, und dabei blieb er hängen und brach sich am Ende einen Knochen.«

Jessina schlug schließlich den Alarm vor. »Das benutzen sie im Pflegeheim«, meinte sie.

Als Jessina das nächste Mal vorbeikam, brachte sie einen solchen Alarm mit. Er wurde an Finchs Bettzeug und am Bett festgeklemmt. Sobald die Verbindung gelöst wurde, ging der Alarm los. Finch gefiel das überhaupt nicht, aber es erfüllte seinen Zweck. Zee konnte nachts wieder durchschlafen und wachte nur auf, wenn sie das Summen hörte.

Zee redete oft mit Melville über Finchs Entwicklung, entweder persönlich oder am Telefon. Und sie konsultierte mehrere Ärzte, die ihr im Prinzip auch nur sagten, was sie bereits wusste, nämlich dass man nicht viel unternehmen konnte.

Mattei hinterließ ihr auf dem Handy Nachrichten. Zee rief zurück, wenn sie es nervlich verkraftete, und dazu kam es immer seltener. Sie wollte nicht über Finch oder über Michael reden oder wie sie sich in der ganzen Situation fühlte. Sie erinnerte sich an die Antwort eines ihrer Patienten, bei dem ein Elternteil erkrankt war, auf die Frage, wie er sich fühle: *Was glauben Sie denn? Total beschissen.* Am Ende jedes Tages spürte Zee eine Schwere auf sich lasten, der sie nicht entrinnen konnte. Der Hauptgrund dafür war natürlich Finch, aber es war auch wegen Lilly und wegen Michael und ihrem Beruf und eigentlich wegen all der Entscheidungen, die sie bisher in ihrem Leben getroffen hatte und die entweder nicht ausreichend durchdacht oder schlichtweg verkehrt gewesen waren.

Zum ersten Mal, seit sie sich erinnern konnte, gab es keine Entscheidungen zu treffen. Statt etwas in Ordnung zu bringen oder ihr Leben zu planen, musste sie einfach nur für ihren Vater da sein, und das fiel ihr leichter, als sie erwartet hatte. Sie konnte sich nicht erinnern, je so viel Zeit mit Finch verbracht zu haben.

Und so gab Zee Finch seine erste Schlaftablette, wenn Jessina ihn ins Bett brachte, und machte ihren Abendspaziergang. Zurück zu Hause gab sie ihm die zweite Tablette, erzählte ihm die Neuigkeiten aus der Stadt und redete über das, was sie gesehen hatte. Er bekam seinen Gutenachtkuss, und sie legte ihm noch kurz die Hand auf die Schulter. Nachdem sich Jessina dann endgültig verabschiedet hatte, ging Zee nach oben zu ihrem anderen Leben, ließ die Wanne volllaufen, badete lange und wartete auf Hawk. Obwohl diese beiden Welten nur durch eine einfache Treppe miteinander verbunden waren, hätten sie unterschiedlicher nicht sein können.

Seit Anfang Juni, als sie Hawk erzählt hatte, wer sie war, träumte Zee von Lilly: Lilly auf der Brücke, und Lilly, wie sie von Adam gejagt wurde. Daher war sie beinahe froh über das erneute Einsetzen ihres wiederkehrenden Traums von Maureens Geschichte. Die Nacht, in der es mit Hawk angefangen hatte, lag mehrere Wochen zurück, am 10. Juni, es war die erste richtig warme Nacht dieses Sommers.

Zee war zu müde gewesen, um zu schlafen. Sie war völlig erschöpft, und oben war es viel zu heiß. Jedes Mal, wenn sie sich hinlegte, strampelte sie sich unwillkürlich wach. In ihrer Verzweiflung nahm sie eine von den Schlaftabletten, die Mattei ihr verschrieben hatte.

Und dann hatte sie einen der seit Jahren wiederkehrenden Träume von der *Friendship*. Zee sah die untere Ebene des Schiffs, so wie Maureen sie sich einst vorgestellt und beschrieben hatte, und zwar sehr detailliert: den Laderaum, die Kojen, eine Laterne, die an einer Kette hing.

Als sie aufwachte, war Zee wie besessen von der Idee, sich die *Friendship* mit eigenen Augen anzuschauen und herauszufinden, ob Maureens Beschreibung zutreffend gewesen war. Die Tatsache, dass sie nicht bis zum Morgen warten wollte, um das Eintrittsgeld zu bezahlen und an Bord des historischen Schiffs zu gehen, hätte ihr erster Hinweis darauf sein sollen, dass diese Idee, in die sie sich verrannt hatte, eine Reaktion auf die Schlaftablette war. Jeder kannte Geschichten von Leuten, die irgendwelche merkwürdigen Dinge angestellt hatten, während sie unter dem Einfluss von Tabletten standen. Aber das Medikament befand sich noch in Zees Körper, und daher kam ihr der Drang, die *Friendship* sofort zu sehen, nur logisch vor.

Ihre Mutter hatte die *Friendship* nie zu Gesicht bekommen, beziehungsweise den Nachbau des Handelsschiffs von 1797, das die Stadt Salem in den 90er Jahren rekonstruiert hatte. Maureen war schon in den 80ern gestorben, lange bevor es die Pläne zum Bau des Schiffs überhaupt gegeben hatte, auch wenn damals schon damit begonnen worden war, Geld dafür aufzutreiben. Jedenfalls war Zee in dieser Nacht besessen davon herauszufinden, ob die detaillierte Beschreibung ihrer Mutter stimmte.

Sie schlüpfte rasch in ihre Sachen und schlich sich hinaus. Auf Zehenspitzen huschte sie die Treppe hinunter und vermied die eine Stufe unten, die immer quietschte. Dann ging sie durch die Küchentür nach draußen und achtete sorgfältig darauf, die Fliegengittertür langsam zu schließen, damit sie nicht wegen der Rückholfeder zuschlug und Finch weckte. Sie kürzte den Weg über die Gärten und Gassen hinter den Häusern ab, bis sie am Derby Wharf war, wo die *Friendship* lag. Es war eine klare Nacht, und die Sterne schienen hell und nah.

Der Wachtposten war verlassen, genau wie der Takelschuppen. Auf der *Friendship* brannte kein einziges Licht, und über die Gangway war eine Kette gespannt. Im Mondschein duckte sie sich mühelos unter der Kette durch und zog sich die Schuhe aus, damit sie auf der Rampe keinen Lärm machte. Auf dem Schiffsdeck schaute sie sich um. Sie wusste, dass das Schiff bewacht wurde, wusste, dass Hawk zu dem Team gehörte, das die *Friendship* in Schichten beaufsichtigte, damit sich vor allem keine Jugendlichen an Bord schlichen und etwas mutwillig zerstörten. Eigentlich waren die Aufseher vom Park Service dafür zuständig, aber die Männer, die auf dem Schiff arbeiteten, stellten sich auch gelegentlich zur Verfügung und hielten abwechselnd Wache.

Zee entdeckte die Treppe und ging in die Kabine hinunter. Ihr Herz raste. Es war so dunkel, dass sie kaum etwas sah. Sie stand zwar noch unter dem Einfluss des Medikaments, aber langsam wurde ihr bewusst, wie dumm der Einfall gewesen war. Sie hätte bis morgen warten und die Führung mit den Touristen machen sollen.

Ganz, ganz langsam gewöhnten sich ihre Augen an die Dunkelheit. Das Mondlicht vermischte sich mit dem Licht der Straßenlampen, und der kleine Leuchtturm am Ende des Piers schien gerade hell genug, dass sie umhergehen konnte. Sie nahm nur Umrisse wahr und bewegte sich, als wäre sie blind, tastete nach der Struktur der Gegenstände, wie Maureen sie beschrieben hatte, und nach den Standorten, wo diese Gegenstände sein mussten. Hier war der Laderaum, die Koje, hier die Hängelampe. Jede Übereinstimmung erfüllte sie mit Respekt – und flößte ihr auch ein wenig Angst ein. Das Meer war ruhig, und das Schiff war sicher vertäut, aber sie spürte, wie es rollte, sie spürte, wie sich der Boden unter ihren Füßen bewegte, als wären sie gar nicht im Hafen, sondern mitten auf dem stürmischen Ozean. Das muss an der Schlaftablette liegen, dachte sie, und dann fiel ihr ein, dass sie vielleicht einfach nur träumte, träumte, dass sie Finch in seinem Bett gelassen hatte und so zielstrebig und entschlossen hierhergelaufen war. Sie begann zu hoffen, dass sie träumte.

Ein Lichtstrahl kam auf sie zu, und sie erstarrte.

»Wer ist da?«, ertönte Hawks Stimme in dem leeren Raum. Er blieb stehen, als er sie erkannte, nachdem er ihr mit der Taschenlampe ins Gesicht geleuchtet hatte. »Was tun Sie denn hier?«

Vielleicht fiel sie in Ohnmacht. Vielleicht lag es auch an der Schlaftablette. Aber das Nächste, woran sie sich erinnerte, war, dass sie auf seinem Boot saß. Er machte ihr Tee oder Kaffee oder irgendetwas Warmes. Und sie wurde wieder klarer. Er fragte nicht noch einmal, was sie auf dem Boot zu suchen hatte. Er stellte ihr überhaupt keine Fragen, er wartete einfach darauf, dass sie es ihm erklärte, was sie jedoch nicht tat. Sie hatte von so etwas schon gehört. Schlaftabletten hatten sehr unterschiedliche Nebenwirkungen. Auf dem Beipackzettel standen Warnungen: *Trinken Sie keinen Alkohol, betätigen Sie keine schweren Maschinen, es kann zur Bewusstlosigkeit kommen.* Das war keine klassische Ohnmacht. Als sie da so saß, peinlich berührt und verwirrt, da schwor sie sich, nie mehr wieder eine Schlaftablette zu nehmen. Hier auf seinem Boot zu sein, das hatte etwas zu Intimes, all seine persönlichen Sachen lagen herum. Sie konnte ihre Gefühle nicht ganz einordnen, sie wusste nur, dass sie diese Nacht am liebsten auslöschen würde.

Nachdem sie wiederhergestellt war, bot Hawk an, sie nach Hause zu bringen. Auf dem Weg durch die Derby Street fing sie an zu zittern, und er gab ihr seine Jacke. Schweigend liefen sie weiter.

Vor der Tür merkte sie, dass sie sich ausgesperrt hatte. Die Innentür war zwar nicht abgeschlossen, aber die Fliegengittertür war eingerastet und hatte sich hinter ihr verschlossen, eine zusätzliche Vorsichtsmaßnahme, die sie installiert hatte, damit Finch nicht umherirrte. Hawk versuchte es an einem Seitenfenster, aber die waren ebenfalls versperrt. Er warf einen Blick nach oben und entdeckte die Weinranke, die zu dem offenen Fenster in Maureens Zimmer führte. Zee schaute zu, wie er die Ranke ebenso behände hinaufkletterte wie die Takelage an dem Tag, an dem sie ihm zum ersten Mal begegnet war, und für einen kurzen Moment sah sie in ihm den jungen Seemann in der Geschichte ihrer Mutter.

Als Hawk ihr von innen die Küchentür öffnete, ging Finchs Alarm los. Er stand am anderen Ende des geneigten Korridors und starrte Hawk an.

»Schon gut«, sagte Zee. »Du erinnerst dich doch an Hawk. Ich habe mich ausgesperrt, und er hat mir aufgemacht.«

Finch gab keine Antwort, sondern starrte sie beide nur an.

»Komm, ich bringe dich wieder ins Bett«, sagte Zee.

Als sie ihn zugedeckt und beruhigt hatte, war Hawk verschwunden.

Am nächsten Abend bat Zee Jessina, länger zu bleiben.

Sie ging zur *Friendship* und dann zu Hawks Boot, das an einem Liegeplatz am Pickering Wharf festgemacht war. Auch dort war er nicht. Sie fand ihn im Capt.'s, wo er mit dem Rest der Besatzung an der Bar saß. Alle Köpfe wandten sich zu ihr um, als sie den Raum betrat.

Hawk stand auf und ging zu ihr. »Zwei Abende hintereinander«, sagte er. »Ich bin ein Glückspilz.«

Diese Bemerkung war durchaus zweideutig.

»Ich wollte mich bedanken«, sagte sie.

»Wofür?«

»Dafür, dass Sie mich nach Hause gebracht haben. Für die Jacke. Und dass Sie mich nicht festnehmen ließen.«

Er lachte.

Sie reichte ihm die Jacke. Er zog sie an und ging mit ihr hinaus, nachdem er ihr die Tür aufgehalten hatte.

Sie gingen den Pier entlang, an der *Friendship* und den Hundebesitzern und den Granitbänken vorbei zu dem kleinen Leuchtturm, der beinahe eine halbe Meile vom Ufer entfernt stand. Sie setzten sich auf die Bank.

Sie hatte damit gerechnet, dass sie ihm eine Erklärung liefern musste, und den Großteil des Nachmittags überlegt, was sie sagen sollte. Alles, was ihr eingefallen war, hörte sich platt an.

Aber er fragte sie gar nicht. Stattdessen saß er nur da und schaute hinaus über den Hafen.

»Was schauen Sie da an?«, fragte sie.

»Das Haus, in dem ich aufgewachsen bin.« Er zeigte auf die Seite des Hafens, die zu Marblehead gehörte.

»Welches?« Sie sah zwei Häuser, beide hatten einen eigenen Pier.

Er deutete auf ein blaues Haus.

Sie lief rot an. »Sie hatten aber kein Motorboot?«

»Unsere Nachbarn hatten eines«, sagte er.

Es war das Boot, das sie gestohlen hatte. Damals war sie dafür festgenommen worden, und Melville hatte die Kaution hinterlegt.

»Wieso?«

»Einfach so«, sagte sie.

Er sah sie neugierig an. »Sie sind eine merkwürdige Frau, Dr. Finch.«

»Sie haben ja keine Ahnung«, sagte sie.

Er lachte, und sein Lächeln überraschte sie. Das Lächeln war es, befand sie, was seine Anziehungskraft ausmachte. Schon lange nicht mehr hatte sie sich von jemand anderem als Michael angezogen gefühlt, und in letzter Zeit war nicht viel gelächelt worden.

Es war mehr ein Grinsen als ein Lächeln, dachte sie und versuchte immer noch zu analysieren, was mit ihr geschah, als er sich vorbeugte und sie küsste.

Dieser erste Kuss und die elektrische Spannung zwischen ihnen verblüffte sie. Er musterte sie, um zu sehen, wie sie reagierte.

Er musste nicht lange auf ihre Antwort warten. Der Kuss hatte jede objektive Analyse, die sie hatte durchführen wollen, wirksam zum Stillstand gebracht. Sie erwiderte seinen Kuss.

Sie kehrte erst nach Mitternacht heim. Sie waren zurück auf sein Boot gegangen, und als sie danach auf die Uhr sah, zog sie sich rasch an und sah zu, dass sie wegkam, ein wenig verlegen und nicht ganz sicher, wie sich das alles so schnell entwickelt hatte, aber froh darüber, ja sogar richtig glücklich.

Als sie später vor Jessina stand, fühlte sie sich wie ein Teenager, der gleich erwischt würde. Sie war hastig in ihre Kleider geschlüpft und hoffte, dass sie sich das T-Shirt bloß nicht verkehrt oder gar links herum angezogen hatte.

28

In den folgenden Wochen unterhielten sie sich viel. Hawk erzählte ihr, er habe in England Astronomische Navigation gelernt, ein Gebiet, für das es kaum Nachfrage gab, besonders nicht heute in den Vereinigten Staaten. »Und deshalb arbeite ich jetzt als Schreiner«, sagte er.

»Du bist kein Schreiner, sondern Rigger.« Sie zitierte seine Bemerkung von dem Tag, an dem sie sich kennengelernt hatten.

Zee erzählte Hawk von Finch und Melville und von Maureen und wie sie gestorben war. Um die Stimmung ein wenig zu heben, gestand sie ihm später, dass sie das Mädchen war, das das Motorboot seines Nachbarn gestohlen hatte.

»Daran erinnere ich mich noch«, sagte er.

»Ich war ein wildes Kind.«

Er lachte. »Du bist auch eine ziemlich wilde Erwachsene.«

Sie lächelte. Die meisten Menschen, die sie zurzeit kannte, wären wohl anderer Meinung. Und Michael hatte ganz sicher nie so über sie gedacht.

»Aber ernsthaft, warst du deswegen nicht im Gefängnis?«

»Wie?«

»Meine Mutter hat mir damals erzählt, der Motorbootdieb würde sitzen.«

»Bewährung«, sagte sie. »Und ziemlich viele Sozialstunden.«

»Ich war froh, als sie dich erwischt haben«, sagte er. »Ich war mir nämlich sicher, dass unser Nachbar davor mich in Verdacht hatte«, fügte Hawk hinzu und küsste sie spielerisch.

Sie lagen im Bett und schauten hinauf an die Decke und zu

dem bisschen Mondlicht, das durch eine Art Dachluke zu kommen schien.

»Was ist denn da oben?«, fragte er.

»Da war der Witwensteg.«

Er überlegte. »Mir ist von außen nie ein Witwensteg aufgefallen.«

»Wir haben ihn nicht mehr, ein früherer Besitzer hat ihn abgeschlagen. Schon Anfang des 19. Jahrhunderts.«

»Darf ich mir das mal anschauen?«, fragte er.

»Nur zu.«

Er stand aus dem Bett auf, ging in die Mitte des Zimmers und rückte sich den Stuhl von Maureens Schreibtisch heran. Dann langte er nach oben, entriegelte die Luke und zog sich hoch. »Tolle Aussicht«, sagte er und schaute nach unten zu ihr. »Willst du mit rauf?«

Sie hatte eigentlich nie das Bedürfnis verspürt, dort hinaufzugehen. Es war zu sehr Teil der Geschichte ihrer Mutter. Außerdem hatte ihr Finch immer gesagt, das sei gefährlich. Aber heute Abend siegte die Neugier. Sie stellte sich auf den Stuhl, und er zog sie mit beiden Händen durch die Öffnung. Gemeinsam standen sie auf einem kleinen Absatz mitten auf dem Dach. Eine Plattform gab es nicht mehr; der Kapitän hatte sie in seinem Wutanfall abgeschlagen, und nur die scharfgratigen Reste des zersplitterten Gestells zeugten von ihrer Existenz. Hawk untersuchte die Scharten von der Axt des Kapitäns, die am Rahmen der Luke immer noch zu sehen waren.

»Manchmal ist es undicht«, sagte sie. »Wenn es richtig heftig regnet.«

»Das könnte ich reparieren«, meinte er. »Das wäre nicht schwierig.« Er begutachtete, was vom Gestell noch übrig war, und fügte hinzu: »Ich könnte den ganzen Witwensteg neu bauen, wenn du willst. Aber erst im Oktober.«

»Das Haus gehört nicht mir«, sagte sie.

»War ja nur so ein Einfall.« Grinsend fügte er hinzu: »Es wäre schön, sich hier oben auf dem Witwensteg zu lieben.«

Das war ihr ein wenig zu nahe an der Geschichte ihrer Mutter, und es machte sie beklommen.

»Aber nicht im Oktober.« Sie schlang die Arme um sich.

Hawk warf ihr einen skeptischen Blick zu.

»Es ist kalt hier oben«, meinte sie.

Sie sahen einander lange an.

»Habe ich etwas Falsches gesagt?«

»Oktober«, sagte sie.

»Was?«

»Du hast das Wort ›Oktober‹ gesagt«, log sie. Auf gar keinen Fall würde sie ihm erzählen, dass es um ein Märchen ging.

»Ich streiche das Wort aus meinem Vokabular.«

Sie lachte.

Die Idee, den Witwensteg zu restaurieren, erinnerte Zee zu sehr an Maureens Geschichte. Nicht dass sie an Reinkarnation oder so etwas geglaubt hätte. Sie hatte sich vor einer gewissen Zeit einmal Gedanken darüber gemacht, hatte sogar ein paar Bücher zu dem Thema gelesen, aber diese Theorie sprach sie einfach nicht so an wie Maureen. Abgesehen davon waren ihre Bedenken auch viel praktischerer Natur. Wenn sie den Witwensteg restaurierte, würde Mattei das als Versuch interpretieren, den Traum ihrer Mutter zu erfüllen. Allein bei dem Gedanken fühlte sich Zee unwohl.

»Gehen wir wieder rein«, sagte sie. »Mir ist kalt.«

Hawk kam mehrmals auf Lilly Braedon zu sprechen. Es war immer zögerlich, ein Austesten, das Zee von ihrer Praxis her kannte. Manchmal war es eine Bemerkung nebenbei oder sogar eine Frage, die an der ärztlichen Schweigepflicht kratzte, diese aber nicht wirklich verletzte. *Wie lange hatte Zee Lilly behandelt? Hatte sie ihre Kinder kennengelernt?*

»Ich kann mit dir nicht über Lilly Braedon sprechen«, sagte sie. »Ich kann noch nicht einmal mit ihrer eigenen Familie über sie sprechen.«

Und dabei hätte Zee gerne über Lilly geredet. Einerseits wäre er genau der richtige Gesprächspartner gewesen. Er war ein Augenzeuge und fühlte sich in gewisser Weise Lilly und ihrem Schicksal verbunden. Das war typisch für solche Fälle. Sie wusste, dass er sich immer fragen würde, ob er sie hätte retten können. So viel hatte er ihr schon gesagt. Aber andererseits wusste Zee: Wenn sie erst anfing, mit Hawk über Lilly zu sprechen, dann wäre es schwer, wieder aufzuhören. Sie dachte zurzeit immer öfter an Lilly. Zee lief Gefahr, nicht nur die ärztliche Schweigepflicht zu verletzen, sondern auch die Beziehung als Ersatz für die Therapie zu benutzen, die sie offensichtlich brauchte. Sie war sich bewusst, dass sie das vielleicht sogar schon tat, wenn auch anders. Sie mochte Hawk wirklich gerne, und sie wollte ihn für gar nichts benutzen. Sie hatte erkannt, dass sie wegen des Todes ihrer Patientin eine Therapie brauchte, aber sie war nicht bereit dafür, noch nicht.

Am Ende der dritten Juliwoche war sie bereit. Sie vereinbarte einen Termin mit Mattei und fuhr nach Boston.

Mattei sah völlig verändert aus – sie war ziemlich braun gebrannt und trug einen Rock, der aussah, als wäre er aus den frühen Sechzigern.

»Ich glaube, ich habe dich noch nie in einem Rock gesehen«, sagte Zee.

»Ich glaube, ich habe noch nie einen getragen«, entgegnete Mattei lachend. »Ich übe für die Hochzeit.« Sie lief einmal durch das Zimmer, um es zu demonstrieren. »Ich könnte damit fast aus ›Mad Men‹ entsprungen sein, oder? Betty Draper vielleicht.«

Zee setzte sich. »Und, wie läuft es hier?«

»Ganz gut eigentlich. Michelle hat zwei Patienten von dir

übernommen, Greta den Rest. Sie wollen alle wieder zu dir, aber größtenteils kommen sie klar. Bei Mr. Goodhue musste ich die Dosis erhöhen.«

»Das war abzusehen«, sagte Zee.

»Die neuen habe ich zu Greta geschickt. Ein Mann war da, der hat nach dir gefragt und wollte warten.«

»Was für ein Mann?«

»Er heißt Reynaldo. Offensichtlich eine Überweisung.«

Zee kannte den Namen. Sie hatte ihn schon einmal gehört, aber sie erinnerte sich nicht, wo das gewesen war. »Eine Überweisung von wem?«

»Ich weiß nicht mehr. Ich kann es nachschauen.«

»Nein«, sagte Zee. »Ist nicht wichtig.«

»Worüber möchtest du denn heute sprechen?«, fragte Mattei. »Du bist ja sicher nicht die ganze Strecke hergefahren, um über die Praxis zu reden.«

»Ich möchte über Lilly reden«, sagte Zee.

»Das hatte ich erwartet«, meinte Mattei.

Zee saß eine Weile schweigend da. Schließlich ergriff sie doch das Wort, was ihr sichtlich schwerfiel. »Ich glaube nicht, dass ihr Tod ein Selbstmord war.«

»Alle Beweise sprechen für das Gegenteil.«

»Sie hat keinen Abschiedsbrief hinterlassen.«

»Das machen nicht alle Selbstmörder.«

»Vielleicht.«

»Deine eigene Mutter hat keinen Abschiedsbrief hinterlassen.«

Zee stutzte. »Wieso erwähnst du meine Mutter?«

»Was glaubst du wohl?«

»Ich weiß nicht, wie es dazu gekommen ist. Lilly ging es schon besser.«

»Das ist oft der Fall.«

»Nein, das hier war anders.« Zee spürte, wie sie errötete.

»Du ärgerst dich«, sagte Mattei.

Zee nickte.

»Über wen?«

»Jetzt gerade über dich«, sagte Zee.

»Und über wen noch?«

»Über mich.«

»Warum ärgerst du dich über dich?«, fragte Mattei.

»Weil ich es hätte verhindern können.«

»Wie denn?«, fragte Mattei. »Wie hättest du es verhindern können, wenn du es gar nicht kommen gesehen hast?«

»Ich hätte ihn daran hindern können«, sagte Zee.

»Adam?«

»Ja, Adam. Was glaubst du denn, von wem ich rede?«

»Und wie hättest du ihn daran hindern können?«, fragte Mattei.

»Ich hätte darauf bestehen sollen, dass die Polizei etwas unternimmt«, sagte Zee.

»Ich finde, da bist du aus dem Schneider. Du hast alles getan, was getan werden konnte. Mehr noch sogar.«

»Du findest, ich habe eine Grenze überschritten«, sagte Zee.

»Findest du das denn selbst?«

Viele Grenzen, dachte Zee. Sie war auf die Beerdigung gegangen. Sie hatte Lilly zu Hause behandelt. Sie hatte ihr ungebeten Ratschläge erteilt.

Zee hatte auch die Grenze zwischen Lilly und Maureen verschwimmen lassen, und zwar so sehr, dass sie sich jeden Tag aufs Neue fragte, ob sie objektiv genug gewesen war oder ob ihr Wunsch, Lillys Fall zu einem anderen Ende zu bringen als den ihrer Mutter, sie zu sehr persönlich involviert hatte und sie blind geworden war. Der Tag, an dem sie Lilly gesagt hatte, sie müsse Adam verlassen, war der Wendepunkt gewesen, der Tag, an dem Zee die erste große Grenze überschritten hatte. Und das Schlimmste dabei war, dass sie wusste, sie würde es wieder tun. Eigentlich sollte man den Patienten selbst entscheiden lassen, wie er sich verhielt. Aber wenn sie jetzt noch einmal in dieselbe Situation käme, würde Zee sich umso mehr bemühen, das Ganze zu stoppen, statt sich zurückzuhalten. Und das war ein weiterer Grund, weshalb sie seit kurzem ihre Berufswahl anzweifelte.

»In Lillys Fall habe ich mehr Grenzen überschritten, als du weißt«, sagte Zee.

Mattei sah sie an und wartete.

»Ich will nicht darüber reden«, sagte Zee.

Eine Weile saßen sie schweigend da. Weil Zee tatsächlich dazu nichts weiter erklärte, ergriff Mattei das Wort. »Es ist sehr schwer, wenn man den ersten Patienten verliert.«

»Willst du mir damit sagen, dass es noch mehr werden?«

»Wahrscheinlich«, sagte Mattei.

»Wie viele hast du verloren?«

»Ein paar.«

»Wie viele?«

»Ist das wichtig für dich?«

»Ja«, sagte Zee.

»Warum?«

Zee antwortete nicht. Sie wusste, es war ein Versuch, Mattei dazu zu bringen, dieselben Grenzen zu überschreiten, die sie selbst überschritten hatte, und sie wusste, dass Mattei ihre Taktik durchschaut hatte.

Mattei überlegte lange, bevor sie antwortete. »Drei.«

Zee tat es auf der Stelle leid. Aber gleichzeitig war sie auch dankbar.

»Wie kannst du damit leben?« Es war eine ernsthafte Frage.

»Tag für Tag«, sagte Mattei.

»Ich glaube, dafür bin ich nicht geschaffen«, sagte Zee.

»Dafür bist du absolut geschaffen«, entgegnete Mattei. »Ich hätte dich nicht eingestellt, wenn es anders wäre.«

Sie schaute in ihren Computer, schrieb einen Namen und eine Nummer auf einen Zettel und schob ihn über den Tisch zu Zee.

»Was ist das?«

»Der Seelenklempner des Seelenklempners«, sagte sie. »Er ist sehr gut. Ich gehe gelegentlich selbst zu ihm. Du musst mit jemandem darüber sprechen, und ich kann das nicht mehr sein.«

»Danke«, sagte Zee. Sie meinte das ehrlich. Die Grenze, die sie jetzt eben überschritten hatten, war schon seit Jahren verwischt gewesen, und nun hatte eine neue Grenze ihre Stelle eingenommen. In diesem Moment waren sie nicht mehr Ärztin und Patientin, auch nicht mehr Arbeitgeberin und Angestellte. Sie waren Freundinnen.

Zee vereinbarte einen Termin mit diesem Therapeuten für die folgende Woche. Es lief so gut man erwarten konnte, in Anbetracht der Tatsache, dass es eine Weile dauern würde, bis er sie genauer kennenlernte. Aber wenigstens redete sie mit jemandem, dachte sie. Nach dem ersten Termin fuhr sie in der Praxis vorbei, um ein paar Dinge mitzunehmen und um ihren Vertretern, die jetzt ihre Patienten betreuten, Unterlagen zu übergeben.

Es war ein Tag zum Aufräumen. Nachdem sie in der Praxis fertig war, fuhr sie zu Michaels Wohnung am Beacon Hill, um ihre restlichen Sachen abzuholen. Sie hatte das auf einen Tag gelegt, an dem er nicht in der Stadt war, damit sie ihm nicht begegnete. Zee wollte das eigentlich vor dem Berufsverkehr erledigt haben, aber sie war erst spät weggekommen. Als sie ihren Schrank leergeräumt hatte und dreimal hinunter zum Volvo gegangen war, war es schon halb sechs.

Danach durchschritt sie noch einmal die Wohnung und sah sich um. Sie war überrascht, wie wenig hier eigentlich ihr gehörte. Da waren ein paar CDs, die sie sich im College gekauft hatte, ein paar Bücher und die Cowboy-Kaffeekanne, die Melville ihr geschenkt hatte. Alles andere gehörte Michael. Als sie hier noch gewohnt hatte, war ihr das nicht weiter aufgefallen, insbesondere, weil sie ja bei ihm eingezogen war. Doch irgendwie fand sie es jetzt doch seltsam, als wäre sie nie etwas anders als ein Besuch gewesen und hätte eigentlich nie vorgehabt zu bleiben.

Zee legte ihren Verlobungsring in Michaels oberste Schublade. Sie hatte eigentlich einen Zettel dazuschreiben wollen, aber ihr fiel nichts ein, was sich nicht falsch anhörte. Sie ging durch die Hintertür hinaus und ließ ihre Schlüssel auf der Küchentheke liegen, damit er sie gleich sah, wenn er hereinkam.

Zee bemerkte den roten Pick-up hinter ihr nicht, als sie aus der Zufahrt hinausfuhr. Genauso wenig hatte sie bemerkt, wie er ihr vom Parkplatz der Praxis aus gefolgt war, wo er während der letzten zwei Wochen jeden Nachmittag geparkt hatte. Sie bog von der Joy Street in die Pinckney Street ein. Als sie die Charles Street erreichte, trat sie das Gaspedal durch, um noch über die Ampel zu kommen. Der Motor spuckte dabei etwas überfordert, und sie nahm sich vor, ihn neu einstellen zu lassen. Ihr Volvo war das letzte Auto, das noch durchkam, bevor die Fußgängerampel auf Grün schaltete, und Zee fuhr weiter Richtung Storrow Drive. Sie hatte eigentlich schon Richtung Norden fahren wollen, bevor der Berufsverkehr einsetzte, aber jetzt stand sie mittendrin. Gerade, als sie aus der Kreuzung hinausfuhr, schaltete die Ampel um, und der rote Pick-up stand zur Hälfte auf dem Fußgängerübergang, so dass die Fußgänger vor und hinter ihm vorbeiliefen.

29

Im Salem Athenaeum, der Mitgliederbibliothek, in der Melville seit Jahren arbeitete, fand heute ein Scrabble-Abend statt. Er spielte diesmal zwar nicht mit, aber er hatte sich freiwillig für die Aufsicht gemeldet. Als Melville nach dem Ende der Veranstaltung absperrte, traf er zufällig Ann Chase. Sie kam aus der öffentlichen Bibliothek gegenüber.

»Was machst du denn auf meiner Seite der Stadt?«, rief er.

»Ich mische mich unters gemeine Volk«, antwortete sie, und da das McIntyre-Viertel wahrscheinlich der hübscheste historische Bezirk in ganz Salem war, lachten sie beide über ihren Witz.

»Wo wohnst du denn jetzt?«, fragte Ann. Sie wusste von der Trennung, aber nichts Näheres.

Melville zeigte Richtung Federal Street.

»Ich liebe diese Straße«, sagte Ann. Während die meisten Häuser im McIntyre-Viertel im Federal Style errichtet worden waren, stammten einige Häuser in der Federal Street paradoxerweise aus früheren Perioden.

»Genau genommen ist es die Straße hinter der Federal Street«, sagte Melville. »Magst du auf einen Kaffee mit raufkommen?«

»Ich trinke keinen Kaffee«, sagte sie. »Aber deine Wohnung würde ich mir gerne mal anschauen.«

Er erklärte ihr, dass es eigentlich nicht seine Wohnung war, sondern dass er sie nur hütete. Als sie die Treppe hinaufstiegen, knurrte und bellte Bowditch und warf sich von innen gegen die Tür.

»Was zum Teufel hältst du dir denn da drin?«, fragte Ann, die nun unsicher geworden war.

»Warte, gleich siehst du es.« Melville lächelte.

Sobald er die Tür aufgemacht hatte, sprang ihn Bowditch an und wedelte mit dem Schwanz. Dann tappte er zu Ann hinüber und beschnüffelte sie.

»Braves Hündchen.« Sie lachte. »Du bist ein großer Schauspieler.«

Melville führte sie in die Küche.

Auf dem Tisch lagen alte Fotos, einige von Finch und Zee aus besseren Zeiten. Eine leere Weinflasche stand verkehrt herum in der Spüle.

»Gestern war kein guter Tag«, meinte er.

»Es tut mir wirklich leid«, sagte Ann, und sie meinte das ernst. Es klang, als wäre jemand gestorben. Es war fast genauso traurig.

»Wem gehört die Wohnung?« Sie versuchte, das Thema zu wechseln.

»Einem Bekannten vom Athenaeum. Er verbringt den Großteil des Jahres in China.«

»Und du hast diesen Cujo hier geerbt?«

»Bowditch heißt er«, sagte er.

»Wie der berühmte Navigator aus Salem?«

»Nathaniel Bowditch. Genau der.«

Bowditch hob den Kopf, als habe man ihn gerufen.

»Entschuldige«, sagte Melville zu dem Hund, der schon aufstehen wollte. »Bleib.«

Bowditch seufzte und legte den Kopf wieder ab.

»Ein braver Hund«, meinte Ann.

»Ja, wirklich.«

Melville suchte die Küchenschränke durch. »Gut, dass du keinen Kaffee wolltest. Ich hab nämlich gar keinen.«

Sie lachte.

»Möchtest du ein Glas Wein?«

»Nein, danke. Aber gerne ein Wasser.«

Er schenkte ihnen zwei Gläser Wasser ein und setzte sich.

Ann schaute die Bilder durch. »Schön sind die«, sagte sie. Es gab mehrere Schwarz-Weiß-Aufnahmen, die Finch mit seiner Großformatkamera von Melville und Zee gemacht hatte, und ein viel früher mit derselben Kamera geschossenes Bild von Maureen und Zee. »Wo hast du das denn her?«, fragte sie. Auf der Rückseite stand: *Weihnachten 1986*. Ann fand es ein wenig seltsam, dass er ein Foto von Maureen hatte, selbst wenn auch Zee darauf abgebildet war.

»Ich habe es von Finch gestohlen«, sagte er.

»Du bist wirklich in einer üblen Lage, oder?« Sie fragte sich, weshalb er bloß eine solche Erinnerung haben wollte.

»Lass es mich so ausdrücken«, sagte Melville. »Es ist wahrscheinlich gut, dass ich dich heute Abend getroffen habe.«

Ann blieb fast bis Mitternacht. Als er sie zu ihrem Auto brachte, wandte sie sich zu ihm um. »Weißt du, was ich immer mache, wenn mit jemandem Schluss ist?«

»Ich muss leider zugeben, dass ich keine Ahnung habe.«

»Ich mache alles, was ich nicht machen konnte, als wir zusammen waren. Das hört sich jetzt vielleicht nicht nach viel an, aber es hilft, dich zu erinnern, wer du warst.«

Er umarmte sie, und sie stieg ins Auto.

»Hattest du nicht mal ein Boot?«, fragte sie.

»Ich habe es immer noch. Es steht seit sechs Jahren bei Finch in der Zufahrt.«

»Vielleicht ist es Zeit, es wieder ins Wasser zu setzen«, schlug sie vor und drückte ihn zum Abschied am Arm.

Eine gute Idee, dachte Melville, als er zurück zum Haus ging. Morgen würde er in der Werft anrufen und es abholen lassen.

Wahrscheinlich musste viel daran repariert werden, aber das meiste konnte er selbst. Er wusste nicht, wie lange es dauern würde, das Boot wiederherzurichten, doch zumindest hatte er etwas zu tun. Und sie hatte recht, es würde ihn daran erinnern, wer er früher gewesen war.

30

Nachdem sie sich zum zweiten Mal in dieser Nacht geliebt hatten, lud Hawk Zee ein, mit ihm auszugehen.

»Warum?«, fragte sie.

»Warum?« Die Frage amüsierte ihn. »Du willst dich über mich lustig machen, oder? Weißt du, in manchen Kulturen ist es üblich, dass man ein- oder zweimal miteinander ausgeht, bevor man Sex hat.«

»Nicht in unserer«, sagte Zee. »Nicht heutzutage.«

»Soll das ein Nein sein?«

»Ich komme hier nur schwer raus«, sagte sie. »Wegen Finch. Jessina kann abends nicht oft lange bleiben.«

»Dann machen wir es doch an einem Abend, an dem sie kann.«

Zee gab keine Antwort.

»Das nervt«, sagte er. »Vielleicht klettere ich ab jetzt einfach bei einer Frau ins Fenster, die mit mir gesehen werden will.«

Sie lachte. »Das ist es nicht. Aber mit Michael war doch gerade erst Schluss, und ...«

»Und du willst nicht mit mir gesehen werden.« Er grinste sie an.

Sie musste wieder lachen. »Ich will nicht zufällig auf Mickey stoßen«, sagte sie. »Ich habe es ihm noch nicht gesagt.«

»Und wenn ich dich außerhalb der Stadt zum Essen einlade?«

»Okay«, sagte sie.

»Okay wann?«

»Okay, sobald ich es mit Jessina einrichten kann.«

Finchs Alarm ging los. Zee stand auf und zog sich den Bademantel an. »Bleib, wo du bist«, sagte sie.

Er legte die Hände hinter den Kopf und schaute durch das Dachfenster in den Sternenhimmel. Er seufzte. »Wo sollte ich wohl hingehen?«, murmelte er. Aber er lächelte dabei.

31

Melville und Zee trafen sich auf einen Kaffee bei Jaho. Er erzählte ihr, dass er das Boot abholen lassen und versuchen wollte, es wieder ins Wasser zu setzen.

»Das ist eine sehr gute Idee«, sagte Zee.

»Immerhin etwas«, meinte er. »Vielleicht können wir mal zusammen rausfahren.«

»Gerne.«

Er hielt einen Moment inne, dann stellte er ihr die Frage, die er immer stellte: »Wie geht es Finch?«

Zee hätte ihm lieber eine positivere Antwort gegeben. »Ungefähr gleich«, sagte sie.

»Du siehst ein bisschen müde aus.«

»Mir geht es gut.«

»Ich glaube, du brauchst mehr Hilfe.«

»Ich schaffe das.«

»Da ist aber eine Menge zu schaffen.«

»Heute Morgen hat er mich für Maureen gehalten«, sagte sie. »Das denkt er oft.«

Melville überlegte. »Diesen Fehler kann man ihm verzeihen«, meinte er. »Du siehst aus wie deine Mutter.«

»Nicht so sehr, finde ich.«

»Und was machst du für dich selbst?«

Sie wollte ihm von Hawk erzählen, überlegte es sich aber anders. Sie wusste, was er sagen würde. Es war zu früh.

»Genug«, sagte sie.

»Sag mir nur eins.«

»Ich spiele Skeeball.« Sie lächelte.

Er lachte. »Gott, das bringt Erinnerungen zurück.«

In den ersten Sommern, nachdem Melville bei ihnen eingezogen war, verschwand Zee immer wieder. Melville entdeckte sie oft im Willows-Park beim Skeeball. Wenn es nicht zu spät war und sich Finch keine Sorgen um sie machte, spielte Melville mit.

»Ich habe den perfekten Schuss über die Bande raus«, sagte sie.

Er sah sie an.

»Es ist wirklich alles in Ordnung mit mir«, wiederholte sie. »Ja, mir geht's sogar gut.«

Melville wollte sich nicht einmischen, aber er machte sich Sorgen um Zee. Er fand, das alles sei zu viel für sie. Sie war nicht sie selbst. Und um die Wahrheit zu sagen, er machte sich auch Sorgen um Finch. Hin und wieder redete er noch mit Jessina und zahlte ihren Wochenlohn, obwohl Zee das nicht wollte. Das sei doch das Mindeste, sagte er. Und meinte damit, es sei wenigstens etwas.

Er wollte gerne im Laden vorbeischauen, um mit Mickey darüber zu sprechen. Ihm war bewusst, dass Mickey ihm noch nicht wegen Maureen verziehen hatte, ihm wahrscheinlich niemals verzeihen würde, dass er die Ehe zerstört hatte, aber das zählte jetzt nicht. Jetzt ging es um Finch, und es ging um Zee, und manche Dinge waren einfach wichtiger.

Er ging am Derby Wharf entlang, am Takelschuppen vorbei, und blickte im Vorbeigehen zur *Friendship* hinauf. Er erinnerte sich noch, wie sie gebaut worden war, er hatte damals sogar Geld gespendet. Er war an dem Tag da gewesen, als der Blitz in den Hauptmast eingeschlagen hatte, und es musste noch mehr Geld aufgetrieben werden, um ihn zu ersetzen. Es war ein beeindruckendes Schiff, aber er konnte nicht daran denken, ohne dass ihm Maureen einfiel und die Geschichte, an der sie zuletzt geschrieben hatte.

Wenn er Mickey sah, war es immer, als würde er Maureen sehen. Sie hatten die gleichen Augen. Doch sobald Mickey den Mund aufmachte, war die Illusion dahin.

»Hallo Melville. Was kann ich für dich tun?«

Das war ein alter Neuengland-Ausdruck, aber die Ironie war unüberhörbar.

»Sehr witzig«, sagte Melville. »Ich will mit dir über deine Nichte sprechen. Ich mache mir Sorgen um sie.«

Mickey hörte ihm zu, ohne ihn mit seinen üblichen sarkastischen Bemerkungen zu unterbrechen. Am Ende versprach er mitzuhelfen. Finch hin und wieder auszuführen, nur um Zee etwas zu entlasten.

»Immerhin wart ihr mal miteinander befreundet«, sagte Melville, um seiner Bitte Nachdruck zu verleihen. Doch sobald er das ausgesprochen hatte, wusste er, dass es ein Fehler war. Mickey hatte bereits zugestimmt.

»Uralte Regel«, sagte Mickey. »Hör auf zu verkaufen, sobald du ein Ja hast.«

»Danke«, sagte Melville. Er ging Richtung Tür.

»Hey.« Mickey rief ihn zurück.

»Was ist?«, fragte Melville.

»Du wirst mir vielleicht nie sympathisch sein«, sagte Mickey. »Aber das heißt nicht, dass ich es nicht zu würdigen weiß, was du für meine Nichte tust.«

32

Heute hatte Ann Spitzenorakel im Angebot. Seit ihre Freundin Towner Whitney ihr vor ein paar Jahren die ganze Spitze ihrer verstorbenen Tante Eva geschenkt hatte, machte sie das immer öfter. Für Ann war die Klöppelspitze so etwas wie für andere Wahrsager eine Kristallkugel: Man schaute hinein, um Bilder zu sehen. Vor dem Mittagessen hatte sie schon zwei Orakel durchgeführt, und nun drehte und wendete und knautschte sie ein Stück antiker schwarzer Spitze, um mehr über ihre Stammkundin zu erfahren, das Mädchen, das so gerne heiraten wollte.

Es lief immer auf dasselbe hinaus: eine schlechte Beziehung, die mit jedem Moment noch schlechter wurde. Ann fand es an der Zeit, dem Mädchen alles zu sagen. Sie suchte nur nach den richtigen Worten, als sich plötzlich in dem Stück Spitze langsam ein Bild zeigte. Es sah aus wie eine Weinranke, und es bewegte sich. Die Weinranke verwandelte sich in Federn, und eine der längeren Federn wurde zu einem Frauenhals. Ann begriff, dass sie einen wunderschönen Schwan betrachtete. Und dann sah sie etwas in der Spitze, was sie noch nie zuvor gesehen, was ihr jedoch ihre Freundin Eva von ihren eigenen Spitzenorakeln erzählt hatte. Der Schwan begann sich zu bewegen und verwandelte sich in einen Mann, den sie als Melville erkannte.

Die hoffnungsvolle Braut sah Ann zweifelnd an, die wie in Trance sehr lange in die Spitze gestarrt hatte. Eine frische Brise vom Meer kühlte den Raum ab und brach den Zauber. Ann wandte sich gerade rechtzeitig zur offenen Tür hin, um noch zu sehen, wie Melville aus Mickeys Laden herauskam und über den Parkplatz in Richtung Stadt ging.

Sie entschuldigte sich, eilte zur Tür und rief ihm nach. Er wandte sich um. Sie sah ihm an, dass er aufgewühlt war. Er winkte ihr, blieb aber nicht stehen.

33

Zee bezahlte Jessina dafür, dass sie bis zum Morgen blieb. Ihr Sohn übernachtete in einem Camp auf Children's Island, daher hatte sie Zeit.

Mit Hawks Boot fuhren sie zur Clark Landing in Marblehead und gingen zu Fuß hinüber zu Barnacle, wo sie zu Abend essen wollten. Von hier hatte man einen Blick auf Children's Island, und sie dachte an Jessinas Sohn, der ihr vorige Woche geholfen hatte, ein paar von Finchs Sachen auszuräumen.

Sie setzten sich auf die Veranda und sahen den Hunden zu, die auf dem Stück Strand unter ihnen spielten. Auf das Dessert verzichteten sie zugunsten eines Eises auf dem Rückweg. Nach dem Essen gingen sie vor zum Fort Sewall und wählten eine Bank mit Blick aufs Meer. Von hier aus waren alle Grenzinseln sichtbar: Children's Island, die Miseries und Baker's Island, mit dem Leuchtturm im Norden. In mittlerer Distanz sah sie Yellow Dog Island, das Heim für missbrauchte Frauen und Kinder. Zee dachte an May Whitney, die das Heim führte, und die gute Arbeit, die sie dort leistete. Zee hätte für Lilly gerne genauso viel tun können.

Aber sie wollte heute Abend nicht an Lilly denken, wollte nicht, dass dieser Gedanke sich zwischen sie drängte. Stattdessen konzentrierte sie sich auf die schöne Aussicht. In Marblehead war Regattawoche, und es waren Segler aus der ganzen Welt gekommen, um sich zu messen. Über den Horizont bewegte sich eine lange Reihe J/24 mit Spinnaker.

»Mickey sagt, du könntest dich auf dem Meer zurechtfinden, indem du einfach die Sterne anschaust.«

»Ein bisschen komplizierter ist es schon.« Hawk lachte. »Beim Park Service läuft gerade ein Kurs über Astronomische Navigation, falls es dich interessiert.«

»Hast du nicht diesen Kurs unterrichtet?« Sie glaubte sich zu erinnern, dass er davon erzählt hatte.

»Nur ein paar Stunden«, sagte er. »Ich bin kein Lehrer.«

»Kein Schreiner, kein Lehrer. Muss schön sein zu wissen, was man nicht ist«, meinte sie.

»Zweifelst du an deinem Beruf?« Die Frage war ernst gemeint.

»Wechseln wir besser das Thema«, sagte sie.

»Mir ist ja klar, dass wir nicht über Lilly sprechen können, aber können wir auch über deinen Beruf nicht reden?«

»Ich fürchte, das ist beides hoffnungslos miteinander verknüpft.«

Er saß da und schwieg.

»Ich muss darüber reden«, sagte er.

»Über deinen Beruf?«

»Über Lilly Braedon«, sagte er.

»Ich kann nachvollziehen, warum«, meinte sie.

»Das glaube ich nicht.«

»Wie dem auch sei«, sagte sie.

Damit hatte sie höflich das Gespräch beenden wollen, doch auf Hawk hatte es die gegenteilige Wirkung.

»Was zum Teufel soll das denn heißen?«

»Tut mir leid«, sagte sie ernst. »Wenn du Schwierigkeiten hast, mit deinen Gefühlen über ihren Tod zurechtzukommen, und mit jemandem darüber sprechen musst, gebe ich dir gerne ein paar Namen. Bloß ich kann das nicht sein.«

Er war offensichtlich verärgert.

»Es tut mir leid«, wiederholte sie. »Ich verstehe ja, wenn du böse auf mich bist.«

»Ich bin nicht böse«, sagte er. »Lassen wir das Thema einfach fallen.«

Schweigend gingen sie zum Auto zurück. Als die Sonne unterging, wurden aus den Yachtclubs Böllerschüsse abgefeuert, die im ganzen Hafen widerhallten.

Sie nahm an, dass der Abend nun wohl gelaufen war. Doch dann bemerkte sie, dass sich Hawks Stimmung aufhellte, als sie Coffey's Eisdiele erreichten. Die Leute standen bis auf die Straße hinaus an.

»Möchtest du noch ein Eis?«, fragte er.

»Gerne«, sagte sie. »Natürlich nur, wenn du auch willst.«

»Ja«, sagte er. »Wir müssen etwas tun, um den Abend zu retten.«

Er hielt ihr die Tür auf, und sie ging hinein. »Was möchtest du?«, fragte Hawk, immer noch etwas distanziert, aber ein wenig weicher.

»Ich überlege noch«, sagte sie und sah sich die Vitrine an. Sie hatte Finch immer Eis gekauft, jedes Mal die Geschmacksrichtung Kaffee. Michael war ein Häagen-Dazs-Typ gewesen, ansonsten durfte es nur vom Italiener sein. Sie konnte sich ernsthaft nicht erinnern, wann sie das letzte Mal ein Eis für sich selbst bestellt hatte. Es war lächerlich, von so einer Kleinigkeit in Verlegenheit gebracht zu werden, aber so war es nun einmal. Er wartete darauf, dass sie wählte, und sie stand plötzlich vor einer riesigen Entscheidung, fühlte sich wie ein kleines Kind. Sie dachte fieberhaft nach. Was hätte sie wohl als Kind bestellt? »Moose Tracks und Bubble Gum mit Gummibärchen«, sagte sie.

»Das gibt's doch gar nicht«, sagte er. »Ich wollte genau dasselbe bestellen.«

»Lustig«, meinte sie.

Sie setzten sich auf eine andere Bank unten am Landesteg und aßen ihr Eis. Im Hafen knallten die Startschüsse für die Regatten. Der Besitzer der Eisdiele schloss ab und nickte ihnen zu, als er zu seinem Auto ging.

»Zeig mir, wie man mit den Sternen navigiert«, sagte sie.

Er sah sie skeptisch an, antwortete aber nicht.

»Ich würde das wirklich gerne lernen.«

»Hier sind zu viele Lichter«, sagte er. »Man erkennt die Sterne nicht gut genug, um es dir zu zeigen. Außerdem musst du die Messungen bei Sonnenaufgang oder Sonnenuntergang vornehmen, wenn der Horizont noch zu sehen ist.«

»Sehr schade.«

»Vielleicht ein andermal«, sagte er. Und das meinte er ernst.

Sie blieben noch eine Weile sitzen. »Was willst du jetzt tun?«, fragte sie. »Ich habe Jessina für die ganze Nacht engagiert.«

Er dachte nach. »Ich habe eine Wohnung nicht weit von hier«, sagte er. »Allerdings ist das eher eine Abstellkammer.«

Sie musste erst morgens wieder zurück sein, deshalb wäre es am einfachsten, zu ihm zu gehen. Aber sie wollte ihm mehr anbieten, etwas von ihr selbst, das sie nicht in Worten ausdrücken konnte, deshalb machte sie einen Gegenvorschlag: »Ich hätte vielleicht etwas Besseres.«

»Wo?«, fragte er.

»Einen Ort, wo es dunkel genug ist, um die Sterne zu sehen.«

»Dann los«, sagte er.

Er überließ ihr das Ruder. Automatisch prüfte sie den Benzinstand, dann lachte sie über sich. Sie hatte keine solchen Boote mehr gesteuert, seit sie als Kind welche gestohlen hatte. Es hatte etwas Befreiendes.

Langsam manövrierte sie das Boot durch die vielen Liegeplätze im Hafen von Marblehead, und als sie die rote Boje und das Ende der Geschwindigkeitsbeschränkung von fünf Meilen pro Stunde passiert hatten, gab sie Gas und fuhr in Richtung Baker's Island.

34

Jessina beschloss, Finch Kekse zu backen. Es war heiß, und sie hatte die Küchenfenster geöffnet, um die leichte Brise hereinzulassen, die von der Küste her wehte. Sie durchsuchte den Küchenschrank mit den Backutensilien und holte den roten und den grünen Zucker heraus, Farben, die eher zu Weihnachten als zum Juli passten. Der Vierte Juli war zwar bereits vorbei, aber sie hatte auf Rot, Weiß und Blau gehofft. Trotzdem machte sie mit den vorhandenen Farben Sterne und streute Puderzucker auf das Rot und das Grün.

Finch liebte ihre Kekse. Sie backte sie so weich, dass er sie gut kauen konnte. Jeden Nachmittag aß er zwei davon, mit einem großen Glas Milch dazu, nicht die fettarme, die Zee immer von Peapod bestellte, sondern die altmodische Vollmilch, die Jessina von einem der *colmados* an der Lafayette Street mitbrachte. Finch musste zunehmen – er verkümmerte regelrecht.

Als der Pirat mit dem Dreispitz und der Augenklappe vor dem Fenster auftauchte, dachte Jessina, sie hätte Halluzinationen. Doch dann erkannte sie Mickey an der Stimme. Sie hatte ihn schon in Werbespots im Lokalradio gehört und auf Salem Access TV gesehen, wie er seine Souvenirläden anpries. Viele der Jugendlichen aus The Point halfen den Sommer über bei Mickey aus, was ihn zumindest in dieser Hinsicht zu einem Wohltäter machte. Meistens nahm er Studenten vom Salem State College, aber er gab auch den dominikanischen Highschool-Kids eine Chance. Sie hoffte, Danny würde nächstes Jahr, wenn er zu alt für die Tagesferien war, vielleicht einen Job bei Mickey bekommen.

Mickey fragte zuerst nach Zee, und als er von Jessina hörte, dass sie nicht da war, bat er widerstrebend darum, Finch sehen zu dürfen.

Jessina begleitete ihn durch den Gang zu Finch, der in seinem neuen Fernsehsessel eine Seifenoper schaute. Finch blickte überrascht auf, als er den Piraten sah, der in dem kleinen Raum riesig wirkte. Sein Hut endete nur wenige Zentimeter unter dem Deckenbalken.

»Hallo Finch«, begrüßte ihn Mickey.

Finch blickte zu Mickey und dann zu Jessina. Er hatte sichtlich keine Ahnung, wer Mickey war. Er schien auf eine Erklärung oder eine Pointe zu warten.

»Wie geht es dir?«, fragte Mickey.

Finch schien die Frage zu überraschen. »Gut, danke«, sagte er. »Und selbst?«

»Ganz prächtig für einen alten Mann«, sagte Mickey.

»Einen alten Piraten, wohlgemerkt«, sagte Finch.

»Auch das«, gab Mickey zurück.

Jessina bemerkte Finchs offensichtliche Verwirrung und wollte es Mickey leichter machen, und so wandte sie sich an Finch: »Vielleicht sollten wir Mr. Doherty einen von unseren Keksen anbieten.«

Finch schien diese Idee zu verblüffen.

»Möchten Sie einen Keks, Mr. Doherty?«, fragte Jessina.

»Nein, vielen Dank, nein«, sagte Mickey.

»Ich bin müde«, sagte Finch zu Jessina.

»Ja, Papi. Ich weiß, dass Sie müde sind, aber Mr. Doherty ist hier, um Sie zu besuchen.«

»Schon gut«, meinte Mickey. »Ich wollte nur kurz vorbeischauen.« Er war durch die Küchentür hereingekommen, aber nun ging er zur Haustür hinaus, die näher am Fernsehzimmer war. Er konnte diesen Ort nicht schnell genug verlassen. »Sagen Sie Zee bitte, dass ich da war«, rief er noch.

Beim Hinausgehen hörte er Finch leise in sich hineinlachen. »Da war gerade ein Pirat bei uns im Fernsehzimmer, nicht wahr?« Auf eine Bestätigung wartend sah er Jessina an.

»Und ob«, sagte sie.

35

Zee richtete die Taschenlampe auf den Pfad, der zu dem Häuschen führte.

Im Blumenkasten tastete sie nach dem Schlüssel. Verdorrte alte Pflanzen und Blumen, Einjährige, die gepflanzt worden waren, als Maureen noch lebte, zerkrümelten ihr unter den Fingern, doch der Schlüssel lag noch da. Das Fliegengitter war zerrissen, der Rahmen passte nicht mehr in die Öffnung. Als sie das letzte Mal hier gewesen war, hatte sie die Tür offenbar nicht zugezogen, und die Feuchtigkeit des Winters hatte das Holz verzogen. Die hölzerne Tür innen war zwar aufgequollen, aber noch intakt. Sie musste fest drücken, bis sie aufging.

»Wem gehört das Haus?«, fragte Hawk.

»Mir«, antwortete sie. »Und ich war schon lange nicht mehr da.«

Die Öllampe stand auf dem Tisch in der Mitte des Zimmers. Zee nahm eine alte Streichholzschachtel aus der Küchenschublade. Sie waren feucht und ein bisschen verschimmelt, aber beim fünften Versuch gelang es ihr, eines anzuzünden.

Ein warmer Lichtkreis beleuchtete das Sofa und die kleine Küche mit dem Specksteinbecken und der Handpumpe sowie dem Kühlkasten aus Eichenholz. Zee ging zur Spüle und öffnete die Innenrollos und die Fenster dahinter. Sterne und Mond spiegelten sich in dem schwarzen Wasser. Sie ging von Fenster zu Fenster, öffnete sie und ließ die Salzluft gegen den modrigen Geruch herein.

»Das ist ja unglaublich hier«, sagte Hawk.

»Findest du?«

Da fiel ihr ein, dass Michael das Haus nie gesehen und auch gar kein Interesse daran gehabt hatte. Michael war genauso wenig wie Finch ein Wassermensch. Trotzdem fragte sie sich jetzt, weshalb sie nicht darauf bestanden hatte, es ihm zu zeigen.

Hawk sah die Pumpe an. »Ist das Salz- oder Süßwasser?«

»Salzwasser«, sagte sie. »Den Weg runter gibt es einen Süßwasserbrunnen.« Er nahm den Eimer. »Ich glaube nicht, dass die Pumpe funktioniert.«

»Versuchen können wir es ja«, meinte er. Er trug den Eimer zu dem kleinen Stück Strand vor der Hütte, um ihn zu füllen.

Nach mehreren vergeblichen Versuchen bekam er die Pumpe wieder hin. Dann lachte er über sich. »Ich weiß gar nicht, wieso ich das gemacht habe.«

»Danke«, sagte sie.

Sie lächelte. Sie pumpte selbst ein wenig von dem Salzwasser hoch, nur um es auszuprobieren. Als Kind hatte sie das Geschirr immer mit Salzwasser gespült und musste auf einen Hocker steigen, um heranzureichen. Das war eine gute Erinnerung an die Zeit mit ihrer Mutter, eine der wenigen guten, und sie war dankbar, dass Hawk sie ihr zurückgegeben hatte. Alle guten Erinnerungen an ihre Mutter stammten von hier: Maureen, die ihre Geschichten laut las, während Zee auf dem Flickenteppich saß und Libellen und Möwen malte, in dem Sommer, in dem sie Strandpflaumen pflückten und Marmelade kochten, für die sie sowohl den Zucker als auch das Wasser vom Festland holten. Viele Erinnerungsschnipsel und -blitze kamen jetzt zurück, und sie war dankbar für jeden.

Sie setzten sich an den Tisch und spielten mit einem alten Kartenspiel, das Zee in der Schublade mit den Streichhölzern gefunden hatte, Gin Rommé. Bis auf ein Spiel gewann er immer. »Und was möchtest du jetzt machen?«, fragte er.

»Wie wäre es, wenn wir hier übernachten?«, fragte sie.

»Wie im Ferienlager?«

»Ja«, sagte sie. »Genau so.«

»Hast du Marshmallows?«

»Wenn, dann sind sie zwanzig Jahre alt.«

»Und Gruselgeschichten? Weißt du welche?«

»Ein paar schon.« Sie musste plötzlich an Lilly Braedon denken. *Wir wissen beide eine*, dachte sie. Dann dachte sie an die andere Geschichte, die sie kannte, diejenige, die ihre Mutter geschrieben hatte. Sie wollte ihm keine der beiden Geschichten erzählen. Nicht heute Nacht. Sie würde sich etwas anderes ausdenken müssen.

»Okay«, sagte er. »Ich bin dabei.«

Hawk blies die alte Baumwollluftmatratze auf, während sie den Teppich ausrollte und die Decken aus einem Regal holte.

Das Haus war so gelegen, dass man beinahe einen 360-Grad-Rundumblick hatte. Sie legten sich zusammen hin und schauten durch die geöffneten großen Türen in der westlichen Wand hinauf zum Himmel. Klar und deutlich konnten sie die Sterne sehen. Unter ihnen krachten die Wellen gegen die Felsen.

Zuerst zeigte er ihr die Sternbilder, die einfachen, die sie bereits kannte, und die Tierkreiszeichen: Widder und Waage. Dann versuchte er ihr einige der siebenundfünfzig Sterne zu zeigen, die man bei der Astronomischen Navigation verwendet.

»Die Tierkreiszeichen waren aber einfacher«, sagte sie.

»Nein, schau, hier ist der Große Wagen. Da steht Polaris.«

»Der Nordstern.«

»Ja. Der Polarstern befindet sich immer weniger als ein Grad vom Nordpol entfernt. Mit dem Polarstern kannst du deinen Breitengrad bestimmen.«

»Den Nordstern sehe ich, aber nicht den anderen, auf den du gezeigt hast«, sagte sie. Er drehte ihren Kopf in Position und deutete mit dem Arm über ihre Schulter hinweg, so dass sie in die richtige Richtung schaute. »Immer noch nicht«, meinte sie.

Er lachte.

»Du siehst doch den Mond. Wir brauchen den Mond oft, genau wie den Horizont«, sagte er. »Du hast also drei Bezugspunkte. Messungen kannst du nur bei Sonnenaufgang und Sonnenuntergang anstellen, denn wenn es dunkel wird, verschwindet der Horizont. Aber bei Dämmerung sind die Sterne noch sichtbar, zumindest ganz kurz.« Er zeigte wieder mit dem Finger, diesmal auf eine Stelle tief unten am westlichen Horizont. »Da haben wir Spica, in der Jungfrau, einen der hellsten Sterne am Himmel. Die Spica ist ein Blauer Riese, und eigentlich ist es nicht nur ein Stern, sondern ein Doppelstern, zwei Sterne, die so nahe um einen gemeinsamen Punkt kreisen, dass sie aussehen wie einer.«

»Das ist entweder Romantik pur oder hoffnungslose gegenseitige Abhängigkeit«, sagte Zee und schaute in die Richtung, in die er zeigte.

Er lachte. »Siehst du es?«

Sie schüttelte den Kopf. Er deutete noch einmal darauf. »Siehst du den Großen Wagen?«

»Ja«, sagte sie. »Den finde ich immerhin.«

»Okay, dann folge der Deichsel des Großen Wagens.« Er legte sich so hinter sie, dass er auf Augenhöhe mit ihr war, und hob ihren Arm mit seinem, bis er der Deichsel nachspürte. »Der helle Stern da ist der Arcturus. Wenn du jetzt die gerade Linie ungefähr um denselben Abstand verlängerst, findest du den Stern Spica. Gleich hier. Siehst du?«

Sie zwickte ein Auge zu.

»Spica ist sehr wichtig, wenn du am Äquator navigierst.«

»Gut zu wissen«, meinte sie.

»In einem Monat wirst du sie kaum mehr am Nachthimmel erkennen«, sagte er. »Sie kommt dann erst im nächsten Sommer zurück.«

»Sie?«

»Spica ist auf jeden Fall weiblich. Siehst du sie?«

»Tut mir leid.«

»Gleich hier.« Er fuhr wieder die Linie nach.

»Es ist immer schade, wenn die Spica unter dem Horizont verschwindet«, sagte er. »Aber sie hat ihren heliakischen Aufgang so um Halloween.«

»Ihren was bitte?«

»In der Morgendämmerung Mitte Oktober wird die Spica nur für ein paar Tage wieder am Horizont sichtbar sein. Das ist wie ein kleiner Sonnenaufgang. Es ist immer schön, sie wiederzusehen, wenn sie auftaucht.«

»Ich glaube, du magst diesen Stern irgendwie.«

Er lachte. »Ich mag einfach strahlende, schöne Jungfrauen, was soll ich sagen?«

Nun lachte sie.

Er fuhr die Linie ein weiteres Mal nach, zog Zee näher zu sich und hob ihren Arm zusammen mit seinem hoch. »Genau da. Siehst du? Sie ist der hellste Stern in der Jungfrau.«

»Ich habe die Jungfrau noch nie gesehen und sehe sie jetzt immer noch nicht.«

»Das ist schade. Du bist doch Jungfrau.« Er lachte wieder. »Eigentlich kann man gerade nur einen Teil der Jungfrau sehen. Nachts, um diese Zeit, ist sie zum Großteil unter dem Horizont.«

»Spica. Jungfrau. So navigierst du also über den Ozean?«

»Ja.«

»Glaubst du nicht an Karten?«, fragte sie.

»Auf keinen Fall. Meereskarten sind unglaublich ungenau.«

»Was ist mit GPS?«

»Ich glaube schon an GPS«, sagte er lachend. »Ich glaube nur mehr an die Sterne.«

»Mehr als an GPS?«

»GPS ist elektronisch. Es kann versagen. Wenn du an die Sterne glaubst, findest du immer den Weg nach Hause.«

»Außer es ist bewölkt«, sagte sie.

»Ja«, stimmte er zu. »In einer wolkigen Nacht glaube ich sehr an GPS.« Dann war er still. »Hör mal«, sagte er.

»Auf die Sterne?«

»Nein.« Es zischte kaum vernehmbar. »Ich glaube, die Luftmatratze hat ein Loch.«

Sie lachte. »Das würde mich nicht im Mindesten überraschen.«

Die Luft kühlte schnell ab. Zee holte noch ein paar Decken aus der Schublade. »Wir brauchen ein Lagerfeuer«, sagte sie.

Er legte ihr die Decke um die Schultern. »Du hast mir eine Gruselgeschichte versprochen.«

»Ich habe eine bessere Idee.« Sie küsste ihn auf den Hals.

»Ich dachte, wir sollen im Ferienlager sein«, sagte er.

»Sind wir doch.«

Sie zog ihm das T-Shirt aus und fuhr mit den Händen über seine Brust.

»Meine Mutter hat mich offensichtlich ins falsche Lager geschickt.«

Zee drehte sich um und versuchte, es sich bequemer zu machen. Die Luftmatratze hatte über Nacht alle Luft verloren, und beim Aufwachen musste sie feststellen, dass sie auf dem kalten Boden lag. Der Himmel hellte sich auf. Hawk stand vor dem offenen Fenster der Ostseite und richtete den Messingsextanten ein.

»Was machst du da?«, fragte sie.

»Komm her, ich zeig es dir«, sagte er. »Wenn ich heute Messungen vornehmen würde, dann wäre jetzt die Zeit dafür. In fünfzehn Minuten, wenn die Horizontlinie deutlicher zu sehen ist, kann man diese Sterne nicht mehr erkennen.«

Er zeigte ihr den Stern, den er eingestellt hatte. »Das ist Prokyon.«

Sie beugte sich vor und schaute durch den Sextanten.

»Da ist er, gleich über dem Horizont«, sagte er.

»Ich sehe ihn.« Sie lächelte. »Er sieht schön aus.« Sie betrachtete lange den Stern. »Man misst also sowohl bei Sonnenaufgang wie bei Sonnenuntergang?«

»Morgens und abends in der Dämmerung.«

»Und auf diese Weise kannst du von überall in der Welt nach Hause finden?«

»So gut wie«, sagte er. »Solange ich eine gute Quarzuhr und einen Almanach habe.«

»Erstaunlich.«

»Eigentlich nicht. Du könntest das auch lernen, wenn du wolltest.«

»Ich finde ja nicht einmal die Spica«, sagte sie.

Hawk lachte. »Auch wieder wahr.« Er gab ihr einen Guten-Morgen-Kuss. »Ich brauche einen Kaffee.«

Sie hüllte sich fester in die Decke ein. »Gott, ist das kalt.«

Er zog sie zu sich und umarmte sie. Als er ihr über die Schulter blickte, sah er die geschlossene Tür. »Ist da noch ein Zimmer?«

»Das Schlafzimmer«, sagte sie.

»Wir haben auf einem kalten, harten Boden geschlafen, obwohl es ein Schlafzimmer gibt?« Schon war er dort und hatte die Tür geöffnet, bevor sie ihn aufhalten konnte.

Sie folgte ihm nach drinnen und sah zu, wie sein Blick auf das Bett mit der ausgeblichenen grünen Chenilledecke fiel.

»Verstehe ich nicht«, sagte er.

»Das war das Ehebett meiner Eltern.«

»Und?«

»Und deshalb schlafen wir immer nur im Wohnzimmer.«

»Ich verstehe das immer noch nicht, aber ich verstehe zumindest so viel, dass ich wohl besser das Thema wechseln sollte«, meinte er.

»Das hast du ganz richtig verstanden«, sagte sie lachend.

36

Als Zee wieder nach Hause kam, schlug Jessina gerade Eiweiß zu einem weißen Berg Glasur für den Schokokuchen, den sie backte. Besorgt erzählte sie Zee von Mickeys Besuch.

»Finch hat Mr. Doherty nicht erkannt«, sagte Jessina.

Zee war überrascht, versuchte es aber dadurch wegzuerklären, dass sich die beiden Männer lange nicht gesehen hatten. Trotzdem war es kaum vorstellbar, Mickey Doherty zu vergessen. Vielleicht hatte es mit Finchs Medikamenten zu tun. In letzter Zeit spuckte er seine Tabletten immer wieder aus. Sie suchten zwischen den Polstern des Sessels und auf dem Boden herum. Heute schien es ihm ganz gut zu gehen, er wirkte nur etwas schläfrig.

Beim Abendessen hielt Finch sie wieder für Maureen.

Zee rief den Arzt an und hinterließ eine Nachricht.

Am Vormittag rief sie noch einmal an und bat um einen sofortigen Termin.

Bei dem Arztbesuch zeigte sich, dass es schnell bergab ging. Das letzte Mal hatte Finch es noch geschafft, die gerade Linie, die der Arzt auf den Boden geklebt hatte, entlangzugehen, wenn auch wackelig. Diesmal gelang ihm das nicht ohne den Rollator, und selbst das fiel ihm so schwer, dass er nur ein kurzes Stück schaffte, bevor er den Arm nach Zee ausstreckte und sie zu ihm eilte, um ihn zu stützen.

Der Arzt verordnete Finch Krankengymnastik. Er bot an, zweimal die Woche jemanden zu ihnen nach Hause zu schicken, um mit Finch Gehübungen zu machen.

»Ich übe mit ihm«, sagte sie ein wenig defensiv.

»Sie haben schon genug zu tun«, meinte er und ließ seine Sprechstundenhilfe anrufen.

Finch sprach nur schwer verständlich, und seine Stimme war zittrig und sehr heiser.

»Besteht denn die Möglichkeit, dass er einfach krank sein könnte?«, fragte Zee hoffnungsvoll. Das war ihr eben erst eingefallen.

Der Arzt maß Fieber. »Die Temperatur ist nicht erhöht«, sagte er. »Wann hat er die letzte Tablette genommen?«

»Es wäre gleich wieder so weit«, sagte Zee.

Der Arzt stellte ihm die üblichen, einfachen Standardfragen. *Wie alt sind Sie? Welches Jahr haben wir? Wer ist gerade Präsident?* Finch beantwortete die dritte Frage korrekt, aber bei der ersten und der zweiten zögerte er. Als er gefragt wurde, wann der Zweite Weltkrieg anfing, antwortete er ohne zu zögern. Bei der Gesichtserkennung schnitt er auch nicht schlecht ab, denn er erkannte den Arzt und die anderen Mitarbeiterinnen in der Praxis, konnte allerdings nicht sagen, welche Funktion sie hatten. Als der Arzt ihn bat, von zwanzig ab rückwärts zu zählen, sah Finch sie hilflos an. Und als er sich an eine Adresse erinnern sollte, die man ihm zu Beginn der Befragung genannt hatte, wusste er noch nicht einmal mehr, dass er sie gehört hatte.

Es gab einen zweiten Test, bei dem diesmal Zee Fragen beantworten sollte. Damit sollte genau bemessen werden, inwieweit sich Finchs mentale Leistung verschlechtert hatte. Es waren alles Fragen über sein Gedächtnis, und Zee sollte jeweils angeben, ob alles beim Alten geblieben oder ob sich etwas geändert hatte. Sie stellte fest, dass sie nur sehr wenige dieser Fragen beantworten konnte, da sie erst seit kurzer Zeit da war und erst jetzt begriffen hatte, wie viel Melville und Finch vor ihr verheimlicht hatten. »Ich muss Ihnen das faxen«, sagte Zee zu dem Arzt. Sie musste mit Melville sprechen.

Der Arzt unterhielt sich noch eine Weile mit Finch, ein völlig belangloses Geplauder, mit dem er Finch keine Minute an der Nase herumführte. Finch mochte vielleicht nicht alle Antworten auf die Fragen wissen, aber Zee sah an seinem Blick, dass er sehr wohl wusste, aus welchem Grund sie hier waren. Er wirkte gleichzeitig ängstlich und verärgert.

Als der Arzt die letzte Fragerunde beendet hatte, wandte er sich an sie beide.

»Ich würde sagen, wir befinden uns mitten im Alzheimer-Übergangsstadium«, sagte er. »Bei Parkinson-Patienten ist das kaum zu vermeiden. Im Verlauf der Krankheit ähneln die Symptome eher denen einer Alzheimer-Erkrankung. Das Gleiche gilt umgekehrt auch für die Alzheimer-Krankheit – diese Patienten bewegen sich dann wie Parkinson-Kranke.«

Davon hatte sie schon gehört, aber für sie war das immer etwas gewesen, das vielleicht einmal in ferner Zeit auftreten würde. Sie nahm Finchs Hand. Eigentlich hatte sie mit dem Arzt unter vier Augen darüber reden wollen. Sie konnte ja die ethischen Gründe nachvollziehen, die dahinterstanden. Der Patient hatte ein Recht darauf, alles zu wissen. Aber an Finchs Gesichtsausdruck sah sie, dass er alles nur zu gut begriff, und das machte ihm Angst.

»Wie lang ist es her, seit die Krankheit bei ihm diagnostiziert wurde?«

Sie war empört, dass der Arzt das nicht wusste. »Ungefähr zehn Jahre«, sagte sie.

Der Arzt schwieg einen Moment, dann sagte er ernst, aber viel zu beiläufig: »Zehn Jahre, das ist schon ziemlich gut für Parkinson.«

Sie warf einen Blick hinüber zu Finch, um zu sehen, ob er verstanden hatte, was der Arzt damit gesagt hatte. Sein zur Maske erstarrtes Gesicht war schwer zu lesen. Zee spürte Wut in sich aufsteigen. Sie wollte dem Arzt sagen, was sie von ihm hielt. Sie wollte ihn als Idioten beschimpfen. Wie konnte er es wagen, so mit einem Patienten zu reden? Offenheit war eine Sache. Zee glaubte an das Recht zu wissen. Aber ein Leben so beiläufig aufzugeben, das war schlicht grausam.

Doch alles, was sie jetzt hätte sagen können, würde es nur noch schlimmer machen. Sie hoffte, dass Finch die Bedeutung der Worte des Arztes entgangen war. Ihr fiel ein, wie Mattei die Neurologen oft charakterisiert hatte: *Die Fachidioten der Ärztewelt. Kein Talent im Umgang mit Kranken. Kleine Prinzen.* Am liebsten würde sie ihn umbringen. Ihm in sein selbstgefälliges Gesicht springen.

Stattdessen half sie Finch beim Verlassen der Praxis. Mit quälend langsamen Schritten versuchte er, seinen Rollator aus der Praxis hinaus und durch den Gang zu manövrieren.

Die warme Luft auf dem Parkplatz beruhigte sie ein wenig. Vielleicht hatte Finch überhört, was der Arzt gesagt hatte, oder er hatte nicht mitbekommen, was es bedeutete.

Sie sperrte das Auto auf und half Finch hinein. Er war steif, es war höchste Zeit für seine Tablette. Sie verstaute den Rollator im Kofferraum. Dann stieg sie auf der Fahrerseite ein und suchte in ihrer Handtasche nach der Wasserflasche und dem Pillendöschen, auf dem die Uhrzeiten notiert waren. Sie nahm die Drei-Uhr-Dosis heraus, öffnete die Flasche und reichte sie ihm. Brav schluckte er die Medizin. Sie langte zu ihm hinüber und schloss den Sicherheitsgurt, das hatte sie vergessen. Bevor sie die Hand zurückzog, ließ sie sie noch einen Augenblick auf Finchs Arm ruhen. »Ich hab dich lieb«, sagte sie. Er lächelte schwach.

Als sie den Volvo aus dem Parkplatz hinausfuhr, sprach Finch schließlich. Seine Stimme war so schwach, weil die Medikamente überfällig waren, dass sie ihn kaum hören konnte. »Er sagt also, dass ich bald sterbe.«

In der Mass Avenue fuhr sie an die Seite.

»Der Arzt ist ein Idiot«, sagte sie. Sie wollte ihm sagen, dass sie nie wieder zu ihm gehen würden, dass es in Boston Neurologen wie Sand am Meer gab und dass sie bis zum nächsten Morgen einen neuen für ihn hätte. Aber Finch sprach, bevor sie das formulieren konnte.

»Es ist schon gut«, sagte er. »Ich will sterben.«

37

Zee wählte Melvilles Nummer und hinterließ eine Nachricht. Dann rief sie Mattei an.

»Ich mache mir ernsthaft Sorgen«, sagte sie. »Er ist eindeutig depressiv.«

»Soll ich etwas verschreiben?«

»Er braucht ganz bestimmt etwas, aber es muss sich mit den Medikamenten vertragen, die er bereits einnimmt.«

»Wenn du willst, kann ich vorbeikommen«, bot Mattei an.

Normalerweise hätte Zee das nicht von Mattei verlangt, aber die Aussicht, sie zu sehen und ihre Meinung zu hören, erleichterte sie. »Das wäre wirklich nett.«

»Morgen kann ich nicht. Am Samstag ginge es«, schlug Mattei vor.

»Danke«, sagte Zee.

Sie gab Jessina abgezählt die Medikamente für Finch, dann brachte sie die Röhrchen und Dosen nach oben und schloss die Tür ab, als sie wieder nach unten ging. Jessina war sichtlich neugierig, aber sie erklärte es ihr nicht.

Sie entdeckte Melville schließlich im Athenaeum. Er wirkte freudig überrascht, sie zu sehen, aber ihr Gesichtsausdruck verriet ihm gleich, dass es einen ernsteren Anlass gab.

»Was ist los?«

»Können wir uns irgendwo unterhalten?«

Er führte sie ins Magazin der Mitgliederbibliothek und über eine Metalltreppe hinunter in den Keller. Es war eng, aber ruhig. Die Magazinregale gingen über drei Ebenen. Heute waren keine Wissenschaftler dort, niemand wollte gerade die Reisesammlungen sehen oder die Bücher, die Hawthorne in der Zeit gelesen hatte, die er im Athenaeum verbracht hatte. Im Moment konnten sie hier ungestört reden. Falls jemand eine der drei skelettartigen Ebenen betrat, würden sie das sofort sehen.

Melville ging mit ihr zu einem kleinen Tisch, wo er alte Karten und Reiseberichte katalogisiert hatte.

Zee reichte ihm die Fragen, die sie von dem Arzt erhalten hatte. »Ich kenne den Krankheitsverlauf des letzten Monats«, sagte Zee. »Aber über das langsame Fortschreiten konnte ich nichts aussagen.«

Melville sah sich das Formular an. Es waren sechzehn Fragen. Sie hatten alle mit Finchs Gedächtnis zu tun und wie es sich während der letzten zehn Jahre verändert hatte. Die Antworten reichten von »viel besser« bis hin zu »viel schlechter«. Der Fragebogen war leicht auszufüllen, er wusste allerdings, dass seine Antworten keinen Mut machen würden. Er ging die Fragen sorgfältig durch und ließ Zee ihm dabei zusehen. Als er fertig war, schob er ihr das Blatt über den Tisch hin.

Zee las es durch und schaute sich die Antworten an, die Melville markiert hatte. Die meisten lauteten »viel schlechter« oder »ein bisschen schlechter«. Nichts deutete auf eine Verbesserung hin.

»Ich verstehe nicht, wie ihr das vor mir verheimlichen konntet«, sagte Zee.

»Darüber haben wir doch schon gesprochen«, sagte Melville. »Er wollte das so.«

»Der Arzt hat Finch quasi gesagt, dass er sterben wird.« Sie schüttelte den Kopf.

Melville sah sie an.

»Und Finch hat gesagt, dass er das will.«

Er langte über den Tisch und nahm ihre Hand. »Es tut mir leid.«

»Und es überrascht dich nicht.«

Er überlegte, ob er lügen sollte, aber das hatte jetzt keinen Sinn mehr. »Nein.«

»Oh Gott«, sagte sie. »Das ist schrecklich.«

»Ja. Das ist es.«

»Ich habe Angst, er könnte sich umbringen.«

Er verstand das. Er wusste, dass Finch nicht mit der Krankheit im fortgeschrittenen Stadium leben wollte. Aber in all ihren Gesprächen über die Zukunft war ihnen beiden sehr wohl bewusst gewesen, wie Zee diese Eröffnung aufnehmen würde.

Es erschreckte sie, dass Melville kein bisschen überrascht war. »Du bist doch wohl nicht damit einverstanden?«

»Natürlich nicht. Aber wir haben über die Möglichkeit gesprochen. Er möchte nicht mit Parkinson im Endstadium leben«, erklärte ihr Melville. »Er möchte nicht die nächsten zehn Jahre in Embryonalstellung in einem Pflegeheim liegen.«

Zee saß ein paar Minuten schweigend da. »Jedenfalls wird er sich nicht umbringen«, sagte sie schließlich. »Nicht unter meiner Aufsicht.«

38

Zee hatte zuvor angerufen und Hawk wissen lassen, dass sie sich heute nicht treffen konnten. Er hatte seinen freien Tag, und sie hatten eigentlich vorgehabt, mit seinem Boot zu Baker's Island zu fahren.

»Mit Finch stimmt etwas nicht«, sagte sie. »Ich muss in der Nähe bleiben.«

»Soll ich heute Abend trotzdem vorbeikommen?«, fragte er.

»Vielleicht diesmal besser nicht.«

Er wusste nicht, was er sagen sollte, also schwieg er.

»Ich ruf dich morgen an«, versprach sie.

Hawk war nicht in der besten Stimmung. Er hatte sich darauf gefreut, mit Zee zusammen zu sein. Da er nicht wusste, was er sonst mit sich anfangen sollte, fuhr er mit dem Transporter zu seiner Wohnung in Marblehead, um nach der Post zu sehen. Als er die Stufen hochstieg, hielt eine Polizeistreife an.

»Waren Sie in Urlaub?«, fragte der Polizist.

»Nein.«

»Da hat sich eine ganze Menge Post und Zeitungen angesammelt.«

Hawk nahm die Post heraus. Er fand die Frage des Polizisten seltsam.

»Wo waren Sie denn?«, fragte der Polizist.

»Arbeiten«, sagte Hawk.

»Nicht in der Stadt.«

»In Salem.«

»Arbeiten Sie dort für eine Baufirma?«

Hawk kannte den Polizisten, allerdings nicht so gut, dass er seinen Namen gewusst hätte. Er hatte ihn oft gesehen, wenn er seine Runde drehte. Der Polizist war zwar freundlich, aber sonst nicht dafür bekannt, dass er die Leute ansprach und Smalltalk machte.

»Wollen Sie eigentlich auf etwas Bestimmtes hinaus, oder quatschen wir hier bloß ein bisschen?«

»Ich möchte nur freundlich sein«, sagte der Polizist.

»Ich arbeite auf der *Friendship*.«

Der Polizist sah ihn verständnislos an. Er hatte offensichtlich keine Ahnung, was Hawk mit seiner letzten Bemerkung meinte.

»Das ist ein Schiff«, sagte Hawk. »Im Hafen von Salem.«

Hawk hatte sich immer darüber gewundert, dass die Städte Marblehead und Salem nicht nur aneinandergrenzten, sondern auch einen gemeinsamen Hafen hatten, und trotzdem nur wenige Leute wussten, was im jeweils anderen Ort los war.

»Sie sollten Ihre Post nicht so herumliegen lassen«, sagte der Polizist. »Das ist ja quasi eine Einladung.« Er wandte sich um und ging zurück zu seinem Streifenwagen.

Hawk sah ihm nach, als er wegfuhr. »Seltsam«, murmelte er und ging hinein.

39

»Du musst dich beruhigen«, sagte Mattei zu Zee. Mattei hatte über eine Stunde lang mit Finch gesprochen.

»Was denkst du?«

»Ich glaube, er ist depressiv«, meinte Mattei. »Aber wer wäre das nicht?«

Zee musste ihr zustimmen.

»Das sind keine Selbstmordgedanken«, sagte Mattei. »Es ist logisches Denken im Verlauf einer zerstörerischen Krankheit.«

»Logisch ist er nicht gerade. Er erkennt nicht einmal mehr Leute, die er über Jahre kannte.«

»Er ist nicht Maureen«, sagte Mattei.

»Das weiß ich.«

»Oder Lilly.«

»Schon klar«, sagte Zee. »Aber ich glaube nicht, dass ich mit noch einem Selbstmord leben kann.«

»Ich verstehe.«

»Ich möchte nicht, dass es jetzt um mich geht.«

»Du hast ein Anrecht auf deine Gefühle«, sagte Mattei.

»Wahrscheinlich haben mir Finch und Melville deshalb alles verheimlicht.«

»Hast du noch einen Termin bei dem Therapeuten ausgemacht, den ich dir empfohlen hatte?«

»Bisher nicht.«

»Jetzt wäre vielleicht ein guter Zeitpunkt.«

»Ich möchte nur erst, dass Finch stabil ist.«

Matteis Blick verriet ihre Zweifel. Statt weiter darüber zu diskutieren, rief sie den Neurologen an. Als sie auflegte, holte sie ihren Rezeptblock aus der Tasche. »Wir sollten Effexor zu der Mischung dazugeben«, schlug sie vor. »Das scheint bei Parkinson ganz gut zu funktionieren, und es beeinträchtigt die Wirkung der anderen Medikamente nicht.« Sie schrieb das Rezept aus. »Du musst dir Gedanken darüber machen, wie es weitergeht.«

»Was meinst du damit?«

»Er sollte in ein Langzeitpflegeheim«, sagte Mattei. »Das weißt du so gut wie ich.«

»Er würde lieber sterben, als in ein Pflegeheim zu gehen.«

»Er braucht Krankengymnastik, und er braucht Therapie. Er braucht eine gute Ernährungsberatung und eine Krankenschwester, die ihm die Medikamente verabreicht.«

Zee wollte *Wie dem auch sei* sagen, aber sie schwieg. Sie wusste, dass Mattei recht hatte.

»Warten wir ab, ob das neue Medikament wirkt. Anschließend sehen wir, womit wir es zu tun haben«, sagte Mattei.

Sie blieben noch ein wenig am Tisch sitzen, ohne dass eine von ihnen etwas sagte. Dann ging Finchs Alarm im Schlafzimmer los.

»Ich bin gleich wieder da«, sagte Zee und lief in sein Zimmer.

Mattei entdeckte ihre Hochzeitseinladung auf dem Drehtablett, ungeöffnet. Sie hatte sie immer noch in der Hand, als Zee zurückkam.

»Alles in Ordnung?«, fragte Mattei.

»Ja. Er hat sich nur ein bisschen im Bettzeug verheddert.« Zee sah den Umschlag, den Mattei in Händen hielt.

»Ich wollte euch die Antwortkarte zurückschicken«, entschuldigte sich Zee. Die Hochzeit war erst am Labor-Day-Wochenende. »Ich komme natürlich.«

Mattei zögerte. »Ich hätte Verständnis dafür, wenn du nicht willst«, sagte sie schließlich. »Michael kommt angeblich in Begleitung.«

Zee starrte sie an. »Das ging aber schnell.«

»Ich würde sagen, sein Ego ist etwas angeschlagen«, meinte Mattei. »Ich könnte es wirklich nachvollziehen, wenn du nicht dabei sein willst. Obwohl Rhonda und ich natürlich beide enttäuscht wären.«

»Ich komme«, sagte Zee.

40

Melville erinnerte sich noch an das Datum, an dem gleichgeschlechtliche Ehen in Massachusetts legal wurden. Es war der 17. Mai 2004. Am 20. Mai desselben Jahres, es war der Tag, an dem sich Melville und Finch vor langer Zeit kennengelernt hatten, hatte er Finch einen Heiratsantrag gemacht.

Nicht, dass sie zuvor nie über das Heiraten geredet hätten. Schon Jahre, bevor es erlaubt worden war, hatten sie sich damit auseinandergesetzt und genau besprochen, was es für sie bedeuten würde: Langzeitpflege füreinander, das Sorgerecht für Zee, falls Finch etwas zustoßen sollte. Als bei Finch die Parkinson-Erkrankung diagnostiziert wurde, wurde es eine Weile sogar noch wichtiger für ihn, obwohl Zee damals schon aufs College ging und die Frage des Sorgerechts nicht mehr sonderlich relevant war. Trotzdem hatten Finch und Melville ihre Gründe gehabt, gemeinsam mit den anderen schwulen und lesbischen Gemeinschaften in Massachusetts für die gleichgeschlechtliche Ehe einzutreten, und als in Vermont die standesamtliche Hochzeit legalisiert wurde, erwogen sie es sogar kurz, in diesen Staat zu ziehen. Aber sie verwarfen die Idee wieder und kämpften in ihrem Heimatstaat nur umso stärker für den Gesetzesentwurf.

Als es dann endlich so weit war, hatte Finch aufgehört, darüber zu sprechen. Seine Krankheit belastete ihn mittlerweile dermaßen, dass er sich bloß noch durch jeden Tag hindurchkämpfen konnte. An einen Kampf für die Veränderungen, die ihnen früher so am Herzen gelegen hatten, war gar nicht mehr zu denken.

Aber Melville wollte Finch mehr denn je heiraten, und zwar aus ganz praktischen Gründen. Das Erbe war ihm egal – Finch hatte längst seine Treuhänder bestimmt und großzügig für Zee und Melville gesorgt. Aber Melville hatte es nicht geschafft, Finch davon zu überzeugen, ihm eine Vorsorgevollmacht zu unterzeichnen, die ihn berechtigte, Entscheidungen zu treffen, falls Finch dazu nicht mehr in der Lage sein sollte. Und dafür gab es eine ganz einfache Erklärung: Finch war sich nicht sicher, dass Melville mit seinen Wünschen einverstanden war.

Seit ein paar Jahren hortete Finch seine Tabletten. Immer wenn er gestürzt war und der Arzt ihm Schmerzmittel verschrieb, ließ sich Finch die Packung geben. Beim jährlichen Check-up beim Hausarzt klagte Finch über Schlaflosigkeit und hob dann die verschriebenen Schlaftabletten auf. Wenn Melville ihn darauf ansprach, wurde Finch wütend und behauptete, Melville würde ihm im Falle des Falles nicht helfen.

»Ich habe nie gesagt, dass ich dir nicht helfen würde«, sagte Melville.

»Du hast auch nie gesagt, dass du es tun würdest.«

»Uns bleiben noch Jahre, bevor das ein Thema wird«, sagte Melville und überredete Finch, ihn die Tabletten den Ausguss hinunterspülen zu lassen. Sie wären ohnehin längst abgelaufen, wenn Finch so krank wurde, dass er sie nehmen wollte.

Seither hatten sie nicht mehr darüber gesprochen. Aber im Sommer 2003 waren sie in Wolfeboro in New Hampshire gewesen und hatten in ihrer Lieblingspension gewohnt. Bei einem Antiquitätenverkauf in einem alten Schuppen hatte Finch ein kleines braunes Fläschchen in einer alten Flaschensammlung auf dem Speicher entdeckt. Er betrachtete es genau und rollte die kleinen silbernen Kügelchen in dem bernsteinfarbenen Glas herum, als Melville hinter ihn trat.

»Was ist das?«, fragte Melville.

Finch antwortete nicht gleich.

»Strychnin«, sagte Finch. »Das hat man früher als Medizin verwendet.«

Melville war entsetzt. Er wusste sehr gut, wie Maureen sich umgebracht hatte. Es war ein fürchterlicher Tod gewesen, unerträglich schmerzhaft, ein Tod, den man seinem ärgsten Feind nicht wünschen würde. Er starrte die silbernen Kügelchen an, die Finch ihm hinhielt.

»Du hast ja wohl nicht vor, die irgendwann zu verwenden«, sagte Melville.

»Bei meiner Frau hat es funktioniert«, sagte Finch.

»Ich helfe dir.« Melville wollte nicht, dass Finch leiden musste.

Finch stand da und schaute ihn an.

»Leg das zurück.« Melville nahm das Fläschchen und stellte es zu den anderen. »Oder bitte den Mann besser, es zu entsorgen. Solche Sachen sollten hier nicht einfach herumstehen.«

Der Ladenbesitzer kam näher. Melville hielt es nicht mehr aus. Er war den Tränen nahe. Er ging nach draußen, stellte sich in die Sonne und zwang sich zu atmen.

Melville war schon weg, als Finch sich das bernsteinfarbene Fläschchen in die Tasche steckte. Nicht, dass er Melville nicht geglaubt hätte. Das tat er. Aber er wusste, wie schwer an solche Sachen heranzukommen war, und er wusste, dass Melville sein voreiliges Versprechen vielleicht nicht würde halten können, wenn es hart auf hart kam. Das Strychnin war Finchs Versicherung.

Am 20. Mai 2004 fuhr Melville mit Finch wieder in dieselbe Pension. Finch konnte keine Treppen mehr steigen, deshalb hatten sie ein Zimmer im Erdgeschoss genommen, mit Blick auf den Lake Winnipesaukee. In den letzten Wochen hatte Finch einen verwirrten Eindruck gemacht. Er hatte mehrere Termine vergessen und fand einige Sachen im Haus nicht.

Melville hatte sich gefragt, ob Finch etwas ausbrütete; er hatte schon vor der Diagnose Schwierigkeiten in der Art gehabt. Normalerweise trat das auf, wenn er krank wurde.

Melville erwog bereits, den Wochenendausflug zu verschieben. Der Abend, an dem er Finch den Antrag machen wollte, sollte perfekt sein.

Am Freitag war Finch immer noch nicht krank geworden. Er wirkte zwar weiterhin verwirrt, aber er freute sich auf das Wochenende, deshalb stornierte Melville die Reservierung nicht.

Sie aßen im Mise en Place zu Abend, ein beliebtes lokales Bistro, und dann liefen sie zum Lake Winnipesaukee hinunter, um noch einen Kaffee zu trinken. Auf dem Rückweg war Finch etwas wacklig auf den Beinen und hakte sich bei Melville unter. Melville fiel auf, dass sie Blicke auf sich zogen. Vielleicht hätten sie besser nach Provincetown fahren sollen, dachte Melville, oder zumindest irgendwohin in Massachusetts. Aber nein, Finch hatte Wolfeboro immer geliebt.

Als sie zur Pension zurückkamen, nahm Finch seine Tabletten. Melville hatte Champagner besorgt, und er schenkte jedem ein kleines Glas ein, gerade genug, um anzustoßen.

»Was bedeutet das?«, fragte Finch und setzte sich neben Melville auf den Balkon.

Im Musikpavillon spielte ein Orchester »When I Fall in Love«, und die Melodie wurde über das Wasser weitergetragen. Perfekter hätte es nicht sein können.

Melville ging nicht auf die Knie. Das war ein anderer Brauch. Aber er wandte sich Finch zu und fragte ruhig: »Willst du mich heiraten?«

Finch sah ihn traurig an. Zwar war diese bedeutende und neue Gesetzgebung in Massachusetts in aller Munde, aber Finch schien die Wichtigkeit des historischen Ereignisses nichts mehr anzugehen.

»Für all das ist es jetzt viel zu spät«, sagte er.

41

Während Jessina Finch das Frühstück fütterte, ging Zee zu Walgreens, um das neue Medikament zu holen.

Als sie zurückkam, herrschte in der Küche ein einziges Tohuwabohu, auf dem Boden waren Scherben verstreut, die Jessina vorsichtig aufhob. Alles Mögliche lag wild durcheinander auf der Arbeitsfläche, selbst die Vorratsbehälter waren ausgeleert worden.

»Was ist denn hier passiert?«, fragte Zee.

»Das war Finch«, sagte Jessina. »Ich wollte nach der Wäsche sehen, und als ich zurückkam, hatte er hier alles zerlegt. Angeblich hat er etwas gesucht.«

Es sucht seine Tabletten. Diese Vorstellung erschreckte Zee, aber sie wusste, dass sie recht hatte. Normalerweise stand die Medizin griffbereit auf dem Drehtablett – mittlerweile schloss Zee sie oben im Zimmer ein. Sie hatte mit so einer Aktion gerechnet, wollte es Jessina jedoch nicht sagen. »Wo ist er jetzt?«

»Er schläft im Fernsehzimmer. Ich habe versucht, das Mehl von ihm abzuwischen. Es ging nicht alles weg.« Jessina war sichtlich mitgenommen.

»Schon gut«, sagte Zee.

Sie half Jessina beim Saubermachen, dann öffnete sie die Packung des neuen Medikaments, das Mattei verschrieben hatte, und weckte Finch, um ihm die erste Dosis des Antidepressivums zu geben. Sie hoffte bei Gott, dass es wirkte.

42

Zee rief Hawk am Samstag nicht an, und sie rief ihn auch den ganzen Sonntag nicht an. Am Sonntagabend beschloss er, bei ihr vorbeizuschauen, falls sie ihn bis zu seinem Feierabend nicht angerufen hatte. Es war schon nach 21 Uhr, als er bei ihr vor der Tür stand. Er sah Licht oben in ihrem Fenster, aber ihm war nicht mehr wohl dabei, den Efeu hinaufzuklettern. Stattdessen klopfte er an der Küchentür.

Sie schob den Riegel auf und ließ ihn ein.

»Entschuldige, dass ich mich nicht gemeldet habe«, sagte sie. »Ich wollte dich anrufen.«

Hawk schloss vorsichtig die Tür hinter sich, damit sie nicht zuschlug und Finch weckte.

»Mein Vater hat Schwierigkeiten«, sagte sie.

»Was für Schwierigkeiten?«

»Ernsthafte Depressionen.«

Dafür hatte Hawk Verständnis. »Das tut mir leid«, sagte er. »Kann ich irgendwas tun?«

»Nein«, meinte sie. »Aber danke, dass du gefragt hast.«

Sie schwiegen.

»Ich bin froh, dass du vorbeigekommen bist«, sagte sie. »Wir müssen uns unterhalten.«

Sie winkte ihn zum Küchentisch und nahm den Platz ihm gegenüber.

Beim Hinsetzen stieß er gegen den Tisch und versetzte das Drehtablett in Bewegung. Er hielt es an. »Du siehst aus, als hättest du nicht viel geschlafen.«

»Ich sehe fürchterlich aus.« Plötzlich war ihr das peinlich.

»Du siehst schön aus«, sagte er. »Nur ein bisschen müde.«
»Geschafft.«
»Gutes Wort.«
Wieder saßen sie schweigend da.
»Ich bin hierhergekommen, um mich um meinen Vater zu kümmern«, sagte sie.
»Ja.«
»Und ich kriege das nicht besonders gut auf die Reihe.«
»Wegen mir.« Er wusste schon, wo das Gespräch hinführte.
»Nein«, sagte sie schnell. »Weil es mir mit dir viel zu viel Spaß macht.«
»Wir sind erst einmal zusammen ausgegangen.« Er wollte die Stimmung etwas auflockern.
»Finch muss jede Minute unter Aufsicht stehen«, sagte sie. »Besonders jetzt.«
Er schwieg.
»Das funktioniert nicht«, meinte sie.
»Was funktioniert nicht?«, fragte er.
»Das ... mit uns.«
»Wegen Finch?«
»Ich habe Angst, dass er versucht, sich etwas anzutun.«
Hawk verstand nur zu gut, was das bei ihr auslösen musste.
»Das tut mir leid«, sagte er.
»Ich muss jede Minute auf ihn aufpassen«, wiederholte sie.
»Ich verstehe«, sagte er.
»Ich kann im Moment einfach nichts anderes tun.«
»Was ist mit Jessina?«
»Jessina ist großartig, doch sie ist nur fünf Stunden am Tag da.«
»Ich bin auch da«, sagte er. »Ich kann helfen.«
»Das ist wirklich nett von dir«, sagte sie. »Aber unsere Beziehung ist noch viel zu frisch, als dass du eine solche Verantwortung übernehmen könntest.«

»Du willst stattdessen also Schluss machen?«

Sie gab keine Antwort.

»Das kommt mir nicht sehr logisch vor«, sagte er.

»Das kann ich nachvollziehen«, sagte sie.

»Willst du es?«

»Ich weiß nicht, was ich will.« Ihre Augen füllten sich mit Tränen. »Ich bin zu müde, um zu wissen, was ich will. Im Moment will ich einfach nur schlafen.«

»Du solltest ins Bett gehen.« Er berührte ihr Gesicht.

Sie schaute in Richtung Schlafzimmer.

»Ich gehe.« Er stand auf und ging auf die Tür zu.

»Nein«, sagte sie. »Geh nicht.«

43

Finch träumte von dem Python, dem Erddrachen von Delphi, der sich immer fester um seinen Bauch und seine Beine schlang. Er schwitzte und hoffte, durch den Schweiß könnte er leichter aus dem Todesgriff herausrutschen. Gerade als der Druck unerträglich wurde, weckte ihn ein Geräusch von oben, und er versuchte sich zu orientieren. Er war bei sich zu Hause, lag im Bett. Aber auch jetzt, wo er wach war, drückte die Schlange zu, und es dauerte einen Augenblick, bis er begriff, dass es gar keine Schlange war, sondern das Bettlaken, in dem er sich verheddert hatte. Sein Kampf gegen das verdrehte Laken hatte den schlangenartigen Würgegriff nur noch verstärkt.

Nun ergriff ihn die Panik, und er musste sich zusammennehmen, um nicht zu schreien. Mit seinen eingeschränkten Bewegungsmöglichkeiten konnte er dem Ungeheuer, das ihn gepackt hatte, nicht Paroli bieten. Da er keinen Apoll bei sich hatte, der das Ungeheuer tötete, musste er sich auf die Logik verlassen, die ihm früher so leicht gefallen war. Er war in einer Aderpresse gefangen, die die Blutzufuhr abschnitt, bis er das rechte Bein überhaupt nicht mehr spürte und keine Luft mehr bekam. Je mehr er sich dagegen wehrte, desto enger wurde der Griff.

Er kämpfte um Ruhe, zwang sich, strategisch zu denken, ging die Schritte durch, die nötig waren, um sich zu retten. »Kapitulation« lautete das Wort, das ihm einfiel. Zu kapitulieren, das lief der natürlichen Reaktion seines Körpers zuwider, aber es war jetzt genau das Richtige. Mit aller Willenskraft zwang er sich, sich nicht mehr zu wehren. Er bewegte sich auf das Ungeheuer zu. Als es merkte, dass er aufgab, lockerte es seinen Griff, so dass Finchs schweißnasser Körper freikam. Sobald er dem Todesgriff entronnen war, warf er das Ungeheuer zu Boden, und im Flug nahm es wieder die geisterhafte Gestalt des Bettlakens an, das es zuvor gewesen war, und schwebte unschuldig zu Boden, als hätte es keine Ahnung, was es gerade noch für ihn dargestellt hatte.

Am liebsten hätte er nach seiner Frau gerufen, nach Maureen. Er hörte, dass sie zu Hause war, in dem oberen Zimmer. Aber sie sprachen kaum noch miteinander. Er spürte sein Herz in der Brust schlagen, spürte es im Bein, als ihm das Blut in die Glieder zurückfloss. Das Betttuch war nass. Einen Augenblick überlegte er, ob er ins Bett gemacht hatte wie ein hilfloses Kind, und er schämte sich dafür, doch nein, es war sein Schweiß, der sich auf dem Betttuch angesammelt hatte, um seinen brennenden Körper zu kühlen. Ihm war noch nie so heiß gewesen. Es war unerträglich.

Das Fenster stand offen. Vom Hafen her roch er die Seeluft. Auf der anderen Seite der Turner Street war Chanticleer, der Hahn, beim Tor zu dem Haus mit den sieben Giebeln. Er hatte es geschafft, dem Gatter zu entfliehen, das die alte Hepzibah gebaut hatte, um ihn einzusperren. Tränen der Dankbarkeit traten Finch in die Augen, weil der Hahn den Fesseln hatte entkommen können. So sehr identifizierte er sich mit dem dürren alten Vogel aus Hawthornes Geschichte, dass er einen Moment lang nicht merkte, dass es gar nicht der erdichtete Hahn aus seiner Einbildung war, sondern der Kater Dusty.

Als er es schließlich begriffen hatte, kletterte Finch aus dem Bett und lief durch den Gang in Richtung Küche und Freiheit. Hinter ihm ging der Alarm los. Finch blieb nicht stehen, um seinen Rollator zu holen, sondern benutzte zum ersten Mal den Handlauf, der erst vor kurzem eingebaut worden war. Mit zitternden Händen hangelte er sich mühsam weiter, aber nicht zur Haustür, die viel näher an seinem Zimmer lag. Er wollte nämlich nicht zur Straße, nicht einmal zum Haus mit den sieben Giebeln, sondern hatte ein anderes Ziel. Langsam und methodisch bewegte er sich durch den langen Korridor auf die Küche zu, zum Hintereingang, der sich so viel näher an dem kühlen Ozean darunter befand.

Der Alarm hinter ihm wurde mit jedem Schritt durch den schrägen Korridor leiser, bis er ihn gar nicht mehr hörte und der gleichmäßige Rhythmus der Wellen im Hafen, ob nun echt oder eingebildet, das unablässige Schrillen übertönte. Er dachte nicht an die Schmerzen in den Beinen oder an seine Haut, die sofort brannte, wenn er den Handlauf oder die Wand streifte, sondern nur an das kühlende, heilende Meerwasser, Wasser so salzig wie Blut, vielleicht ein Ersatz für sein eigenes Blut, das ihn mit jedem glühend heißen Schritt im Stich ließ.

Er stieg über die hohe Schwelle zur Küche. Noch sieben Schritte, und er berührte die Tür. Mit seiner ganzen Kraft drehte er den Türgriff, denn er rechnete damit, auch den Riegel entsperren zu müssen, und das war schwierig. Er hatte das zuvor schon versucht, aber es war ihm nicht gelungen – seine Finger gehorchten ihm nicht mehr, sie hatten ihren eigenen Willen. Doch heute stellte er zu seinem Glück fest, dass die Tür gar nicht verriegelt war, sie war nur leicht durch die Schlossfalle gesichert. Sie ging ganz einfach auf. Mit einem befreienden Schritt betrat er mit dem bloßen Fuß die Veranda.

Nun hatte er keinen Handlauf mehr, an dem er sich abstützen konnte. Er überquerte vorsichtig die Veranda. Erst fand er einen Stuhl, dann einen Tisch zum Anlehnen. Er bewegte sich von einem Möbelstück zum nächsten und navigierte im Zickzack zu den drei Stufen, die ihn von der Erde und dem Meer trennten. Es hätten genauso gut hundert sein können. Einen Moment lang wäre er fast wieder umgekehrt, aber jetzt rief ihn das Meer, das ihn noch nie zuvor gerufen hatte. Die kühle

Dunkelheit des Hafens breitete sich hinter dem kleinen Flecken Erde unter ihm aus. Funkelnde Lichter säumten den Hafen. Mit allerletzter Kraft umklammerte er das Geländer und senkte sich ganz, ganz langsam auf die Erde unter ihm hinab.

Das Schilfgras brannte ihm auf den nackten Beinen. Die Steine zerschnitten ihm die Füße. Er spürte den stechenden Schmerz, aber er spürte auch die Kühle des Sandes, und er bewegte sich tiefer in diese Kühle hinein, bis das Wasser seine Knöchel umspielte, die Waden. Bei jedem Schritt schimmerte und funkelte das Meeresleuchten heilend und wundersam und schuf einen Heiligenschein wie von Masaccio um ihn herum, während er weiterging.

Er spürte das Wasser, die Kühle, die ihm Erleichterung verschaffte, als der Schlick im Watt seine Füße umgab und ihn festhielt, während die sanfte Dünung des Ozeans ihm immer höher an den nackten Beinen hinaufwanderte, erst bis an die Schenkel und dann bis zum Bauch. Er seufzte, so wohltuend war diese Liebkosung.

44

Zuerst wachte Hawk durch Finchs Alarm auf, dann Zee. Sie schnappte sich ihren Morgenmantel und lief hinunter in Finchs Schlafzimmer. Aber dort war er nicht, ebenso wenig wie im Fernsehzimmer, nicht einmal in Zees Kinderzimmer steckte er. Sofort warf sie einen Blick auf die Haustür, die sich ganz in der Nähe seines Zimmers befand, aber sie war zugesperrt. Sie redete sich ein, dass sie ihn finden würde, wenn sie nur nicht in Panik geriet. Dann spürte sie die frische Brise, die vom Hafen auf der Rückseite des Hauses heraufzog. Angsterfüllt drehte sie sich um und rannte durch den Gang in die Küche. Die Hintertür stand offen.

»Er ist draußen!«, brüllte Zee Hawk zu.

»Was?«

»Finch ist draußen!« Sie deutete auf die Küchentür.

Sie suchten ihn auf der Straße. Weil Zee glaubte, das sei bestimmt der Ort, wo Finch zuerst hingehen würde, kletterte Hawk beim Haus mit den sieben Giebeln über den Zaun und sah sich auf dem Grundstück um.

Als er ihn dort nicht fand, rannte Hawk die Derby Street entlang und schaute in jeden Eingang und in jede Gasse, obwohl er bezweifelte, dass Finch weit kommen würde, so unsicher, wie er auf den Beinen war. Hawk wählte gerade die Nummer der Polizei von Salem auf dem Handy, als er Zee rufen hörte.

Er fand sie am Rand des Wassers. Sie watete zu der Stelle hinein, wo Finch feststeckte, die Füße im Schlick, das dünne Schlafanzugoberteil durchtränkt vom steigenden Hafenwasser.

Gemeinsam zogen sie ihn heraus, wickelten ihn in Decken und brachten ihn in die Notaufnahme des Salem Hospital. Er war nicht verletzt und kaum unterkühlt – er war nicht sehr lange im Wasser gewesen. Aber das Krankenhaus wollte ihn über Nacht dabehalten, nur zur Sicherheit.

Stunden nach Mitternacht fuhr Hawk Zee zurück nach Hause. Als sie in der Zufahrt hielten, fing sie zu weinen an. Sie schluchzte laut und tief, und er hielt sie lang im Arm und sagte immer wieder, dass alles gut werden würde.

Er wiederholte es noch einmal, als sie ruhig genug war: »Es wird wieder gut.«

Sie wandte sich ihm zu, ihr Gesicht war ganz rot und aufgequollen vom Weinen.

»Nein«, sagte sie. »Wird es nicht.«

Lange saßen sie schweigend da.

»Ich kann das nicht mehr«, sagte sie schließlich.

Einen kurzen Augenblick lang dachte er, sie meinte die Pflege von Finch. Er hoffte es, um ihrer und um seiner willen. Aber so, wie sie ihn ansah, da wurde ihm klar, dass er sich etwas vormachte. Es war aus. Sie hatte ihm erst heute Nacht gesagt, dass sie nicht bereit dafür war, dass jetzt nicht der richtige Zeitpunkt für irgendeine Art von Beziehung zwischen ihnen war. Sosehr es ihm auch wehtat, er wusste, er würde sie loslassen müssen.

45

Ohne Zee hielt Hawk es nicht mehr in Salem aus. Er kündigte beim Park Service. Er hatte noch eine Fahrt mit der *Friendship* zugesagt, am Wochenende des Labor Day, und sie fanden keinen Ersatz. Seinen eigenen Liegeplatz hatte er bereits für die ganze Saison bezahlt, deshalb ließ er seinen Freund Josh die nächsten Wochen dort auf dem Boot wohnen. Hawk wollte zurück in seine Wohnung in Marblehead. Zee wollte er nicht begegnen.

Alles war so schnell geschehen, und obwohl er gewusst hatte, dass es – wie alle Lückenbüßerbeziehungen – keine gute Idee war, hatte es ihn hart getroffen. Er konnte es sich nicht erklären; so etwas war ihm bisher noch nie passiert. Es war nicht nur der Sex. Es war etwas anderes. In dem Moment, in dem sie sich kennengelernt hatten, war es ihm vorgekommen, als hätten sie einander schon immer gekannt.

Er hatte mehrmals versucht, ihr von Lilly zu erzählen, aber jedes Mal wehrte sie ab. Sie könne nicht einmal mit Lillys eigener Familie über den Fall reden, sagte sie.

Er kannte Lillys Mann nicht, aber die Kinder hatte er gesehen, als er bei ihnen zu Hause Schreinerarbeiten erledigt hatte. Die Kinder waren toll. Lilly sprach ständig von ihnen und über die Ängste, eine schlechte Mutter zu sein. Ziemlich dasselbe wie das, worüber sie in der Therapie redete, wenn man Lilly glauben konnte.

Wenn du Schwierigkeiten hast, mit deinen Gefühlen über ihren Tod zurechtzukommen, und mit jemandem darüber sprechen musst, hatte Zee gesagt, *gebe ich dir gerne ein paar Namen. Bloß ich kann das nicht sein.*

Ja, er hatte wirklich Schwierigkeiten, mit seinen Gefühlen zurechtzukommen, mehr als er zugeben wollte. Er war sogar depressiv gewesen. Bevor er Zee kennengelernt hatte, war er am Boden zerstört gewesen. Am meisten machte es ihm zu schaffen, dass er Lilly nicht hatte retten können. Wahrscheinlich ging es Zee in der Hinsicht genauso, deshalb war es wirklich schade, dass sie nicht zusammen darüber reden konnten. Zumindest auf einer Ebene empfand er so. Auf einer anderen Ebene war er froh, dass sie ihm nicht erlaubt hatte, über Lilly zu sprechen. Er war zwar ein ziemlich ehrlicher Mensch, aber er hatte gewusst, wenn er das Thema Lilly noch einmal anschnitt, dann könnte er Zee damit vertreiben, und das hatte er mehr als alles vermeiden wollen. Ironie des Schicksals, sie nun trotzdem zu verlieren. Alle Anzeichen, auch dass er sich gerade so schrecklich fühlte, deuteten darauf hin, dass er ziemlich in Hepzibah T. Finch verliebt war. So gut ihm das auch tat, verfluchte er sich, weil er sich überhaupt darauf eingelassen hatte. Er hätte das kommen sehen sollen.

Hawk schnappte sich seine restlichen Kleider und ein paar andere Sachen, die er brauchen würde, von seinem Boot. Dann schrieb er seine Adresse in Marblehead auf einen Zettel und legte sie Josh hin, der versprochen hatte, ihm seinen Gehaltsscheck nachzuschicken, sobald er gekommen war.

46

Mattei rief an und bat Zee, sich mit ihr zum Mittagessen bei Kelly's in Revere zu treffen.

»Ich kann auch nach Boston fahren«, bot Zee an.

»Treffen wir uns auf halber Strecke«, sagte Mattei.

Sie saßen im Pavillon und blickten hinaus aufs Meer.

»Möchtest du?« Mattei bot ihr einen Bissen von ihrem Roastbeef-Sandwich an. Zee hatte frittierte Muscheln bestellt und wartete noch darauf, dass sie ausgerufen wurden.

»Warum wolltest du mich wirklich hier treffen?«, fragte Zee. »Doch nicht nur, weil du gerne bei Kelly's isst.«

»Adam hat uns neulich besucht«, sagte Mattei.

Zee starrte sie an. »Adam war in der Praxis?«

»Ich war nicht da, als er kam, aber offenbar hat er unserer neuen Sprechstundenhilfe Angst eingejagt. Er hat gesagt, du müsstest dich dafür verantworten, was du Lilly angetan hast. Ich habe die Polizei von Marblehead und die von Boston alarmiert.«

Zee war fassungslos.

»Ich glaube nicht, dass er noch einmal auftaucht«, sagte Mattei. »Trotzdem wäre es wohl besser, wenn du dich eine Weile von der Praxis fernhältst.«

»Und ich hatte Angst, du willst mich feuern, weil ich schon so lange weg bin.« Zee bemühte sich um einen lockeren Tonfall, aber es fiel ihr schwer.

»Da hast du kein Glück«, sagte Mattei. »Wie geht es denn Finch mit der neuen Medizin?«

»Du meinst, abgesehen davon, dass er versucht hat, sich im Hafen zu ertränken?«, erwiderte Zee.

»Wie geht es ihm jetzt, nachdem er sie zwei ganze Wochen genommen hat?«

»Offenbar sogar ein bisschen besser«, sagte Zee.

»Und was ist mit dir, meine Liebe?«

»Mir geht es gut.«

»Ja«, meinte Mattei. »Du siehst auch gut aus.«

Zee rang sich ein Lächeln ab.

»Willst du mir nicht erzählen, was dir sonst noch zu schaffen macht, oder muss ich dir ganz gezielt Fragen stellen? Du weißt, dass ich es letztlich ja doch aus dir rauskriege. Als Freundin bin ich noch viel penetranter als als Therapeutin.«

Mattei hörte zu, während Zee ihr die Geschichte von Hawk erzählte, und zwar die ganze Geschichte: von dem Traum zu ihrem Spaziergang zur *Friendship*, ihrer Nacht auf der Insel, wie sie Finch aus dem Salemer Hafen herausgezogen hatten und von der Trennung.

»Interessant«, sagte Mattei.

»Lehrbuch«, sagte Zee.

»Inwiefern?«

»Liegt das nicht auf der Hand?«

»Erklär es mir«, meinte Mattei.

»Die unerfüllten Träume der Mutter. Ich lebe die Geschichte meiner Mutter aus«, sagte Zee.

»Ihre Geschichte vielleicht. Aber ob das ihr unerfüllter Traum war, weiß ich nicht.«

»Na sicher«, meinte Zee.

»Die Geschichte ist ziemlich düster«, sagte Mattei. »Nicht der Teil, den du ausgelebt hast, sondern der Rest.« Mattei dachte nach.

»Ich hätte gedacht, der unerfüllte Traum deiner Mutter hätte in einer Rettung bestanden. Erst durch einen Mann, und später, als feststand, dass das nicht funktionieren würde, durch dich.«

Zee schaute sie nur an.

»Wie stehen die Chancen, dass du ihn wirklich magst?«

Zee schwieg.

»Das geht schon klar«, sagte Mattei. »Ich fand sowieso nie, dass du die Richtige für Michael bist.«

»Du warst diejenige, die mich mit Michael zusammengebracht hat«, sagte Zee.

»Ja, bevor ich dich besser kennengelernt habe.«

Zee war frustriert. »Hättest du mir das jemals gesagt?«

»Natürlich nicht. Und denk dran, du und Michael, ihr wart mit dem Schnellzug unterwegs ins Eheglück. Den wollte ich keinesfalls wegen einer vagen Ahnung entgleisen lassen. Aber jetzt, wo ihr euch getrennt habt, würde ich dich dazu drängen, einmal das Gegenteil in Erwägung zu ziehen.«

»Wie meinst du das?«, fragte Zee.

»Ich bitte dich, dir zur Abwechslung einmal zu überlegen, was *du* willst. Du hast ein Muster: Du tust, was von dir erwartet wird, was andere Leute von dir wollen. Dieses Muster gibt es bei Frauen häufiger, aber in deinem Fall ist es extremer, erst mit deinen Eltern, dann mit Michael und sogar mit mir, mit diesem Beruf. Du machst und machst, und dann drehst du durch. Du stiehlst Boote, sabotierst deine Hochzeitspläne, erzählst mir nicht alles über Lilly Braedon. Lauter kleine Akte der Rebellion, die große Konsequenzen nach sich ziehen, für die du dir die Schuld gibst. Ich würde argumentieren, dass das alles einfach ein Aspekt deiner Persönlichkeit sein könnte, der einen Ausdruck verlangt. Als Kind warst du ziemlich eigensinnig, hast du mir erzählt. Du hast gemacht, was du wolltest, bis sich die Situation durch die Vorkommnisse in deiner Familie geändert hat. Dann hast du aufgehört, für dich selbst zu entscheiden, und hast nur noch getan, was andere deiner Meinung nach von dir wollten. Bis jetzt. Du und Hawk, ihr seid die Beziehung diesmal einvernehmlich eingegangen. Das muss nicht unbedingt heißen, dass es die richtige Beziehung für dich ist, aber es deutet auf eine Veränderung hin.«

»Bist du denn nie auf den Gedanken gekommen, dass es nicht meine freie Entscheidung war, sondern dass ich nur die Geschichte meiner Mutter auslebe?«, fragte Zee frustriert.

»Ich glaube nicht«, sagte Mattei.

»Trotzdem passt es.«

»Es scheint zufällig zu passen. Du hast Hawk aber nicht darum gebeten, an der Fassade hochzuklettern oder dich in ein Haus einzulassen, aus dem du dich ausgesperrt hast.«

»Ich wusste, dass er klettern kann.«

»Beim ersten Mal bist du nicht zur *Friendship* gegangen, um nach ihm zu suchen. Du bist zu Mickey, weil du einen Schreiner gebraucht hast. Wieder ein Zufall.«

»Auf irgendeiner Ebene muss ich die Geschichte nachspielen. Die, die meine Mutter geschrieben hat und die mir gehört – wie die Wahrsagerin gesagt hat.«

»Empfindest du das so?«, fragte Mattei.

»Manchmal glaube ich das schon.«

»Ich spreche hier nicht von glauben, ich rede von Gefühlen«, sagte Mattei.

»Ich weiß nicht, was ich fühle«, sagte Zee.

»Natürlich weißt du das.«

»Ich habe das Gefühl, dass mit diesem ganzen Szenario etwas nicht stimmt, aber ich weiß nicht, was es ist«, sagte Zee.

»Weiter so.«

»Meine Tante Ann hat gesagt, ich soll vorsichtig sein mit Hawk, er sei nicht der, für den ich ihn halte«, sagte Zee.

»Ann, die Hexe?« Mattei verzog das Gesicht. »Wahrsagerinnen, Hexen...«

»Gutes Argument.«

Zee kam wieder auf ihre ursprüngliche Aussage zu sprechen. »Ich *spüre*, dass hier irgendetwas nicht stimmt, aber ich weiß nicht, was.«

»Du fühlst dich unwohl dabei«, sagte Mattei.

»Nein.«

»Warum, glaubst du, fühlst du dich unwohl?«, fragte Mattei.

»Weil ich nicht herausfinde, wer er ist«, sagte Zee.

»Was meinst du mit ›wer er ist‹?«

»Ich finde nicht heraus, was er will, abgesehen vom Naheliegenden, natürlich«, sagte Zee.

»Findest du denn normalerweise heraus, was jemand will?«

»Wahrscheinlich nicht«, sagte Zee. »Ich bin mir nicht mehr sicher.«

Mattei nickte. Es dauerte einen Moment, bis sie fortfuhr. »Ich glaube, das, wobei du dich unwohl fühlst, ist gar nicht der Mann. Lassen wir ihn mal kurz beiseite. Ich glaube, was dir zu schaffen macht, ist nicht, dass dir Hawks Motivation schleierhaft bleibt, sondern deine eigene. Du hast gerade eine Verlobung gelöst. Du musst dich um einen kranken Vater kümmern. Du hast mit einem neuen Mann etwas angefangen. Bei jedem dieser Szenarien musst du dir überlegen, was du selbst willst, und dabei fühlst du dich unwohl. Weil du nicht *weißt*, was du willst. Wie auch? Du hast lange Zeit immer gemacht, was andere Leute wollten. Und als du dann schließlich Hawk wolltest, war das etwas Neues. Es zählt gar nicht so sehr, wie authentisch die Beziehung ist oder wo sie hinführt. Sondern es zählt, dass du einmal etwas gemacht hast, was *du* wolltest, und dann bist du nicht damit zurechtgekommen.«

Zee saß lange da und dachte nach. »Du hast recht. ›Ganz, ganz einfach, Fall abgeschlossen‹«, zitierte sie Mattei.

»Du, meine liebe Freundin, bist alles andere als einfach.« Mattei lächelte.

Zee bemühte sich, ebenfalls zu lächeln.

»Es gibt natürlich eine weitere Möglichkeit, die wir bisher ausgespart haben«, meinte Mattei.

Das überraschte Zee. Mattei hatte alles so konkret gefasst, dass ihr gar keine andere Möglichkeit einfiel. »Und welche?«

»Dass die Wahrsagerin, zu der deine Mutter dich geschleppt hat, recht hatte und dass die Geschichte, die Maureen geschrieben hat, eigentlich dein Schicksal war. Dass du und Hawk die jungen Liebenden aus der Geschichte seid.«

Zee starrte sie an. Noch nie in ihrer ganzen Zeit mit Mattei hatte sie etwas gehört, was so wenig zu Mattei passte. »Das glaubst du doch keine Minute«, sagte Zee.

Mattei lächelte ihr augenwinkernd zu. »Natürlich nicht.«

47

Zee wusste nicht, was sie von dem Mittagessen mit Mattei halten sollte. Sie war angespannt und durcheinander. Trotzdem hatte sich etwas geändert. Sie fühlte sich so, wie es Patienten oft direkt nach einem Durchbruch bei der Behandlung geht: innerlich zerrissen und verwundbarer denn je.

Und um die Wahrheit zu sagen, sie konnte nur noch an Hawk denken.

Es dauerte mehrere Tage, bis sie beschloss, endlich etwas zu unternehmen. Sie hoffte, dass der Drang, ihn zu sehen, wieder verschwinden würde. Oder dass er anrufen würde. Als sich weder das eine noch das andere ereignete, musste sie zu ihm.

Nervös betrat sie sein Boot. Was sollte sie zu ihm sagen? Dass sie einen Fehler gemacht hatte? Sie war sich da gar nicht so sicher. Aber Tatsache war, sie wollte ihn wiedersehen.

Auf seinem Boot stieg sie die Stufen hinunter, als sie plötzlich Hawks Freund Josh gegenüberstand. Sie erkannte ihn von der *Friendship*.

»Ist Hawk da?«, fragte sie.

»Nein«, sagte Josh. »Er hat gekündigt. Ich habe das Boot für den Rest der Saison gemietet.«

»Wissen Sie vielleicht, wo er ist?«

»Ja, schon«, sagte Josh. »Ich bin mir bloß nicht so sicher, ob er will, dass ich es Ihnen sage.«

»Bitte«, meinte sie. »Ich muss dringend mit ihm sprechen.« Sie holte Luft und rang nach Fassung. »Ich habe einen Fehler gemacht.«

Er überlegte. Dann sah er sich um, bis er die Adresse fand. Immer noch skeptisch schrieb er sie ab und reichte sie ihr.

»Danke«, sagte sie.

Auf der Fahrt nach Marblehead überlegte sie, was sie wohl sagen sollte. Er hatte jedes Recht, wirklich böse zu sein, aber sie hoffte, er war es nicht. Vielleicht würde sie ihm genau das sagen, dachte sie. Sie versuchte herauszufinden, was sie von der Beziehung wollte, doch es war zu früh, um das zu wissen. Sollte er sie fragen, müsste sie zugeben, dass sie keine Ahnung hatte. Sie hielt es nur nicht aus, ihn nie wieder zu sehen.

Seine Wohnung lag in einem betriebsamen Teil der Pleasant Street. Auf der rechten Seite war alles besetzt, deshalb wendete sie auf dem Parkplatz der Bank und parkte vor Spirit of '76, dem Buchladen. Sie wartete an der Ampel, dann überquerte sie vor dem Rip Tide die Straße und ging ein paar Häuser weiter, bis sie die Nummer fand, die Josh auf den Zettel geschrieben hatte. Im Erdgeschoss lag der Laden einer Schneiderin, und eine Außentreppe führte zu einer Wohnung im ersten Stock. Hawks Transporter stand in der Einfahrt. Die Fenster oben waren offen. Er war zu Hause.

Sie versuchte sich zu beruhigen, während sie die Treppe hinaufstieg. Sie klingelte. Der Briefkasten trug den Namen MOHAWK.

Sie wusste nicht, ob die Klingel funktioniert hatte – zu hören war nichts. Sie wartete. Als niemand öffnete, beschloss sie zu klopfen. Ihr Herz schlug fest.

Hawk öffnete die Tür und starrte sie an. »Was machst du denn hier?«

»Darf ich reinkommen?«

Er hielt ihr die Tür auf, und sie betrat das Zimmer.

»Ich bin zu deinem Boot gegangen... Du warst nicht da.« Wahrscheinlich hatte sie noch nie etwas Blöderes gesagt.

Er sah sie an. Und schwieg.

»Ich gehe wieder, wenn du willst.«

»Nein«, sagte er. »Gib mir eine Minute.« Er ging in das andere Zimmer und beendete ein Telefonat. »Setz dich doch«, sagte er und zeigte auf ein grünes Plüschsofa an der hinteren Wand.

Sie setzte sich. Das Sofa war bequemer, als es aussah. Sie versank darin. Dann saß sie da, sah sich im Zimmer um und war überrascht, wie bekannt es ihr vorkam, was für ein Gefühl es erweckte. Sie war zwar unsicher, weil ihr gerade keine Worte durch den Kopf gingen, aber hier empfand sie etwas anderes. Sie fühlte sich sicher, dachte sie.

Ein paar Minuten später kehrte er zurück und setzte sich gegenüber von ihr auf einen Stuhl, der alles andere als bequem aussah.

»Ich möchte mich entschuldigen«, sagte sie.

»Das musst du nicht.« Er zuckte die Schultern.

»Doch.«

Er sah sie an.

»Es tut mir wirklich leid.«

»Okay«, sagte er.

Sie hatte keine Ahnung, was sie nun sagen sollte. Sie sah sich im Zimmer um. »Ich habe das Gefühl, als wäre ich schon mal hier gewesen.« Dann versuchte sie das Thema zu wechseln. »Ich dachte, du wohnst auf der anderen Seite der Stadt, am Salem Harbor.«

»Da bin ich aufgewachsen. Meine Mutter wohnt jetzt dort.«

Sie nickte. »Irgendwie scheint es mir wirklich so, als wäre ich schon mal hier gewesen.«

»Du bist also den ganzen Weg hierhergefahren, nur um mir zu sagen, dass du schon mal hier warst?«

»Ich bin gekommen, um mich zu entschuldigen.«

»Das ist nicht nötig«, wiederholte er.

»Möchtest du, dass ich gehe?«

»Ich weiß nicht, was ich will«, sagte er.

»Ich weiß auch nicht, was ich will«, sagte sie.

Sie saßen lange da. »Das war eine Lüge«, sagte sie. »Ich weiß es schon.«

»Und was ist es?«

»Ich will dich wiedersehen.«

»Bist du dir da sicher?«

»Ich bin mir über gar nichts sicher«, sagte sie. »Ich versuche nur, mit meinen Gefühlen hier zurechtzukommen. Entschuldige, das ist alles ziemlich neu.«

Ein Geräusch von draußen unterbrach das Gespräch: ein harter Schlag, Metall auf Metall, dann zersplitterte Glas. Hawk eilte zum Fenster. »Verdammt«, sagte er und rannte zur Tür. »Was zum Teufel soll das?«, brüllte er die Treppe hinunter.

»Bleib da!«, rief er Zee noch zu und rannte nach unten.

Als Zee bei der Tür war, drückte Hawk einen Mann gegen den Transporter. Das Fenster auf der Beifahrerseite war eingeschlagen, und Hawks Werkzeug lag verstreut in der Einfahrt. Gäste aus dem Rip Tide versammelten sich, um zuzusehen.

Sie bekam Herzklopfen und musste sich am Türrahmen festhalten, weil ihr schwindelig wurde.

Die beruhigende Musik von der Ballettschule auf der anderen Straßenseite war die falsche Hintergrundmusik für die Szene, die sich gerade in der Einfahrt abspielte.

Hawk ließ den Mann los, den er gegen das Auto gedrückt hatte.

Der Mann fluchte: »Du schuldest mir einen Hammer, verdammte Scheiße.« Er klaute sich einen aus Hawks Werkzeug und ging die Einfahrt entlang.

»Nett«, meinte Hawk. »Sehr zivilisiert.«

Bevor der Mann aus der Einfahrt bog, blieb er stehen und schaute hoch zu Zee.

Es war Adam.

Er entdeckte sie, bevor sie zurück in den Schatten treten konnte. Er starrte zu ihr hinauf, dann sah er Hawk an. Er begann zu lachen. »Scheiße, alles klar.« So fest er konnte haute er mit dem Hammer eine mächtige Delle in die Tür von Hawks Transporter. Noch einmal schaute er zu Zee hinauf und zeigte mit dem Hammer auf sie, damit sie die Drohung auch wirklich verstand. Bevor Hawk ihn sich wieder schnappen konnte, war er verschwunden.

Hawk rannte die Treppe hinauf. »Alles in Ordnung?«

Zee nickte fassungslos.

»Er kennt dich«, sagte Hawk.

»Er war bei mir in der Praxis und hat mich bedroht«, sagte sie. »Er heißt Adam.«

Hawk sah sie merkwürdig an. »Er heißt Roy«, sagte er.

Sie sah ihn an. »Was?«

»*Ich* heiße Adam.«

Das grüne Sofa. Das Schild im Fenster. Die Musik von der Ballettschule gegenüber. Dieses sichere Gefühl, das sie vor ein paar Minuten noch gehabt hatte, welches, wie sie jetzt begriff, eben das Sicherheitsgefühl war, das Lilly beschrieben hatte, als sie von diesem Zimmer erzählt hatte, war völlig verschwunden. Sicher fühlte sie sich im Moment am allerwenigsten.

48

An diesem Nachmittag hatten sie auf der Baustelle früh Schluss gemacht. Es war der Donnerstag vor dem langen Wochenende, und Roy wollte am nächsten Tag zum Weirs Beach und musste noch seinen Gehaltsscheck einlösen. Er hatte Lilly gefragt, ob sie mitkommen wollte, doch sie konnte nicht weg. Irgendwie wurde er das Gefühl nicht los, dass sie ihn verarscht. Auf jeden Fall versuchte sie, das Ganze zu beenden – das hatte sie ihm schon gesagt –, aber keine Chance. Wenn hier jemand Schluss machte, dann war das er, und er wäre auch derjenige, der bestimmte, wie und wann. Nicht, dass das sonderlich schlimm gewesen wäre. In letzter Zeit hatte sie viel geheult. Und sie hatte Gewissensbisse wegen allem, was sie ihren Kindern angetan hatte und dem Mann, den sie jetzt »der liebe William« nannte, was Roy mächtig auf die Nerven ging. William war bloß so ein reicher Wichser, der das Glück gehabt hatte, sich eines der hübschesten Mädchen der Stadt zu schnappen, und jetzt konnte er sie nicht bei sich im Bett halten.

Roys Bautrupp hatte bei ihr im Haus ein paar Arbeiten ausgeführt. Na ja, eigentlich war es nicht sein Trupp – die Firma gehört einem Bauunternehmer, auch so einem reichen Wichser, der nur vorbeikam, um die Verhandlungen zu führen und die Schecks abzuholen. Bei der Arbeit im Haus der Braedons sahen sie nie einen Ehemann. Sie hatten ausschließlich mit Lilly zu tun. Sie machte zum Beispiel Limonade für alle, wenn es ein richtig heißer Tag war, manchmal gab es sogar Kekse. Es brachte alle Arbeiter ein bisschen aus der Fassung, wenn sie durchs Haus lief. Hawk war zwar damals noch nicht dabei gewesen, aber die anderen waren ganz wild. Als Roy sie dann endlich genagelt hatte, musste er es den anderen eine ganze Woche lang erzählen, und es kam ihnen in der Hose, wenn sie nur hörten, wie wild sie beim ersten Mal gewesen war, als sie sich unten bei der Marblehead Lobster Company in seinem Pick-up am helllichten Tag ausgezogen und es mit ihm getrieben hatte.

»Psycho Pussy« war die Beste. Das hatte er einmal jemanden sagen hören. Und das stimmte auch, zumindest am Anfang. Eine Weile dachte er, sie sei wirklich die Beste, die er je gehabt hatte. Aber in letzter Zeit war es nicht mehr so gut. Und es war definitiv nicht mehr gut, seit sie angefangen hatte, ihren Mann »der liebe William« zu nennen und die ganze Zeit über ihre Kinder zu sprechen. In Fahrt brachte einen das nicht gerade.

Er hatte schon das ganze Jahr eine neue Frau in New Hampshire. Lilly wusste nichts davon, und sie sollte es auch von niemandem erfahren. Es war nichts Ernstes, nur so eine Motorradbraut, die er im letzten Juni kennengelernt hatte. Eine gebleichte Blondine mit falschen Brüsten, die ihr der Typ spendiert hatte, mit dem sie auf dem Motorrad gekommen war. Gleich dort auf der Strandpromenade hatte sie eine Schlägerei mit einem anderen Mädchen angefangen, das mit dem Biker geflirtet hatte. Roy hatte es nicht gesehen, aber alle sprachen darüber. Nach allem, was er gehört hatte, musste das andere Mädchen an der rechten Backe mit vier Stichen genäht werden, und zwar nicht an der Backe im Gesicht. Danach setzte sie den Biker auf die Abschussliste. Als Roy sie kennenlernte, saß sie in der Bar am Ende der Promenade und wollte den anderen Typen eifersüchtig machen, deshalb flirtete sie mit ihm. Den Typen ließ sie einfach da sitzen und fuhr bei Roy im Pick-up mit – eigentlich war es der Wagen der Firma, aber ein guter, ein Spitzenmodell, ein Ford F-350 mit Allradantrieb und vergrößertem Führerhaus.

Als er das nächste Mal vorbeikam, sollte er ihr Drogen mitbringen, und zwar die gute Lieferung von den Schiffen und nicht das Zeug, von dem man nur Kopfweh und eine blutige Nase kriegte. Etwas anderes gab es hier in der Gegend kaum, besonders jetzt, wo sie ihren Biker verlassen hatte, der ihre einzig gute Connection gewesen war. Mit dem Stoff kannte sie sich erstklassig aus, sie nahm keine Amphetamine, wie es angeblich manche von den Bikermädels taten. Sie wollte sich nicht die Zähne ruinieren, sagte sie. Und sie rauchte auch kein Crack, sie mochte einfach gutes Zeug auf die altmodische Art. Alles, was mild war und sich durch einen Strohhalm schnupfen ließ. Um den Hals trug sie ein 24-Karat-Kreuz, das ihr tief zwischen den Möpsen hing und im Stamm ein eingebautes Röhrchen hatte. Als er ihr sagte, wie schlau er es fand, das Koks-Röhrchen so zu verstecken, wurde sie sauer und erklärte ihm, sie sei außerdem noch Christin, er sollte auf gar keine anderen Ideen kommen. Dann schwang sie sich über seinen Schoß, öffnete seinen Hosenschlitz und hopste gleich im Pick-up auf ihn, was ihn ein bisschen zu sehr an Lilly erinnerte, aber er beklagte sich nicht, kein bisschen. Er hoffte nur, dass er nicht wieder so eine Verrückte erwischt hatte.

Er wurde richtig wütend, wenn er an Lilly dachte, und er wurde noch wütender, als er von Lilly und Hawk erfuhr.

Es war an dem Nachmittag passiert, als er weggegangen war, um den Scheck einzulösen. Sie war auf der Suche nach Roy ins Rip Tide gekommen. Sie trug ein T-Shirt, erzählte ihm einer der Arbeiter freudestrahlend, und es war nass vom Regen, so dass man alles sah. Und sie schien es nicht einmal zu merken. Aber die anderen Arbeiter bemerkten es. Besonders Hawk.

Hawk bestellte ihr ein Steak. Roy wusste nicht, warum ihm der Typ das erzählte, außer vielleicht als Überleitung. Als Überleitung dazu, dass Lilly mit Hawk weggegangen war. Der Typ war vor die Tür getreten, um eine zu rauchen, und er sah sie mit Hawk in dessen Wohnung verschwinden. Schöne Scheiße.

Er hatte sowieso schon ein Problem mit dem Typ. Adam Mohawk. Was war das eigentlich für ein Name? Dass er sich »Hawk« nannte, nervte Roy unendlich. Er hasste diese Collegetypen, die auf dem Bau arbeiteten. Sie waren nicht gut und hatten immer etwas zu maulen.

In diesem Sommer hatten sie eine Menge Schwierigkeiten mit den Arbeitern. Hawk war von Roys Boss eingestellt worden. Er schickte ihn zu den Braedons, um dort Schreinerarbeiten zu erledigen. Roy fand ihn vom ersten Blick an unsympathisch. Nicht, weil er irgendetwas getan hätte – seine Arbeit war nicht zu beanstanden –, sondern weil Lilly Gefallen an ihm gefunden hatte. Sie wollte es Roy gegenüber nicht zugeben, aber jeder konnte das sehen. Roy hatte vor kurzem ein paar Leute feuern müssen, und eine Unterbesetzung drohte, ansonsten wäre er Hawk schon irgendwie losgeworden. Als Roys Hammer auf der Baustelle verschwand, beschuldigte er Hawk, ihn gestohlen zu haben. Eigentlich war es gar nicht Hawk gewesen, sondern ein anderer Arbeiter, den Roy bereits entlassen hatte, aber er brauchte einen Sündenbock. Als Wiedergutmachung nahm sich Roy Hawks Hammer, das gleiche Modell.

»Du solltest immer deinen Namen auf dein Werkzeug schreiben«, hörte er einen der anderen Männer zu Hawk sagen.

»Das kommt nicht zum ersten Mal vor«, sagte ein anderer.

Am nächsten Tag war der Hammer aus Roys Werkzeugkiste verschwunden. Er ging hinüber zu Hawk und wollte ihn sich schnappen, doch Hawk zeigte ihm seinen Namen und die Telefonnummer, die er auf der Seite eingeritzt hatte.

Schöne Scheiße.

An dem Sonntagabend, nachdem er von Lilly erfahren hatte, wartete Roy auf Hawk. Er saß mit ausgeschalteten Scheinwerfern in seinem Pick-up in dem Durchgang hinter dem Haus und wartete. Mit einem Hammertacker, den er auf dem Bau gestohlen hatte, schlug er ihn auf den Kopf. Der Collegeboy bekam, was er verdiente. Hawk traf das völlig unerwartet. Fast eine Woche erschien er nicht mehr auf der Baustelle. Und als er zurückkehrte, lief ihm eine Naht über die rechte Backe, und diesmal war es die im Gesicht.

49

Hawk hatte Zees Volvo aus der Stadt hinausgefahren, die Elm Street entlang und über die Green Street direkt zum West Shore Drive. Selbst falls Roy ihnen gefolgt sein sollte, hatte Hawk es geschafft, ihn abzuhängen.

»Ich will dir keine Angst machen«, sagte er. »Aber Roy ist ein ziemlich gefährlicher Typ.«

»Das ist mir bewusst«, sagte sie.

»Dazu kommt, dass mir ein Kumpel erzählt hat, dass sie ein paar von den Arbeitern entlassen. Wenn er mit seinem jetzigen Job fertig ist, ist Roy arbeitslos. Deshalb dürfte seine Wut auf einem ziemlich hohen Pegel sein.«

»Er weiß nicht, dass ich jetzt in Salem bin«, sagte sie.

»Wer weiß das sonst?«

»Nur Mattei. Und Michael.«

»Du musst sie anrufen. Ich würde dir ja zu einer einstweiligen Verfügung raten, aber dann würde er herausfinden, wo du bist. Ganz zu schweigen davon, dass das nicht immer funktioniert.«

Bevor Hawks Mutter wieder zurück nach Marblehead gezogen war, in das Haus ihrer Kindheit am Salem Harbor, waren mehrere einstweilige Verfügungen angeordnet worden. Doch sie hatten nicht nur nicht geholfen, sie schienen den Mann, mit dem sie nach ihrer Scheidung zusammengelebt hatte und der nicht Hawks Vater war, geradezu herauszufordern. Gott sei Dank hatte Hawks Großvater sie damals aufgenommen. Wenn es nach Hawk ging, waren einstweilige Verfügungen nicht das Papier wert, auf dem sie geschrieben waren.

»Du solltest dich jedenfalls eine Weile von Marblehead fernhalten. Die gute Nachricht ist, dass er angeblich vorhat, nach New Hampshire zu ziehen«, sagte Hawk.

»Warum ist er denn auf *dich* so wütend?«, fragte Zee.

Hawk antwortete zuerst nicht. Er überlegte, wie er ihr die Geschichte erzählen sollte, die er ihr die ganze Zeit schon versucht hatte zu erzählen, und nun fand er keinen Anfang.

Als sie am Waterside Cemetery vorbeifuhren, auf dem Lilly begraben lag, unterbrach sie ihn in seinen Gedanken. »Du hast mit ihr geschlafen.« Lilly hatte ihre Geschichten über Adam beinahe genauso detailliert erzählt wie Maureen ihre Geschichten. Nun wurde Zee übel bei dem Gedanken daran, was Lilly ihr beschrieben hatte.

»Wir waren befreundet«, sagte er. »Es ist nicht so, dass ich nicht daran gedacht hätte. Als ich sie kennengelernt habe... Aber nein. Ich habe nie mit ihr geschlafen.«

Schweigend fuhren sie weiter.

Da fiel ihr ein, dass sie Kontakt zur Polizei aufgenommen hatten. »Mattei und ich haben die Polizei in Marblehead angerufen, weil wir Anzeige erstatten wollten. Lilly hat mir nämlich erzählt, dass sie von einem Mann namens Adam bedroht wurde.«

Nun begriff Hawk, warum die Polizei ständig an seinem Haus vorbeifuhr und warum der Polizist sich das letzte Mal, als er in der Stadt war, so seltsam benommen hatte. Nachdem Roy ihn damals mit dem Hammertacker überfallen hatte, hatte Hawk ihn verprügelt, auf der Baustelle. Die anderen Arbeiter hielten es für die Rache für den Überfall, aber das war es nicht. Es ging um Lilly. Die Polizisten hatten mit ihnen beiden geredet, dann mit ein paar anderen Arbeitern. Sie kamen zu dem Schluss, es sei ein Eifersuchtsstreit, und unternahmen nichts weiter. Doch seither beobachtete ihn die Polizei, was einer der Gründe dafür war, dass er den Ort gewechselt hatte. »Was hat dir die Polizei über mich erzählt?«

»Nur dass du die Stadt verlassen hast. Und dass du nicht der einzige Mann warst, mit dem Lilly sich eingelassen hat.«

Er hatte gesehen, was Roy Lilly angetan hatte, als er sie überredet hatte, mit ihm durchzubrennen, und sie drei Tage später bei ihr vor der Tür abgesetzt hatte. Alle Arbeiter sprachen darüber.

»Wenn du das nächste Mal jemanden verprügeln willst«, hatte Hawk zu ihm gesagt, bevor er zum ersten Mal zugeschlagen hatte, »dann nimm keine Frau dafür her.«

Die Männer hatten nur zugesehen, wie er Roy schlug. Niemand half. Niemand verteidigte Roy, und niemand verteidigte Hawk, der es allerdings auch gar nicht brauchte. Es war kein langer Kampf. Aber er war brutal. Und er reichte zurück bis in die Kindheit. Jeder Schlag, den er damals dem Freund seiner Mutter verpassen wollte, bekam an diesem Tag Roy ab.

Hawk kündigte danach. Roys arbeitete schon seit Jahren dort und war der Vorarbeiter, obwohl ihn niemand sonderlich mochte. Und zum Teufel, Hawk war froh, hier zu verschwinden. Lilly saß mittlerweile manchmal bei ihm vor der Tür, wenn er nach Hause kam. Das war nicht sicher. Damit meinte er nicht sich. Er meinte: für sie.

In Wahrheit ärgerte er sich über Lilly. Ihren Mann hatte er zwar nie kennengelernt, aber ihre Kinder, als er bei ihnen im Haus gearbeitet hatte, und sie waren großartig. Er verstand nicht, warum sie alles riskierte, besonders für jemanden wie Roy. Das war zu nahe an den Erfahrungen, die er selbst in seiner Kindheit gemacht hatte.

Doch er sah auch, dass sie Angst hatte. Sie hatte sonst niemanden, mit dem sie darüber sprechen konnte. Sie fühlte sich nur in seiner Nähe sicher. »Ich habe Angst, dass er etwas Schreckliches anstellt«, sagte sie.

»Hat er dich bedroht?«

Er konnte nicht sagen, ob sie log, als sie verneinte, oder ob sie nur einen Rückzieher machte, weil sie wusste, dass er es auf die nächste Ebene bringen würde, entweder zu Roy selbst oder zur Polizei.

Am Ende tat sie ihm doch leid, und Hawk gab ihr seine Handynummer. Er versprach ihr, sie zu holen, falls sie in Schwierigkeiten steckte, aber er riet ihr, zurück zu ihrem Mann und ihren Kindern zu gehen und sich nicht wieder in Roys Nähe zu wagen.

»Denkst du denn, ich will in seiner Nähe sein?« Sie weinte.

Als er sie zum letzten Mal sah, war sie in seiner Wohnung. Er wusste immer noch nicht genau, wie sie eingebrochen war. Er lebte auf seinem Boot, und die Wohnung stand leer. Eines Nachmittags war er nach Hause gekommen und hatte sie dort vorgefunden. Sie trug eines seiner T-Shirts und hatte nasse Haare, als käme sie gerade aus der Dusche. Es sah so aus, als sei sie schon seit einer Weile da.

»Was ist los?«, fragte er.

»Ich verlasse William. Ich will mit dir zusammenleben.«

Hawk war überrascht. Er wusste schon seit geraumer Zeit, dass sie offenbar ihre Gefühle für Roy nun auf ihn übertragen hatte, aber das wollte er nicht. Natürlich empfand er auch etwas für sie. Hawk hatte sich schon immer zu Frauen hingezogen gefühlt, die in Schwierigkeiten steckten, besonders wenn sie so schön waren wie Lilly. Aber eine Familie wollte er nicht zerstören. Damit hatte er in seiner Kindheit selbst zu viel Erfahrung gemacht. Und mittlerweile wurde ihm auch langsam bewusst, was alles bei ihr verkehrt lief. Danach war er zufrieden, wenn sie anrief und ihm erzählte, dass sie wieder zu ihrer Therapeutin ging, und sie rief oft an. Zu oft, denn die Männer auf der *Friendship* machten sich schon lustig über ihn wegen all der Anrufe und SMS, die er von ihr bekam.

»Es tut mir leid, wenn ich einen falschen Eindruck hinterlassen habe«, hatte er gesagt. »Das wollte ich nie.«

»Ich habe Angst«, erklärte sie ihm.

»Geh nach Hause zu deinem Mann«, sagte Hawk. »Erzähl ihm, was zwischen dir und Roy passiert ist. Dann geh zur Polizei.«

»Das kann ich nicht«, sagte sie.

Am letzten Tag, als sie anrief, als sie ihm sagte, sie würde springen, da fuhr er ihr nach. Er versuchte es ihr auszureden, sie dazu zu bringen, sich irgendwo mit ihm zu treffen, aber sie war schon unterwegs zur Brücke. Er hatte es geschafft, sie zum Anhalten zu überreden, auf dem McDonald's Parkplatz am Lynnway. Sie sollte dort auf ihn warten, er würde bald da sein. Unter Tränen erklärte sie sich bereit. Doch dann bekam sie Angst. Konnte nicht mehr warten. Jemand sei hinter ihr her, sagte sie. Niemand konnte etwas tun.

Er fuhr sehr schnell. Er hätte die Polizei gerufen, aber er wollte das Gespräch mit ihr nicht unterbrechen.

Als sie sprach, war er nur sechs Autos hinter ihr.

»Ich sehe dich«, sagte er. »Fahr rechts ran, und ich hol dich.«

Sie fuhr wirklich rechts ran, aber sie drehte sich nicht um. Während sie über die Seite kletterte, telefonierte er immer noch mit ihr. Das Telefon fiel ihr aus den Händen, als sie sprang. Alles geschah wahnsinnig schnell.

Jeden Tag fragte er sich, was er hätte anders machen können. Immer wieder ging er es in Gedanken durch. Es machte ihm so sehr zu schaffen, dass er sogar erwogen hatte, eine Therapie anzufangen, um darüber zu sprechen. Doch dann hatte er Zee kennengelernt, und alles sah anders aus. Die Tatsache, dass sie sich genauso schuldig an Lillys Tod fühlte wie er, hatte ihm wirklich geholfen. Er fühlte sich etwas besser. Sie hatte ihm natürlich nicht erzählt, wie es ihr ging – dafür war sie viel zu professionell. Aber er wusste es.

Hawk erzählte Zee die ganze Geschichte. Am Ende erzählte sie ihm, was sie der Polizei von Marblehead gesagt hatte.

Hawk gefror das Blut in den Adern. Er rührte sich nicht. Lilly hatte Schwierigkeiten gehabt, das hatte er immer gewusst. Doch ihr Sprung über das Geländer wurde für ihn nun auf eine Weise logisch wie nie zuvor. Roy war ein gefährlicher Mensch, ein Mensch, der leicht gewalttätig wurde, und der gefährlichste Moment für ein Opfer war es, wenn das Opfer versuchte, sich von seinem Peiniger zu trennen. Über dieses Thema hatte er erst letzte Woche in der Salemer Zeitung etwas gelesen, es war ein Artikel, den die örtliche Beratungsstelle geschrieben hatte, vielleicht war es auch May Whitney gewesen, die Frau auf Yellow Dog Island. Er wusste es nicht mehr.

Hawk saß ganz still da. Er sah Zee so unverwandt an, dass sie nicht wegschauen konnte. Er berührte sie nicht, er sagte nur möglichst ruhig: »Ich habe nie mit Lilly Braedon geschlafen... Und ganz bestimmt habe ich sie nie bedroht. Ich habe dasselbe versucht wie du. Ich habe versucht, sie zu retten.«

Er ist nicht der, für den du ihn hältst. Die Worte von Ann Chase fielen Zee sofort wieder ein.

Den Rest des Weges nach Salem legten sie schweigend zurück. Hawk parkte Zees Volvo in Finchs Zufahrt und machte den Motor aus. Er wandte sich zu ihr. »Ich will, dass du mir glaubst.«

Lange sagte keiner von beiden etwas.

»Ich glaube dir«, sagte sie schließlich. »Aber ich kann nicht mehr mit dir zusammen sein.«

4. TEIL

August 2008

Erst wenn es gelingt, die Position, auf der man sich befindet, durch die Betrachtung der Gestirne richtig zu bestimmen, wird man die genaue Route zum Zielort zeichnen können. Dazu werden ganz einfache Gerätschaften benötigt: Chronometer, Sextant, ein Almanach, Karten und eine relative simple Methode der mathematischen Kalkulation.

50

Die Einladung zur Hochzeit von Mattei und Rhonda lag immer noch auf dem Drehtablett, wo Zee sie hingelegt hatte. Sie hatte Mattei zwar schon zugesagt, aber sie rief noch einmal in der Praxis an, nur um zu bestätigen, dass sie ohne Begleitung komme. Irgendwann würde Zee in die Stadt müssen, um ein Hochzeitsgeschenk zu besorgen, aber nicht heute.

Für Ende August war es kalt. Channel Five hatte ab Freitag etwas wärmeres Wetter versprochen, was Rhonda freuen würde, denn die Zeremonie sollte am Sonntagabend unter freiem Himmel stattfinden. Der Empfang wurde im Boston Harbor Hotel abgehalten, womit Zee niemals gerechnet hätte. Die ganze Hochzeit war viel traditioneller organisiert, als sie erwartet hatte. Aber das Hotel lag für Zee äußerst günstig, denn sie konnte einfach von Salem aus die Fähre nehmen und vom Long Wharf zum Rowes Wharf hinübergehen. Außerdem hatte sie dann einen guten Grund, sich zeitig zu verabschieden. Die letzte Fähre nach Salem legte um 22 Uhr ab.

Die Praxis war zwar den ganzen Monat geschlossen, aber Mattei hörte regelmäßig den Anrufbeantworter ab. Zee hatte ihr nicht erzählt, was passiert war, dass sie nicht mehr mit Hawk zusammen war, nicht einmal, dass Hawk in Wirklichkeit Adam war. Die komplizierte Geschichte enthielt zu viele Zufälle, um glaubwürdig zu sein, und noch viel weniger konnte man sie verstehen. Mattei machte sich sowieso schon Sorgen, dass Zee sich zu sehr mit Lilly Braedon beschäftigte. Wenn sie Mattei jetzt erzählte, dass Hawk Adam war, würden bestimmt ihre Alarmglocken schrillen, und sie würde Zee unterstellen, sie habe das die ganze Zeit gewusst und sogar vorangetrieben. Irgendwann würde Zee es Mattei erzählen – das musste sie –, aber noch nicht jetzt. Nicht, bis sie sich überlegt hatte, wie. Sie war froh, dass die Praxis traditionell den ganzen August geschlossen hatte. Sie wollte nicht reden.

Stattdessen sah sie sich um nach Pflegeheimen. Mit Finch war es während der letzten paar Wochen ziemlich bergab gegangen. Immer öfter sagte er jetzt Maureen zu ihr. Das war seit ihrer Ankunft zwar gelegentlich vorgekommen, aber mittlerweile machte er das mit erschreckender Regelmäßigkeit. Zee wusste, dass es nun an der Zeit war. Sie wollte die Sache aktiv angehen und ein gutes Heim aussuchen, eines, das sowohl Parkinson wie auch den Übergang zur Alzheimer-Erkrankung behandelte, deren Symptome sich in letzter Zeit bei ihm häuften. Sie besichtigte mindestens sechs Pflegeheime, von denen ihr keines gefiel, bis sie eines fand, von dem sie sich vorstellen konnte, dass Finch es akzeptieren würde. Es bot eine Kombination aus Betreutem Wohnen und Pflegeheim, mit einer speziellen Einheit für frühe Demenz. Finch war in den letzten Wochen zwei Mal gestürzt. Es war klar, dass er mehr Betreuung brauchte, als er zu Hause bekommen konnte. Leider gab es in dem Heim ihrer Wahl eine lange Warteliste. Sogar voll zahlende Patienten wie Finch mussten mit einer Wartezeit von fast einem Jahr rechnen.

Einerseits war sie erleichtert. Es war zwar die richtige Entscheidung, aber sich Finch in einem Heim vorzustellen, machte sie traurig. Zee ließ seinen Namen auf die Warteliste setzen, doch dann schlug sie noch einen anderen Kurs ein. Sie stellte Jessina als Vollzeitkraft an und verbesserte die häusliche Betreuung durch zusätzliche Hilfe nachts und an den Wochenenden. Zee plagten zwar weiterhin ihre beruflichen Selbstzweifel, aber sie wusste, dass sie zurück an die Arbeit musste. Dieser neue Plan würde ihr gestatten, nach Boston zu pendeln.

Mit Melville hatte sie sich seit ihrer Trennung ein paar Mal zum Abendessen getroffen, bei Nathaniel's und im 62 on Wharf, im Lyceum oder im Regatta Pub. Melville war im Herzen immer noch ein Feinschmecker, und wenn er sie fragte, leistete sie ihm gerne bei einer köstlichen Mahlzeit Gesellschaft. An dem Abend, an dem Finch zum dritten Mal stürzte, saßen sie zusammen im Grapevine. Sie hatten einen Tisch draußen im Garten und aßen gerade den berühmten Chowder, da rief Jessina Zee auf dem Handy an.

Als sie zu Hause ankamen, war der Rettungswagen bereits da. Jessina weinte, und Finch lag im Korridor auf dem Boden, der umgestürzte Rollator daneben. Finch atmete unregelmäßig und verlor immer wieder das Bewusstsein.

Der Rettungssanitäter vermutete einen Rippenbruch, womöglich auch ein Loch in der Lunge.

Zee fuhr im Rettungswagen mit, Melville folgte ihnen. Es dauerte acht Stunden, bis sie Finch in ein Zimmer verlegten. Melville wartete die ganze Nacht im Empfangsraum.

Finch hatte zwei gebrochene Rippen. Er sah aus, als wäre er verprügelt worden. An der rechten Schläfe wuchs eine Beule.

»Rechts an der Schläfe hat er ein Schädelhämatom, und sie wollten zunächst eine weitere Blutung ausschließen«, erklärte Zee, als sie endlich herauskam, um Melville nach Hause zu schicken. »Er macht einen verwirrten Eindruck. Aber jetzt sind sie davon überzeugt, dass diese Verwirrung von der Demenz kommt, und geben ihm die Schmerzmittel, die er braucht.«

Melville fuhr nach Hause, kehrte aber am nächsten Morgen zurück. Er betrat das Zimmer nicht, sondern hielt sich im Gang auf und wartete, dass Zee ihn bemerkte und herauskam.

»Du siehst fürchterlich aus«, sagte er zu ihr. »Geh doch ein bisschen nach Hause und schlafe etwas.«

»Und wenn er aufwacht?«, fragte Zee.

»Wann hatte er die letzte Spritze?«, fragte Melville.

»Vor ungefähr einer Stunde.«

»Ich setze mich zu ihm. Wenn er anfängt aufzuwachen, gehe ich schnell aus dem Zimmer und rufe dich an.«

Sie war sich immer noch nicht sicher.

»Geh schon«, sagte er.

Das tat sie. Sie schlief sofort ein.

Finch wachte nicht auf. Melville blieb den Rest des Tages an seinem Bett sitzen.

In den darauffolgenden Tagen durfte Finch ein paar wenige Besucher empfangen. Mickey kam vorbei. Er brachte Finch ein Chop-Suey-Sandwich aus dem Willows-Park mit und für Zee eine Tüte von dem Popcorn, von dem er wusste, dass sie es mochte. Finch wurde nicht wach genug, um zu essen, und so aß Mickey das Sandwich am Ende selbst.

Finch schlief die meiste Zeit. Wenn er aufwachte, wirkte er verwirrter als sonst, was sowohl auf die Schmerzmittel als auch auf die Demenz zurückzuführen war. Ann kam jeden Nachmittag zu Besuch und brachte Tee und Romane von Cornerstone Books für Zee mit. Sie lud Musik, die Zees Geschmack entsprach, auf ihren iPod und borgte ihn Zee.

Melville schaute täglich nach der Arbeit vorbei, saß aber immer nur auf einem Stuhl neben der Tür und redete nicht viel. Sobald Finch blinzelte und anfing aufzuwachen, verschwand Melville so leise durch die Tür, dass es beinahe schien, als wäre er nie da gewesen.

51

Der Segeltörn am Labor Day sollte am Freitag um sechs Uhr morgens am Pier beginnen. Hawk kam gerade noch rechtzeitig, bevor die *Friendship* ablegte.

»Mit dir hätte ich nicht mehr gerechnet«, sagte Josh. »Ich dachte, du wärst vielleicht mit Zee durchgebrannt und hättest dich verheiratet.«

»Leider nein«, sagte Hawk. Hätte er dieser Verpflichtung entgehen können, er hätte es getan. Er wollte überhaupt nicht in der Nähe von Salem sein. Aber er hatte sein Wort gegeben. Sie fuhren über das Wochenende Richtung Norden zu den Isles of Shoals und hielten auf Star Island, wo eine Veranstaltung stattfand. Viele der historischen Großsegler unternahmen diese Fahrt, die im Prinzip eine Wohltätigkeitsveranstaltung zugunsten der National Park Foundation war. Es würde Piraten geben und Freibeuter, Seemannslieder würden gesungen und Geistergeschichten erzählt werden. Das Wochenende war als »Familienspaß am Labor Day« angekündigt. Zu nichts hätte Hawk weniger Lust gehabt. Zumindest blieben sie nicht auch noch bis Montag, dem Feiertag. Sie würden spät am Sonntagabend nach Hause kommen.

Ann Chase ging über den Pickering Wharf zurück zu ihrem Laden. Mickey Doherty benahm sich heute noch lächerlicher als sonst. Sie war bei ihm gewesen, um sich über seinen Affen zu beschweren. Mini Mick hatte sich von dem Blumenkasten, in dem Ann ihre Kräuter züchtete, auf ihre Katze Persephone herabgestürzt. Als er versuchte, die Katze zu reiten, wurde sie wild und kratzte den Affen im Gesicht.

Ann mochte Tiere, und es tat ihr natürlich leid, dass der Affe verletzt worden war, aber vielleicht würde Mini Mick diesmal etwas daraus lernen.

»Da hat der Bursche offenbar bekommen, was er verdient«, sagte Mickey und steckte den Affen in den Käfig, den er aus einem alten Vorratsschrank gebaut hatte. Die Tür hatte er durch Maschendraht ersetzt. Nachdem der Käfig zu war, fing Mini Mick enthusiastisch an zu masturbieren.

Mickey wählte diesen Moment, um Ann zum Essen einzuladen.

Das Timing war unglücklich, und sie bedachte ihn mit einem finsteren Blick.

»Ist das deine Antwort?«

Mickey ermunterte Ann seit langem, den Männern, die sie sonst bevorzugte, den Laufpass zu geben und mit ihm auszugehen.

»Na komm, lass die Müslifresser und die verrückten Hexenmeister ziehen und gib mir eine Chance, es wird Zeit«, sagte er. »Seit drei Jahren lade ich dich schon ein.«

»Eher seit fünf«, sagte sie.

»Okay, fünf. Ich bin ziemlich ausdauernd.«

Sie drehte sich zu ihm um. »Herrgott noch mal«, sagte sie. »Lässt du mich dann in Ruhe, wenn ich Ja sage?«

»Vielleicht«, sagte er. »Das hängt davon ab, wie es läuft.«

»Vergiss es.« Ann ging Richtung Tür.

»Okay, okay, nur ein Mal ausgehen, dann lasse ich dich in Ruhe.« Er legte die Hand aufs Herz.

»Am Sonntag um fünf. Im Finz.« Ann nannte ein lokales Restaurant, in das sie gerne ging.

»Um fünf? Zählen wir schon zu den Senioren?«

»Entweder oder.«

»Okay, okay, um fünf im Finz.«

»Und lass den verdammten Affen zu Hause«, sagte sie.

382

52

Am Samstagvormittag brachte Zee Finch zur Reha in eines der Pflegeheime, die sie sich angesehen und gegen die sie sich entschieden hatte.

Falls Finch etwas dagegen hatte, so sagte er es nicht. Seine blauen Flecken färbten sich gelb, und das Atmen fiel ihm leichter. Doch wegen seiner Verletzungen konnte er nicht stehen. Er würde viel Physiotherapie brauchen, bevor er wieder laufen konnte.

Zee meldete ihn an, dann sah sie zu, während die Tests an ihm durchgeführt wurden. Sie war froh, dass er ihr Gesicht erkannte, aber ihr Name schien ihm entfallen zu sein. Den Kognitionstest bestand er nicht.

»Das kann an den Medikamenten liegen«, sagte die Schwester. »Er bekommt immer noch eine niedrige Dosis Oxycodon.«

Sie wollten ihn schnell von den Medikamenten entwöhnen.

»Braucht er nichts gegen die Schmerzen, wenn er mit der Physiotherapie anfängt?«

»Doch, aber eher etwas Leichteres.«

Es gefiel ihr nicht, dass Finch hier war. Allerdings hatte sie im Moment keine Wahl. Zu Hause konnte er noch nicht betreut werden, so viel stand fest.

Sie folgte der Verwalterin ins Büro, um weitere Formulare auszufüllen.

»Hat er eine Vorsorgevollmacht ausgestellt?«, fragte die Schwester bei der Aufnahme.

»Ich glaube nicht«, sagte Zee.

»Ist er verheiratet?«

»Seine Frau ist verstorben.«

»Weitere Kinder?«

»Nur ich«, sagte sie.

»Eine Patientenverfügung?«

»Eine Anordnung zum Verzicht auf Wiederbelebung?«, fragte Zee.

Die Schwester nickte.

»Ich weiß es nicht.«

»Wenn er keine Vorsorgevollmacht erteilt hat, hat er wahrscheinlich auch keine Patientenverfügung.«

Sie dachte an Finchs Organisationstalent. Er tendierte dazu, alles aufzuschieben.

»Wahrscheinlich nicht«, sagte sie.

»Das ist eine gute Sache bei solchen Fällen«, sagte die Schwester. »Man kann aber nichts unternehmen, bis ihn der Arzt für entscheidungsunfähig erklärt. Danach können Sie wahrscheinlich eine Verfügung für ihn abfassen.«

Zee dachte an den Kurztest zur Demenz-Erfassung, den sie gerade mit ihm gemacht hatten. Zuvor konnte Finch etwa ein Drittel der Fragen beantworten. Diesmal wusste er auf keine einzige der Fragen die Antwort.

»Ich will ihn wieder mit nach Hause nehmen, wenn es ihm besser geht«, sagte Zee.

Die Schwester sah sie zweifelnd an, sagte aber nichts.

Zee beschloss, Jessina zu behalten, auch wenn Finch nicht mehr im Haus war. Manchmal bat sie Jessina, ins Pflegeheim zu fahren, damit Finch zusätzliche Gesellschaft hatte, und manchmal gab es Arbeiten im Haus, putzen oder die Zeitungen sortieren, die Finch über Jahre gesammelt hatte.

Während der letzten Monate hatte sich Zee mit Jessina und Danny angefreundet. Jessina brachte Danny ab und zu mit zur Arbeit, wenn sie Hilfe beim Saubermachen brauchte oder etwas zu tragen war. Jessina backte weiterhin fleißig. Bei jedem Besuch brachte sie Finch Kekse oder Cupcakes mit und verteilte den Rest an die Schwestern und Pfleger. Das alte Haus in der Turner Street roch derzeit immer wie eine Bäckerei, und dieses behagliche Gefühl mochte Zee sehr. Eigentlich schade, dass sie das Haus nicht verkauften, dachte Zee. Allein der Duft des Backwerks hätte die Käufer angelockt.

Eines Tages fand Danny beim Ausräumen einen Stapel alter Schwarz-Weiß-Fotos unter alten Schulheften, die Finch aufgehoben hatte. Er zeigte sie gerade Jessina, als Zee ins Zimmer kam.

»Die sind aber hübsch«, sagte Jessina. »Warum hat er sie nicht an irgendeine Wand gehängt?«

Zee schaut ihnen über die Schulter. »Die hat Finch selber aufgenommen«, sagte sie. Es gab mehrere Bilder von Zee und Melville und noch mehr vom Haus mit den sieben Giebeln, fotografiert von der Straße aus. Alle waren mit Datum und einer Kurzbeschreibung versehen. Zee konnte Jessinas Frage nicht beantworten. Finch hatte nie eines dieser Bilder hergezeigt.

»Schau dir das da mal an«, sagte Jessina. Sie hielt ein Bild von Maureen hoch. »Das ist deine Mutter, oder?«

Maureen war jung auf dem Foto, Anfang zwanzig, wenn überhaupt. Sie trug ein modisches Kostüm, und um sie herum war ein Heiligenschein aus Nebel. Ihr unschuldiges und verheißungsvolles Lächeln überraschte Zee.

Jessina drehte das Bild um. Auf dem Etikett stand einfach *Hochzeitsreise. Niagarafälle.*

»Das sollte unbedingt gerahmt und aufgestellt werden, damit es jeder sehen kann.« Jessina hielt es zu einem Regal hoch, um vorzuführen, wie es dort aussehen würde.

»Nein.« Zee nahm das Bild.

Sie betrachtete es genauer. Sicher, Maureen hatte ihre Geschichten immer ausgeschmückt, aber es schockierte Zee doch, dass ihre Mutter über ihre eigene Hochzeitsreise gelogen hatte. Maureen sah auf dem Foto überglücklich aus. Seltsam, dass sie sich die Mühe gemacht haben sollte, eine ganze Fantasiegeschichte um Baker's Island herum zu entwickeln. Hatte Finch die Wahrheit gesagt, als er behauptet hatte, er sei nie dort gewesen? Zee hatte diese Aussage seiner Demenz zugeschrieben – und nun war sie geneigt, ihm zu glauben.

Blitzartig begriff Zee in diesem Moment, was der wirkliche Grund war, weshalb sie ständig Maureen und Lilly durcheinanderbrachte. Es lag nicht daran, dass beide eine bipolare Störung hatten. Es lag nicht einmal daran, dass sie beide Selbstmord begangen hatten. Es gab eine andere Gemeinsamkeit, und die hatte nichts mit ihren Erkrankungen zu tun. Zee fiel Matteis altes Diktum ein: *Jeder lügt.* Maureen und Lilly hatten Zee beide angelogen. Das war keine große Überraschung. Aber es war noch mehr, wie sie jetzt verstand. Die Lügen oder Geschichten, die Maureen und Lilly erzählten, waren nicht Lügen, die sie Zee auftischten, sondern es waren Mythologien, die sie für sich selbst geschaffen hatten. Und als sie ihre eigenen Märchen nicht mehr glauben konnten, verloren sie alle Hoffnung.

Das war eine gewaltige Erkenntnis, und sie erklärte vieles.

An diesem Abend blieben Jessina und Danny so lange, bis sie sicher waren, dass mit Zee alles in Ordnung war. Aber Zee war nicht nur in Ordnung, sondern es ging ihr so gut wie schon lange nicht mehr. Verständlicherweise war sie traurig über alles, was in diesem Sommer passiert war. Aber etwas hatte sich in ihr verändert, als sie das Bild von der glücklichen Maureen gesehen hatte. Etwas war von ihr abgefallen.

»Es geht mir gut«, sagte sie zu Jessina. »Wirklich.«

Mattei und Rhonda heirateten am Sonntag des langen Labor-Day-Wochenendes. Wie der Zufall es wollte, war dieser Sonntag sowohl der letzte Tag im August als auch Zees Geburtstag. Beiläufig hatte sie das Jessina gegenüber erwähnt. Sie backte Zee gerade einen Geburtstagskuchen, als sie aufbrechen musste, um sich mit Melville zu treffen.

»Ich stelle ihn auf den Tisch, wenn ich gehe«, sagte Jessina. »Schokolade mit weißer Vanilleglasur«, sagte sie. »Wie du es am liebsten magst.«

»Das hört sich köstlich an«, meinte Zee. »Danke.«

Zee musste früher weg, als Jessina geplant hatte. Sie hatte Melville versprechen müssen, sich mit ihm zu einem frühen Abendessen im Finz zu treffen, bevor sie die Fähre zur Hochzeit nach Boston nahm. Auf der Hochzeit würde es zwar Abendessen geben, aber sie wollte sich trotzdem mit Melville treffen. Sie musste mit ihm über Finchs Verfügung sprechen.

53

Auf Star Island drängten sich schon die Zuschauer. Viele waren selbst mit dem Boot gekommen, um die Großsegler hereinfahren zu sehen, und noch mehr waren mit der Fähre da, um an den Festivitäten auf der Insel teilzunehmen.

Nachdem die *Friendship* geankert hatte und die Segel heruntergeholt waren, ging Hawk mit dem Rest der Besatzung auf die Insel.

Er folgte Josh durch das Gedränge, vorbei an dem Lagerplatz, wo die Piraten die letzten drei Tage verbracht hatten, ohne aus der Rolle zu fallen. Eine Piratenbraut mit tiefem Ausschnitt lächelte Hawk an und fragte, ob er einen Grog wollte. Er lächelte schwach und ging weiter.

»Mann«, sagte Josh, »dir geht es aber wirklich schlecht. Die Braut da war echt heiß.«

Am Getränkestand holten sie sich zwei Bier.

»Komm mit«, sagte Josh, der ganz am Ende einer Reihe von Gebäuden ein Zelt entdeckt hatte. »Das hab ich gesucht.«

Im Zelt war es voll und heiß. Innen saßen die Leute im Schneidersitz auf dem Rasen, während sich mehrere Matrosen abwechselnd im Geschichtenerzählen überboten. Gerade tauschten sie seemännischen Aberglauben aus.

»Man soll nie an einem Freitag segeln«, mahnte ein Matrose.

»Hey, wir sind alle an einem Freitag hierhergesegelt«, sagte Josh laut, als er und Hawk sich setzten.

»Ein ganz schlechtes Omen«, sagte der Moderator, und alle lachten.

»Nimm nie eine Frau mit an Bord«, erklärte ein anderer Seemann.

»Aus den unterschiedlichsten Gründen«, fügte jemand hinzu.

»Lass keinen Priester aufs Schiff«, sagte der erste Matrose.

»Ich hätte gedacht, ein Priester bringt Glück«, meinte der Moderator.

Alle riefen laut Nein.

»Das ärgert den Teufel.«

»Den sollte man auf keinen Fall zu sehr reizen.«

»Den Priester oder den Teufel?«, fragte der Moderator unter noch mehr Gelächter.

»Den Priester an Land, den Teufel auf See.«

Ein Matrose stand auf und zog sich das Hemd aus, um die Kreuze zu zeigen, die er sich auf beide Arme hatte tätowieren lassen. »Das ist ein guter Schutz«, sagte er. »Aber nur, wenn man sie auf beiden Armen und beiden Beinen hat.« Er fummelte schon an seiner Hose herum.

Die Zuschauer protestierten laut. »Um Gottes willen!«, rief eine Mutter. »Hier sind doch Kinder im Publikum.«

Achselzuckend setzte sich der Matrose wieder hin.

»Ich nehme immer Sand mit aufs Schiff«, erzählte ein anderer Seemann. »Um den Teufel damit zu bewerfen. Wie Ahab.«

»Hat ja auch super funktioniert bei ihm«, sagte der Moderator.

»Auf einem Schiff darf man nicht ›Schwein‹ sagen«, fügte ein weiterer Matrose hinzu. »Das bringt Unglück.«

»Aber wenn man sich ein Schwein aufs Knie tätowiert, bevor man an Bord geht, bringt das Glück.«

Der Moderator sah auf die Uhr. »Es ist vier«, sagte er. »Wir sollten jetzt mit dem Erzählwettbewerb anfangen, die Fähre kommt ja um sechs.«

»Den wollte ich hören«, sagte Josh zu Hawk.

Zwei der redseligeren Matrosen aus der Gruppe ergriffen zuerst das Wort. Sie erzählten von Schiffen, die in diesem Gewässer Schiffbruch erlitten hatten. Zuerst kam die Geschichte eines Schiffs namens *City of Columbus*, das vor Martha's Vineyard auf ein Riff mit dem treffenden Namen Devil's Bridge aufgelaufen war. Das Schiff hatte eine interessante Gruppe von Passagieren an Bord. Es handelte sich hauptsächlich um Invalide, die dem harten Winter von 1884 in Richtung Süden entfliehen wollten. Der Versuch des Kapitäns, sein Schiff aus dem Riff zu befreien, brachte es nur in noch größere Gefahr, und eine Monsterwelle spülte die meisten Frauen und Kinder vom Deck ins eisige Wasser, wo sie quasi sofort starben. Wampanoag-Indianer bemühten sich, die übrigen Passagiere zu retten. Sie kamen nicht nahe genug an das Schiff heran, daher forderten sie die Passagiere auf, in das eiskalte Wasser zu springen, und die Indianer fischten so viele Überlebende wie möglich heraus.

Die zweite Geschichte hatte einen lokaleren Bezug. Sie hatte sich ganz in der Nähe abgespielt, wo das Wrack eines spanischen Schiffs zu einem frühen Grab für vierzehn unglückliche Seemänner geworden war. Das Schiff war in der Inselgruppe untergegangen, wo sie sich jetzt befanden, zwischen den Inseln Malaga und Smuttynose.

Kaum war Smuttynose erwähnt, stand ein weiterer Geschichtenerzähler auf der Bühne. Er wollte von den berühmten Axtmorden erzählen, die dort Ende des 19. Jahrhunderts stattgefunden hatten. Zwei Frauen wurden auf der Insel ermordet, während eine dritte in die Felsen entfliehen konnte, wo sie sich bis zum Morgen versteckte. Der Vorfall fand Eingang in mehrere Bücher, unter anderem in Anita Shreves *Das Gewicht des Wassers*. Heute ließen all die gruseligen Details das Publikum erschauern, und wieder wurde auf die anwesenden Kinder hingewiesen. Danach beschrieb der Geschichtenerzähler die abgenutzten Ruderdollen, die in einem gestohlenen Dory entdeckt worden waren und letztlich mit zur Überführung des Mörders beigetragen hatten.

»Was sind denn Dollen?«, fragte ein Zuhörer.

»Rudergabeln«, antwortete der Moderator.

»Mehr oder weniger«, sagte der Geschichtenerzähler. »Bei den älteren Schiffen waren sie meistens aus Holz.«

»Rudergabeln«, wiederholte der Moderator.

»Ja, aber aus Holz«, erklärte der Geschichtenerzähler. »Wie zwei Stifte«, sagte er. »Der Mann, dem das vom Mörder gestohlene Dory gehörte, hatte sie unmittelbar vorher durch neue ersetzt. Der Grad ihrer Abnutzung bewies, dass jemand über eine lange Strecke gerudert war.«

Eine Geschichte führte zur nächsten, und bald war ein Mitglied der Besatzung der *Friendship* an der Reihe. »Ich habe auch eine Geschichte über Ruderdollen oder Gabeln oder wie ihr sie nennen wollt, und meine ist früher passiert als die auf Smuttynose, aber auch in dem Fall waren abgenutzte Ruderdollen der Hauptbeweis.«

Hawk hörte zu, als der Seemann die Geschichte von dem Haus in der Turner Street und Zylphia und ihrem Seemann erzählte, eine Geschichte, die er noch nie zuvor gehört hatte.

»Das ist das Haus deiner Exfreundin, von dem er da erzählt«, flüsterte Josh.

Als der Seemann genau ausführte, wie der junge Matrose in der Turner Street die Hauswand hochkletterte, um Zylphia auf dem Witwensteg zu lieben, stand Hawk auf.

»Alles klar?«, fragte Josh.

Hawk sagte nichts, lauschte aber dem Rest der Geschichte, von den Schlägen des Kapitäns und von der Vermutung, dass Zylphia und ihre haitianische Haushälterin ihn vergiftet hatten, von Zylphias Flucht, den abgenutzten Ruderdollen auf dem gestohlenen Dory, das auf den Misery Islands gefunden wurde, der Beweis, dass sie es geschafft hatten zu entkommen. Das Liebespaar war schlichtweg verschwunden, auf völlig mysteriöse Weise, und sie hatten nur das Dory mit den abgenutzten Ruderdollen zurückgelassen.

Die Frauen in der ersten Reihe waren hingerissen von der Geschichte, was zu höhnischen Bemerkungen seitens der Matrosen führte. »Ist das romantisch«, sagte eine Frau und legte sich die Hand aufs Herz.

»Ich werde mich hüten, mit Ihnen auszugehen«, sagte der Moderator.

»Ausgehen ließe sich schon machen«, sagte ihre Freundin. »Aber nicht heiraten.«

»Okay.«

Hawk wurde nervös, als er so dastand. Er fand die Geschichte nicht romantisch – er fand sie brutal und abscheulich. Er dachte an Roy und was er Lilly angetan hatte. Und dass er nichts hatte tun können, um ihn aufzuhalten. Und dann dachte er an Zee. Eigentlich hatte er die ganze Zeit an sie gedacht.

Roy war vor kurzem nach New Hampshire gezogen. Nicht in diesen Teil von New Hampshire, sondern auf die andere Seite des Staates, ein paar Stunden entfernt. Hawk wollte noch sichergehen, dass Roy verschwunden war, bevor er die Stadt verließ. Viel konnte er nicht für Zee tun, aber zumindest das.

Trotzdem fühlte er sich nicht besser. Er war sehr aufgewühlt. Es war heiß hier drinnen. Er musste an die frische Luft.

Josh holte ihn draußen ein. »Ich dachte, die Geschichte kennt jeder.«

»Ich nicht«, sagte Hawk.

54

»Unterschreib die Anordnung zum Verzicht auf Wiederbelebung, wenn sie dich lassen«, sagte Melville zu ihr. »Aber ich bin mir nicht sicher, ob ihn ein Arzt für entscheidungsunfähig erklären kann. Eventuell musst du damit zum Gericht.«

»Das klingt, als hättest du dich schon damit beschäftigt.«

»Ich habe damit gerechnet, dass es dazu kommt, ja.«

Zee ärgerte sich, dass sie das Thema zur Sprache gebracht hatte. »Ich will keine solche Anordnung unterzeichnen.«

»Das würde er aber wollen.«

»Wenn er das unbedingt will, warum hast du dir keine Vorsorgevollmacht von ihm geben lassen?«

»Wahrscheinlich aus demselben Grund, weshalb wir keine Hochzeitspläne gemacht haben«, sagte Melville. »Wir dachten immer, wir hätten noch Zeit.«

»Das tut mir leid«, sagte Zee. »Schade, dass ihr nicht geheiratet habt.« Sie dachte an die Hochzeit, auf die sie heute Abend gehen würde, und wie glücklich sich Mattei und Rhonda im Vergleich schätzen konnten.

»Wechseln wir das Thema«, meinte Melville schließlich. »Alles Gute zum Geburtstag.« Er hob das Glas und prostete ihr zu. Sie lächelte.

»Jungfrau«, sagte er. »Sehr ordentlich und organisiert. Arbeitet genau. Aufmerksam. Wählerisch. Du kannst etwas zu Tode denken. Paralyse durch Analyse fällt einem da ein.«

»Du bist ja ein kleiner Astrologe«, sagte sie.

»Alles Gute zum Geburtstag«, wiederholte er. »Auf dass im nächsten Jahr alles besser wird.«

Sie blickte gerade auf, als Mickey und Ann die Bar betraten. Mickey hielt Ann einen Stuhl hin, und sie setzte sich. Melville und Zee sahen einander vielsagend an.

»Ist das ein Rendezvous?« Zee staunte.

»Sieht verdammt danach aus.«

»Ich glaub das nicht.«

Jessina suchte in den Küchenschränken nach einer Kuchendekoration. Von dem bunten Zucker hatte sie das meiste für die Kekse am Vierten Juli verbraucht. Jetzt stieß sie auf grüne vierblättrige Kleeblätter, die sie aber nicht verwenden wollte, und ein paar Konfetti in Herzform, die man sehr gut um den Kuchen herum ausstreuen konnte. Sie brauchte noch etwas anderes. Sie stieg auf einen Küchenstuhl und suchte ganz hinten im Schrank mit den Backzutaten, bis sie das bernsteinfarbene Fläschchen mit den silbernen Dragées entdeckte. Die Kügelchen wären perfekt, dachte sie.

Sie legte die silbernen Perlen im Abstand von zwei Zentimetern rund um den Kuchen. Es waren noch so viele übrig, dass sie in der Mitte ALLES GUTE, ZEE buchstabieren konnte. Als sie fertig war, deckte sie ihre Kreation mit Frischhaltefolie ab, die sie mit Zahnstochern auf Abstand hielt, damit sie nicht an der Glasur festklebte.

Sie räumte das Drehtablett leer und stellte den Kuchen in die Mitte. Sie drehte ihn genau so hin, dass Zee den Geburtstagsgruß sah, sobald sie die Küche betrat.

Zee schaute auf die Uhr, als Melville die Rechnung unterschrieb.

»Danke für das Essen«, sagte sie.

»Macht es dir wirklich nichts aus, ganz alleine auf die Hochzeit zu gehen?«, fragte er. »Ich kann dich begleiten, wenn du mir ein bisschen Zeit gibst, mir einen Anzug anzuziehen.«

»Ich schaffe das schon«, sagte sie. »Aber danke.«

Auf dem Weg nach draußen blieben sie noch an der Bar stehen, um Ann und Mickey zu begrüßen.

Die Bar war voll mit Essensgästen, die auf einen Tisch warteten, und einer Gruppe von Schickimicki-Seglertypen. Ein paar der Männer musterten Zee, als sie vorbeiging.

»Und, was habt ihr beide heute vor?«, fragte Zee Ann und Mickey.

»Frag nicht«, sagte Ann.

Mickey lächelte breit und stand auf, um Zee seinen Stuhl anzubieten.

»Wir brechen gerade auf«, sagte Melville.

»Mattei und Rhonda heiraten heute«, führte Zee aus.

»Ach, das habe ich ganz vergessen«, meinte Ann. »Wird bestimmt nett.«

»Meine Chefin«, erklärte Zee für Mickey. Da sie wusste, wie Mickey über dieses Thema dachte, fügte sie noch hinzu: »Und ihre Freundin.«

Alle warteten auf Mickeys Reaktion. »Na ja, wenn die anständigen Bürger von Massachusetts das wollen, was sollte ich dagegen haben? Ich bin ein fortschrittlicher Mensch.«

Ann verdrehte die Augen. »Aber sicher.«

An der Bar wurden zwei Plätze frei, und ein junger Mann, der Zee die ganze Zeit begafft hatte, nahm seinen Mut zusammen und kam zu ihnen.

»Hey, bei uns ist noch Platz«, sagte er. »Falls du Lust hast, mit deinem Vater was mit uns zu trinken.«

Zee lehnte lächelnd ab.

»Mit deinem Vater«, sagte Mickey zu Melville. »So ein Idiot. Woher wollte er wissen, dass ihr kein Date habt?«

Er war ehrlich entrüstet, aber er konnte es nicht sehr geschickt vermitteln. »Ein älterer Mann mit einer jüngeren Frau, das kommt doch ständig vor.« Er lächelte Ann an.

Komisch, wie sich die beiden ähneln, dachte Ann, als sie Zee und Melville ansah. Ann wunderte sich, dass ihr das noch nie aufgefallen war. Man konnte sie leicht für Vater und Tochter halten. Äußerlich ähnelte Zee in vielerlei Hinsicht ihrer Mutter. Aber wenn man die Wangenknochen genauer betrachtete und die Augen ...

»Ich hole das Auto.« Melville verabschiedete sich.

»Ich dachte mir schon, dass du ein bisschen zu schick bist für hier«, sagte Mickey. »Alles Gute zum Geburtstag.« Er küsste sie auf die Wange.

»Alles Gute, Hepzibah«, sagte Ann.

»Komm nicht zu spät nach Hause«, sagte Mickey.

Zee lachte. Sie küsste beide zum Abschied und ging hinaus.

»Was ist?«, fragte Mickey, der sich wunderte, dass Ann das Auto betrachtete, als Melville vorfuhr.

»Nichts«, sagte Ann.

Stolichnaya mit einer großen Platte Austern, die Mickey bestellt hatte, wurde serviert. Ann lachte. »Austern?«, sagte sie. »Musst du vegan im Wörterbuch nachschlagen?«

»Na, du hast schließlich das Finz ausgesucht.«

»Und ich habe vor, das vegane Gericht zu bestellen«, sagte sie. »Gar nicht zu reden von diesem lächerlichen Klischee. Austern ... Willst du mich auf den Arm nehmen?«

»Ich wollt's mal drauf ankommen lassen.«

Durch das Fenster beobachtete Ann, wie Melville vor dem Lokal hielt. Er stieg aus und ging auf die Beifahrerseite, um Zee die Tür zu öffnen. Ann war in Gedanken vertieft, als das Auto losfuhr. Sie brauchte einen Augenblick, bis sie merkte, dass Mickey versucht hatte, auf sich aufmerksam zu machen. »Tut mir leid. Was ist?«

Mickey deutete auf die frustrierte Kellnerin, die darauf wartete, sie von der Bar ins Restaurant zu geleiten. »Unser Tisch wäre so weit, habe ich gesagt.«

55

Melville setzte Zee an der Fähre ab.

»Ruf mich an, wenn ich dich abholen soll.«

»Nicht nötig«, meinte sie. »Ich habe ja nur ein paar Blocks zu laufen, und so spät wird es nicht.«

»Alles Gute zum Geburtstag«, wiederholte er. Sie küsste ihn auf die Wange.

Er wartete auf dem Parkplatz im Auto, bis die Fähre ablegte. Dann schaute er hinaus über den Hafen und zu Baker's Island. Er öffnete das Handschuhfach und nahm den Yeats-Band heraus.

Er hatte sich überlegt, Zee das Buch zum Geburtstag zu schenken. Er hatte sogar schon eine Karte dafür gekauft und ihren vollen Namen darauf geschrieben, bevor er entschied, dass die ganze Sache gar keine gute Idee war.

Er saß noch lange da und betrachtete nur den Titel. Dann schlug er das Buch in der Mitte auf und nahm ein zusammengefaltetes Blatt Papier heraus.

Dieses Blatt Papier war der Grund für den Streit zwischen ihm und Finch gewesen an dem Tag, als Finch ihm das Buch buchstäblich an den Kopf geworfen hatte. Dieser Nachmittag hatte ihre Beziehung beendet.

Zee hatte immer geglaubt, Maureen hätte keinen Abschiedsbrief hinterlassen, und Finch war es wichtig gewesen, sie in dem Glauben zu lassen. Aber es stimmte nicht. Maureen hatte gewusst, was sie tat. Sie hatte den Brief nicht auf das Bett gelegt, wo Zee ihn genauso finden konnte wie Finch. Stattdessen hatte sie ihn in Finchs Arbeitszimmer gelegt, damit nur er ihn sah.

Lieber Finch,

wenn du diesen Brief liest, werde ich nicht mehr da sein. So ist es das Beste für alle.

Geheimnisse nimmt man oft mit ins Grab, aber dieses werde ich nicht mitnehmen. Stell damit an, was du willst.

Das Kind, das ich dir als Vater geboren habe, ist nicht von dir. Es gehört zu dem Mann, mit dem du mich betrogen hast. Es ist nur einmal passiert, in einem Moment außerhalb von Raum und Zeit.

Das Schicksal ist grausam, es hält uns alle zum Narren…
Maureen

Unten auf dem Abschiedsbrief stand eine Botschaft, die für Melville gedacht war und die den Eintrag vervollständigte, den er vor langer Zeit für sie geschrieben hatte:

Komm hinfort, o Menschenkind!
Auf zu Wassern, Wildnis, Wind
Mit einer Fee an deiner Hand,
Denn auf der Welt gibt es mehr Tränen,
  als je ein Kind verstand.

56

Es war passiert, bevor er Finch kennengelernt hatte, in der Zeit, als Melville den Artikel über die Splittergruppe von Greenpeace schrieb. Er war gerade mit seinem Boot auf dem Rückweg von Gloucester, als der Motor abstarb. Er wusste sofort, woran es lag, und fluchte auf sich, weil er nicht dazu gekommen war, die Sache zu richten. Bis zurück nach Salem würde er es niemals schaffen, daher legte er auf Baker's Island an, um dort entweder zu telefonieren oder, wenn das nicht ging, sich ein Boot zu leihen und damit in den Manchester Harbor zu fahren, um sich dort beim Schiffsausrüster das Ersatzteil zu kaufen.

Es war warm für November. Die Sommergäste waren sicher längst abgereist, aber er hoffte, trotzdem jemanden auf der Insel anzutreffen. Der kleine Laden war geschlossen, und Melville musste bis ans andere Ende der Insel laufen, bis er ein Haus fand, das noch nicht winterfest gemacht war.

Er wartete vor der Tür, um zu fragen, ob er das Telefon benutzen durfte.

Sie hatte nur zögernd geöffnet. Im Rückblick wusste sie nicht, aus welchem Grund.

Sie stand im Eingang und sah ihn an. Ihre roten Haare waren zurückgebunden und wurden von einem Stift festgehalten. Ihre Augen waren stechend blau. Er stand vor der Tür und sah sie einfach nur an. Es dauerte einen langen Moment, bis ihm einfiel, dass er nach dem Telefon fragen wollte.

Sie hatte kein Telefon. Nachdem sie sich seine Geschichte angehört hatte, bot sie ihm an, ihr Boot auszuleihen. Er fuhr damit in den Hafen von Manchester und besorgte das nötige Teil.

Als er damit zurückkehrte, war es schon früher Abend. Die Reparatur war einfach, aber die Stelle war schwer erreichbar, und er musste mehrere Planken am Deck ausbauen, um heranzukommen. Dabei gab es einen Kurzschluss bei den Positionslichtern. Als er die Arbeit beendet hatte, war es bereits dunkel. Er wollte auf dem Boot schlafen und beim ersten Tageslicht aufbrechen.

Dass sie plötzlich auf dem Steg stand, überraschte ihn. Es war kühl, und ihr Haus lag ganz am anderen Ende der Insel.

»Ich habe Essen gemacht«, sagte sie. »Falls Sie Hunger haben.«

Eigentlich wollte er dankend ablehnen. Er hatte etwas zu essen an Bord, nichts Besonderes, aber bis zum nächsten Morgen würde es reichen. Doch als er sich umwandte, um ihr zu antworten, war sie bereits am Ende des Stegs und winkte ihm, ihr zu folgen. Er rief ihr nach, zwecklos, denn sie lief gegen den Wind, so dass sie ihn nicht hörte. Sie verschwand auf dem Pfad in der Dunkelheit.

Melville nahm für den Weg zu ihrem Haus die Taschenlampe mit. Vor sich sah er zwar das einsame Licht, aber der Pfad war schmal und seit dem Sommer nicht mehr gemäht worden. Ein falscher Schritt in irgendeine Richtung, und man konnte sich leicht den Fuß verstauchen, besonders in der Dunkelheit.

Sie stand im Türrahmen und erwartete ihn. Er hatte ihr eigentlich immer noch absagen wollen, mit der Begründung, er sei auf dem Boot gut versorgt, doch da sah er, dass der Tisch für zwei gedeckt war. Die Öllampen, die den Raum erleuchteten, versetzten ihn an einen anderen Ort und in eine andere Zeit, und er bemerkte plötzlich ihr Spitzenkleid. Sie war wunderschön. Die roten Haare hingen ihr in wilden Locken über den Rücken. Ohne ein Wort von dem zu sagen, was er hatte sagen wollen, ging er hinein und setzte sich an den Tisch. Sie schenkte Wein ein.

Später sollte er sich erinnern, dass es ihm damals vorkam, als wäre etwas nie Dagewesenes plötzlich möglich geworden, etwas, das er bis dahin noch nie in Betracht gezogen hatte. Er bemerkte den Ring an ihrem Finger, sie verbarg ihn nicht. Er erlebte alles intensiver, und jede ihrer Handbewegungen war wie ein Flügelschlag. Ihr Hals war bleich und lang, ein Schwanenhals, dachte er. Poesie und Kunst kamen ihm in den Sinn, Bilder von Leda und dem Schwan, Leonardos sinnliches Gemälde und der verschollene Michelangelo. Sie war Schönheit der Form, der Bewegung. Das weibliche Ideal. Und unwillkürlich sprach er laut die Verse, die ihm eingefallen waren:

Ein jäher Stoß: die Schwingen schlagen noch
Über den Taumelnden, Lenden liebkost
Von dunkler Schwimmhaut, Schnabel ums Genick,
Hält er sie, hilflos, Brust auf seiner Brust.

Sie kam zu ihm. Er strich ihr die Haare vom Hals und küsste sie. Noch mehr Gedichte fielen ihm ein, all die Verse von Yeats, die er gelernt und wieder vergessen hatte, kehrten zurück, und er sprach die Worte wie einen feierlichen Gesang, während sie sich liebten. Und als die Zeilen endeten, von denen er nicht gewusst hatte, dass er sich an sie erinnerte, die betörenden Worte von »Die Harfe des Aengus«, schliefen sie eng umschlungen tief und fest in kindlicher Unschuld.

Am nächsten Morgen brach er auf, nicht ganz sicher, was sich da ereignet hatte. Es war nicht so, dass er keine Frauen mochte. Irgendwann dachte er, er sei nicht homo-, sondern bisexuell, doch das war so lange her, dass er diese frühe Phase in seinem

Leben beinahe vergessen hatte. Er lachte über sich, meinte, eine Sirene habe ihn verführt. Das war alles so seltsam und traumartig, dass er sich gar nicht ganz sicher war, ob es je passiert war.

In den nächsten Wochen zog es ihn zurück auf die Insel. Doch stattdessen fuhr er nach Gloucester und heuerte auf einem Schwertfischfänger an, dann auf einem größeren Schiff, das für mehrere Monate auslief. Er schlief in jedem Hafen mit jedem verfügbaren Mann, gefährlicher, anonymer Sex, der ihn daran erinnern sollte, wer er wirklich war.

Doch er bekam sie einfach nicht aus dem Kopf. Lauschte er dem Wind und den Gezeiten, hörte er ihre Poesie. In Newburyport verließ er das Schiff und fuhr per Anhalter zurück nach Manchester. Im Buchladen kaufte er den weißen Band mit den Gedichten von William Butler Yeats. Und er schrieb ihr eine Widmung in das Buch und ein Zitat, das für sie gedacht war, auf die Titelseite: *Komm hinfort, o Menschenkind! Auf zu Wassern, Wildnis, Wind…*

Mit seinem Boot fuhr er zu Baker's Island und lief zu dem Häuschen. Doch es war winterfest gemacht und abgesperrt.

Er war gleichzeitig enttäuscht und erleichtert. Das Buch legte er zwischen die beiden Türen. Er hoffte, es würde den Winter unbeschadet überstehen, den späten Schneefall und die Regengüsse im Frühjahr, die noch bevorstanden, so dass sie, wenn es sie überhaupt wirklich gab, das Buch finden würde.

Melville verließ Salem zum zweiten Mal in der Nacht, als Finch und Zee Maureen aus dem Krankenhaus nach Hause brachten. Als sie ihr ins Haus halfen, blieb Maureen stehen und wandte sich langsam um. Melville stand auf der anderen Straßenseite und betrachtete das Haus. Sie sah sein Gesicht einen ganz kurzen Augenblick, bevor er sie erkannte, und in diesem Moment begriff sie. Ihre Blicke trafen sich. Sie standen da wie zwei Statuen, bis Zee und Finch sich umwandten, um zu sehen, wohin Maureen schaute. Mit schlechtem Gewissen drängte Finch Maureen ins Haus.

In derselben Nacht noch war Melville aufgebrochen, diesmal nach Kalifornien und später in Richtung Norden zu den Aleuten. Nach Salem kehrte er erst wieder etwa ein Jahr nach Maureens Tod zurück.

Dann nahm er die Stelle im Athenaeum an und ließ sich zu einem ruhigen Leben nieder. Er hielt sich vor allem auf seiner Seite der Stadt auf.

Als Finch ihn schließlich fand, brachte er ihm den Abschiedsbrief mit. »Komm zurück zu mir«, bat er ihn.

»Das kann ich nicht«, sagte Melville. »Das würde niemals funktionieren. Nicht nach dem, was mit Maureen passiert ist.«

»Verstehst du denn nicht?«, meinte Finch. »Diese Beziehung muss gelingen, nicht trotz allem, was mit Maureen geschehen ist, sondern deswegen.«

Melville zog zu Finch und Zee in das alte Haus in der Turner Street.

Sie schafften es zwar nie, sich Maureens Tod zu verzeihen, aber ihre Herzen fanden die Kraft, einander zu vergeben.

Sie liebten ihre Tochter, erfreuten sich auf eine Weise an ihr, die sie beide überraschte. Finch hatte immer Vater sein wollen, für Melville hingegen war das nie in Frage gekommen. Dennoch stellte er sich der Aufgabe, und sie erfüllte ihn.

Gemeinsam bewahrten sie das Buch und den Brief, den Maureen hinterlassen hatte, an einem Ort auf, wo Zee es niemals finden würde.

All die Jahre waren nicht einfach gewesen, aber das ist die wahre Liebe selten. Sie lernten, die Vergangenheit hinter sich zu lassen. Zumindest schien es so, bis Finchs Krankheit und die Demenz so weit fortgeschritten waren, dass sie ihnen die Vergangenheit zurückbrachte, als wäre das alles nicht vor Jahren passiert, sondern erst gestern. Und kaum war der Verrat erneut durchlebt, hatte er genug Wirklichkeit gewonnen, um Finch den Schmerz so stark spüren zu lassen, dass sein Zorn all die Jahre auflöste, die sie als Familie gemeinsam gewebt hatten.

57

Melville hatte nicht gemerkt, dass er weinte, bis ihn die Teenager anstarrten, die über den Parkplatz bei der Fähre liefen. Einen erkannte er von Mickeys Laden wieder. Melville wandte den Kopf ab.

An diesem Abend hätte Melville beinahe einen gewaltigen Fehler begangen. Fast hätte er Zee verraten, dass sie in Wirklichkeit seine Tochter war. Er hätte ihr zwar nie den Abschiedsbrief gegeben, aber er war drauf und dran gewesen, ihr das Buch zu überlassen. Er hatte sogar ihren vollen Namen auf die Geburtstagskarte geschrieben, die er ihr überreichen wollte: Hepzibah Thompson Finch.

Er musste mit Finch reden, und zwar heute noch.

Melville fuhr mit dem Buch und Maureens Brief zum Pflegeheim. Um Viertel vor acht trug er sich in das Besucherverzeichnis ein.

»Charles Thompson?«, fragte die Empfangsschwester.

Er nickte.

»Gehören Sie zur Familie?«

»Ja«, log Melville.

»Die Besuchszeit geht nur noch bis acht«, informierte sie ihn.

»Ich bleibe bloß ein paar Minuten.«

Melville ging den Korridor entlang auf Finchs Zimmer zu. An der Tür blieb er stehen. Falls Finch schlafen sollte, würde Melville ihn wecken müssen.

Finch merkte intuitiv, dass er beobachtet wurde, und schlug die Augen auf.

»Wer ist da?«, fragte er.

»Ich bin's. Melville. Ich wollte reden.«

Finch rührte sich nicht. Als er klar sehen konnte, schaute er Melville an.

»Aber bitte erst das Bett hochstellen«, bat Finch. »Wenn es so flach ist, kriege ich keine Luft.«

Mit klopfendem Herzen ging Melville zum Bett. Er tastete nach den Schaltern, drückte den nach oben gerichteten Pfeil, und das Kopfende des Betts fuhr langsam hinauf und brachte Finch in Sitzposition. Die beiden Männer waren nun in Augenhöhe.

»Gut so?«, fragte Melville.

»Wunderbar.« Finch seufzte. Er betrachtete Melville lange. »Es ist Wochenende, stimmt's?« Er versuchte sich zu erinnern.

»Das Wochenende vom Labor Day«, bestätigte Melville. »Es ist früh dieses Jahr. Heute ist Sonntagabend und Zees Geburtstag. Morgen haben wir den ersten September.«

Das hatten sie schon öfter gemacht. In den letzten Jahren, die sie zusammen verbracht hatten, war es zu einem Ritual geworden.

»Ja«, sagte Finch. »September.«

Melville wappnete sich gegen Finchs Zorn, der sicher gleich aufflammen würde. Dann würde Melville ihm alles so erklären, dass er das Geschehene verstehen würde. Er würde es gut erklären und um Verzeihung bitten. Finch würde ihm wieder vergeben, so wie all die Jahre zuvor. Und wenn Finchs Zorn morgen ausbrach, würde er es erneut erklären. Und vielleicht würde Melville dann eines Tages Finch davon überzeugen können, dass sie die ganze Sache auch Zee erklären sollten.

Finch erwiderte Melvilles Blick. Aber Zorn lag nicht darin.

Es ist vorbei, dachte Melville. Gott sei Dank. Das muss die nächste Phase sein, von der der Arzt gesprochen hat, in der die Wut nachlässt und alles für eine gewisse Zeit wieder beinahe normal zu sein scheint. Melvilles Neurologenfreund hatte ihm davon erzählt. Flitterwochenphase, so hatte er es genannt. Die Phase vor dem Übergang zur Alzheimer-Erkrankung im Spätstadium.

»Ist es bequem so?«, fragte Melville und langte hinüber, um Finchs Kissen zurechtzuklopfen.

Finch nickte. Er schaute Melville immer noch an, als würde er irgendetwas überlegen. Dann lächelte er. »Ich habe Sie noch nie hier arbeiten gesehen«, sagte er. »Sie müssen neu sein.«

58

Die *Friendship* hielt auf dem Weg nach Süden in Newburyport. Der Akku von Hawks Handy war leer, und als er sich eines ausborgte, hatte er keinen Empfang. In der Stadt machte er sich in der State Street auf die Suche nach einem öffentlichen Telefon.

Er hatte Zee während der ersten Woche nach ihrem Gespräch über Lilly nicht angerufen. In der zweiten Woche war er zweimal zu ihrem Haus in der Turner Street gefahren, nachdem er den Mut gefasst hatte, bei ihr zu klingeln. Dieser Mut hatte ihn jedoch gleich wieder verlassen, sobald er vor ihrem Haus hielt. Sie wollte ihn nicht sehen. Die Verbindung zu Lilly war einfach zu viel für sie. Das konnte er verstehen. Aber gleichzeitig gab es Dinge, die er ihr sagen, Fragen, die er ihr stellen musste. Er würde sie nicht loslassen, ohne dass diese Dinge ausgesprochen waren.

Heute hatte Hawk nicht vor, das Thema anzusprechen. Er wollte lediglich sichergehen, dass es ihr gut ging. Die Geschichte von Zylphia hatte irgendetwas bei ihm bewirkt, und er sorgte sich in einer Weise, die er nicht erklären konnte. Sicher, die Ähnlichkeiten waren sonderbar. Aber Hawk glaubte nicht an Geistergeschichten, noch nicht einmal an Seemannsgarn. Nein, das war etwas anderes. Er machte sich ganz praktische Sorgen um sie, und doch gab es nichts Greifbares, das er genau ausmachen konnte.

Ich hab da ein ganz mieses Gefühl, dachte er beim Wählen.

Jessina ging ans Telefon. Zuerst war sie misstrauisch und wollte nicht zu viel preisgeben.

»Ist sie da?«, fragte Hawk.

»Im Moment nicht«, sagte Jessina.

»Könnten Sie mir einfach nur sagen, ob alles in Ordnung ist?«

»Es geht ihr gut«, sagte Jessina. »Sie hat die Fähre nach Boston genommen, wegen einer Hochzeit.«

»Stimmt.« Er erinnerte sich an die Einladung auf dem Drehtablett in der Küche. Dann fiel ihm ein, dass Zee ihm erzählt hatte, die Hochzeit sei an ihrem Geburtstag.

Vielleicht war der Grund für seine Erregung so einfach zu erklären: Bei der Hochzeit würde sie ihren Ex-Verlobten treffen. Hawk war eifersüchtig, wenn er daran dachte, obwohl er wusste, dass er kein Anrecht auf dieses Gefühl hatte.

Da ihm nichts anderes einfiel, hinterließ er eine Nachricht. »Richten Sie ihr bitte nur meine Geburtstagsglückwünsche aus.«

Die Besatzung war zum Abendessen ins Black Cow gegangen und saß draußen auf der Veranda. Die Seemänner waren heute ungewöhnlich laut – er hörte sie schon, bevor er die Ecke erreicht hatte. Das waren alles nette Kerle. Er würde die Zusammenarbeit mit ihnen vermissen.

Als Hawk sich setzte, unterhielten sie sich über den Genehmigungsantrag der *Friendship* zur Beförderung von Passagieren. Das war eine großartige Idee. Wenn das Schiff die offizielle Genehmigung hatte, konnten sie Gruppen mit aufs Meer hinausnehmen. Und Schulklassen.

Zu schade, dass er dann nicht mehr da sein würde, dachte Hawk. Zu gerne wäre er dabei gewesen.

59

Ann und Mickey waren die letzten Gäste im Restaurant. Es war erstaunlich, was sie alles zu bereden fanden, nachdem sie einmal angefangen hatten, sich zu unterhalten. Die meiste Zeit sprachen sie über Zee und Maureen. Und Mickey erzählte ein bisschen über Irland und seinen Bruder Liam, der gestorben war. Sie redeten so viel, dass sie ganz vergaßen, wie spät es war. Sie wunderten sich wirklich, als die Kellnerin zu ihnen an den Tisch kam, um sie zu bitten, nun zu bezahlen, weil sie nach Hause gehen wollte.

Ann entschuldigte sich und ging zur Damentoilette. Beim Händewaschen sah sie lange in den Spiegel und versuchte, etwas in ihrem Gesicht zu erkennen, eine Veränderung.

Mickey zahlte die Rechnung und holte sie an der Tür ein. Sie liefen am Pier vorbei zu Anns Laden.

»Willst du noch mit reinkommen?«, fragte sie.

»In deinen Laden?«

»Ja. Ich mach dir einen Tee.«

Er sah sie an. »Was denn für einen Tee?« Er dachte an den Tee, für den sie berühmt war.

Sie lächelte ihn an.

»Bist du dir sicher?«, fragte er.

»Sicher bin ich mir überhaupt nicht«, sagte sie. »Aber heute Nacht ist mir nach Abenteuern.«

»Okay.« Er folgte ihr in den Laden und wartete, bis sie die Tür hinter ihnen abgeschlossen hatte und ihn durch den Perlenvorhang ins Hinterzimmer führte. »Tee brauche ich übrigens keinen.«

»Wir werden sehen«, meinte sie.

60

Zee verpasste das letzte Schiff nach Hause. Es war halb elf. Sie hatte bis zum Schluss durchgehalten und war bei allem dabei gewesen, beim traditionellen ersten Tanz, dem Anschneiden der Torte und dem Werfen des Brautstraußes.

Vom Pier ging sie zurück zur Vorderseite des Hotels und zu dem Taxistand, wo Michael mit seiner Begleiterin darauf wartete, dass ihm sein Auto gebracht wurde. Sie nickte ihm im Vorübergehen zu.

Er entschuldigte sich und folgte ihr.

»Zee?«

Sie wandte sich um. Den ganzen Abend war es ihnen gelungen, sich voneinander fernzuhalten. Mattei und Rhonda hatten sie möglichst weit auseinandergesetzt, Zee zu ihren Kollegen und Michael zu seinen.

»Alles Gute zum Geburtstag«, sagte er.

»Danke.«

»Ich wollte dich zum Tanzen auffordern. Aber ich habe kalte Füße gekriegt.«

»Wahrscheinlich ist es besser so«, sagte Zee und schaute in Richtung seiner Begleiterin.

Michael zuckte mit den Schultern. »Du bist mutiger als ich. Ich wollte heute Abend nicht allein kommen.«

Sie lächelte.

»Wie geht es Finch?«

»Nicht sonderlich gut.«

»Mattei hat erzählt, er ist gestürzt?«

»Er ist in einem Pflegeheim.«

»Das tut mir leid«, sagte er.

»Danke.«

»Es tut mir auch leid, wie ich alles beendet habe.«

»Das war ziemlich brutal«, sagte sie.

»Und feige«, fügte er hinzu.

»Vielleicht.«

»Es tut mir leid«, wiederholte er.

»Angenommen.«

»Ich habe dich zu etwas gedrängt, wozu du ganz klar noch nicht bereit warst«, sagte er.

»Ich glaube, es war überhaupt nicht klar, wofür ich bereit oder nicht bereit war«, sagte sie. »Am allerwenigsten mir.«

»Und ist es jetzt klar?«

Merkwürdig, dass er diese Frage zu diesem Zeitpunkt stellte, besonders weil seine neue Begleiterin nur wenige Meter entfernt stand. Trotzdem, er hatte eine Antwort verdient, und sie hatte ihm nie eine gegeben.

»Ja«, sagte sie.

»Und?«

»Auf Wiedersehen, Michael.«

61

Roy saß am Küchentisch und zählte sein Geld. Vierhundertundfünfzig Dollar. Dazu das Geld, das er dem Mädchen abgenommen hatte. Er hatte es noch nicht gezählt, eigentlich hatte er es überhaupt nur genommen, damit es nach einem Raubüberfall aussah. Die Vorstellung von Hawk hinter Gittern brachte ihn zum Lachen. Er hatte den Hammer mit Adams Namen darauf direkt neben der Leiche liegen lassen, wo sie ihn sofort finden mussten. Roy wusste, dass sie ihm irgendwann draufkommen würden, doch dann wäre er längst verschwunden.

Er schob das Drehtablett an und betrachtete den Kuchen. ALLES GUTE, ZEE stand darauf. Die Buchstaben waren krumm und schief.

Roy hatte Hunger. Er wollte den Kuchen essen, aber er brauchte noch mehr. Die zwei Flaschen Wein, die er im Weinregal gefunden hatte, hatte er schon fast ausgetrunken. Auf der Suche nach etwas zu essen warf er einen Blick in den Kühlschrank. Dort lagen nur zwei ziemlich alt aussehende Sandwiches, die er nicht anrühren wollte. Kaufte denn kein Mensch mehr Lebensmittel ein? Im Gemüsefach stieß Roy auf etwas Schmelzkäse, einzeln verpackte Scheiben. Er überprüfte das Haltbarkeitsdatum seitlich auf der Packung und wickelte eine Scheibe aus.

Er konnte es nicht fassen, dass sie ihn rausgeworfen hatten. Fast zwölf Jahre lang war er Vorarbeiter bei Cassella Construction gewesen. Sie behaupteten, sie müssten Arbeitsplätze abbauen, aber in so einem Fall feuert man doch nicht den Vorarbeiter. Dann ist es nämlich vorbei mit dem ganzen Trupp, die Leute verlängern einfach ihre Mittagspausen oder erscheinen nicht rechtzeitig bei der Arbeit. Der blöde Arsch hatte keine Ahnung, was er da anstellte.

Abgesehen vom Gehaltsscheck traf ihn der Verlust des Firmen-Pick-ups am härtesten. Er hatte sich von seinem letzten Gehalt einen alten, heruntergekommenen Chevy gekauft, und die Mistkarre verbrannte Öl wie sonst was. Gleich hinter der Staatsgrenze würde er die Kiste loswerden, falls sie es überhaupt so weit schaffte. Er musste lachen, dass ausgerechnet der Chevy sein Fluchtauto werden sollte, und er merkte, dass er betrunken war. Er holte das Kokain, das er mit seinem letzten Geld gekauft hatte, und zog ein paar Lines auf dem Tisch, die er mit dem Röhrchen aus dem goldenen Kreuz einsog, das er ihr abgenommen hatte. Eine Christin, aber wie, dachte er. So christlich, dass er sie mit einem anderen Typen erwischt hatte. Er hatte sie überraschen wollen, kaufte den Stoff, auf den sie so stand, mit dem Geld, das er hätte sparen sollen. Ja, überrascht hatte er sie am Ende wirklich. Sobald der andere Typ das Haus verlassen hatte, hatte er sie gewaltig überrascht.

Das Koks machte ihn wach. Wo zum Teufel blieb die Seelenklempnerin? Er wartete nur sehr ungern, und einen Augenblick dachte er, das Ganze lohne nicht. Aber dann dachte er an Lilly und was sie ihr angetan hatte, und die Wut flammte erneut in ihm auf. Wie konnte sie es wagen, Lilly zu sagen, sie solle sich von ihm fernhalten? Von Hawk hätte sie sich fernhalten sollen, nicht von ihm, das hätte sie ihr sagen sollen. Er liebte Lilly doch.

Er hatte sie auch an dem Halloweenabend geliebt, als er zu ihr nach Hause gegangen war, um sie mitzunehmen, aber sie wollte ihm nicht glauben. Er hatte die Knarre dabei, nur für den Fall, dass ihn jemand aufhalten sollte. Er hatte nicht geplant, ihre Familie zu bedrohen. Das hatte er nur getan, weil sie nicht mitkommen wollte. Die Sache mit der Katze war etwas anderes. Diese Katze hatte er noch nie leiden können. Aber die Familie hätte er in Ruhe gelassen. Das musste sie wissen. Er hatte ihr seine unsterbliche Liebe gestanden, das hatte er noch bei keiner Frau getan. Er hatte sogar gedroht, sich umzubringen, wenn sie nicht mitkäme, und trotzdem hatte sie sich geweigert. Dann schnappte irgendetwas in ihm um, und er hörte sich drohen, sie alle zu töten. Er sagte das nur, damit sie ihm glaubte, damit sie wusste, wie sehr er sie liebte. Sie musste doch wissen, dass er das nicht so meinte.

In den Tagen danach hatte er sie auch nicht schlagen wollen, aber sie hörte einfach nicht mehr auf zu weinen und wollte immer nur nach Hause. Roy machte Lilly deshalb keine Vorwürfe. Er machte der Seelenklempnerin Vorwürfe.

Roy schlug mit der Faust auf den Tisch, so dass das Kokain aufstob, sich in einem puderigen Bogen wieder nach unten senkte und als eine feine Schicht die Oberfläche des alten Eichentischs überzog.

Er war Hawk die ganze letzte Woche gefolgt und hatte auf den richtigen Moment gewartet. Aber dieser Moment war nicht gekommen. Als er ihm hierher nachgefahren war, wusste Roy, dass er den Glückstreffer gezogen hatte. Hawk saß einfach nur in seinem Transporter und schaute das Haus an. Fuhr danach direkt an Roy vorbei, ohne ihn wahrzunehmen. Keine Minute später bog ihr Volvo in die Zufahrt ein, und Dr. Finch stieg aus und ging ins Haus. Roy konnte sein Glück gar nicht fassen. Den ganzen Sommer über hatte er versucht, sie zu erwischen, seit Lillys Tod, vielleicht sogar schon vorher.

Roy zählte noch einmal sein Geld und fragte sich, wie lange das wohl reichen würde. Er hatte schon alle Schubladen in diesem Haus durchwühlt und ein paar davon ausgeleert, so dass es aussah wie ein echter Einbruchsdiebstahl. Er suchte Geld – er würde es brauchen. Aber da war nichts, nur Bücher und ein paar Medikamente in dem Medizinschrank oben, die er einsteckte. Es gab kein Bargeld und nichts Anständiges, was er versetzen konnte.

Roy zog die Frischhaltefolie von dem Kuchen herunter. Vorsichtig nahm er die Zahnstocher heraus, mit denen die Folie von der Glasur weggehalten wurde. Wenn sie kam, würde er die Kerzen anzünden. Dann würden sie ihren Geburtstag feiern, nur sie beide. Das Haus hatte er schon abgecheckt. Das obere Schlafzimmer, ihr Zimmer, wäre der perfekte Ort für eine Geburtstagsparty.

Er trug die angebrochene Flasche Wein die Treppe hinauf. Auch den Kuchen nahm er mit. Gerade wollte er auch noch den übrigen Käse holen, da hörte er sie hereinkommen.

Sie betrat das Haus durch den Haupteingang an der Turner Street. Sie schaute gar nicht mehr in die Küche oder in ein anderes Zimmer im Erdgeschoss. Sonst hätte sie das zerbrochene Fenster und die ausgeleerten Schubladen in Finchs Arbeitszimmer bemerkt, deren Inhalt auf dem Boden lag.

Sie war müde. Sie wusste, dass Jessina ihr einen Kuchen in die Küche gestellt hatte, aber heute Abend konnte sie nicht mehr. Es war eine harte Woche gewesen, und Michael zu sehen, hatte sie auch strapaziert. Sie ging direkt nach oben ins Schlafzimmer. Als sie den Schein der Geburtstagskerzen sah, dachte sie zuerst, jemand hätte die kaputte Straßenlaterne gemeldet und sie sei repariert worden. Oder sie hätten im Haus mit den sieben Giebeln auf der anderen Straßenseite eine neue Lampe.

Roy war schnell. Während sie den Kuchen anstarrte, trat er hinter sie und knebelte sie zunächst. Dann drückte er sie hinunter auf das Bett und band sie dort fest. Sie wehrte sich heftig, aber er war doppelt so schwer wie sie. Als er sie dort hatte, wo er sie haben wollte, sang er »Happy Birthday«, anschließend ging er zum Kuchen, um ihnen beiden jeweils ein Stück zu holen. Da lachte er, denn mit dem Knebel konnte sie ja nichts von ihrem Geburtstagskuchen essen. Sie konnte noch nicht einmal die Kerzen ausblasen.

Er aß den Kuchen langsam und machte sich lustig über die Angst, die er in ihren Augen sah. Sie wehrte sich gegen das Seil, mit dem er sie gefesselt hatte. Er hatte ganz bewusst den Würgeknoten verwendet, den er für fast alles benutzte und den Hawk als Roys Markenzeichen erkennen würde. Falls Hawk derjenige sein sollte, der sie fand.

62

John Rafferty, Polizeichef von Salem, wartete auf dem Pier, als die *Friendship* anlegte.

»Ich muss mit Ihnen reden«, sagte er zu Hawk. »Würden Sie einen Spaziergang mit mir machen?«

Hawk wirkte überrascht. Er unterbrach seine Tätigkeit und ging mit Rafferty über die Rampe.

»Wo waren Sie am Samstagabend?«

»Auf dem Schiff.«

»Die ganze Nacht?«, fragte Rafferty.

»Wir waren zuerst auf Star Island. Dann haben wir in Newburyport zu Abend gegessen.«

»Kann das jemand bezeugen?«

»Klar, das können sie alle bezeugen. Bis auf ungefähr zehn Minuten, wo ich telefonieren war.«

»Ich habe versucht, Sie auf Ihrem Handy zu erreichen«, sagte Rafferty. »Sie sind nicht rangegangen.«

»Der Akku ist leer«, sagte Hawk. »Was ist los?«

»Die Polizei von Marblehead sucht Sie. Sie wurden von Weirs Beach aus angerufen.«

»Wegen mir?« Das verwirrte Hawk. Er war nicht einmal in der Nähe von Weirs Beach gewesen.

»Es geht um einen Hammer mit Ihrem Namen und Ihrer Telefonnummer auf dem Griff.«

Nun war Hawk doch interessiert.

Rafferty musterte ihn.

»Was hat er angestellt?«, fragte Hawk.

»Wer?«

»Er heißt Roy Brown. Er hat mir vor ein paar Wochen den Hammer gestohlen. Angeblich als Wiedergutmachung für einen, den ich ihm bei meiner alten Arbeitsstelle weggenommen habe. Was erstunken und erlogen war.«

»Hat jemand gesehen, wie er den Hammer entwendete?«, fragte Rafferty.

»Klar«, sagte Hawk. »Eine Menge Leute.« Er dachte nach. »Zee Finch war da.«

»Dann fahren wir los und reden mit Zee.«

»Das wollte ich sowieso gerade«, sagte Hawk. »Ich will nur schnell meine Sachen holen.«

»Lassen Sie Ihre Sachen«, sagte Rafferty.

Auf dem Weg zum Auto rief Rafferty bei der Polizei von Marblehead an und bat sie, Roy bei seiner letzten bekannten Adresse abzuholen.

»Was hat er denn angestellt?«, fragte Hawk noch einmal, als sie ins Auto einstiegen.

»Er hat in Weirs Beach eine Frau getötet«, sagte Rafferty.

63

Roy saß an dem Tisch in ihrem Zimmer und sah zu, wie sie gegen die Fesseln kämpfte. Er aß beide Kuchenstücke auf, bevor er sich auszog und ans Bett trat. Er wollte sich Zeit lassen. Er war müde, aber das würde er noch hinkriegen. Seine Anziehsachen legte er ordentlich zusammen, dann riss er den Träger an ihrem Kleid ab. Der Stoff fiel herunter und entblößte ihre Brust.

Eine Art Blitz durchfuhr ihn. Vielleicht war es das Koks, vielleicht war es einfach das Wissen, was er gleich tun würde und wie er es tun würde, was ihn so erregte, aber der Schauer schoss ihm wie ein Stromschlag durch den gesamten Körper, die Arme hinauf und das ganze Rückgrat hinunter.

Zee starrte Roy entsetzt an, als er sich näherte.

64

Hawk sah das zerbrochene Küchenfenster sofort, als Rafferty vorfuhr. Er suchte die Straße nach dem roten Pick-up ab. Er hätte erleichtert sein können, weil er ihn nicht entdeckte, aber das war er nicht. Er war schon ausgestiegen, bevor Rafferty ganz anhalten konnte.

Hawk rannte in die Küche und sah das Kreuz und das Kokain auf dem Tisch.

»Nach oben!«, brüllte er Rafferty zu und nahm zwei Stufen auf einmal.

Rafferty kam gerade oben an der Treppe an, als Hawk Roy von Zee herunterzerrte. Hawk schleuderte ihn mit solcher Wucht weg, dass Roy sofort einen Krampfanfall erlitt. Als ihn die erste Strychninwelle traf, bog sich sein Rücken extrem nach hinten durch, bis er mit dem Kopf beinahe den Boden berührte.

Es wurden insgesamt acht Krampfanfälle, bis er tot war. Dazwischen brach er immer wieder erschlafft zusammen, während sein Körper die Energie für den nächsten Anfall sammelte.

Rafferty rief Verstärkung und einen Krankenwagen. Jenseits dessen konnte man nichts anderes tun, als zuzusehen.

5. TEIL

September – Oktober 2008

*Der Polarstern ist der beständigste Stern am Himmel,
seine Position ist am konstantesten. Aber er scheint
oft nicht hell genug, um sich auf ihn zu verlassen.
Man muss sich deshalb nach anderen Sternen
orientieren, die weiter unten am Himmel stehen,
Sterne, die am Horizont auf- und untergehen.*

65

Melville machte das alte Hummerboot am Pier an der Turner Street fest und half Zee an Bord. Er nahm ihr den Seesack ab und ein paar andere Sachen, die sie mitgebracht hatte, und verstaute sie für sie in der Kabine.

»Pass auf.« Er hielt ihren Arm, als sie hineinsprang. »Es ist rutschig.«

Am Ende der Saison hatte Melville sein Boot endlich wieder im Wasser, nachdem es in Finchs Zufahrt quasi im Trockendock gelegen hatte, so lange er sich erinnern konnte. Es waren ein paar Reparaturen nötig gewesen, doch alles in allem befand es sich in überraschend gutem Zustand.

Bowditch lag im Heck und sonnte sich schnarchend. Als Zee an Bord sprang, hob er den Kopf und wackelte mit dem Schwanz, stand aber nicht auf.

Melville hatte sie dazu überredet. Sie hatte heute eigentlich gar nicht mitkommen wollen.

»Weißt du, was ich immer gemacht habe, wenn mir alles zu viel wurde?«, hatte er sie gefragt.

»Bist du weggelaufen?« Sie erinnerte sich daran, wie er verschwunden war.

»Ich bin zur See gefahren«, sagte er. »Bis sich alles entwirrt hatte.«

»Wie lange hat das gewöhnlich gedauert?«

»Einmal hat es vier Monate gedauert, beim nächsten Mal zwei Jahre.«

»Ich habe keine zwei Jahre«, sagte sie. »Und übrigens auch keine vier Monate.«

»Das ließe sich diskutieren«, meinte er. »Aber stattdessen schlage ich einfach ein, zwei Wochen vor.«
»Wo würden wir denn hinfahren?«
»Ist das wichtig?«
»Eigentlich nicht«, sagte sie.
»Nach Süden«, meinte er.
»Okay.«

Sie fuhren zum Cape Cod hinunter, nahmen die Abkürzung durch den Kanal auf die andere Seite und dann über den Ozean weiter bis Martha's Vineyard. Melville ließ sich vom Hafenmeister in Edgartown einen Liegeplatz zuweisen, und sie wohnten auf dem Boot. Es gab zwar genügend Kojen unter Deck, aber wenn Melville aufwachte, schlief Zee oft auf der Bank im Heck des Boots, wie sie es nach Maureens Tod als Kind oft gemacht hatte. Bowditch schlief laut schnarchend neben ihr auf dem Deck.

Melville rief täglich zu Hause an, um sich nach dem Stand der Dinge zu erkundigen. Manchmal sprach er mit Ann oder Mickey, die Finch abwechselnd besuchten, aber meistens redete er mit Jessina.

»Es geht ihm gut«, berichtete sie ihm. »Also ich meine damit, es geht ihm nicht schlechter. Er ist nicht wieder gestürzt, es gibt keine neuen Entwicklungen. Er isst viele von meinen Keksen.«

Die Tatsache, dass Jessina die Kekse als positives Symptom verstand, hätte Melville noch vor wenigen Wochen vielleicht beunruhigt. Jetzt war er froh, dass Finch Appetit hatte und keine Anzeichen von Depressionen wegen Zees Abwesenheit zeigte.

»Ich tue für unser Mädchen, was du von mir wollen würdest«, sagte er laut vor sich hin. In letzter Zeit hatte er sich angewöhnt, laut mit Finch zu sprechen, als wäre er hier, in der Hoffnung, all die irdischen Regeln und als normal akzeptierten Zwänge würden in dem geistigen Reich, das Finch jetzt bewohnte, nicht mehr gelten. Es war ein Glaubensakt, etwas ganz Neues für Melville.

Hawk und Michael meldeten sich auf der Box und per SMS. Die Nachrichten von Mattei beantwortete er.

»Wie geht es ihr?«, fragte Mattei.

»Schwer zu sagen«, meinte Melville. »Sie will nicht reden.«

»Das kann ich verstehen.«

»Ich mache mir Sorgen um sie.«

Mattei dachte nach. »Sie ist klug und vernünftig. Wenn sie so weit ist, redet sie mit dir.«

Melvilles Gefühl für die Zeit verschwamm. Der Sommer ging in den Herbst über, aus dem September wurde Oktober. Die Ahornblätter färbten sich gelb und rot.

Als es zu kalt wurde, um weiter auf dem Boot zu wohnen, mietete Melville zwei benachbarte Zimmer in einer Pension im Ort, wo Haustiere erlaubt waren. Sie nahm ihren Seesack, er nahm seinen. Dann ging er zurück zum Boot und holte die nächste Ladung. Er reichte ihr noch ein paar andere Sachen, die sie mitgenommen hatte, Bücher, eine Jacke und eine Mahagonikiste, an die er sich gar nicht erinnerte.

»Die gehört mir nicht«, sagte sie, als er die Kiste zu ihr ins Zimmer stellte.

»Mir auch nicht.«

Er öffnete sie. Sie enthielt den Messingsextanten.

»Der ist von Hawk«, sagte sie. »Wo hast du ihn her?«

»Keine Ahnung. Ich dachte, du hättest ihn mitgebracht.«

»Nein.«

Er reichte ihr ein Blatt Papier, in der Annahme, es sei ein Brief für sie.

»Lies du«, bat sie ihn.

Er entfaltete das Blatt und schaute es neugierig an. »Das ist kein Brief«, sagte er. »Es ist eine Sternenkarte.«

»Und du wusstest wirklich nichts davon?«

»Ich schwöre. Ich kann die Kiste zu mir ins Zimmer stellen, wenn sie dich stört.«

»Nein«, sagte sie. »Lass nur.«

Er machte die Mahagonikiste wieder zu und stellte sie auf ihren Schreibtisch.

Die nächsten beiden Wochen waren schlimm. Das Wetter war trüb, und ihnen beiden fehlte das Leben auf dem Boot. Nachts ließ er die Verbindungstür zwischen ihren Zimmern offen, damit er sie aus ihren immer wiederkehrenden Alpträumen wecken konnte. Bowditch wählte sein Plätzchen im Durchgang zwischen ihnen.

In der dritten Oktoberwoche klarte der Himmel auf, und Zee zog es nach draußen. Morgens lief sie in die Stadt. Wenn sie nachts nicht schlafen konnte, ging sie manchmal an den Strand. Er machte sich Sorgen deswegen und sagte es ihr auch.

»Was sollte mir denn passieren, was nicht schon passiert ist?«, fragte sie.

Ihm fiel eine Unzahl von Dingen ein. Dinge, die ihm seit ihrer Kindheit durch den Kopf gegangen waren, die schlimmsten Alpträume, die Eltern haben. Er bot ihr an, sie zu begleiten, aber sie wollte alleine sein. Manchmal folgte er ihr an den Strand, wo sie zu den Sternen hinaufschaute, als suchte sie etwas.

Höchstwahrscheinlich wusste sie, dass er ihr folgte, allerdings sprach sie ihn nie darauf an. Wenige Male drehte sie sich in seine Richtung um, zeigte jedoch kein Anzeichen dafür, dass sie ihn bemerkte. Er hielt Abstand, setzte sich auf eine Düne in der Nähe und schaute zum Himmel, um womöglich auch zu sehen, was sie da betrachtete.

An einem kalten Abend Mitte Oktober stand sie auf und

wischte sich den Sand von der Jeans. Dann ging sie zu ihm hinüber und setzte sich.

»Hast du gefunden, was du gesucht hast?«

»Manches.« Sie zeigte zum Himmel hinauf. »Da sind die Zwillinge. Und dort ist die Kassiopeia. Die Jungfrau wird bald völlig verschwinden.«

»Wo will sie denn hin?«, fragte er.

»In den Süden über den Winter, würde ich sagen.«

»Kluge Frau«, meinte er.

Gemeinsam gingen sie zurück ins Zimmer. Bowditch, der winselnd auf und ab gelaufen war, empfing sie an der Tür. Als er sie sah, schleppte er sich zu ihr und lehnte sich gegen ihr Bein. Sie streichelte ihn. Seufzend ließ er sich zu ihren Füßen niederplumpsen.

66

Zee erwachte kurz vor Sonnenaufgang. Sie hatte eine kalte Nase. Die Heizkörper ächzten und stöhnten, als sie das erste Mal seit dem Frühjahr ansprangen. Der Geruch erinnerte sie unwillkürlich an das Haus in der Turner Street, als sie klein war. Tränen traten ihr in die Augen, aber sie liefen nicht herab. Es war keine traurige Erinnerung, eher eine Erinnerung an ein Gefühl der Sicherheit, doch sie konnte es nicht genau festmachen. Vielleicht noch zu Maureens Lebzeiten? Nein, da war Zee schon älter gewesen. Sie blieb ein wenig dabei, hoffte, es herauszubekommen, aber es löste sich auf wie Nebel im Hafen. Trotzdem war sie dankbar, dass sie dieses Bild im Kopf hatte und nicht das von Roy, das sie seit den letzten anderthalb Monaten jeden Tag beim Aufwachen mit viel Mühe aus ihrem Bewusstsein drängen musste.

Vom Bett aus sah sie die Horizontlinie erscheinen. Ein paar Sterne waren zu sehen, aber sie konnte sie nicht identifizieren. Wie viele Navigatoren wohl in diesem Moment Messungen anstellten, Notizen machten, sie als Rückversicherung mit den ausgeklügelten Bordsystemen abstimmten? Den Systemen, die nie versagen sollten, es manchmal aber doch taten, so dass der Navigator weiterhin bei jedem Sonnenaufgang und Sonnenuntergang messen musste, bis das Ziel erreicht war.

Sie betrachtete die Sterne am Horizont. Dann fiel ihr etwas ein, was Hawk ihr erzählt hatte. Sie öffnete die Mahagonikiste und nahm den Sextanten heraus. Dann sah sie sich die Sternenkarte an. Einen Almanach hatte sie nicht, und sie hätte auch gar nicht gewusst, wie sie ihn benutzen sollte, aber sie hatte das Sternbild Jungfrau nun so lange beobachtet, dass sie seinen Weg über den Himmel kannte. Sie schob den Schreibtisch vor das Fenster und stellte den Sextanten darauf, ausgerichtet auf die Stelle am Himmel, wo die Jungfrau sein müsste, wenn sie sichtbar wäre. Dann wartete sie.

Spicas Aufgang war nicht so dramatisch wie der Sonnenaufgang ein paar Minuten später. Sie erschien als funkelnder kleiner Punkt am Horizont und blieb nur ein paar Minuten dort, bevor ihr Licht von der aufgehenden Sonne verzehrt wurde. Doch in diesen wenigen Minuten strahlte sie heller als jeder andere Stern am Horizont. Zee wusste ganz genau, was sie da sah und was für ein Glück sie hatte, dass es heute klar war, dass sie zufällig wach war und auch noch den Sextanten ausgepackt und hindurchgeschaut hatte. Spica würde nun bis zum nächsten Jahr verschwinden, wenn die Jungfrau wieder am nördlichen Nachthimmel sichtbar wurde, aber Zee hatte sie gesehen, sie zum ersten Mal gefunden, und fürs Erste war das genug.

Sie schaute lange zu, bis die Sterne verschwanden und die Sonne hell und kräftig durch das gewellte Fensterglas schien. Wie viel Uhr war es wohl? Bowditch schnarchte laut in dem Durchgang zwischen den zwei Zimmern, der Rhythmus des Ein- und Ausatmens war ganz regelmäßig, wie eine alte Uhr oder ein langsam und gleichmäßig schlagendes Herz. Dahinter schlief Melville, nur seine blonden Haare ragten über der Bettdecke heraus. Sie stellte sich ans Fenster und ließ sich von der Sonne wärmen.

Unten auf der Straße liefen schon ein paar Menschen. »Es ist Mittwoch«, sagte sie laut, überrascht, dass sie das wusste und auch, dass sie offenbar lange nicht gewusst hatte, welcher Tag es war.

Sie zog sich Jeans und den alten Pulli an, den sie sich von Melville leihen durfte, und ging über die Hintertreppe auf die Straße.

Wann war der Sommer zum Herbst geworden?

Überall gab es Kürbisse. Sie dachte an Salem und an Halloween und hatte plötzlich ein kleines bisschen Heimweh. Sie stellte sich an der Kaffeerösterei an, kaufte sich einen Macchiato und trank ihn an einem Tisch im Freien. Der Buchladen wurde geöffnet, die Buchhändlerin stellte ein Klappschild hinaus.

Die Leute kamen, um sich ihren Kaffee zu holen, und gingen wieder. Was für ein Leben führten sie alle? Mütter, die ihre Kinder in die Schule brachten, Menschen, die zur Arbeit eilten, ganz normaler Alltag, als würde nichts Beunruhigendes geschehen, als wäre nichts Beunruhigendes geschehen. Sie fragte sich auch, welche unerfüllten Träume die junge Mutter hatte, die ihr gegenübersaß. Dann wurde ihr bewusst, dass sie sich schon lange über gar niemanden mehr Gedanken gemacht hatte. Sie dachte an Finch, und wieder regte sich etwas in ihr. Sie brauchte einen Moment, um dieses Gefühl zu erfassen. Sehnsucht, dachte sie. Es war Sehnsucht.

Als sie ihren Kaffee ausgetrunken hatte, ging Zee wieder nach drinnen und bat darum, das Telefon für ein R-Gespräch benutzen zu dürfen. Sie wählte die Nummer von Matteis Praxis und hinterließ eine Nachricht. Dann kaufte sie Melville einen Kürbismilchkaffee und Bowditch einen Scone mit Kaffeegeschmack und ging zurück zu der Pension.

Bowditch war bei Melville im Zimmer.

»Unser Junge hat sich Sorgen um dich gemacht«, sagte er. Melville und Bowditch wirkten beide erleichtert, dass sie wieder da war.

»Tut mir leid«, sagte sie. Sie wollte es wiedergutmachen. »Ich habe Kaffee mitgebracht.« Sie reichte Melville den Milchkaffee und legte Bowditch den Scone in seinen Napf.

Bowditch führte einen Tanz auf, so gut ihn ein dreizehnjähriger Basset Hound hinbekam.

Sie merkte, dass Melville sie musterte. Etwas hatte sich definitiv verändert.

»Wie geht es dir?«, fragte er.

»Ganz gut.«

Sie tranken ihren Kaffee und sahen dem Sonnenlicht zu, das sich im Wasser des Hafens spiegelte. Von hier konnte man Melvilles Boot sehen, das immer noch an dem Liegeplatz lag, wo sie es verlassen hatten.

»Bald ist Halloween«, sagte sie.

»Das stimmt«, sagte er.

»An Halloween sollte man in Salem sein.«

»Wohl wahr.«

Sie saßen noch ein paar Minuten schweigend da.

»Lass uns nach Hause fahren«, sagte sie.

EPILOG

Mai 2009

MEMORIAL-DAY-WOCHENENDE

Kennt man den Breitengrad des Heimathafens und kann den Polarstern orten und konstant im selben Winkel zu ihm weiterfahren, dann ist es möglich, einfach am jeweiligen Breitengrad entlangzusegeln, um nach Hause zu finden.

Das Haus auf Baker's Island war gerade für die Sommersaison geöffnet worden. Zee hatte die alte Chenilledecke ihrer Mutter in der alten Zedernholztruhe verstaut. Eines Tages würde sie sie wieder sehen wollen, doch nicht jetzt. Heute wollte sie auf der Insel eine Party feiern.

Sie hatte den Großteil des Jahres in Boston verbracht und wieder gearbeitet, aber nur Teilzeit. An den Wochenenden hatte sie ehrenamtliche Arbeit auf Yellow Dog Island geleistet und Therapiegespräche geführt mit einigen der Frauen und Kinder, die schlimm missbraucht worden waren. Das konnte sie gut. May Whitney, die das Haus dort leitete, hatte ihr gerade eine volle Stelle angeboten, und Zee dachte ernsthaft darüber nach.

Zee erstellte eine Liste von Sachen, die sie für ihre Feier vergessen hatte zu besorgen, und machte sich auf in die Stadt. Für Gäste, die frühzeitig kamen, ließ sie die Tür offen und einen Willkommensgruß auf dem Tisch liegen.

Sie und Melville wollten Finch besuchen. Im Pflegeheim gab es heute eine Feier anlässlich des Memorial Day, und das war gleichzeitig die Abschiedsparty für Finch, der nächste Woche nach Hause kommen würde. Er wusste nicht mehr, wie sie hieß. Auch Melville erkannte er nicht mehr. Er dachte, Melville sei jemand, der im Pflegeheim arbeitete und jeden Nachmittag kam, um ihm vorzulesen, fast immer Hawthorne, obwohl ihm in letzter Zeit Emerson und die anderen Transzendentalisten lieber waren. Finch fand sie frohsinniger als Hawthorne, und sie schienen ihn glücklicher zu machen.

Melville schlug den beiden eines Nachmittags bei einem Besuch vor, dass Finch wahrscheinlich nach Hause kommen könnte, wenn Zee Melville als Vollzeitpflegekraft anstellte – und Finch freute sich darüber. Er wusste nicht genau, wo sein Zuhause war, nicht mehr, aber bestimmt war es ein Ort, den er mochte, ganz besonders, wenn sein Pfleger mitkam. Er hatte etwas von einem großen Haus mit Giebeln und einem Kater namens Dusty in Erinnerung. Und einen Hahn schien es auch gegeben zu haben.

Dass er seinen neuen Pfleger liebte, war offensichtlich für jeden, der sah, wie er in Melvilles Gegenwart aufblühte. Das Personal im Pflegeheim hatte über Finchs Fortschritte unter Melvilles Betreuung gestaunt und sich gefreut. Diese Entscheidung war zwar nicht sonderlich zweckmäßig, aber keiner hielt es für bedenklich, ihn nach Hause zu verlegen, solange er so einen aufmerksamen Hauspfleger hatte.

Laut Plan sollte Melville wieder bei ihnen einziehen und so tun, als wäre er ein bezahlter Krankenpfleger. Jessina sollte tagsüber aushelfen, damit Melville weiter wie gewohnt arbeiten konnte. Das tat er nur, weil Zee darauf beharrte.

Finch hatte den Rollator seit dem Sturz nicht mehr benutzen können; er saß jetzt immer im Rollstuhl. Zee wusste nur zu gut, wie aufreibend eine Vollzeitpflege war, und sie wollte Melville das nicht alleine überantworten. Entweder – oder, lautete Zees Bedingung. »Du bist für mich genauso mein Vater wie Finch«, sagte sie. »Du musst für mich da sein.«

Melville war einverstanden.

Bei der Feier sprachen sie Gebete für die Veteranen des Zweiten Weltkriegs, zu denen viele Bewohner des Pflegeheims gehörten, für die Veteranen des Vietnamkriegs und des Golfkriegs sowie für die Soldaten, die jetzt im Irak und in Afghanistan kämpften. Sie sangen »God Bless America« und tranken Ginger Ale und aßen Kuchen, der mit rotem, weißem und blauem Zucker dekoriert war. Zee trank das Ginger Ale, den Kuchen reichte sie weiter.

Als Finch einschlief, schoben sie ihn zurück in sein Zimmer und halfen ihm ins Bett. Sie küssten ihn auf die Stirn und gingen gemeinsam hinaus. Er schlug die Augen auf und lächelte Melville an.

Zee kaufte noch die letzten Sachen für ihre Party ein. Da Mickeys kleines Boot nur zwei Personen fasste, hatte ihm Melville sein Hummerboot geliehen. So konnte Mickey die meisten Gäste zu Zees Party auf Baker's Island bringen. Zee und Melville wollten den Wassershuttle zur Insel nehmen, wenn Finchs Feier vorbei war.

Sie warteten fast eine Stunde auf das Shuttleboot. Als sie keine Geduld mehr hatte, wandte sich Zee an Melville. »Komm mit.«

Sie fuhr zurück zum Derby Wharf und parkte auf Mickeys Parkplatz. Dann gingen sie zu dem Dory, das dort festgemacht war.

»Bitte sag mir, dass wir nicht das Dory nehmen«, bat Melville.

»Wieso nicht?« Zee war schon oft mit dem Dory gefahren.

»Weil es ein Schrotthaufen ist, und außerdem hat Mickey ein ausgeklügeltes Sicherungssystem.« Melville zeigte auf die Kabel, Seile und Vorhängeschlösser.

»Kleinkram«, meinte Zee nur.

Es dauerte keine Minute, und sie hatte das Boot aufgesperrt. Dann schloss sie die Kabel kurz, um den Motor anzulassen.

»Steig ein«, forderte sie Melville auf.

»Nicht zu fassen«, sagte er, »jetzt stiehlst du wieder Boote.« Aber er lächelte.

Melville beobachtete Zee, wie sie die Steuerung bediente und das Dory hinaus über das ruhige Wasser fuhr. Nach zwei Dritteln der Strecke fing der Motor an zu stottern und starb ab.

Sie versuchte mehrmals, ihn neu zu starten, aber nichts ging mehr.

»Verdammt«, sagte er. »Er hat sich einfach nie richtig um dieses Ding gekümmert.«

Er suchte ein anderes Schiff, dem er ein Signal geben konnte, doch Zee begann bereits zu rudern.

»Das musst du nicht«, sagte er.

»Schon gut.« Ihr gefiel das. »Das macht Spaß.«

Er wollte protestieren, aber sie war so engagiert dabei, dass er sie einfach machen ließ. »Sag mir, wenn ich dich ablösen soll.«

Sie brauchte über anderthalb Stunden, trotzdem bat sie ihn nie, ihr die Arbeit abzunehmen. Melville lehnte den Kopf zurück, schloss die Augen und genoss die Sonne.

Als sie endlich den Steg erreichten, wurden sie von Mickey und Ann erwartet.

»Ihr habt mein Boot gestohlen!«, sagte Mickey. »Ich habe euch nicht erlaubt, mein Boot zu benutzen.«

»Wieso bist du denn gerudert?«, fragte Ann.

»Dein verdammter Motor hat den Geist aufgegeben«, erklärte Melville.

»Das kann gar nicht sein.« Mickey kletterte ins Boot, um es selbst zu überprüfen.

»Das Wassertaxi ist nicht gekommen«, sagte Zee zu Ann. »Deshalb haben wir uns Mickeys Dory ausgeliehen.«

Ann nickte amüsiert.

»Wo ist er?« Zee blickte zum Haus hoch.

»Er steht am Grill«, sagte Ann. »Wir haben schon gegessen, aber er sah das Boot kommen und hat für euch beide noch einmal den Grill angeworfen.«

Zee und Melville gingen über den Steg auf die Insel. Am Ende des Piers wandte sie sich nach rechts. Melville blieb stehen und schaute hinunter zu den Felsen und dem Ozean unter ihm.

»Kommst du nicht?«, fragte sie.

»Geh schon mal vor«, meinte er. »Ich bin gleich da.«

Zee nickte und lief schneller. Kurz bevor sie am Haus angelangt war, musste sie lachen. Hawk trug eine Küchenschürze und den alten Strohhut mit dem großen Loch, wo die Mäuse die Seidenblume stibitzt hatten.

»Hübsch«, sagte sie.

Mattei und Rhonda standen neben Hawk am Grill. Jessina und Danny saßen am Picknicktisch und versuchten herauszufinden, wie man den Kaffee machte.

Hawk grinste. »Komm her.« Er gab ihr einen langen Kuss. »Die Burger habe ich im Griff, aber wir brauchen dich oder Melville für den Cowboykaffee.«

Die Kanne und das Ei hatte er schon vorbereitet. Zee gab alles an Danny weiter. »Wirf das Ei so fest du kannst in die Kanne.«

»Du willst mich auf den Arm nehmen, oder?«, fragte der Junge.

»Nein.« Zee hielt die Kanne, während Danny ausholte und warf.

»Ich würde sagen, wir haben hier einen zukünftigen Pitcher für die Red Sox«, sagte Mattei zu Jessina.

Zee verrührte das Ei mit etwas Wasser zu einer Paste, während Jessina aufmerksam zusah. Dann füllte sie die Kanne mit Wasser und stellte sie auf den Grill.

»Willst du den ganzen Tag Mechaniker spielen, oder kommst du mit auf die Party?«, fragte Ann und ging Richtung Insel.

»Ich komme, ich komme.« Mickey brummte irgendetwas davon, dass Zee und Melville den Motor ruiniert hätten. Er nahm die Ruder aus den Dollen, wo Zee sie gelassen hatte, und legte sie dorthin zurück, wo sie hingehörten.

»Schau dir das mal an«, sagte er zu Ann. Er zeigte auf die Dollen, die beinahe bis auf das blanke Holz abgenutzt waren.

»Was denn?«, fragte Ann.

»Sie hat meine Rudergabeln durchgescheuert«, sagte er.

»Deine was bitte?«

Mickey zeigte auf die hölzernen Gabeln neben den Rudern. »Die sind quasi antik. Sie mag ja meine Nichte sein, aber die muss sie mir bezahlen.«

»Worüber beschwerst du dich denn?«

Mickey zeigte ihr die hölzernen Gabeln, die als Dollen dienten. Ann dachte an »Einmal«, an Maureen und die Geschichte von Zylphia und ihrem jungen Seemann. Es waren nicht die Misery Islands – man sah die Miseries ganz schwach im Nordwesten –, aber es war eine Insel. »Das ist ja der Hammer.« Sie schaute zum Haus, wo Zee und Hawk Arm in Arm standen.

»Entweder sie bezahlt sie mir, oder sie muss sie ersetzen«, wiederholte Mickey.

Immer noch brummend holte er Ann ein, und sie gingen gemeinsam zu dem kleinen Häuschen.

Melville lief zu dem Leuchtturm am anderen Ende der Insel. Er stand über dem Abhang, blickte hinaus Richtung Manchester und dachte an den lange zurückliegenden Tag, als ein anderes Boot den Geist aufgegeben und er hier angelegt hatte und was dieser Tag bedeutet hatte. Dann holte er den Yeats-Gedichtband aus der Tüte, die er mitgebracht hatte. Er schlug die Titelseite mit der Widmung auf. Maureens Abschiedsbrief steckte immer in dem Buch, und so wie Finch das Buch damals geworfen hatte, so warf er es jetzt auch.

Es kam ihm vor, als hätte er all das eine Ewigkeit bereut, aber nun musste es mit der Reue ein Ende haben. Als er das Buch in den blauen Ozean dort unten fallen und in der Gischt verschwinden sah, sprach er das einzige Gebet, das ihm jetzt einfiel, nicht eines, mit dem er um Verzeihung bat, nicht mehr, sondern ein Gebet des Dankes: für Maureen, Finch, Zee, Jessina und Danny, für Mattei, weil sie Zee durch diese Zeit geholfen hatte, für Rhonda, Ann, Bowditch und sogar Mickey, und für Hawk, diesen neuen Mann, der in ihr Leben getreten war, und für Michael, der sie verlassen hatte. Er sprach ein Dankesgebet für die Tage, die ihm noch mit Finch blieben, und eines, in dem er um die Weisheit bat, die er während dieser Zeit brauchen würde. Und dann sprach er ein letztes Dankgebet für alles, was in ihrem ungewöhnlichen und überraschenden Leben passiert war. Und für alles, was ihnen noch bevorstand.

Dank

An erster Stelle Gary, für sehr vieles, und weil er den Traum nie aufgegeben hat, selbst wenn ich nicht mehr daran glaubte. Für die Recherche und für die Sätze: »Wie kann ich dir helfen« und »Solange es dich glücklich macht«.

Rebecca Oliver, weil sie das alles ermöglicht hat, für ihre Zeit in Austin und das endlose Lesen und erneute Lesen. An Laurie Chittenden, die nicht nur eine großartige Lektorin ist, sondern die auch den künstlerischen Prozess versteht und respektiert. Das ganze Team von William Morrow, das mir bei jedem Schritt geholfen hat, insbesondere: Liate Stehlik, Ben Bruton, Tavia Kowalchuk, Andrea Molitor und Mac Mackie.

Hilary Emerson Lay vom Spirit of '76, die zwei frühe Fassungen gelesen hat, und Emily Bradford, die immer wieder gelesen hat. Sarah Anne Ditkoff für all ihre Hilfe.

Der Stadt Salem, meiner Wahlheimat. Kate Fox und Stacia Cooper von Destination Salem. Allen meinen Freunden im Haus mit den sieben Giebeln, besonders Anita Blackaby und Amy Waywell, danke, dass ich in eurem schönen Garten schreiben durfte. Dem National Parks Service und der *Friendship*: Colleen Bruce, Jeremy Bumagin, John Newman, Martin J. Fucio und Ryan McMahon. Jean Marie Procious und Elaine von Bruns vom Salem Athenaeum. Teri Kalgren und den Mitarbeitern von Artemisia Botanicals. Laurie Cabot. William Hanger auf Winter Island. Beth Simpson und allen Mitarbeitern von Cornerstone Books. HAWC (Healing Abuse Working for Change). Und schließlich noch Dusty, dem Kater, und seiner Familie.

Der großartigen Stadt Marblehead, dem Ort, wo ich und sieben Generationen meiner Familie aufgewachsen sind. Dem Hafenmeister von Marblehead, Charlie Dalferro. Fraffie Welch. Cathy Kobialka vom Waterside Cemetery. Dem Marblehead Garden Center und dem Buchladen Spirit of `76.

Meiner Schreibgruppe, den Warren Street Writers: Jacqueline Franklin und Ginni Spencer, die mich beim ersten Buch ermutigten und mich geduldig und engagiert beim zweiten begleiteten.

Alexandra Seros für ihre Freundschaft, für tolle Anmerkungen und für das erste magische Telefonat.

Fravenny Pol für ihre Hilfe bei allem, was die Dominikanische Republik betraf.

Meinen frühen Lesern: Jeannine Zwoboda, die zweimal gelesen und kommentiert hat. Mark W. Barry und Mark J. Barry, die das Lesen zu einem Vater-Sohn-Wettbewerb machten. Mandee Barry, Whitney Barry und Sherry Zwoboda, die auf dem Floß beim Sommerhaus lasen, wo sie doch andere Dinge hätten tun können. Cayla Thompson. Meiner wunderbaren Freundin Susan Marchand, die Kapitel für Kapitel gelesen hat. Ken Harris und Debra Glabeau für ihr Fachwissen über Piraten und Melville und weil sie uns viel zu sehr zum Lachen brachten.

An die medizinischen und psychiatrischen Gemeinschaften von Boston und dem Umland, weil sie uns geduldig alle Fragen (und es waren viele) beantwortet haben. Dank an Dr. Peter Bevins. Und Dank an Lucy Zahray, der »Poison Lady«, für ihren Vortrag auf der Crime Bake Conference und für ihre äußerst interessanten Bänder.

Hawthorne und Melville. Und natürlich Yeats.

Und eine Verneigung und ein Gebet für meine Freunde, die nicht lange genug auf der Welt waren, um das glückliche Ende zu erleben: Tommy, Chuckie, Robbie, Shirley und Jay.

Nachwort der Autorin

Ich habe mir Freiheiten gestattet. Mit dem Wetter. Den Häusern. Bis auf die Ausnahme vom Haus mit den sieben Giebeln existiert keines der Häuser in diesem Buch wirklich. Zum größten Teil sind es erdachte Häuser, die ich dort hingesetzt habe, wo heute reale Gebäude stehen. Suchen Sie sie nicht, es gibt sie nicht. Das Gleiche gilt für die Häuschen auf Baker's Island. Das ist eine private Insel, auf der schon viele Generationen von Familien in aller Ruhe den Sommer verbracht haben. Baker's Island kann man nur besuchen, wenn man einen Freund (oder ein Familienmitglied) hat, dem eines der kleinen Häuser gehört. Ich hoffe, dass eines Tages eine zweite Einladung kommt. In zeitlicher Hinsicht habe ich mir Freiheiten mit der Fabrik in Lynn erlaubt, wo Maureen arbeitete, als sie Finch kennenlernte. Die Fabrik gab es wirklich, Hoague Sprague, und mein Urgroßvater Morton Hoague war Teilhaber. Sie machte Ende der Fünfzigerjahre dicht, deshalb hätte Maureen gar nicht dort arbeiten können.

Für *The Map of True Places* habe ich viele Bücher gelesen. Lektüreempfehlungen wie Lesekreisfragen finden Sie auf der Seite mapoftrueplaces.com.